DONGSUH MYSTERY BOOKS 111

THE WISDOM OF FATHER BROWN

브라운 신부의 지혜

길버트 키스 체스터튼/박용숙 옮김

동서문화사

옮긴이 박용숙(朴容淑)

중앙대 국문학과 졸업. 〈자유문학〉에 단편《부록》으로 문단 데뷔. 중앙일보 신춘문예 미술평론 당선 미술평론 활동. 홍익대·동덕여대 교수 역임. 지은책《구조적 한국사상론》작품집《순례자》《꿈을 꾸는 버러지》

DONGSUH MYSTERY BOOKS 111

브라운 신부의 지혜

길버트 키스 체스터튼 지음/박용숙 옮김

초판 발행/1977년 12월 1일

중판 발행/2003년 9월 1일

발행인 고정일/발행처 동서문화사

창업 1956. 12. 12. 등록 16-345(윤)

서울강남구신사동 540-22 ☎ 546-0331~6 (FAX) 545-0331

www.epascal.co.kr

*

ISBN 89-497-0207-X 04840
ISBN 89-497-0081-6 (세트)

브라운 신부의 지혜
차례

글라스 씨의 실종

이름난 범죄학자 오라이언 후드 박사는 어떤 특수한 종류 정신장애에 전문가이기도 했다. 그의 연구실은 스카버러 해안 거리에 있었는데, 햇빛 잘 드는 큰 프랑스식 창문이 줄지어 있었다.

거기서 바라보이는 북해(北海)는 마치 청록색 대리석으로 된 담이 끝없이 이어져 있는 것처럼 보였다. 이런 곳에서는 벽에 붙인 청록색 판자의 단조로움이 바다와 잘 어울렸다. 방 그 자체가 이 바다처럼 더없이 잘 정돈되어 있었기 때문이다.

그렇다고 해서 후드 박사의 방은 사치스러운 것들이 완전히 자취를 감추어 시정(詩情)마저 느껴지지 않는 그런 분위기는 아니었다. 사치스러운 것들도 존재했다. 그러나 그것들은 늘 제자리에만 놓여 있을 뿐 밖으로 내어가는 것은 금지된 듯했다.

사치품의 한 예로서 특별히 만든 테이블 위에 열 상자 가까운 최고급 시가가 놓여 있는데, 독한 것은 벽 쪽으로 순한 것은 창문 쪽으로 놓여 있었다. 그리고 바로 그 테이블 위에 세 종류의 최고급 리큐어가 든 탄탈로스 스탠드(세 쌍의 술을 넣는 장식이 달린 주대(酒臺))가 늘 서 있었다. 시시한 일밖에 생각지 않는 사람들 말에 따르면, 그 속에 든 위스키와 브랜디와 럼주는 언제 보아도 전혀 줄어 들지 않는다고 한다.

방 왼쪽 구석에는 전집으로 된 영국 고전이 꽂혀 있고, 오른쪽에도 잘 갖춰진 여러 나라 생리학자들의 저서가 보였다. 그런데 고전에서 초서나 셸리의 책을 한 권이라도 뽑으면 누군가의 앞니가 빠진 것처럼 보기 민망할 것 같았다. 그렇다고 그가 이 책들을 한 번도 읽은 적이 없다고 단언할 수는 없다. 그는 아마 더러 책을 읽었겠지만, 책들은 모두 옛날 교회의 성경처럼 정해진 장소에 사슬로 매여 있는 것 같았다. 후드 박사는 자기의 장서를 국립도서관의 책처럼 정중하게 다루었던 것이다. 이 엄격하고 과학적이며 건드릴 수 없는 원칙이 서정시나 민요책을 꽂아놓은 책장이며, 술과 시가가 놓인 테이블에까지 미치고 있는 이상, 박사의 전문분야 장서를 넣은 다른 책장이며 섬세한 과학 및 역학 관련 기구들을 올려놓은 다른 테이블이 이런 이교적(異敎的)인 신성함에 다시 테를 두른 신성한 분위기로 보호되어 있음은 물론이다.

지리교과서식으로 말하면 동쪽은 북해에 다다르고 서쪽은 사회학과 범죄학 장서가 가득 찬 책장에 닿아 있는 이 길쭉한 방 안을 지금 오라이언 후드 박사는 단정한 걸음걸이로 이 끝에서 저 끝으로 거닐고 있는 중이다. 그는 화가들이 흔히 입을 것 같은 벨벳 옷차림이었으나 그들처럼 단정치 못한 점은 조금도 없었다. 숱많은 희끗희끗한 머리카락은 윤이 났다. 혈색 좋은 갸름한 얼굴은 기대하는 표정으로 빛나고 있었다.

그런데 후드 박사와 그의 방에는 딱딱하면서도 안정되지 않는 이상한 분위기가 감돌았다. 박사가 북해 근처에 저택을 지은 것은 순전히 건강상의 이유에서였지만, 그 방과 바다는 비슷한 분위기를 풍겼다.

바다에 면한 이 길고 엄숙한 느낌의 방 출입문을 변덕스러운 운명이 힘껏 열어, 지금 한 사나이가 모습을 드러내려 하고 있다. 그 사나이는 이 방이며 그 주인과는 놀랄 만큼 대조적이었다. 퉁명스럽지만 점잖은 대답이 들리고 문이 열리자 키가 작고 볼품없는 사나이가 굴러들어왔다. 손에 든 모자와 우산조차 큰 짐처럼 다루기 힘든 모양이었다. 검정 우산은 흔한 것으로 벌써 수리했어야 할 상태였다. 넓은 차양이 위로 말려 올라간 검정 모자는 신부들이 흔히 쓰는 것이지만, 영국에서는 자주 볼 수 없는 것이었다. 아무튼 이 사나이는 소박하고 무능한 사람의 표본 같았다.

후드 박사는 놀라움을 억누르고 손님을 바라보았다. 거대하지만 온순한 바다 짐승이 방으로 들어오면 이렇겠지 하는 표정이었다.

손님은 숨을 몰아쉬고 나서 눈을 반짝이며 그를 바라보았다. 뚱뚱한 막노동꾼이 가까스로 버스 안에 비집고 들어와 안도의 숨을 내쉬는 모습과도 같았다. '이제 됐다'는 기쁨과 그에 어울리지 않는 동작이 한데 섞여 좀 우스꽝스럽게 보였다. 모자는 카펫 위로 굴러떨어지고 우산은 소리내며 무릎 사이로 미끄러졌다. 그는 몸을 굽혀 한 손으로는 모자를 집어들고 다른 손으로는 우산을 잡으며 동그란 얼굴에 여전히 미소를 띠고 말했다.

"브라운이라고 합니다. 실례를 용서하십시오. 실은 맥너브 양 일로 찾아왔습니다. 당신이 곤경에 처한 사람들을 구해준다는 말을 들었기 때문이지요. 잘못 알았다면 용서하십시오."

브라운 신부는 거의 바닥에 넙죽 엎드리다시피하며 집어든 모자를 손에 잡고 얼른 묘하게 절을 했다. 그렇게 하면 되리라고 생각하는 모양이었다.

후드 박사는 차갑고 엄숙한 태도로 대답했다.

"도무지 알 수 없군요. 방을 잘못 찾아오신 게 아닙니까? 나는 후드 박사입니다. 논문을 쓰거나 학생을 가르치는 일 말고는 거의 아무엇도 하지 않습니다. 특별히 해결하기 어려운 중요한 사건수사 때 경찰로부터 협조 요청을 받은 일은 있었습니다만…… ”

브라운 신부가 불쑥 말을 가로막았다.

“아니, 이건 정말 중요한 일입니다. 저, 여자 쪽 어머니가 두 사람의 약혼을 끝내 허락지 않는 겁니다. ”

이처럼 조리있는 이야기는 없다는 듯이 말하며 그는 천연스럽게 의자에 기댔다.

후드 박사는 눈살을 찌푸렸다. 그러나 눈만은 화가 났기 때문인지 흥미롭기 때문인지 밝게 빛났다.

“무슨 이야기인지 전혀 모르겠는데요. ”

신부 모자를 손에 든 작은 사나이가 말했다.

“두 사람은 결혼하고 싶어합니다. 매기 맥너브 양과 젊은 토드헌터 씨가 결혼하고 싶어하고 있습니다. 이보다 더 중요한 일이 있겠습니까 ? ”

오라이언 후드는 과학 방면에서 위대한 승리를 거두었으나 그만큼 많은 희생을 치렀다. 어떤 사람은 그가 건강을 희생했다고 말했고, 또 어떤 사람은 신앙을 잃었다고 말했다. 그러나 이상한 일을 보면 아직 웃을 정도는 되었다. 친진스러운 신부의 마지막 탄원을 듣자 그는 웃음이 터져나왔다. 그는 진찰 때와 같은 태도를 보이며 우스꽝스럽게 팔걸이의자에 앉았다. 그리고 엄숙하게 말했다.

“브라운 신부님, 내가 마지막으로 개인적인 문제를 조사해 달라는 부탁을 받은 건 벌써 14년 전입니다. 그것은 런던 시장이 베푼 파티에서 프랑스 대통령을 독살하려고 했던 사건이었지요.

그런데 이번에는 매기라는 아가씨가 아는 토드헌터라는 젊은이가 약혼자로 적당한지 어떤지 알아봐달라는 거로군요. 좋습니다. 나는 박정한 사람은 아닙니다. 맡겠습니다. 일찍이 프랑스와 영국

왕에게 했던 조언 못잖게 맥너브 집안에 도움이 되는 조언을 해드리겠습니다. 아니, 그보다 더 훌륭한 조언이 될 것입니다. 14년 동안의 경험이 있으니까요. 마침 오늘 오후에는 볼일이 없으니 당신 이야기를 들어 볼까요?"

브라운 신부는 고맙다고 인사했다. 그로서는 진심에서 우러나온 인사였겠지만, 그 방법은 이상하게도 단순했다. 이것은 큐 왕립 식물원 원장이 네 잎 클로버를 찾기 위해 함께 들판에 나와준 거나 다름없는데도, 그는 흡연실에서 모르는 사람에게 성냥을 집어달라고 부탁한 정도로밖에 여기지 않는 것 같았다. 그는 진심에서 우러나온 인사를 하고 나자 숨돌릴 새도 없이 자세한 이야기를 시작했다.

"아까도 말씀드렸듯이 나는 브라운이라고 합니다. 네, 틀림없습니다. 조그만 성당의 신부지요. 시내 북쪽 변두리에 인가가 드문 거리가 있고, 그 거리 맞은편에 보이는 성당입니다. 바닷가에 마치 바다의 벽처럼 쭉 이어진 골목 끝 가장 쓸쓸한 곳에 우리 신자인 맥너브라는 미망인이 살고 있습니다. 그녀는 정직하지만 성질이 좀 과격합니다. 딸 하나와 하숙인을 두고 있는데, 이 모녀 사이에 그리고 딸과 하숙인들 사이에 여러 가지 사연이 많겠지요. 지금은 토드헌터라는 젊은이 혼자 하숙하고 있습니다. 그런데 이 젊은이 때문에 말썽이 생긴 것입니다. 갑자기 그가 이 집 딸과 결혼하고 싶다는 겁니다."

후드 박사는 속으로 무척 재미있어하며 물었다.

"아가씨는 어떻습니까?"

"물론 그녀도 결혼하고 싶어하지요."

브라운 신부는 자신도 모르게 열을 올리며 앉음새를 고치고 목소리를 높였다.

"그래서 사태가 복잡해진 겁니다."

후드 박사가 중얼거렸다.

"도무지 알 수 없는 이야기로군요."

"제임스 토드헌터라는 젊은이는 내가 아는 한 아주 훌륭한 사람입니다. 그러나 아무도 그 이상은 잘 모르는 것 같습니다. 피부가 거무스름하고 키가 작은 친구인데 성격도 아주 쾌활합니다. 원숭이처럼 동작이 민첩하고 배우처럼 늘 깨끗이 면도하고 다니지요. 그리고 마치 원래 하인으로 태어난 사람처럼 태도가 겸손합니다. 주머니에 늘 돈이 두둑한 듯하지만, 무슨 장사를 하는지 짐작되지 않습니다. 그래서 조심성 많은 맥너브 부인은 뭔가 무서운 장사, 이를테면 다이너마이트에 관련된 장사를 한다고 생각한 모양입니다. 그러나 다이너마이트를 다루는 사나이치고는 너무 수줍어하므로 딱 잘라 말할 수는 없습니다. 아무튼 이상한 사람입니다.

이 가엾은 사나이는 하루에 몇 시간이고 방 안에 들어 앉아 문을 잠그고 뭔가 연구를 한답니다. 그 자신은 이 비밀스러운 일이 얼마 안 되어 끝날 것이며, 거기에는 그만한 이유가 있으니 결혼 전에 반드시 밝히겠다고 말합니다. 분명히 알고 있는 건 이것뿐입니다. 그러나 맥너브 부인은 자신이 의심스럽게 여긴 일을 당신에게 많이 들려줄 겁니다. 아시다시피 이처럼 무식한 지방에서는 지어낸 이야기들이 잡초처럼 무성하니까요.

방 안에서 두 사람이 이야기하는 소리가 들려 문을 열어보았으나 토드헌터 혼자뿐이었다는 이야기도 있고, 실크해트를 쓴 키 큰 사나이 이야기도 있습니다. 사람들 말로는 그자가 분명히 바닷속에서 나왔다고 하더군요. 황혼녘에 바다 안개를 헤치고 바다에서 성큼성큼 걸어나와 모래사장을 조용히 가로질러 맥너브 부인 집의 작은 뒤뜰을 지나 열려진 창가에 이르렀답니다. 거기서 사나이는 토드헌터와 이야기를 나누었는데, 마지막에 말다툼이 벌어졌는지 토드헌터가 창문을 쾅 닫자 실크해트를 쓴 사나이는 다시 바다 안개 속으로 사라졌다고 합니다.

사람들은 모두 아주 신비스럽게 이 이야기를 했지요. 그러나 맥너브 부인은 아무래도 자기가 만들어낸 이야기가 더 마음에 들었던 모양입니다. 그것은 또 다른 한 사람, 목소리만 들렸다는 사나이의 이야기지요. 어떤 사나이가 밤이 되면 방구석의 큰 궤짝 속에서 기어나온다는 겁니다. 낮 동안은 그 궤짝에 줄곧 자물쇠가 채워져 있다는군요. 이 정도니 늘 닫혀진 토드헌터의 방문은 《아라비안 나이트》에 나오는 온갖 환상과 괴기로 가득찬 문같이 되어 버렸습니다.

그러나 점잖게 검정 옷을 입고 다니는 키 작은 토드헌터는 방 안에 있는 시계처럼 정확하고 선량합니다. 방세도 꼬박꼬박 치르고, 철저한 금주주의자며, 용케 싫증도 내지 않고 아이들을 즐겁게 해 주는 착한 사람입니다. 하루 종일 아이들을 상대해 주고 있으니까요. 그러다가 하숙집 딸이 그를 좋아하게 되었고, 내일 성당에서 결혼식을 올리겠다고 하는 바람에 문제가 심각해진 것입니다."

거창한 이론에 얽매여 있는 사람은 대채로 그 이론이라는 것을 시시한 일에까지 적용시키려고 하기 쉽다. 솔직한 신부의 이야기를 친절히 들어준 이 위대한 전문가는 어디까지나 친절을 다할 작정이었다. 그는 안락의자에 차분히 앉아 느긋하니 강연투로 이야기하기 시작했다.

"어떤 경우에나 맨 먼저 자연의 큰 흐름으로 눈을 돌리는 것이 중요합니다. 초겨울에 아직 시들지 않은 꽃이 한 송이 있다 하더라도, 꽃은 모두 시들었다고 말할 수 있습니다. 비록 젖지 않은 돌이 하나 바닷가에 남아 있다 하더라도 조수는 줄곧 밀려가고 밀려옵니다. 과학적 견지에서 보면 인류의 역사란 파괴와 이동으로 이루어지는 움직임의 연속입니다. 겨울에는 파리가 모두 죽고 봄에는 작은 새들이 되돌아오는 것과 같은 이치지요.

그런데 역사의 근원이 되는 것은 종족입니다. 종족은 종교를 낳습니다. 그들은 법률과 윤리에 혼란을 가져옵니다. 가장 좋은 예가 흔히 '켈트 족'이라고 불리는 저 야만적이고 독선적이며 지금은 소멸해가고 있는 종족입니다. 당신이 아는 맥너브 집안은 이 켈트 족의 표본입니다. 키 작고 피부가 까무잡잡하며 몽상적이고 방랑적인 켈트 인, 그 피를 이어받았기 때문에 무슨 일이나 곧 미신적으로 생각하는 것입니다.

실례되는 말이지만, 당신과 당신들의 성당에서 모든 일을 미신적으로 설명하는 것과 마찬가지입니다. 등 뒤에서 바다가 구슬픈 소리를 지르고 앞에서는 성당에서 그런 설교를 하고 있다면 다시 한번 실례를 용서해 주십시오. 아주 분명한 일에까지 별 희한한 이야기들을 지어내는 것도 무리가 아니지요.

당신은 조그만 교구를 맡은 책임 때문에 맥너브 부인만을 특별히 문제삼고 있습니다. 당신 머릿속에는 그 두 사람의 목소리와 바다에서 찾아온 키 큰 사나이의 이야기로 떨고 있는 맥너브 부인밖에 없는 겁니다. 그러나 과학적인 상상력을 가진 사람은 맥너브 부인 같은 사람은 세계 여기저기 흩어져 있어 결국 새들처럼 모두 비슷비슷하다는 사실을 알지요. 몇천의 가정에 몇천 명의 맥너브 부인이 있어 주변 사람들의 찻잔에 불건전한 상상력의 물방울을 똑똑 떨어뜨리고 있는 것입니다. 또한…… "

박사가 미처 결론을 내리기 전에 문 밖에서 다급한 목소리가 들려왔다. 누군가가 옷자락 스치는 소리를 내며 안내인을 따라 급히 복도를 걸어왔다.

이윽고 문이 열리자 어린 처녀가 서 있었다. 옷차림은 단정했으나 서두른 탓인지 흐트러졌고 얼굴도 발갛게 상기되었다. 바닷바람에 헝

클어진 금발과 스코틀랜드인처럼 조금 두드러져 보이는 광대뼈와 볼이 너무 붉은 것만 빼면 나무랄 데 없는 미인이었다. 그녀는 실례를 사과했으나 퉁명스러워서 마치 명령을 내리는 듯한 말투였다.

"방해해서 죄송합니다. 그러나 신부님 뒤를 쫓아오지 않을 수 없었습니다. 이건 사람의 생사가 걸린 문제니까요."

브라운 신부는 당황하여 일어났다.

"아니, 무슨 일이오, 매기?"

"제임스가 살해됐어요. 그렇게밖에 생각할 수 없어요."

급히 달려온 탓에 그녀는 숨을 헐떡였다.

"그 글라스라는 사람이 또 왔어요. 둘이서 이야기하는 소리가 방문 밖에서도 잘 들렸어요. 제임스는 낮고 쉰 목소리였는데, 또 한 사람의 목소리는 크고 떨렸어요."

브라운 신부는 이해가 안 되는 듯 되물었다.

"글라스?"

매기는 완전히 흥분하여 대답했다.

"그 남자의 이름이 글라스라는 건 알고 있었어요. 문 밖에서 들었지요. 두 사람은 말다툼을 하고 있었는데, 돈 때문인 것 같았어요. 제임스는 몇 번이나 '그럼, 됐어, 글라스', '그건 안 돼, 글라스', '둘이나 셋, 글라스'라고 말했어요. 하지만 지금 이런 이야기만 하고 있을 시간이 없어요. 곧 가야 돼요. 아직 늦지 않았을지도 모르니까요."

그때까지 흥미깊게 어린 처녀를 지켜보고 있던 후드 박사가 물었다.

"뭐가 아직 늦지 않았다는 거지요? 글라스 씨와 그의 돈 문제가 그토록 다급한 일이오?"

매기가 대답했다.

"제가 문을 부수고 들어가려고 했지만 헛일이었어요. 하는 수 없이 뒤뜰로 달려가 겨우 방이 들여다보이는 창틀로 기어올랐지요. 방은 어두컴컴하고 텅 빈 것 같았는데, 자세히 보니 제임스가 살해됐는지 목이 졸렸는지 방구석에 웅크리고 있었어요. 정말이에요."

"그렇다면 큰일이군."

브라운 신부는 자꾸 손 밖으로 빠져나가려고 하는 모자와 우산을 집어들고 일어났다.

"지금 박사님에게 당신 이야기를 하고 있던 참이오, 매기. 그런데 박사님의 의견은 어떠신지요?"

"완전히 달라졌습니다. 이 젊은 아가씨는 내가 생각하고 있었던 것만큼 켈트적이지 않군요. 다른 볼일도 그다지 없으니 모자라도 쓰고 시내까지 함께 나가봅시다."

세 사람은 쓸쓸한 변두리의 맥너브 집 근처에 이르렀다. 숨도 헐떡이지 않고 열심히 서둘러 걷는 처녀는 표범처럼 동작이 재빨라 등산가 같았다. 범죄학자는 평온하게 멋진 걸음으로 걸어갔다. 브라운 신부는 여전히 체면도 내팽개치고 정신없이 걷고 있었다. 변두리의 쓸쓸한 분위기와 주위 풍경은 아까 신부가 한 말을 뒷받침해 주었다.

바닷가를 따라 한 줄기 끈처럼 이어져 있던 집들도 드문드문해졌다. 아직 시간이 이른데도 음산한 저녁 어스름이 다가오며 하루가 끝나려 하고 있었다. 바다는 엎질러진 잉크처럼 검붉게 물들어 불길하게 웅성댔다. 모래펄로 이어진 맥너브 부인 집의 작은 뒤뜰에는 놀라서 두 손을 하늘로 쳐든 비쩍 마른 나무 두 그루가 악마 같은 형상을 하고 시꺼멓게 서 있다.

맥너브 부인이 그 나무들처럼 두 손을 벌리고 세 사람을 맞기 위해 큰길을 달려왔다. 그림자가 진 그 얼굴은 꼭 마녀처럼 보였다.

후드 박사도 브라운 신부도 아무 말 하지 않았는데 부인은 새된 목소리로 딸의 이야기를 좀더 구체적으로 되풀이했다. 글라스 씨가 사람을 죽였다, 토드헌터 씨가 살해되었다, 토드헌터 씨는 딸과 결혼하고 싶어했다, 그런데 결혼도 하지 않고 죽었다는 둥 끝이 없었다. 그리고 한 마디 할 때마다 복수하겠다고 맹세하는 모습이 처참했다.

아무튼 그들은 집 정면의 좁은 통로를 지나 뒤쪽 토드헌터의 방문 앞까지 왔다. 후드 박사는 예부터 탐정들이 잘하던 특기를 흉내내어 문에 어깨를 힘껏 부딪쳐 부수었다.

방 안은 비극이 끝난 조용한 광경이었다. 그 방을 무대로 두 사람 이상의 사나이가 소름끼치는 충돌을 일으켰음을 한눈에 알 수 있었다. 게임 도중이었는지 트럼프가 테이블 끝과 방바닥에 흩어져 있었다. 사이드 테이블 위에는 와인글라스가 두 개 놓여 있었다. 세 번째 잔은 카펫 위에 마치 유리로 만든 별처럼 산산조각이 나 있었다. 거기서 얼마 떨어지지 않은 곳에 긴 나이프라고도 단검이라고도 할 수 있는 칼이 나동그라져 있었다. 칼은 반듯했으며 자루에는 장식이 새겨져 있었다. 그것은 등 뒤의 음침한 창문으로 비쳐드는 빛을 받아 둔하게 번쩍였다.

창 밖에는 납빛 바다를 배경으로 검은 나무 그림자가 떠올라 있었다. 방 반대쪽 구석에 신사용 실크 모자가 떨어져 있었다. 방금 머리에서 굴러떨어진 것 같았다. 보면 볼수록 모자가 아직도 빙글빙글 돌아가는 것 같아 견딜 수 없었다. 그 뒤 구석에 토드헌터가 짐짝같이 밧줄로 꽁꽁 묶인 채 감자자루처럼 내동댕이쳐져 있었다. 입에는 스카프가 물려 있고, 팔과 발뒤꿈치 주위에 밧줄이 예닐곱 겹 단단히 묶여 있었다. 그 속에서 짙은 갈색 눈동자만이 생생하게 두리번거리고 있었다.

오라이언 후드 박사는 한순간 문 앞 매트에서 발을 멈추고 이 조용한 폭행 현장을 지켜보며 깊이 숨을 들이마셨다. 그는 얼른 방을 가로질러 가더니 실크해트를 집어들어 묶여 있는 토드헌터의 머리 위에 가만히 올려놓았다. 실크해트는 토드헌터에게 너무 커서 머리를 다 가리고 말았다.

"글라스 씨의 모자로군."

박사는 모자를 들고 돌아와 확대경으로 실크해트 안을 살폈다.

"글라스 씨는 없는데 그의 모자가 여기 있으니 어찌된 일일까? 글라스 씨는 옷차림에 꽤 까다로웠던 것 같군. 이 모자는 모양도 멀쩡하고 솔질도 잘 되어 반들반들 윤이 나잖소? 그다지 새것은 아니지만 말이오. 나이 지긋한 신사로 멋쟁이였던 모양이지?"

"아니, 세상에, 저 사람 먼저 풀어주지 않고 뭐하시는 거예요?"

젊은 처녀가 큰 소리로 외쳤다.

그러나 후드박사는 설명을 계속했다.

"'나이지긋한 신사'라고 말했으나 확신이 있는 건 아닙니다. 다만 좀 생각나는 게 있기 때문이지요. 그 이유가 억지스럽게 생각될지도 모르겠군요. 아무튼 사람의 머리털은 저마다 다르지만 조금씩은 늘 빠지는 법입니다. 최근에 쓴 모자는 확대경으로 보면 작은 머리털이 눈에 띌 것입니다. 그런데 이 모자에는 머리털이 하나도 보이지 않습니다. 그래서 나는 글라스 씨가 대머리라고 추정한 것입니다.

아가씨, 조금만 참아주시오. 이 점과 아까 맥너브 양이 똑똑히 설명해 준 이 기묘한 인물의 떨리는 듯한 높은 목소리를 생각해 봅시다. 다시 말해 대머리와 화났을 때 노인에게서 흔히 나오는 그런 목소리를 아울러 생각해 볼 때 나이가 지긋하다는 걸 짐작할 수 있지요. 그리고 꽤 힘센 사람으로 여겨집니다. 키가 크다는 것은 거의 확실합니다. 실크해트를 쓴 사나이가 창 밖에 나타났다는 이야기도 얼마쯤 믿을 수 있습니다.

　그러나 나는 보다 정확하게 지적할 수 있다고 생각합니다. 깨진 유리잔 조각이 여기저기 흩어져 있는데, 그 조각 하나가 벽난로 위 높은 선반에 얹혀 있습니다. 만일 토드헌터 씨같이 키 작은 사람이 이 잔을 깨뜨렸다면 어떻게 될까요? 깨진 조각이 저렇게 높은 곳에 떨어질 수 있었을까요?"

이때 브라운 신부가 끼어들었다.

"말씀중입니다만, 토드헌터 씨를 풀어주는 게 좋지 않을까요?"

그러나 범죄학 전문가는 다시 말을 이어나갔다.

"이 술잔이 말해 주는 사실은 그뿐만이 아닙니다. 글라스 씨는 나이 때문이 아니라 방탕한 생활 때문에 머리가 벗겨지고 화를 잘 내게 된 게 아닌가 싶군요.

　이미 들은 바에 따르면 토드헌터 씨는 조용하고 착실한 사람으로 술을 한 모금도 못합니다. 여기 있는 트럼프나 와인글라스는 그의 평소 습관에서는 볼 수 없던 것들입니다. 이것은 특별한 손님을 대접하기 위해 내놓은 것이겠지요. 아니, 달리 생각해보면, 이 술잔들이 토드헌터 씨의 것인지 어떤지 확언할 수는 없지만, 그가 전혀 술을 가지고 있지 않았다는 것은 확실합니다.

　그렇다면 대체 이 잔에 무엇을 담을 작정이었을까요? 나는 위스키나 브랜디라고 대답하고 싶습니다. 글라스 씨가 휴대용 병에 넣어 가지고 다니는 술이지요. 상당히 고급품이었을지도 모르겠군요. 키가 크고 나이 지긋한 멋쟁이 신사, 신경이 좀 과민하지만 놀기 좋아하고 독한 술을 즐기는——지나치게 좋아한다고 해도 괜찮겠지요——신사지요. 결국 글라스 씨는 사교계에서 흔히 볼 수 있는 존재인 것입니다."

처녀가 큰 소리로 울부짖었다.

"저 사람을 풀어주지 않는다면 밖으로 나가 큰 소리로 경찰을 부르겠어요!"

그러자 후드 박사는 엄숙하게 말했다.

"서둘러 경찰을 부르는 일은 권할 수 없군요, 아가씨. 브라운 신부님, 부탁이니 당신의 양떼가 조용히 있도록 해주십시오. 이것은 나를 위해서가 아니라 당신의 양떼를 위해서 하는 말입니다.

그럼, 이제 글라스 씨의 생김새와 성격에 대해 어느 정도 알게 되었습니다. 그런데 토드헌터 씨에 대해 알고 있는 것은 무엇입니까? 그에게는 본질적인 특징이 세 가지 있습니다. 생활태도가 건실하다는 것, 어느 정도 유복하다는 것, 뭔가 비밀을 간직하고 있다는 것 이 세 가지입니다. 이것은 협박꾼들이 눈독들이기 쉬운 세 가지 큰 특징이 아닙니까? 글라스 씨의 좀 구식이긴 해도 멋부린 옷차림과 방탕벽, 흥분한 새된 목소리 등은 틀림없는 협박꾼의 증거입니다.

입을 다물게 하는 댓가를 둘러싼 비극에 등장하는 전형적인 두 인물이 여기 있습니다. 한 사람은 비밀을 지닌 훌륭한 인물, 다른 한 사람은 비밀을 냄새 맡은 놀기 좋아하는 건달, 이 두 사람이 오늘 여기서 만나 말다툼을 벌이고 주먹을 휘두르고 흉기를 들이댄 것입니다."

"언제 밧줄을 풀어줄 거예요?"

아가씨는 끈기있게 물었다.

후드 박사는 조심스럽게 실크해트를 보조 탁자에 올려 놓고 묶여 있는 사나이 쪽으로 갔다. 박사는 그를 찬찬히 조사했다. 몸을 흔들어보기도 하고 어깨를 잡아 반쯤 돌려보기도 했다. 그런 다음 뜻밖의 말을 했다.

"흐음, 당신 편인 경찰관이 수갑을 가지고 올 때까지 이 밧줄이 충분한 역할을 해줄 겁니다."

이때까지 멍하니 바닥을 내려다보고 있던 브라운 신부가 동그란 얼굴을 들고 물었다.

"대체 그게 무슨 뜻입니까?"

박사는 카펫 위에 떨어져 있는 이상한 단검을 집어들고 찬찬히 살펴보며 대답했다.

"당신들은 토드헌터 씨가 묶여 있는 걸 보았기 때문에 글라스 씨가 그를 묶어놓고 도망쳤다고 결론내렸습니다. 그러나 그렇게 결론내리기 곤란한 장애가 네 가지 있습니다. 첫째, 글라스 씨처럼 멋부리는 사나이가 왜 모자를 두고 갔을까요? 만일 그가 자기 의사로 모자를 두고 갔다면 그 까닭은 무엇일까요? 둘째……."

박사는 창문 쪽으로 다가갔다.

"이 창문이 유일한 출입구입니다. 그런데 창문은 안쪽에서 잠겨 있습니다. 셋째, 이 단검은 끝에 피가 조금 묻어 있습니다. 그러나 토드헌터 씨는 상처를 입지 않았습니다. 글라스 씨가 죽었는지 살았는지 모르지만 그는 상처입고 자취를 감추었습니다. 그런데 지금까지 말한 일들에 보다 중요한 다음 가능성을 더해 보십시오. 즉 협박받고 있는 사람이 협박자를 죽일 가능성이 훨씬 더 크다는 겁니다. 협박자는 금달걀을 낳아주는 거위를 죽이는 짓은 하지 않습니다. 자, 이로써 사건의 윤곽이 꽤 뚜렷해진 것 같습니다."

브라운 신부는 눈을 크게 뜬 채 멍하니 그를 바라보았다.

"그러나 이 밧줄은?"

"아아, 밧줄 말입니까, 신부님? 어째서 토드헌터 씨의 밧줄을 풀어주지 않는지 맥너브 양도 굉장히 알고 싶어했지요. 좋습니다, 말하지요. 토드헌터 씨는 언제고 필요한 때에 스스로 빠져나올 수 있기 때문에 나는 풀어주지 않았던 것입니다."

"네?"

두 사람은 저마다 서로 다른 음성으로 놀라움을 드러냈다.

후드 박사는 조용히 설명했다.

"나는 토드헌터 씨의 몸을 묶고 있는 매듭을 모두 조사해 보았습니다. 나는 밧줄을 묶는 방법에 대해서 조금 알고 있답니다. 그것도 범죄학의 한 분야니까요. 이 매듭은 다 토드헌터 씨가 직접 묶은 것이므로 직접 풀 수 있는 것입니다. 상대방 사나이가 그를 묶은 것이 아닙니다. 이런 식으로 밧줄을 묶고 있는 것은 교활한 속임수입니다. 격투의 희생자는 가엾은 글라스 씨가 아니라 자신이라고 생각하도록 만들려는 수법이지요. 글라스 씨의 시체는 마당에 묻혀 있거나 굴뚝 속에 쑤셔박혀 있을 겁니다."

좀 무겁고 답답한 침묵이 흘렀다. 방 안은 어느새 어두컴컴해졌다. 바닷바람에 흔들리는 마당의 큰 나뭇가지들이 아까보다 앙상하고 시커멓게 보였다. 어쩐지 나뭇가지들이 창가로 다가오고 있는 것 같았다. 그 모습은 아무리 보아도 바다의 괴물이었다. 문어나 낙지나 몸부림치는 바다 괴물들이, 이 비극의 희생자 실크해트를 쓴 무서운 사나이가 바다에서 올라왔을 때처럼, 지금 이 비극의 종말을 보기 위해 기어올라온 게 아닐까 생각될 정도로 주위는 병적인 공갈 협박의 기운으로 가득차 있었다. 협박은 인간의 죄 가운데 가장 병적인 것이다. 하나의 죄를 숨기기 위해 꼬리를 무는 범죄. 커다란 검은 상처를 감추기 위한 검은 고약.

늘 만족한 듯 조금 우습게까지 보이는 키 작은 신부의 얼굴이 호기심으로 긴장되었다. 그것은 맨 처음에 보여준 천진난만한 호기심과는 다른 관심이었다. 생각의 실마리를 잡았을 때 나타나는 창조적인 호기심이었다.

"다시 한 번 말씀해 주십시오. 그러니까 토드헌터 씨가 혼자서 자신을 묶을 수도 있고 풀 수도 있다는 말씀입니까?"

후드 박사가 되물었다.

"왜 납득되지 않습니까?"

그러자 갑자기 브라운 신부는 소리를 질렀다.

"하느님 맙소사! 옳아, 그럴 수도 있겠군요."

그는 놀란 토끼처럼 방을 가로질러가서 반쯤 가려져 있는 묶인 사나이의 얼굴을 찬찬히 들여다보았다. 그리고 어딘지 얼빠져보이는 얼굴을 돌리더니 좀 흥분한 목소리로 외쳤다.

"이 사람의 얼굴을 보고 모르시겠습니까? 저 눈을 좀 보십시오!"

후드 박사도 젊은 처녀도 신부의 시선을 따라 눈을 크게 떴다. 얼굴 아래쪽 반은 검은 스카프로 완전히 가려져 있었지만, 위쪽은 어딘지 진지하게 몸부림치는 표정이었다.

처녀는 몹시 애처로운 목소리로 외쳤다.

"눈빛이 이상해요. 어쩌면 괴로워하고 있는지도 몰라요!"

후드 박사가 대답했다.

"그렇지 않을 거요. 분명 저 눈은 이상한 표정을 하고 있습니다. 그러나 그의 눈언저리에 난 몇 가닥의 주름은 어떤 병적인 정신상태를 보여주는 징후라고 판단되는군요. 다시 말해서……."

"무슨 소리를 하는 겁니까. 웃고 있는 게 보이지 않습니까."

박사는 놀란 듯 상대방의 말을 되풀이했다.

"웃고 있다고요? 하지만 대체 뭐가 우스운 걸까요?"

브라운 신부는 변명 비슷하게 대답했다.

"솔직히 말해서 당신을 우스워하고 있는 겁니다. 아니, 이건 남의 일이 아니지. 나도 좋은 웃음거리가 될 뻔했군."

"어째서입니까?"

후드 박사는 좀 분개한 태도였다.

"이제야 겨우 토드헌터 씨의 직업을 알게 되었습니다."

브라운 신부는 발을 끌며 천천히 방 안을 돌아다니면서 갖가지 물건들을 하나하나 살펴보았다. 그때마다 기막히다는 듯 눈을 크게 떴다. 그리고 놀라운 듯이 웃음을 터뜨렸다. 그 모습을 잠자코 보고 있는 사람들은 무척 초조했다. 브라운 신부는 우선 아까 그 모자를 굽어보고 껄껄 웃었다. 다음에는 깨진 유리잔을 보며 배를 끌어안고 웃었다. 이윽고 단검 끝에 묻은 피를 보았을 때는 발작적으로 웃어서 숨이 넘어가지 않을까 생각될 정도였다. 마침내 브라운 신부는 초조해하는 전문가에게 몸을 돌렸다.

신부는 열광적인 목소리로 외쳤다.

"후드 박사님! 당신은 위대한 시인입니다! 당신은 아무것도 없는 곳에서 일찍이 들어보지 못한 이야기를 만들어 내었으니까요. 단순한 사실을 늘어놓는 일에 비해 얼마나 숭고한 일입니까? 그것에 비하면 진상 따위는 오히려 시시하고 흔해빠진 것이겠지요."

후드 박사는 거만한 태도로 말했다.

"무슨 소리인지 잘 알 수가 없군요. 내가 제시한 사실이 불완전한 건 어쩔 수 없지만, 아무튼 필연적인 추론에 따른 것입니다. 부분적으로는 직관, 뭐 시적인 감각이라고 말하고 싶으면 그래도 좋습니다만 그것에 따른 점도 있겠지요. 그러나 그것도 지금으로서는 알맞은 세부적인 내용이 확인되지 않았을 뿐입니다. 글라스 씨가 없다는 점은……."

"네, 그렇습니다."

키 작은 신부는 굉장히 열성스럽게 고개를 끄덕였다.

"우선 그것을 분명히 하지 않으면 안 됩니다. 글라스 씨가 없다는 점……. 네, 그는 정말 깨끗이 사라져 버렸습니다."

브라운 신부는 잠시 생각에 잠겼다.

"사라진 글라스 씨에 대한 이야기는 아마 아무도 들어보지 못할 겁니다. ”
후드 박사는 대답을 요구하듯 다그쳐물었다.
“이 마을에서 사라졌다고 생각하는 겁니까 ? ”
“모든 곳에서 사라졌습니다. 말하자면 자연계에서 존재하지 않는다
고나 할까요. ”
범죄학의 대가는 미소를 띠며 물었다.
“그럼, 글라스 씨라는 인물은 처음부터 없었다는 말씀입니까 ? ”
브라운 신부는 고개를 끄떡이며 중얼거렸다.
“정말 딱한 일입니다만…….”
오라이언 후드 박사의 웃음지은 얼굴이 갑자기 차갑게 굳어졌다.
“증거는 많이 있지만 우선 우리가 맨 처음 발견한 증거에서부터 확
인해 나갑시다. 우리가 이 방에 들어왔을 때 맨 먼저 눈에 띈 물건
부터 생각해 봅시다. 만일 글라스 씨가 존재하지 않는다면 이 모자
는 대체 누구의 것입니까 ? ”
브라운 신부가 대답했다.
“토드헌터 씨의 것입니다. ”
후드 박사는 화를 내며 큰 소리로 외쳤다.
“하지만 그에게는 맞지 않습니다. 쓸 수가 없습니다 ! ”
그러나 브라운 신부는 상냥하게 머리를 가로저었다.
“모자가 그에게 맞는다고 말하지는 않았습니다. 다만 그의 것이라
고 했을 뿐입니다. 만일 당신이 하찮은 표현상의 문제에 구애받는
다면 이 사람이 가지고 있던 모자라고 고쳐 말하겠습니다. ”
“그렇게 하면 뭐가 어떻게 달라지는 거지요 ? ”
범죄학자는 차가운 웃음을 띠었다. 키 작은 상냥한 신부가 짜증스
럽게 목소리를 높였다.
“이 집 앞 큰길을 똑바로 걸어 가장 가까운 모자 가게에 가 보십시

오, 보통 의미에서 '그의 모자'라는 것과 '그가 가지고 있는 모자'라는 표현의 차이를 이해하게 될 겁니다."
"모자 가게는 새 모자를 팔아 돈을 벌겠지만, 토드헌터 씨는 이 낡은 단 한 개의 모자에서 무엇을 얻었을까요?"
브라운 신부는 보란 듯이 대답했다.
"토끼!"
"뭐라고요?"
"토끼, 리본, 캔디, 금붕어입니다. 색 테이프들 말입니다. 밧줄의 속임수를 알아차렸을 때 알아차리지 못했습니까? 칼도 마찬가지입니다. 당신도 말씀하셨지만 토드헌터 씨는 겉으로 보기에 상처 하나 입지 않았습니다. 그러나 안쪽에 상처를 입고 있습니다."
맥너브 부인이 날카로운 목소리로 되물었다.
"안쪽이라면 양복 속의 맨살을 말하는 건가요?"
"토드헌터 씨의 양복 속이라고 말하지는 않았습니다. 토드헌터 씨의 안쪽이라고 했지요."
"말도 안 되는 소리! 대체 무슨 말을 하는 거요?"
브라운 신부는 아주 침착한 태도로 설명을 시작했다.
"토드헌터 씨는 마술사가 되기 위해 연습하고 있었습니다. 그리고 곡예사, 복화술사, 밧줄을 빠져나오는 명수가 되기 위해 열심히 연습하고 있었던 겁니다. 마술사라는 건 모자로 설명되지요. 머리털이 없었던 것은 대머리인 글라스 씨가 썼기 때문이 아닙니다. 이것은 아무도 쓴 적이 없는 모자입니다. 곡예사라는 건 세 개의 술잔으로 설명이 됩니다. 토드헌터 씨는 그것을 차례로 던졌다가 받아 쥐는 연습을 하고 있었습니다. 그러나 아직 서툴러서 그중 하나를 깨고 만 겁니다. 이 괴상한 칼은 역시 그가 마술사라는 것을 말해 줍니다. 칼 삼키기야말로 토드헌터 씨의 직업적인 자랑거리며 의무였지요. 그러나 이것 역시 연습 단계였기 때문에 목구멍 안쪽에 조금 상처를 냈습니다. 그러므로 나는 그 안쪽에 상처가 났다고 말한 겁니다. 저 표정을 보니 상처도 심한 건 아닌 모양이군요.

그는 지금 데번포트 형제처럼 밧줄을 빠져나오는 재주를 익히고 있는 중이었습니다. 막 빠져나오려는 순간 우리가 뛰어든 것입니다. 물론 트럼프도 마술도구입니다. 트럼프를 공중에 뿌리는 새로운 묘기를 연습하느라 트럼프가 바닥에 흩어져 있었습니다.

그가 자기 직업을 비밀에 붙여둔 것은 마술 방법을 비밀로 할 필요가 있었기 때문입니다. 마술사들은 모두 그렇지요. 그런데 실크해트를 쓴 건달이 그의 방 뒤창문으로 엿보러 왔다가 몹시 꾸중듣고 쫓겨간 일이 있었습니다. 단순히 그뿐인 일을 가지고서 우리는 이상하게 생각하며 그에게는 실크해트를 쓴 글라스 씨라는 망령이 그를 따라 다닌다는 엉뚱한 생각을 해버린 거지요."

매기가 눈을 크게 뜨고 물었다.

"그러나 방 안에서 들린 두 사람의 목소리는 어떻게 된 거지요?"

브라운 신부가 거꾸로 되물었다.

"매기는 복화술로 말하는 목소리를 들은 적이 없소? 복화술로 말하는 사람은 먼저 자기 목소리로 말하고 나서 대답할 때는 바로 그 새되고 부자연스러운 목소리를 내기 마련이오."

오랜 침묵이 흘렀다.

잠시 뒤 후드 박사가 의식적인 미소를 짓고 키 작은 신부를 바라보며 말했다.

"당신은 정말 독창적인 분이군요. 책에 쓰여진 어떤 이야기도 이처럼 멋있게 전개되지는 못할 겁니다. 그런데 당신도 역시 충분히 설명하지 못하는 부분이 있군요. '글라스'라는 이름 말입니다. 맥너브 양은 토드헌터 씨가 누군가를 향해 글라스 씨라고 부르는 소리를 분명 들었습니다.”

브라운 신부는 느닷없이 어린아이처럼 웃기 시작했다.

“그렇지, 바로 그겁니다. 그것이 이 터무니없는 이야기의 마지막 부분입니다. 우리의 곡예사 친구는 여기서 세 개의 글라스를 차례로 던지고는 큰 목소리로 세면서 하나하나 받았던 것입니다. 그리고 실수로 떨어뜨리면 설명을 달았지요. 실제로 그는 이렇게 말했겠지요. ‘하나 둘, 셋, 실수했군, 글라스 하나, 하나 둘 셋, 또 실수했군, 글라스.’ 이런 식으로 말입니다.”

잠시 침묵이 방 안을 지배했으나, 마침내 모두들 웃음을 터뜨렸다. 방구석에 있던 마술사는 만족스러운 듯이 밧줄을 풀고 단번에 빠져나오자 허리 굽혀 절하고 방 한가운데로 걸어나와 주머니에서 파랑과 빨강 두 가지 색으로 인쇄된 광고지를 꺼냈다. 거기에는 이렇게 적혀 있었다.

‘세계 최대의 마술사, 복화술사, 밧줄 빠져나오기의 명수, 인간 캥거루 잘라딘이 참신한 묘기를 가지고 이번 주 월요일 8시 스카버러의 엠파이어 파빌리온 극장에 등장하다!’

도둑 천국

플로렌스의 젊은 시인으로 최고의 독창성을 자랑하는 위대한 무스카리는 목적지인 레스토랑으로 서둘러 들어갔다. 바로 지중해를 굽어보는 곳에 자리잡은 레스토랑으로, 차양이 바다 쪽으로 튀어나오고 레몬과 오렌지 나무를 심은 낮은 산울타리가 둘러져 있었다.

하얀 앞치마를 두른 사환들이 한눈에 고급임을 알 수 있는 점심식사를 흰 테이블보 위에 차려놓는 중이었다. 좀 이른 점심 준비였다. 그 분위기는 손님들의 자랑스러운 기분을 유감없이 만족시켜 주었다.

무스카리는 단테 같은 매부리코에 머리카락이 검었다. 그는 목에 두른 침침한 빛깔의 목도리를 머리카락과 함께 바람에 날리며 검은 망토를 걸치고 있었다. 베니스 사람들이 좋아하는 멜로드라마의 등장인물이 갑자기 나타났다 해도 좋을 듯했다. 거기에 검은 마스크라도 쓴다면 더할 나위 없이 훌륭하리라. 중세의 서정시인으로 자처하는 무스카리는 그리스도교의 성직자와 마찬가지로 시인에게는 확고한 사회적 임무가 있다고 믿었다. 결투용 칼을 허리에 차고 기타를 튕기던 중세 돈 후안의 생활이 그의 동경의 대상이었다.

무스카리는 어디든 칼집과 만돌린 케이스를 들고 다녔다. 그 칼은 많은 빛나는 결투에서 승리를 거두어 온 것이었다. 또한 그는 언젠가 휴일을 이용하여 요크셔로 가서 그곳 은행가의 딸인 에셀 해로게이트를 위해 이 만돌린으로 세레나데를 연주했었다. 그 은행가의 딸은 인습을 아주 존중하는 여자였다. 그러나 무스카리는 결코 허풍쟁이도 아니고 어린아이도 아니었다. 다만 무언가를 좋아하게 되면 한시도 참을 수 없어 자신이 그렇게 되지 않고는 직성이 풀리지 않는 정열적인 라틴 사람일 뿐이었다.

무스카리의 시는 여느 사람의 산문처럼 이해하기 쉬웠다. 명예와 술과 미인을 열렬하고 솔직히 숭배했다. 그것은 모호한 이상과 타협으로 만족하는 북유럽 사람들로서는 도저히 이해할 수 없는 것이었다. 모호함에 익숙한 사람들에게는 그의 솔직함이 위험한 것으로 보였으며, 범죄의 냄새마저 풍겼다. 무스카리는 너무 단순하여 오히려 신용을 얻지 못했다.

그 영국 은행가와 아름다운 딸은 무스카리의 마음에 든 레스토랑이 딸린 호텔에 묵었다. 실은 그렇기 때문에 이곳이 무스카리의 마음에 들었는지도 모른다. 레스토랑에 들어서자마자 주위를 획 훑어보았으나 그가 찾고 있는 영국인 부녀는 눈에 띄지 않았다. 레스토랑은 손님이 오기를 기다리고 있었으나 손님은 아직 드물었다. 신부 두 사람이 구석 테이블에 앉아 이야기하고 있었다. 무스카리는 열성적인 가톨릭 신자였지만 검은 수단을 입은 두 신부를 두 마리의 까마귀만큼도 염두에 두지 않았다.

바로 이때 거기서 조금 떨어진 곳, 열매가 맺혀 황금빛으로 빛나는 키 작은 오렌지 나무로 반쯤 가려진 테이블에서 한 사나이가 일어나 다가왔다. 무스카리에게 싸움을 거는 게 아닌가 생각될 정도로 그와는 대조적인 옷차림이었다.

　사나이는 검은색과 흰색 바둑판 무늬의 트위드 양복을 입고 있었다. 칼라를 빳빳이 세우고 핑크색 넥타이를 맸으며 끝이 뾰죽한 노란색 구두를 신고 있었다. 피서지 바닷가를 찾아온 순진한 런던 사람처럼 평범하면서도 눈을 끄는 차림이었다. 이 런던 사람 같은 사나이가 가까이 다가오자, 옷차림과 전혀 다른 분위기를 풍기는 그의 얼굴 생김새에 무스카리는 놀랐다. 이탈리아 사람 같은 머리, 곱슬곱슬한 머리카락, 가무잡잡한 피부에 명랑해 보이는 느낌. 그 머리가 보드지처럼 빳빳이 선 칼라와 멋부린 핑크 넥타이 위에 오똑 서 있었다. 그런데 얼굴이 낯익었다.

　영국식 정장을 차려입었으나 자세히 보니 바로 이미 잊혀져가고 있던 옛 친구 에차였다. 에차는 대학시절에 천재로 불렸고, 15살 때 이미 장래가 촉망되었던 젊은이였다. 앞으로 그의 명성이 온 유럽을 휩쓸 거라는 소문이었다. 그러나 학교를 졸업한 뒤로 그에게는 계속 불운이 닥쳤다. 맨 먼저 극작가와 선동 정치가가 되어보았으나 두각을 나타내지 못했다. 그 뒤 남몰래 배우니 외판원이니 위탁판매원이니 저널리스트 같은 직업을 전전해 보았지만 모두 신통치 못했던 모양이다. 아무튼 마지막에는 극장 관객석에 드나든다는 소문이었다. 분명 배우 생활의 자극으로 그를 망친 것이리라.

"에차 ! "

무스카리는 벌떡 일어나 상대방의 손을 힘껏 쥐었다. 너무 반가워 정신이 멍할 정도였다.

"자네가 분장실에서 갖가지 의상을 입고 있는 건 보았지만 설마 이처럼 영국 신사가 될 줄은 몰랐는걸. "

에차는 점잖은 목소리로 말했다.

"이건 영국 사람의 복장이 아니라네. 이탈리아 사람들의 미래 복장이지."

"그렇다면 솔직히 말해서 나는 과거의 이탈리아 사람 쪽이 더 좋네."

"그건 자네 사고가 낡았기 때문일세."

트위드 양복을 입은 젊은이는 당치도 않다는 듯이 머리를 내저었다.

"그것은 이탈리아인의 잘못이기도 하지. 16세기에 우리 이탈리아인은 여명기를 만들었네. 최신 강철과 최신 조각과 최신 화학으로 앞서갔지. 그러니 현대 이탈리아인이 최신 공장과 최신 모터와 최신 재정과 최신 의상을 가져서 안 될 이유는 없지."

"그런 것이 그만큼 가치있는 걸까? 그런 방법으로 이탈리아인을 진보시킬 수는 없을 걸세. 그들은 자네 주장을 덮어놓고 받아들일 만큼 둔하지 않으니까. 넉넉하게 생활해 나갈 지름길이 있는데 굳이 새롭고 힘든 방법을 택하려고 생각지 않을 걸세."

"흥, 나에게 있어서는 단눈치오 (1863~1938. 이탈리아의 시인·소설가. 19세기 말 유럽 데카당스 문학의 대표적 존재이다)가 아니라 마르코니 (1874~1837. 이탈리아의 발명가. 무선전신 분야에 뛰어난 업적을 남김)야말로 이탈리아의 스타일세. 그러니까 미래파도 되고, 여행 안내인도 된 거라네."

그러자 무스카리는 웃는 목소리로 말했다.

"뭐, 여행 안내인이라고? 그것이 자네 직업 리스트의 마지막인가. 그래, 지금은 누구를 안내하고 있나?"

"해로게이트라는 신사와 그 가족이지."

"그렇다면 이 호텔에 묵고 있는 은행가 아닌가!"

시인은 무릎을 앞으로 내밀었다.

"그렇다네."

그러자 서정시인은 천진스럽게 물었다.

"그것으로 벌이가 되나?"

"물론이지."

에차는 수수께끼 같은 미소를 지었다. 그리고 화제를 바꾸려는 듯 엉뚱한 말을 꺼냈다.

"하지만 나는 좀 색다른 안내인일세. 그 신사에게는 딸이 있지. 아들도 있고."

무스카리가 잘라 말했다.

"딸은 여신 같지. 아버지와 아들은 평범한 사람들이지만. 그 은행가는 마음씨 착한 전형적인 인물로 생각되지 않나? 해로게이트 씨는 금고에 수백만금의 돈을 가지고 있다네. 그런데 내가 가지고 있는 것은 이 처량한 주머니뿐일세.

그러나 그렇다고 해서 그가 나보다 똑똑하다든가 용감하다든가 훨씬 정력적이라 생각지는 않네. 그럴 리가 없지. 그는 조금도 영리하지 못해. 얼빠진 눈빛을 하고 있으니까. 정력적이라는 말은 당치도 않아. 중증환자처럼 의자 사이를 겨우 절름거리며 다닐 뿐이야. 그 사람은 양심적이고 친절한 늙은 바보라네. 부자란 사실 아이들이 우표 수집에 열을 올리듯 돈을 긁어모은 사람에 지나지 않아.

에차, 자네는 너무 일에 열중하는 것 같네. 아무것도 지나치게 할 필요는 없네. 그처럼 빈틈없이 돈을 벌기 위해서는 돈을 뒤쫓는 멍청이가 되어야 할 테니까."

에차는 우울하게 대답했다.

"나는 돈을 뒤쫓는 멍청이가 아닐세. 그건 그렇고, 은행가에 대한 그 비판은 잠시 중단하는 게 좋겠군. 저기 본인이 나타났어."

부유한 은행가 해로게이트가 막 레스토랑으로 들어온 참이었다. 그러나 누구 한 사람 그를 쳐다보지 않았다. 그는 떡 벌어진 몸집의 나이 지긋한 신사로, 파란 눈이 흐릿하고 코밑수염은 윤기 없이 하얗게

세어 있었다. 등이 심하게 굽지만 않았다면 육군 대령쯤으로 보일 것이다. 그는 뜯지 않은 편지를 몇 통 들고 있었다. 그의 아들 프랭크는 보기에도 멋진 젊은이였다. 곱슬머리, 볕에 그을린 피부, 늠름한 모습이 어디로 보나 남성적이었다. 그러나 아버지와 마찬가지로 아무도 그를 쳐다보려고 하지 않았다.

모든 사람들의 눈길은 언제나처럼 에셀 해로게이트에게로 쏠렸다. 고대 그리스인 같은 금발, 맑고 발그레한 볼, 여신 같은 모습이 사파이어를 녹인 듯한 바다와 잘 조화되었다. 시인 무스카리는 무엇인가 삼킨 것처럼 숨을 깊이 들이마셨다. 사실 그는 '고전'의 아름다움을, 그의 조상들이 만들어낸 그 아름다움을 들이마시고 있었던 것이다. 에차도 역시 열심히, 그러나 좀 당황한 얼굴로 에셀을 바라보고 있었다.

에셀 해로게이트는 이런 경우 더욱 명랑해지고 이야기도 잘했다. 그녀의 가족들은 관대하고 소탈한 대륙적 기질에 완전히 익숙해 있었다. 그래서인지 외국인인 무스카리와 안내인인 에차에게까지 동석을 허락하고 재미있는 이야기를 나누었다. 아름다운 겉모습과 달리 에셀 해로게이트는 아주 평범한 처녀였다. 아버지의 재산을 자랑스럽게 생각하고 유행하는 놀이를 즐기며, 태도는 상냥하지만 아주 변덕스러운 여자였다. 그러나 아무리 거만스럽게 굴어도 귀여운 것만은 틀림없었고, 점잖은 척하는 태도마저 신선하고 유쾌하게 느껴지는 선량한 천성을 타고난 빛나는 여자였다.

에셀의 가족들은 이번 주일에 계획하고 있는 산행이 위험할 거라는 소문을 들었다. 그래서 모두들 완전히 흥분에 빠져 있었다. 바위와 눈사태의 위험이라면 대단할 것도 없지만, 이것은 그보다 더 낭만적인 어떤 것이었다. 산적, 말하자면 요즘에는 전설이 된 산적이 지금도 아펜니노 산맥 근처에 출몰하여 지나가는 사람을 붙잡는다고 믿었던 것이다.

에셀은 여학생처럼 물었다.

"그 지방은 이탈리아 왕이 다스리는 게 아니라 산적 두목이 다스리고 있다지요? 그 두목은 누구지요?"

무스카리가 그 질문에 대답하여 설명했다.

"당신 나라의 로빈훗과 비슷한 위대한 인물입니다, 아가씨. 지금으로부터 몇십 년 전 산적은 이미 없어졌다고 믿어질 무렵, 두목 몬타노에 대한 소문이 처음으로 퍼졌습니다. 그리고 그 권력은 말없는 혁명처럼 무섭게 번져나갔습니다. 산골 마을 여기저기에 그의 무서운 포고문이 적힌 전단이 나붙었고, 모든 산골짜기에는 총을 든 그의 부하가 지키고 서 있는 상황이 되었습니다. 이탈리아 정부는 그들을 내쫓기 위해 여섯 번에 걸쳐 내전을 벌였으나 마치 나폴레옹 군대를 상대하고 있는 것처럼 번번이 졌습니다."

그러자 은행가가 입을 열었다.

"영국에서는 도저히 그런 일이 허락되지 않습니다. 아무튼 다른 길을 택하는 것이 무난하겠지요. 그러나 안내인은 전혀 걱정 없다고 말했었는데……."

에차가 비웃듯이 잘라 말했다.

"물론이지요. 조금도 걱정할 필요가 없습니다. 나는 스무 번이나 그 고개를 넘어간 적이 있으니까요. 하기야 할머니들이 젊었던 시절에 킹이라는 나이많은 악한이 있었다고 하지만, 지어낸 말이 아니라 하더라도 벌써 과거의 일입니다. 산적은 전멸하고 없습니다."

무스카리가 다시 끼어들었다.

"전멸했다고 할 수는 없겠지. 무장봉기는 남유럽 사람들의 전통예술이니까. 남유럽 농민들은 역시 남유럽 산과 닮은 데가 있답니다. 겉으로는 우아한 초록빛 기쁨에 싸여 있으나 밑바닥엔 불을 잠재워

두고 있지요. 똑같은 고난을 당해도 북유럽 가난뱅이들은 대개 술타령을 벌이기 시작하지만, 남유럽 가난뱅이들은 단호히 칼을 뽑아 든답니다. ”

에차가 비웃었다.

“그건 시인의 잠꼬대일세. 무스카리 각하께서 만일 영국인이었다면 지금쯤 런던 한복판에서 노상강도를 찾고 있겠지. 내 말을 믿어주십시오, 해로게이트 씨. 보스턴에서 머리 가죽을 벗기는 인디언이 있습니까? 마찬가지입니다. 이탈리아에서 산적에게 잡혀갈 위험은 전혀 없어요. ”

해로게이트는 떨떠름한 얼굴로 물었다.

“그럼, 당신은 아직도 산을 넘어갈 작정이오? ”

에셀이 눈을 반짝이며 무스카리 쪽을 돌아보았다.

“무서운 이야기군요. 고개를 지나가는 것이 정말 위험하다고 생각하세요? ”

무스카리는 검은 머리를 뒤로 홱 젖혔다.

“네, 위험하다고 생각됩니다. 그러나 나도 내일 고개를 넘습니다. ”

아름다운 에셀이 은방울을 굴리는 듯한 목소리로 재미있게 떠들며 아버지와 안내인과 시인과 더불어 레스토랑을 나간 뒤 은행가의 아들 프랭크는 혼자 남아 백포도주를 마시며 담배에 불을 붙였다.

그때 구석자리의 두 신부가 일어났다. 키 크고 머리가 흰 이탈리아인이 작별인사를 하자 뒤에 남은 키 작은 신부가 몸을 돌려 프랭크 쪽으로 다가왔다. 신부가 영국인이어서 프랭크는 깜짝 놀랐다. 프랭크는 언젠가 가톨릭 신자인 친구가 마련한 사교적 모임에서 이 신부를 만난 적이 있음을 어렴풋이 생각해 냈다. 그러나 그의 기억을 다 떠올리기도 전에 신부가 큰 소리로 말했다.

“프랭크 해로게이트 씨지요? 전에 한 번 만난 적이 있는데, 잊으셨을지 모르겠군요. 지금부터 하려는 이야기는 오히려 모르는 사람에게 듣는 편이 낫겠지요. 해로게이트 씨, 잠깐 한마디 드리고 싶어 실례하겠습니다. 만약 누이동생이 몹시 슬퍼한다면 신경써 잘 돌봐 주십시오.”

프랭크는 사실 누이동생에 대해 무관심했다. 그런데 아까의 그 쾌활한 모습이 눈에 스치며 비웃는 듯한 웃음 소리가 아직도 귀에 울리는 듯했다. 귀를 기울이자 호텔 뜰에서 에셀의 웃음 소리가 들려왔다. 프랭크는 여우에게 홀린 듯한 기분으로 충고하는 신부를 쳐다보았다.

“산적 이야기입니까?”

그러고 나서 자신이 왠지 모르게 느끼고 있던 두려움이 생각나 다시 덧붙였다.

“아니면 무스카리 씨에 대해서인가요?”

그러자 기묘한 신부가 대답했다.

“사람은 절대로 진정한 슬픔에 대해 생각하려고 하지 않는답니다. 그렇게 되었을 때는 될 수 있는 대로 친절하게 대해 주는 것이 가장 좋지요.”

그리고 신부는 재빨리 레스토랑을 나갔다. 뒤에 남은 프랭크는 멍하니 입을 벌리고 있었다.

그로부터 며칠 지난 뒤 그들을 태운 마차는 돌과 바위로 울퉁불퉁한 산길을 기듯이 올라갔다. 에차는 위험 따위는 전혀 없다고 큰소리쳤고, 무스카리는 단호히 위험에 도전했으며, 은행가 가족들은 어찌됐든 처음 예정대로 실행하기로 결정했던 것이다. 무스카리도 그들의 산행에 가담했다. 그런데 그들을 더욱 놀라게 한 것은 그 레스토랑에 있던 키 작은 신부가 해안도시의 마차 역에 나타난 일이었다. 그도 역시 볼일이 있어 중부지방의 산을 넘어가야만 한다고 말했으나 프랭크로서는 아무래도 며칠 전의 그 수수께끼 같은 충고와 관계있는 것 같아 견딜 수 없었다.

마차는 안내인의 매우 근대적인 재능이 창안해 낸 일종의 유람마차로, 안이 꽤 넓었다. 안내인 에차는 그 과학적인 사고와 통쾌한 재치로 말미암아 이 모험여행의 주역이 되었다. 도둑에게 붙잡힐 걱정 따위는 어느새 사라지고 화제에 오르는 일조차 없었다. 그러나 그들은 아주 간단한 무장을 하고 있었다. 안내인과 프랭크는 탄환을 넣은 권총을 가지고 있었고, 어린아이처럼 떠들어대는 무스카리도 검은 망토 속에 날카로운 단검을 숨겨두었다.

무스카리는 맨 먼저 마차로 뛰어올라 아름다운 영국 아가씨 옆에 자리잡았다. 그리고 그녀의 다른쪽 옆자리에는 브라운이라는 이름의 신부가 앉았다. 다행히도 이 신부는 말이 없는 사람이었다. 안내인과 은행가와 그 아들 프랭크는 뒷자리에 앉았다. 위험이 닥쳐온다고 진심으로 믿고 있는 무스카리는 늠름해 보였으며, 미치광이 같은 말투로 줄곧 에셀에게 이야기를 걸고 있었다.

이윽고 과수원을 떠올릴 만큼 나무들이 무성한 골짜기 같은 바위산 사이를 누비고 현기증이 날 정도로 가파른 비탈에 이르자 에셀의 마음도 역시 태양이 소용돌이치는 보랏빛으로 물든 끝없는 하늘로 날아 올라가는 듯했다. 하얀 길은 마치 흰 고양이가 기어가는 것처럼 이어졌다. 길은 햇빛 한 줄기 비치지 않는 깊은 골짜기에 팽팽하게 걸쳐놓은 한 가닥 밧줄처럼 달리는가 하면, 멀리 보이는 산꼭대기를 휘감으며 고리처럼 동그라미를 그리며 계속 올라갔다.

꽃들이 만발한 화려한 들판이 끝없이 이어졌다. 빛깔 고운 물총새며 앵무새며 벌새들이 햇빛 속에서 바람을 가르며 뒤로 사라지고, 눈부실 정도로 아름다운 온갖 꽃들이 어우러져 피어 있었다. 초원과 숲의 아름다움으로 치자면 영국이 으뜸갈 것이고, 장중한 고개라든가 골짜기라면 스노든 봉우리나 글렌코 골짜기를 따를 만한 것이 없다. 그러나 여기에는 북유럽의 산맥처럼 깎아지른 듯한 산봉우리 비탈에 남국 특유의 자연공원이 펼쳐져 있었다.

그 산골짜기에는 영국의 전원처럼 곡식이 무르익어 있었다. 아무튼 이것은 에셀 해로게이트로서는 태어나서 처음 보는 풍경이었다. 영국의 황량한 깊은 산이 불러일으키는 싸늘한 적막 같은 것은 전혀 느껴지지 않았다. 지진으로 말미암아 갈라진 모자이크의 궁전이라고밖에 표현할 수 없는 경치였다. 아니면 다이너마이트로 폭파되어 별나라에 날아오른 튤립 꽃밭이라고나 할까.

이윽고 에셀이 말했다.

"비치헤드 위에 있는 큐 식물원 같군요."

그러자 무스카리가 설명했다.

"이것이 우리 이탈리아의 비밀이며, 화산의 신비입니다. 이것은 또 혁명의 비밀이기도 합니다. 모든 것이 더없이 장렬하고 결실이 풍부합니다."

에셀은 그에게로 웃음지은 얼굴을 돌렸다.

"당신 쪽이 훨씬 더 장렬한데요!"

무스카리는 고백했다.

"하지만 결실이 풍부하다고 말할 수는 없습니다. 만일 오늘밤 죽는다면 결혼도 못하고 바보스러운 꼴로 가버리는 것이 될 테니까요."

잠시 어색한 침묵이 흐른 뒤 에셀이 말했다.

"내가 당신을 끌고온 건 아니에요, 무스카리 씨. 남의 탓으로 돌리지 마세요."

"물론 당신 때문은 아닙니다. 트로이가 패한 것이 당신 때문이 아니듯 말입니다."

그때 마차는 아주 위험한 길모퉁이에 이르렀다. 길이 꼬부라진 데다 새 날개 모양의 큰 바위가 쑥 내밀어져 있었다. 벽에 달린 선반처럼 산허리를 깎아 만든 좁은 길을 가로막는 그 커다란 그림자를 보고 말이 겁먹은 듯 큰소리로 울었다.

곧 마부가 뛰어내려 말머리를 잡고 달랬으나 가라앉지 않았다. 말 한 마리가 앞발을 쳐들고 우뚝 서 버린 것이다. 뒷발로만 딛고 선 말은 거인처럼 무섭게 거대해 보였다.

그러자 완전히 균형을 잃은 마차는 배처럼 기우뚱하며 위로 솟아올랐다가 절벽에서 길로 뻗어나온 딸기나무 덤불에 무섭게 곤두박질쳤다. 무스카리는 한쪽 팔로 에셀을 끌어안았다. 에셀은 큰 소리를 지르며 꼭 달라붙었다. 무스카리는 바로 이런 순간을 위해 살아온 것이었다.

시인의 머리 주위에서 화려한 절벽이 보랏빛 물레방아처럼 빙글 한 번 돌았을 때 더욱 경탄할 만한 일이 벌어졌다. 늙고 둔한 은행가가 마차 안에서 벌떡 일어나는가 싶자 마차가 굴러떨어지는 속도보다 더 빨리 절벽을 뛰어내려갔다. 처음에는 자살이나 다름없는 위험한 행위로 생각되었으나 다음 순간 안전한 투자처럼 분별있는 일이었음을 깨달을 수 있었다. 요크셔 태생인 그는 무스카리가 생각했던 것보다 분명히 현명하고 기민했다. 그가 뛰어내린 곳은 그가 안전하게 착지하도록 미리 깔아둔 것처럼 잔디와 클로버가 무성한 곳이었다.

나동그라진 모습은 위엄을 좀 손상한 것처럼 여겨졌으나 어찌되었든 무사했다. 이 급커브 바로 밑 우묵한 곳에는 목장처럼 풀과 꽃이 무성했다. 긴 자락을 두른 녹색 옷에 같은 색깔의 벨벳으로 주머니를 붙인 것 같았다. 모두들 상처 없이 발 끝으로 내려서거나 구르기도 하며 녹색 주머니 지대로 옮겼다. 가지고 있던 짐은 물론 주머니에 든 물건까지 죄다 쏟아져나와 가까운 풀밭에 흩어졌다. 부서진 마차

는 아직도 떨기나무 덤불에 얹혀 있었다. 말들은 숨을 헐떡이며 비탈
길을 달려 내려오려는 참이었다.

누구보다도 먼저 일어난 키 작은 신부가 깜짝 놀란 얼빠진 얼굴로
머리를 만지며 중얼거리는 소리를 프랭크 해로게이트는 들었다.

"대체 어떻게 이런 묘한 곳에 떨어졌을까."

브라운 신부는 주위에 흩어진 자질구레한 물건들을 눈을 껌벅이며
바라보더니 늘 들고다니는 볼품없는 우산을 얼른 집어들었다. 우산
옆에 무스카리의 머리에서 떨어진 챙 넓은 펠트 모자가 구르고 있었
다. 그리고 그 옆에 아직 뜯지 않은 사업용 편지가 떨어져 있었는데
신부가 수신인의 이름을 흘끗 보더니 은행가에게 건네주었다. 그 반
대쪽에 에셀의 양산이 풀 사이에 반쯤 감춰져 있었으며, 바로 뒤에는
길이가 5센티미터도 안 되는 이상한 유리병이 있었다. 신부는 그 유
리병을 집어들어 조심스럽게 마개를 뽑고 냄새를 맡았다. 멍한 얼굴
이 금방 흙빛으로 변했다. 그는 나직이 중얼거렸다.

"하느님, 우리를 구원하여 주옵소서. 그녀의 것일까? 설마 슬픔이
벌써 그녀를 덮친 것일까?"

신부는 작은 병을 가만히 조끼 주머니에 집어넣었다.

"좀더 알게 될 때까지 여기 넣어두는 수밖에 없겠지."

신부는 안타까운 듯이 젊은 여자를 바라보았다. 그녀는 꽃 사이에
서 무스카리의 부축을 받으며 일어나는 참이었다.

무스카리가 말을 걸었다.

"우리는 천국에 와 있는 겁니다. 왜냐하면 사람이 떨어질 때는 반
드시 일단 올라갔다가 떨어지는 법인데, 우리는 위로 떨어졌으니까
요. 이것은 하늘에 계신 신들에게나 가능한 일입니다."

그녀가 갖가지 빛깔의 꽃밭에서 일어나는 모습은 참으로 아름답고
행복해 보였다. 그것을 보자 신부는 의심을 털어 버리고 생각을 바꾸

었다.

  '저 독약은 결코 그녀의 것이 아니야. 아마 무스카리의 통속극 취미
  에 쓰이는 소도구일 테지.'

  무스카리는 가볍게 여자를 일으켜 세우자 얼토당토않게 연극적인
몸짓으로 절을 한 다음 뒤로 젖혀진 단검을 뽑아 팽팽히 당겨진 말고
삐를 끊었다. 말은 앞을 다투어 일어나며 잠시 동안 풀밭에서 울부짖
었다. 바로 이때 놀라운 일이 벌어졌다. 초라한 옷차림의 햇볕에 그
을린 사나이가 소리도 없이 떨기나무 덤불에서 나타나 말머리를 잡아
눌렀던 것이다. 그는 날이 넓고 비틀어진 칼을 허리춤 벨트에 꽂고
버클로 채워두었다. 이 사나이가 갑자기 소리없이 나타난 것만 빼놓
는다면 이상한 일은 전혀 없었다. 시인이 누구냐고 물었으나 사나이
는 대답이 없었다.

  무스카리는 움푹 파인 곳에서 넋나간 사람들을 바라보고 있었는데,
그때 그 바로 아래 바위 뒤에서 그들을 엿보는 사람이 있음을 알아차
렸다. 햇볕에 그을린 황갈색 피부에 누더기를 걸친 그 사나이는 겨드
랑이에 소총을 끼고 두 팔꿈치를 잔디 위에 짚고 있었다. 무스카리는
아까 굴러떨어져온 길을 올려다보았다. 거기에는 네 개의 총구가 그
들을 겨누고 있었다. 햇빛에 그을린 갈색 피부의 네 사나이가 눈을
반짝이며 목표를 겨누고 있었던 것이다.

  "산적이다!"

  무스카리의 목소리에는 이상하게도 반가운 듯한 울림이 담겨 있었
다.

  "흐음, 이건 함정이었군. 여보게, 에차. 먼저 저 마부를 쏘게. 그
  러면 아직 도망칠 길은 있네. 상대는 겨우 여섯 명이니까."

  "마부는 해로게이트 씨의 하인이라네."

  에차는 주머니에 손을 찌른 채 씁쓰레한 얼굴로 우두커니 서 있었

다. 무스카리는 애타는 듯이 큰 소리로 외쳤다.

"그렇다면 더욱 쏘아야지. 돈에 팔려 주인의 마차를 뒤집어 엎었으니까! 아가씨를 한가운데 두고 저기를 돌파하세. 자, 전진."

야생풀과 꽃을 짓밟으며 그는 네 개의 총구 쪽으로 두려움 없이 나아갔다. 그러나 그 뒤를 따른 것은 해로게이트의 아들뿐이었다.

무스카리는 적을 향해 칼을 겨누면서 돌아보았다. 안내인은 움푹 파인 곳 한가운데에 발을 벌리고 침착하게 서 있었다, 손을 여전히 주머니에 집어넣은 채. 비꼬는 것 같은 그 이탈리아인의 긴 얼굴이 저녁 햇살을 받아 더욱 길어 보였다.

에차가 말했다.

"무스카리, 자네는 나를 학교 친구들 가운데 실패한 사람으로 생각하고 자신은 성공한 사람이라고 여기네. 그러나 나는 자네보다 성공했고, 역사에 보다 큰 발자국을 남기고 있지. 자네가 서정시를 쓰는 동안 나는 땅 위에서 서사시를 보여주고 있었던 거라네."

무스카리가 위에서 우레같이 큰 소리로 외쳤다.

"자, 어서 오게, 에차! 그런 곳에 우두커니 서서 시시한 자네 이야기나 하고 있을 때가 아닐세. 도와주어야 할 귀부인이 있어. 늠름한 사나이들이 셋이나 있으니 걱정할 건 없겠지."

그러자 안내인이 무스카리에게 지지 않을 만큼 우렁찬 목소리로 대답했다.

"그럼, 신분을 밝히겠네. 내가 바로 몬타노, 그 이름높은 산적 두목일세. 여러분을 모두 우리의 여름 궁전으로 초대하겠소."

에차가 자기소개를 하는 동안 무기를 손에 든 말없고 거친 다섯 사나이가 떨기나무 덤불 속에서 나와 명령을 기다리며 몬타노를 지켜보았다. 그중 한 사나이는 손에 큰 종이를 들고 있었다.

산적인 안내인은 여느때와 다름없이 태평스럽고 심술궂은 미소를 띠며 이야기를 계속했다.

"지금 우리가 피크닉을 즐기는 이 아름다운 땅과 이 아래쪽의 몇몇 동굴은 '도둑 천국'으로 불리고 있습니다. 이 근처 산지를 지배하는 주요 거점이지요. 아시겠지만 이 요새는 저 윗길에서도 골짜기 아래에서도 사람들 눈에 띄지 않습니다. 난공불락일 뿐만 아니라 도무지 보이지 않는답니다. 나는 대개 여기서 지내고 있습니다. 만일 경찰이 냄새를 맡고 밀려오면 여기서 죽을 작정입니다. 이래 봬도 나는 단수 높은 범죄자라서 준비된 것만 믿다가 붙잡히는 짓은 하지 않습니다. 언제나 마지막 탄환은 자신을 위해 남겨둡니다."

모두들 벼락을 맞은 것처럼 그를 지켜보았다. 그러나 브라운 신부만은 안도의 한숨을 크게 내쉬고 주머니 속에서 유리병을 꼭 쥐며 중얼거렸다.

"다행이군. 그렇다면 있을 법한 일이야. 물론 독약은 이 산적 두목의 것임에 틀림없어. 로마 정치가 카토(BC 95~BC 46. 고대 로마 공화정 말기의 정치가. 카이사르의 정적이다. BC 46년 아프리카의 타푸스에서 폼페이우스가 패전하였다는 보고를 받자 우티카에서 스스로 목숨을 끊었다)처럼 살아서 붙들리지 않겠다는 각오로 가지고 다녔겠지."

산적 두목은 여전히 겸손하면서도 무례한 말투로 이야기를 계속해 나갔다.

"이제부터 여러분을 환대하기 위한 사교상의 조건을 설명드리겠습니다. 옛날부터 전해 내려오는 몸값에 대한 이상한 규칙은 새삼 자세히 말할 필요도 없을 것입니다. 산적으로서 그 규칙에 따르는 것은 당연하기 때문입니다. 그리고 이것은 여러분 모두에게 해당되지는 않습니다. 브라운 신부님과 저명하신 무스카리 각하는 내일 새벽 감시 초소까지 호위를 딸려 보내드리겠습니다. 솔직히 말해서 시인이나 신부에게 돈이 있을 리 없으니까요. 아무것도 뜯어낼 것이 없으니 두 분에게는 아쉬운 대로 나의 고전문학 취미와 거룩한 가톨릭에 대한 존경을 보여드리겠습니다. "

그는 불쾌한 미소를 띠며 잠시 말을 끊었다. 브라운 신부는 흘끗 그를 훔쳐보고서 다시 열심히 듣는 척했다. 선적 두목은 부하에게서 받아든 큰 종이로 눈길을 보내며 말을 계속했다.

"우리의 또 한 가지 목적은 지금부터 여러분에게 돌릴 이 공고문을 읽으면 잘 알게 될 겁니다. 여러분이 보고 나면 이것을 곧 골짜기 마을들과 산길 네거리 나무에 붙이겠습니다. 문장은 마음대로 고쳐도 좋습니다. 선고문 내용은, 첫째, 우리는 영국의 부호이며 경제계의 거물인 새뮤얼 해로게이트 씨를 사로잡았다, 둘째, 그는 우리에게 2천 파운드의 지폐와 증권을 양도했다는 것입니다. 그러나 실제로 일어나지 않은 일을 써붙여 쉽게 믿어버리는 정직한 여느 사람들을 속이는 것은 바람직한 일이 못 됩니다. 그러므로 이것을 곧 실천에 옮기겠습니다. 해로게이트 나리, 주머니에 든 2천 파운드를 모조리 꺼내 주시지요. "

은행가는 눈살을 찌푸리고 그를 바라보았다. 온 얼굴에 붉은 칠을 한 것처럼 분노가 치밀어 올랐으나 겁에 질려 있는 것만은 틀림없었다. 굴러떨어지기 바로 직전 마차에서 용감하게 뛰어내린 뛰어난 솜씨에 모든 정력을 다 써버린 탓이리라. 그는 아들과 무스카리가 용감하게 산적의 포위망을 뚫으려 했을 때도 슬그머니 꽁무니뺄 정도였다. 그런데 지금 이 대부호는 분노가 치솟아 뻘개진 떨리는 손을 조끼주머니에 넣어 마지못해 서류와 봉투를 산적에게 건네주었다.

무법자는 유쾌한 듯이 소리쳤다.

"좋습니다. 그럼, 이 문제는 됐습니다. 이제 다시 온 이탈리아에 긴급히 포고될 선고문의 요점으로 돌아갑시다. 셋째 항목은 몸값입니다. 우리는 해로게이트 집안의 친구분들에게 3천 파운드를 요구합니다. 3천 파운드라는 하찮은 돈을 요구하다니, 해로게이트 집안의 중요한 지위를 너무 낮게 평가하는 것 같아 정말 죄송합니다. 아무리 생각해도 가족적으로 화기애애한 우리들과 하루라도 함께 지내게 되면 그 세 배의 금액을 치른다 해도 아깝지 않을 겁니다. 그거야 어찌 됐든 이 3천 파운드의 돈이 만일 지불되지 않는다면 재미없는 일이 일어난다는 것도 덧붙여 두지 않으면 안 되겠지요.

그런데 신사 숙녀 여러분, 여기에는 숙박시설이 갖춰져 있고 술과 시가도 준비되어 있습니다. 아마 기분좋게 지낼 수 있을 것입니다. 나중에야 어찌 됐든 지금은 도둑 천국에 오신 여러분들을 따뜻한 마음으로 환대하는 바입니다"

그동안 모자를 깊숙이 눌러쓴 괴상한 사나이들이 한쪽 손에 총을 들고 말없이 한 사람씩 한 사람씩 자꾸 불어났다. 아무리 무스카리일지라도 이제 칼을 뽑아들고 뛰어들어봐야 소용없다고 체념했다. 그는 주위를 둘러보았다. 에셀은 아버지를 위로하며 진정시키고 있었다. 아버지를 생각하는 본능적인 애정은 그의 재산을 자랑하는 세속적인 욕심보다 더 강했으면 강했지 못하지는 않았던 것이다.

사랑에 빠진 사람답게 무스카리는 아버지를 생각하는 딸의 헌신적인 모습에 감격했으며, 그 때문에 더욱 애가 달았다. 그는 칼을 칼집에 꽂자 될 대로 되라는 듯이 녹색 비탈에 벌렁 드러누웠다. 브라운 신부는 바로 옆에 앉아 있었다. 무스카리는 순간적인 분노에 사로잡혀 독수리 같은 눈과 코를 그에게로 돌리고 신랄하게 따졌다.

"이래도 아직 나를 로맨틱한 몽상가라고 생각하십니까? 지금 세상에 산적 따위가 있을 리 없다고 말입니다!"

브라운 신부는 애매모호하게 말했다.

"그야 있을지도 모르지요."

시인은 새된 소리를 질렀다.

"뭐라고요!"

"나는 지금 갈피를 못 잡고 있답니다. 에차인지 몬타노인지 이름이
야 뭐든지 간에 저 사람은 아무래도 이상합니다. 나로서는 저 사람
을 산적이라기보다 안내인이라고 하는 편이 쉽게 납득되니까요."
무스카리가 항의했다.
"어째서지요, 신부님? 그런 일은 있을 수 없습니다. 누가 어디서
보든 저건 틀림없는 산적입니다!"
신부는 조용한 목소리로 다시 설명했다.
"거기에는 이상한 점이 세 가지 있습니다. 우선 지난번 바닷가 레
스토랑에서 식사할 때의 이야기를 해야겠군요. 그때 당신들 네 분
이 레스토랑을 나갔습니다. 당신과 해로게이트 양은 앞장서서 가며
이야기를 나누고 즐겁게 웃기도 했지요. 그러나 은행가와 안내인은
목소리를 낮춰 뭔가 조용히 소곤거리며 따라갔는데, 그때 안내인이
한 말이 내 귀에 들렸지요. '그럼, 잠시 그녀를 재미있게 해줍시다.
언제 그 충격으로 기절하게 될지 모릅니다'라고 말하자 해로게이트
씨는 그 말에 대답하지 않고 가만히 있었습니다. 그러므로 여기에
는 반드시 뭔가 숨은 뜻이 있을 것입니다.
　나는 그때 그녀의 오빠를 붙들고 누이동생의 신변에 위험이 닥쳐
올지도 모른다고 경고했지요. 어떤 위험인지 전혀 몰랐기 때문에
말하지는 못했지만, 그러나 그 위험이 이처럼 산속에서 인질이 되
는 것이라면 이야기가 복잡해집니다. 산속으로 데리고 들어가 함정
에 빠뜨리는 것이 저 산적 안내인의 유일한 목적이었다면 경고될
만한 것을 힌트만이라도 은행가에게 말할 수 있지 않았을까요. 이
건 도무지 앞뒤가 맞지 않습니다. 그러나 만일 그렇지 않다면 안내
인과 해로게이트 씨만이 알고 있는 그녀에게 닥쳐올 불행이란 무엇
일까요."
"해로게이트 양에게 닥쳐올 불행이라고요?"

시인은 부르짖으며 눈이 휘둥그레져 몸을 앞으로 내밀었다.

"설명해 주십시오, 신부님. 자, 어서!"

신부는 깊이 생각에 잠기며 말했다.

"그런데 이 수수께끼가 모두 산적 우두머리를 중심으로 빙글빙글 돌아가고 있기 때문에……. 그건 그렇고, 이것은 두 번째로 어려운 문제인데, 어째서 그는 몸값을 요구하는 공고문에서 피해자로부터 2천 파운드를 빼앗은 사실을 그토록 자랑스럽게 늘어놓을 필요가 있을까요? 그것은 몸값을 받아내는 데 효과가 있기는커녕 오히려 해로울 텐데 말입니다. 해로게이트 집안의 친지들이 그것을 보고 도둑들은 돈이 궁한 나머지 광포해져 있다고 판단한다면 이미 살해된 게 아닐까 의심을 품게 되겠지요. 2천 파운드의 돈을 먼저 빼앗았다는 사실을 강조하여 굳이 공고문 첫머리에 쓴 것은 아무래도 이해할 수 없는 일입니다. 몸값을 받아내기 전에 해로게이트 씨가 가지고 있던 돈을 뺏은 사실을 특히 온 유럽에 알리고 싶어하는 에차 몬타노의 동기는 무엇일까요?"

"전혀 모르겠는데요."

무스카리도 이때만은 잘난 척하는 태도를 버리고 검은 머리를 긁어올리며 안타까운 표정을 지었다.

"당신은 나를 밝은 곳으로 끌어내려 하고 있는지 모르지만, 나는 점점 더 어둠 속으로 끌려들어가 도무지 뭐가 뭔지 알 수가 없습니다. 에차를 산적 두목으로 생각할 수 없는 세 번째 이유는 뭡니까?"

브라운 신부는 조금도 흔들리지 않았다.

"세 번째 이유는 지금 우리가 있는 이 언덕입니다. 어째서 산적 두목은 이곳을 자기들의 주요 거점이라고 말하며 '도둑 천국'이라고 소개했을까요? 확실히 이곳은 굴러 떨어져도 위험하지 않으며 전

망도 좋습니다. 그리고 그가 말했듯이 골짜기에서도 저 윗길에서도 보이지 않는 으슥한 곳이지요. 그러나 결코 요새라고 볼 수도 없습니다. 오히려 요새로서는 세계에서 가장 좋지 못한 곳이지요. 왜냐하면 이곳은 흔히 산을 넘는 저 윗길에서 퍼붓는 공격에 대해 완전히 무방비 상태나 마찬가지니까요. 그리고 그 길은 경찰이 자주 지나다니는 위험한 곳입니다. 사실 30분쯤 전에 우리는 단 다섯 자루의 소총에 손을 들고 말았잖습니까? 아무리 얼빠진 군대라도 일개 소대만 있으면 벼랑 위에서 충분히 이곳을 날려 버릴 수 있을 겁니다. 풀과 꽃이 무성한 이 보잘것없는 은신처에 무슨 이점이 있겠습니까?

이곳은 결코 견고한 요새가 못 됩니다. 따라서 뭔가 다른 이유가 있을 겁니다. 이상하지만 아주 중요한 이유가. 뭔지 우리가 모르는 가치있는 이유겠지요. 여기는 마치 즉석 노천극장이나 천연 무대 뒤쪽 같군요. 로맨틱한 희극의 한 장면 같습니다. 그런데……”

브라운 신부는 차근차근 이야기를 늘어놓다가 마침내 멍하니 꿈꾸는 듯 생각에 잠기고 말았다. 날카롭고 예민한 동물적인 감각을 지닌 무스카리는 그때 산 쪽에서 무슨 소리를 들었다. 아주 희미하게 들렸지만, 저녁 무렵의 산들바람에 어렴풋한 말발굽 소리와 멀리서 나는 외침 소리가 실려온 것이 틀림없었다.

그 순간 경험 없는 영국인들이 미처 그 소리를 알아차리기도 전에 산적 두목인 몬타노는 윗길로 뛰어올라가 산울타리 속에 몸을 숨기고 나무에 달라붙은 채 길 아래쪽을 살펴보았다. 그 모습은 정말 이상야릇했다. 챙이 늘어진 이상한 모자를 쓰고, 어깨에서 허리로 비스듬히 걸쳐진 장식띠에 뒤로 젖혀진 칼이 꽂혀 있는 산적 두목다운 옷차림 속으로 화려하게 번쩍이는 속된 안내인의 트위드 상의가 내다보였다.

다음 순간 그는 갈색 얼굴에 익살맞은 미소를 떠올리면서 뒤돌아보고 손을 번쩍 들었다. 그러자 부하들이 재빨리 사방으로 흩어졌다. 그 질서정연한 동작은 게릴라전의 훈련을 방불케 했다. 산적들은 산봉우리에 난 길을 점령하지 않고 길가의 나무와 산울타리 뒤로 뿔뿔이 흩어졌다. 적에게 들키지 않고 상황을 살필 작정인 듯했다. 멀리서 들리던 소리가 점점 더 커지며 산길에 울려퍼졌다. 그리고 명령을 내리는 목소리가 분명히 들려왔다. 산적들은 동요하고 혼란을 일으키며 욕을 퍼붓거나 뭐라고 투덜거렸다. 저녁 무렵의 공기는 산적들이 소총 방아쇠를 당기고, 칼을 뽑아들고, 칼집을 돌에 부딪치는 등의 금속음으로 가득찼다. 양쪽 무리는 윗길에서 맞닥뜨린 것 같았다. 나뭇가지가 부러지고 말이 울부짖고 사람의 외침 소리가 들렸다.

무스카리는 펄쩍 뛰어오르며 모자를 흔들었다.

"구원군이 왔다! 헌병대가 산적을 습격하고 있다. 자, 이제 자유를 위해 일어서자. 드디어 도둑과 맞설 때가 왔다. 경찰에만 맡겨두면 된다는 사고방식은 케케묵은 현대적인 풍조지. 악한들의 등 뒤를 칩시다. 헌병대가 우리를 돕고 있으니 우리도 헌병대에 가담합시다!"

모자를 나무 위로 집어던지자 시인은 칼을 빼 들고 윗길을 향해 비탈을 기어오르기 시작했다. 프랭크 해로게이트도 벌떡 일어나 한 손에 권총을 들고 그 뒤를 따랐다. 그러자 은행가가 목쉰 소리를 지르며 억지로 그를 말렸다. 그는 몹시 흥분한 것 같았다. 그는 숨막힐 듯이 말했다.

"안 돼, 프랭크. 내 명령이다, 쓸데없는 짓 하지 마!"

프랭크도 흥분해 있었다.

"하지만 아버지, 이탈리아 신사가 앞장서고 있지 않습니까! 아버지도 영국인이 겁쟁이라는 말은 듣고 싶지 않겠지요?"

은행가는 몹시 떨리는 목소리로 말했다.

“소용없다, 그래 봐야 헛수고야. 우리는 우리 운명에 몸을 맡기는 수밖에 없다, 프랭크.”

브라운 신부는 은행가를 지켜보았다. 그는 자신도 모르게 손을 가슴으로, 아니 독이 든 작은 병 위로 가져갔다. 그 순간 신부의 얼굴에 명랑하고 밝은 빛이 떠돌아 죽음의 계시를 받은 사람같이 보였다.

한편 무스카리는 합세를 기다릴 것도 없이 혼자 윗길을 향해 비탈을 달려올라가 산적 두목의 어깨를 힘껏 내리쳤다. 순간 몬타노가 비틀거리며 돌아다보았다. 그도 역시 칼을 뽑아들었으나 무스카리는 말없이 머리를 향해 달려 들었다. 몬타노도 하는 수 없이 그 칼을 받아 막으며 칼 끝을 뿌리쳤다. 두 사람의 칼이 맞부딪치며 싸움이 한창 무르익어갈 때 산적 두목이 일부러 칼 끝을 내리고 웃기 시작했다. 그리고 그의 입에서 위세당당한 이탈리아 사투리가 튀어나왔다.

“멍청하게 이런 짓을 하고 있다니! 이 터무니없는 희극도 곧 끝나겠지.”

“무슨 소리냐, 이 사기꾼 도둑아! 거짓말쟁이인 데다 용기마저 없느냐!”

혈기왕성한 시인은 거칠게 숨을 몰아쉬었다.

몬타노는 아주 기분좋게 대답했다.

“내가 하는 일이라면 모든 것이 다 속임수지. 이래봬도 날 때부터 타고난 배우였거든. 전에는 개성이라는 것을 가지고 있었던 적도 있지만 완전히 잊어버렸어. 사실 나는 안내인도 아니고 산적 두목도 아니라네. 나는 아무것도 아닐세. 있는 것은 다만 가면뿐이지. 아무리 자네지만 가면과 결투할 수는 없잖겠나?”

그는 소년처럼 즐겁게 웃었다. 그리고 다시 산적 두목다운 태도로 돌아가 길 위의 싸움터로 등을 돌려 걸음을 크게 옮겼다.

저녁 어스름이 산골 깊숙이 찾아들었다. 결투하는 광경도 제대로 분간할 수 없게 되었다. 키 큰 사나이들이 당황한 산적들을 짓밟기 위해 말고삐를 나란히 하고 들이닥치는 모습이 보였다. 산적들은 다만 놀려대는 공격을 되풀이할 뿐 적을 죽이려고는 하지 않았다. 마치 거리의 군중들이 경찰의 통행을 방해하는 것 같았으며 피를 보고 미쳐 날뛰는 냉혹한 무법자들의 최후의 저항과는 거리가 멀었다.

무스카리는 어리둥절하여 이 광경을 지켜보고 있었다. 바로 그때 누가 그의 팔꿈치를 툭 쳤다. 돌아다보니 그 기묘한 키 작은 신부가 지나치게 큰 모자를 쓴 '노아'처럼 서 있었다.

"잠깐 물어볼 게 있습니다, 무스카리 씨. 이왕 이런 묘한 사태에 말려들었으니 좀 귀찮게 굴더라도 너그럽게 보아주십시오. 결국 이기게 되어 있는 헌병대를 돕는 것보다 당신에게는 달리 할 일이 있다고 말하고 싶군요. 부디 나쁘게 생각지 말아 주십시오. 주제넘은 짓이지만 용서해 주시겠지요? 당신은 저 아가씨에게 관심이 있습니까? 결혼해서 좋은 남편이 되겠다고 마음먹을 정도로 좋아합니까?"

시인은 솔직하게 그렇다고 대답했다.

"그녀 쪽에서도 당신을 좋아하고 있을까요?"

"그러리라고 생각합니다."

이것도 역시 진지한 대답이었다.

"그렇다면 저쪽으로 가서 그녀를 돌봐주십시오. 온 힘을 다 기울여서. 당신이 가지고 있는 것이라면 하늘도 땅도 다 갖다 바치십시오. 자, 시간이 없습니다!."

시인은 깜짝 놀랐다.

"뭐라고요!"

"그녀의 파멸이 다가오고 있습니다."

"저기 있는 것은 구조대뿐입니다."

무스카리는 우겼다. 그러나 충고자도 물러서지 않았다.

"자, 어서 저쪽으로 가서 구조대로부터 그녀를 지켜 주십시오."

신부의 말이 끝나기도 전에 산등성이를 따라 난 떨기나무 덤불이 달아나는 산적들에게 짓밟혀 형편없이 되었다. 싸움에 진 것이다. 그들은 덤불과 풀숲으로 쫓겨들어갔다. 챙이 젖혀진 기마헌병대의 커다란 모자가 거친 덤불 위로 지나가는 것이 보였다. 다시 명령이 들리자 일제히 말에서 내리는 소리가 났다. 챙이 젖혀진 모자를 쓰고 회색으로 변해가는 나폴레옹 수염을 기른 헌병 장교가 한 손에 서류를 들고 길 위에 나타났다. 바로 '도둑 천국'의 문에 해당하는 곳, 머리 위로 바위가 튀어나온 곳이었다. 한순간 주위가 조용해졌다. 갑자기 그 침묵을 깨고 은행가가 소리쳤다.

"당했다! 도둑맞았다!"

숨을 헐떡이는 것 같은 목쉰 소리였다.

아들은 깜짝 놀란 모양이었다.

"아버지가 2천 파운드를 도둑맞은 건 벌써 몇 시간 전 일이 아닙니까?"

"2천 파운드가 아니라 작은 병 말이다!"

어찌된 일인지 은행가는 갑자기 아주 침착해졌다.

회색 나폴레옹 수염을 기른 헌병 장교가 움푹 파인 녹색 지대를 가로질러 성큼성큼 이쪽으로 다가왔다. 장교가 오는 도중에 산적 두목과 마주치자 가볍게 어깨를 쳐서 홱 밀쳐 버렸다. 산적 두목은 비틀거렸다.

"이런 연극을 꾸미고 있으면 무사하지 못할 거야!"

헌병 장교가 그에게 한마디 했다.

예술가 무스카리의 눈에는 도저히 이것이 당대 최고의 무법자가 체포되는 최후의 장면으로 보이지 않았다. 헌병 장교는 그대로 나아가 해로게이트 부자 앞으로 오더니 걸음을 멈추었다.

"새뮤얼 해로게이트, 헐 앤드 허디스필드 은행 자금을 횡령한 혐의
로 법률에 의해 당신을 체포하겠소!"

대은행가는 뭐라 표현할 수 없는 표정으로 한 번 고개를 끄덕였다.
그는 잠시 뭔가 생각하고 있는 것처럼 보이더니 느닷없이 몸을 돌려
한 걸음 내디디며 말릴 틈도 없이 절벽 난간에 섰다. 그리고 눈깜짝
할 사이에 두 손을 크게 벌리고 마차에서와 마찬가지로 정확하게 뛰
어내렸다. 그러나 이번에는 밑에서 받아주는 부드러운 풀밭이 없었
다. 그는 수천 미터 아래 골짜기 바닥에서 뼈가 산산이 부서진 것이
다.

이탈리아 헌병 장교는 그 노여움 속에 얼마쯤 감탄이 깃들어 있는
목소리로 브라운 신부에게 이야기했다.

"결국 우리 손에서 벗어나 버렸군. 과연 그 사람다운 일입니다. 정
말 저자야말로 위대한 산적이었습니다. 그가 벌인 이 마지막 연극
은 정말 일찍이 없었던 것이지요. 회사 돈을 횡령해서 이탈리아로
도망친 다음 가짜 산적들을 고용하여 자기를 붙잡도록 했으니까요.
그것으로 돈도 자신도 사라져 버린다는 각본이었지요. 사실 경찰에
서도 몸값을 요구하는 전단지를 대부분 그대로 믿었답니다. 저자는
최근 몇 년 동안 그런 짓을 몇 번이나 했지요. 가족들에게는 정말
안 된 일입니다."

무스카리는 가엾은 아가씨를 데리고 그곳을 나왔다. 그녀는 계속
그에게 바짝 달라붙어 있었다. 그러나 무스카리는 이 비극의 파국에
도 미소를 띠며, 변명의 여지가 없는 에차 몬타노를 향해 농담투의
우정이 담긴 말을 잊지 않았다.

"다음은 어디로 갈 건가, 에차?"

배우는 시가를 피워물면서 대답했다.

"버밍엄으로. 나는 미래파라고 말하지 않았던가. 나는 진심으로 새로운 것을 믿고 있다네. 그것을 믿지 않는다면 나는 아무것도 믿지 않는 것이지. 변화, 경쟁, 전날과 전혀 다른 새로운 것이 없으면 하루도 지낼 수 없는 진보주의, 이것이 내가 믿는 것이지. 나는 언제나 떠난다네, 맨체스터로, 리버풀로, 리즈로, 헐로, 허디스필드로, 글래스고로, 시카고로, 그 어디든 활기에 찬 문명사회로 갈 것이네."

그러자 무스카리가 말했다.

"옳거니, 정말 도둑들의 천국으로 말인가."

허쉬 박사의 결투

　모리스 블랑과 아르망 아르마냑이 햇빛이 내리쬐는 샹젤리제 거리를 걸어가고 있었다. 경쾌하면서도 위엄있는 걸음걸이였다. 두 사람은 똑같이 키가 작고, 활발하고, 성격이 대담했다. 얼른 보기에 가짜인 듯한 검은 턱수염을 기른 점까지 같았는데, 진짜 털을 가짜처럼 보이게 하는 그 이상야릇한 프랑스식 풍속을 흉내낸 것이었다. 모리스 블랑은 아랫입술 밑에 뚜렷한 검은 역삼각형 수염을 길렀으나, 아르망 아르마냑은 변화를 주기 위해서인지 턱수염을 둘로 갈라 길렀다. 수염은 네모진 턱 양쪽 끝에서 불쑥 내밀 듯이 나 있었다. 두 사람은 둘 다 질려 버릴 정도로 완고한 무신론자였는데, 그 논거는 아주 모호했다. 그들은 또 같은 선생의 제자이기도 했다. 과학자이며 국제법학자이며 윤리학자인 저 유명한 허쉬 박사의 제자였던 것이다. 모리스 블랑은 사람들이 흔히 헤어질 때 인사로 쓰는 '아듀 ^(하느님께)_(부탁한다)'라는 말을 프랑스의 모든 고전에서 삭제해야 하고, 일상생활에서 그 말을 쓸 때는 벌금을 물도록 해야 한다는 제안을 하여 유명해졌다.

그는 그 이유를 다음과 같이 설명했다.

"이 제안이 통과되면 그 있지도 않은 하느님 소리가 인류의 귓가에서 당장 영원히 사라지게 될 것이다."

아르망 아르마낙은 군국주의에 대한 저항을 전공했다. 그는 프랑스 국가에 나오는 '무기를 들어라, 시민들이여'라는 대목을 '방패를 들어라, 시민들이여'라고 고치고 싶어했다. 그러나 그의 반군국주의는 좀 기묘하여 그야말로 프랑스인다웠다. 일찍이 유명한 영국의 부호인 퀘이커 교도가 지구상의 모든 무장해제운동을 의논하기 위해 그를 만나러 왔었는데, 그때 그는 그 일을 이루기 위해서는 먼저 병사들이 자기 상관을 쏘아 죽여야 한다고 주장하여 상대를 어리둥절하게 만들었다.

이 점에서 이 두 사람은 그들의 철학적 지도자요, 아버지였던 허쉬 박사와 의견을 달리했다. 허쉬 박사는 프랑스에서 태어나 엄청난 교육혜택을 받았으나 기질적으로는 프랑스인이 아니었다. 그는 온화한 몽상가로 자비심이 많았으며, 무신론적 학설을 주장했으나 그 학설에서는 선험론적인 냄새가 풍겼다. 한 마디로 말해서 그는 프랑스인이라기보다 독일인에 가까웠다. 그래서 너무도 프랑스적인 두 제자는 스승을 존경하는 한편 온건한 태도로 평화를 주장하는 스승에 대해 강한 불만을 품고 있었다. 하지만 유럽 방방곡곡에서 뭉쳐지고 있는 그들 그룹에서 폴 허쉬는 과학의 성자였다.

그의 위대하고 대담한 우주이론은, 실제생활이 좀 냉담하고 윤리적이라는 불만스러운 점이 있었지만 아무튼 엄격하고 결백함을 암시해주었다. 말하자면 그는 현대의 다윈이며 톨스토이였다. 그러나 무정부주의자도 아니거니와 반애국주의자도 아니었다. 그의 무장해제론에 관한 의견은 온건하고 점진적이라는 것도 이상하지 않았다. 프랑스 정부는 그가 이룩한 화학 분야의 업적을 꽤 신뢰하고 있었다. 프랑스 정부는 주의깊게 비밀을 지키고 있었지만, 얼마 전에 그는 소리 나지 않는 화약을 발명해 냈다.

그의 집은 엘리제 궁전에서 가까운 아름다운 한 구역에 있었다. 한여름이면 그 거리는 나뭇잎이 무성하여 마치 공원 같았다. 밤나무 가로수들이 햇빛을 가렸다. 그 길 한곳에 큰 카페가 길까지 튀어나와 있어 그곳만 가로수가 끊어졌다.

그 맞은편에 바로 이 대과학자의 집이 있었다. 흰색과 녹색 블라인드가 선명하고, 2층 창문 앞에는 녹색으로 칠한 쇠발코니가 쑥 내밀어져 있었다. 이 발코니 밑의 현관은 가운데뜰로 이어졌다. 가운데뜰은 타일과 떨기나무로 화려하게 수놓여 있었다. 이 가운데뜰로 그 두 프랑스인이 유쾌하게 이야기를 나누며 들어왔다.

허쉬 박사의 늙은 하인이 두 사람을 위해 문을 열어주었다. 늙은 하인 시몽은 박사 자신이라고 해도 그대로 받아들여졌을 것이다. 검은 양복을 단정하게 차려입고 안경을 썼으며 머리는 회색이고 태도도 자신있어 보였다. 사실 그는 주인보다 훨씬 더 과학자다워 보였다. 주인인 허쉬 박사는 몸이 초라해 보일 정도로 머리가 커서 반쪽으로 갈라진 무처럼 생겼다.

시몽은 위대한 의사가 처방전을 건네주듯 자랑스러운 손짓으로 아르망 아르마냑에게 한 통의 편지를 내밀었다. 아르마냑은 프랑스인 특유의 조급함으로 겉봉을 뜯고 얼른 내용을 읽기 시작했다.

나는 자네들과 이야기하기 위해 아래층으로 내려갈 수 없네. 지금 이 집에 내가 만나고 싶지 않은 사나이가 와 있기 때문일세. 맹목적 애국자인 뒤보스크 장교일세. 그는 지금 층계 위에 앉아 있네. 내 서재만 빼고 온 방의 물건들을 모두 내동댕이쳐 버렸다네. 그래서 나는 저 카페에서 마주 보이는 내 서재에 갇혀 있네.

만일 나를 걱정해 준다면 카페로 가서 바깥 테이블 어디선가 기다리고 있게. 뒤보스크를 자네들 있는 곳으로 보내겠네. 그의 질문에 대답하고 그와 이야기를 나눠 주게. 나는 그를 만나지 않겠네, 만날 수가 없는걸세. 만나고 싶지도 않고.

제2의 드레퓌스 사건(1894년 프랑스 참모본부에서 유대인 사관 드레퓌스의 간첩 혐의를 둘러싸고 정치적으로 큰 물의를 일으킨 사건)이 될 것 같네.

P. 허쉬

아르망 아르마냐은 모리스 블랑을 보았다. 블랑은 편지를 받아 읽자 아르마냐을 보았다. 이윽고 두 사람은 힘찬 걸음으로 맞은편 카페의 밤나무 밑의 작은 테이블로 걸어갔다. 거기서 두 사람은 다리 긴 글라스에 담아온 짙은 녹색 압생트를 마셨다. 그들은 언제 어디서든지 이 술을 마시는 것 같았다. 그들 말고는 손님이 그다지 없었다. 테이블에 혼자 앉아 커피를 마시는 군인, 또 한 테이블에서 작은 글라스로 시럽을 마시는 몸집 좋은 사나이, 그리고 아무것도 마시지 않는 신부가 있을 뿐이었다.

모리스 블랑은 목을 축이고 나서 말했다.

"무슨 수를 써서든 선생님을 돕지 않으면 안 되겠네……."

그가 입을 다물어 버리자 아르마냐이 말을 받았다.

"선생님이 직접 만나지 않는 데는 뭔가 특별한 이유가 있겠지……."

그들이 말을 채 끝내기도 전에 아치 밑 떨기나무 덤불이 흔들리며 둘로 갈라지더니 화제의 불청객이 총알처럼 튀어나왔다.

사나이는 떡 벌어진 몸집에 펠트로 만든 조그만 티롤 지방 고유의 모자를 비스듬히 쓰고 있었다. 사실 이 사나이에게는 어딘지 티롤 사람 같은 데가 있었다. 어깨가 크고 떡 벌어졌으나 다리는 반바지에

뜨개질한 긴 양말을 신어 말쑥하고 활동적이게 보였다. 반짝이는 갈색 눈이 쉴새없이 움직였다. 검은 머리를 앞쪽은 딱 달라붙게 빗고 뒤쪽은 짧게 잘라서 머리 전체가 네모반듯하게 단단한 느낌을 주었다. 그는 또한 미국 들소의 뿔처럼 검고 큰 코밑수염을 기르고 있었다.

이처럼 튼튼한 머리는 흔히 황소 같은 목 위에 얹혀 있는 법인데, 이 사나이 목은 물감 들인 커다란 목도리로 가려져 보이지 않았다. 귀 위까지 올라온 목도리는 특이한 종류의 조끼처럼 보이는 재킷 속에 쑤셔넣어져 있었다. 목도리는 검붉은 색에 탁한 금색과 보라색이 든 짙고 무거운 색채로 동양 물건인 듯했다. 그에게는 전체적으로 어딘지 야만스러운 분위기가 느껴져 프랑스 장교라기보다 헝가리의 시골 신사 같은 모습이었다. 그러나 그의 프랑스어는 분명 프랑스인의 말이었다. 그리고 프랑스에 대한 그의 조국애는 듣는 쪽이 어이없을 만큼 격렬한 것이었다.

아치형 통로를 나오자 그는 우선 거리를 향해 잘 울리는 목소리로 외쳤다. 메카에서 그리스도교 신자를 찾아 외치는 것 같은 절망적인 목소리였다.

"이곳에 프랑스 사람은 없소?"

아르마냑과 블랑은 큰일 난 듯이 벌떡 일어났으나 이미 늦었다. 길모퉁이에서 사람들이 달려와 거리에서 흔히 보는 작은 울타리를 만들었던 것이다. 가두정책에 민감한 프랑스인의 본능으로 검은 코밑수염을 기른 사나이는 재빨리 큰길을 가로질러 카페로 달려왔다. 그는 그 중 한 테이블에 뛰어오르자 밤나무 가지를 힘껏 잡고 옛날 카미유 데물랭(프랑스혁명 당시의 선동가)이 민중들 사이에 떡갈나무 잎을 뿌리며 외친 것처럼 큰 소리로 무섭게 떠들기 시작했다.

"프랑스인 여러분, 나는 말을 잘 못합니다. 그렇기 때문에 이렇게 외치는 겁니다. 말솜씨 좋은 야비한 의원들은 잠자코 있는 게 특기지요. 그들은 저 맞은편 집에 틀어박힌 스파이처럼 입을 꾹 다물고 있습니다. 내가 그 자의 침실문을 두들겼을 때 잠자코 있었던 것처럼. 이렇게 내 목소리가 큰길을 지나 들리는데도 부들부들 떨며 잠자코 있는 것처럼 말입니다. 그렇지요, 그들은 침묵도 웅변으로 여기는 겁니다.

나는 지금 정치가들에 대해 말하고 있습니다. 그러므로 우리처럼 말 못하는 사람이 떠들어대지 않으면 안 될 때가 마침내 온 것입니다. 여러분은 프러시아 사람들에게 배반당하고 있습니다. 지금 이 순간에도 배신당하고 있습니다. 그들에게 배신당하고 있습니다. 나는 벨포르 시의 포병대령 쥘 뒤보스크입니다. 어제 보주에서 독일인 스파이가 붙잡혔습니다. 그는 한 통의 서류를 가지고 있었습니다. 지금 이 손에 든 게 그 서류입니다. 정치가들은 이것을 없애버리려고 했습니다. 그러나 나는 이것을 쓴 녀석에게 직접 갖다들이댔습니다.

저 집에 있는 자가 바로 그 사람입니다. 그의 필적이었고, 그의 이름 머리글자로 서명되어 있습니다. 그가 발명해낸 소리나지 않는 화약에 대한 비밀을 가르쳐 주는 메모였습니다. 허쉬 박사는 소리나지 않는 화약을 만들어낸 사람입니다. 그 허쉬 박사가 소리나지 않는 화약에 대해 이 메모를 썼습니다. 그런데 이것은 독일어로 씌어져 있고 독일인 주머니에서 나왔습니다. '그 사람에게 알려주시오. 화약의 분자식은 빨간 잉크로 써서 육군성 장관의 방 책상 왼쪽 맨 윗서랍 속 회색 봉투에 들어 있음. 조심해서 하도록. P.H.' 이것이 그 메모의 내용입니다. "

장교는 속사포처럼 거침없이 지껄여댔다. 그것으로 보아 그는 미치광이거나 아니면 진실을 말하고 있거나 둘 중 하나임에 틀림없었다.

군중들은 대부분 국수주의자들이었으므로 벌써부터 심상치 않은 외침 소리가 여기저기서 터져나왔다. 아르마냑과 블랑을 비롯한 몇몇 지식인들의 항변도 많은 군중들을 더욱 투쟁적으로 만들 뿐이었다.

블랑이 물었다.

"만일 그것이 군대의 기밀이라면 당신은 그것을 왜 이런 거리에서 떠들고 있지요?"

"이렇게 하지 않을 수 없는 까닭을 설명하겠습니다. 나는 솔직하고 예의바른 방법으로 그를 찾아갔습니다. 뭔가 해명할 일이 있으면 해명할 수 있도록 말입니다. 그러나 그는 무조건 설명을 거절했습니다. 그리고 그는 카페 앞에 낯선 두 사나이를 찾아가 보라고 하고는 나를 집 밖으로 내쫓았습니다. 그러나 이제 나는 파리 시민들을 데리고 그의 집으로 몰려갈 생각입니다."

뒤보스크는 웅성거리는 군중들의 머리 위에서 계속 떠들어댔다. 그 소리가 어찌나 큰지 길가 집들을 뒤흔들 정도였다. 돌멩이 두 개가 날아가 그 중 하나가 허쉬 박사의 집 발코니 위의 유리창을 깨뜨렸다. 흥분한 대령이 다시 아치형 통로 아래로 뛰어내리는가 싶자 그 집 안쪽에서 마구 떠들어대며 욕설을 퍼붓는 큰 소리가 들려왔다. 차츰 인파가 불어나 큰 물결처럼 꿈틀거리며 매국노의 집 난간과 문 앞 층계로 몰려들었다. 바스티유 감옥이 민중들에 의해 파괴된 것처럼 이 집도 파괴 직전에 놓여 있었다.

바로 이때 부서진 프랑스식 창문이 열리고 허쉬 박사가 발코니에 나타났다. 그러자 군중들의 격렬한 노여움은 곧 웃음으로 바뀌었다. 박사는 이런 장면에 어울리지 않는 우스꽝스러운 모습이었던 것이다. 가늘고 기다란 목, 축 늘어진 어깨가 흡사 샴페인 병 같았다. 물론 박사의 모습에서 우스꽝스러운 느낌을 주는 것은 그뿐이었다. 그의 코트는 못에 걸어둔 것처럼 후줄근했고 머리에는 홍당무 빛깔의 머리

털이 길게 자라 잡초처럼 무성했다. 그리고 입에서 훨씬 떨어진 볼과 턱에 이르기까지 턱수염이 잔뜩 덮여 있었다. 보기에도 짜증스럽고 꼴사나운 수염이었다. 그는 창백한 얼굴에 파란 안경을 쓰고 있었다.

박사의 얼굴은 창백했지만 단호한 결의를 담아 말하기 시작했다. 두세 마디 꺼내자 폭도들은 곧 조용해졌다.

"지금 여러분에게 할 말은 두 가지밖에 없습니다. 한 가지는 나의 적대자에 대한 것이고, 다른 한 가지는 내 친구인 여러분에 대한 것입니다. 먼저 적대자에 대해 말씀드리지요. 내가 뒤보스크 씨를 만나려 하지 않은 것은 사실입니다. 지금도 그는 내 방 밖에서 난동을 부리고 있습니다. 그리고 내 두 제자에게 그를 보낸 것도 사실입니다.

그럼, 이제 그 이유를 말하겠습니다. 나는 그를 만나고 싶지 않으며 만나서는 안 됩니다. 그런 사람을 만나는 것은 권위와 명예가 손상되는 일이기 때문입니다. 나는 법정에 나가 재판에 이김으로써 내 결백을 밝힐 작정이지만, 그 전에 이 신사는 결투로 해결짓는 신사로서의 의무를 나에게 지우고 있습니다. 나는 이 신사를 내 결투입회인에게 소개함에 있어 엄격하게…… "

아르마냑과 블랑은 있는 힘을 다해 모자를 흔들었다. 박사의 적들까지 이 예기치 않은 도전에 박수를 보내며 떠들어댔다. 그 뒤의 두세 마디는 이 소란으로 들리지 않았으나 이윽고 겨우 다시 목소리가 들렸다.

"친애하는 여러분, 나 자신은 어떤 경우에나 순수하게 지적 무기인 설득을 택해야 한다고 생각합니다. 진보된 인류는 마침내 그렇게 할 것입니다. 그러나 우리들에게 있어 보다 귀중한 진리는 물질이라는 것과 유전이라는 것의 근본적인 힘입니다. 나의 저서는 평판이 좋습니다. 내 이론에는 반론할 여지가 없습니다. 그러나 정치문제의 경우에는 많은 프랑스인들이 지닌 거의 생리적인 편견 때문에 나도 시달리고 있습니다.

나는 클레망소^(프랑스 정치가. 드레퓌스 사건에서 드레퓌스의 옹호를 위해 힘쓴 결과, 개인의 명예회복과 함께 1903년 상원의원이 되었음)나 드룰리드 ^(프랑스의 작가 이자 정치가)처럼 연설을 잘하지 못합니다. 그들의 말은 마치 따발총처럼 쏟아져나오지만, 나는 그렇게 못합니다. 프랑스인들은 영국인들이 스포츠맨십을 요구하듯 결투 상대를 요구합니다. 좋습니다. 내가 결백하다는 증거를 입증하겠습니다. 여러분의 마음이 가라앉도록 야만적 결투를 택하겠습니다. 그런 다음 다시 이성적인 생활로 돌아가 일생을 보내겠습니다.”

곧 군중들 가운데 두 사람이 나타나 뒤보스크 대령 쪽의 결투 입회인 역을 맡았다.

이윽고 박사의 집에서 나온 뒤보스크 대령도 그들을 보자 만족해했다. 한 사람은 아까 카페에서 커피를 마시고 있던 군인으로 아주 똑똑히 신분을 밝혔다.

“당신의 입회인이 되겠습니다. 발로뉴 공작입니다.”

또 한 사람 역시 카페에 있던 몸집 좋은 사나이였다. 일행인 신부는 그를 말리려고 설득했으나 결국 포기하고 혼자 가버렸다.

그날 저녁 해질 무렵 상파뉴 카페에서는 일찌감치 가벼운 지녁 식사가 시작되었다. 그곳에는 유리로 만든 지붕도 금빛 회칠을 한 지붕도 없었다. 손님들은 대부분 나뭇잎이 미묘하게 뒤엉킨 천연적인 지붕 밑에 앉아 있었다. 장식용 나무들이 테이블 주위와 테이블 사이사이에 늘어서 있어 카페 안은 마치 작은 과수원에 들어선 것 같았다.

그 한가운데 테이블에 키 작은 신부가 혼자 앉아 있었다. 그는 진지한 태도로, 그러나 뭔가 즐거운 듯 뱅어 한 접시를 열심히 먹고 있었다. 그의 일상생활은 매우 소박하여 모처럼 훌륭한 요리를 아주 맛있게 먹고 있는 듯했다. 절제하는 미식가라는 표현이 알맞으리라. 키 큰 사람의 그림자를 테이블 위에 떨어뜨리며 친구 플랑보가 맞은편 자리에 앉을 때까지 신부는 얼굴도 들지 않았다. 주위에는 후추, 레몬, 버터 바른 갈색 빵 등이 나란히 놓여 있었다.

플랑보는 우울해 보였다. 이윽고 그는 무겁게 입을 열었다.

"아무래도 이 사건에서 손떼야 할 것 같습니다. 나는 원래 뒤보스크 같은 프랑스 군인 편이고 허쉬 박사 같은 무신론자에게는 어디까지나 반대지만, 아무래도 이번 경우는 이쪽이 잘못한 것 같은 기분이 듭니다. 공작과 저는 일단 대령의 비난을 조사해 보는 게 좋겠다고 생각했는데, 정말 조사하기를 잘했습니다."

"그 서류가 위조였단 말이오?"

"그게 좀 이상합니다. 아무리 보아도 허쉬 박사가 쓴 것으로밖에 생각되지 않습니다. 아무도 '이것은 허쉬 박사의 필적이 아닙니다'라고 단언할 수 없으니까요. 그러나 이건 절대로 박사가 쓴 게 아닙니다. 허쉬 박사가 프랑스의 애국자라면 이런 것을 썼을 리 없지요. 그것은 곧 독일에 정보를 제공하는 짓이니까, 비록 그가 독일 스파이였다 하더라도 직접 이런 메모를 썼을 리 없습니다. 편지로는 독일 쪽에 정보가 전해질 수 없기 때문입니다."

그러자 브라운 신부가 물었다.

"거기에 적힌 내용이 사실과 다르다는 거요?"

"그렇습니다. 자기가 만든 비밀 분자식을 감춰둔 장소에 대한 것이므로 만일 허쉬 박사가 썼다면 결코 틀릴 리가 없습니다. 그런데 그것이 완전히 잘못되어 있더군요.

허쉬 박사와 당국의 호의에 의해 공작과 나는 허쉬 박사의 분자식을 넣어둔 육군성 비밀서랍을 조사해 보았습니다. 그러니까 우리는 발명자와 육군성 장관 외에 그 분자식을 본 유일한 사람들입니다. 장관은 결투에서 허쉬 박사를 구해내기 위해 우리에게 그것을 허락해 주었습니다. 아무튼 이제 뒤보스크의 고발이 거짓이라는 사실이 드러난 이상 우리는 그를 도울 수가 없게 되었습니다. ”

“그래서 ? ” 브라운 신부가 재촉했다.

“결국 그것은 분자식을 감춰둔 곳을 전혀 알지 못하는 자의 터무니없는 위조였습니다. 문제의 서류에는 장관의 책상 왼쪽 서랍이라고 적혀 있었는데, 비밀서랍은 책상 오른쪽에 있었습니다. 회색 봉투에 빨간 잉크로 쓴 가늘고 좁은 종이쪽지가 들어 있다고 했으나 사실은 빨간 잉크가 아닙니다. 허쉬 박사가 자신만이 아는 서류에 대해 착각을 일으켜서 외국 스파이에게 엉뚱한 서랍을 뒤지도록 한다는 건 정말 웃음거리지요. 우리는 이 사건에서 손을 떼고 그 홍당무빛 머리의 노인에게 사과해야 한다고 생각합니다. ”

플랑보는 완전히 의기소침해 있었다. 브라운 신부는 생각에 잠긴 얼굴로 뱅어를 포크로 찍어들며 물었다.

“그래, 회색 봉투가 정말 오른쪽 서랍에 있었소 ? ”

“틀림없습니다. 회색 봉투는, 아니 그건 흰 봉투였는데…… ”

브라운 신부는 포크와 작은 뱅어를 떨어뜨리며 놀란 듯 그를 바라보았다. 그는 큰 목소리로 외쳤다.

“뭐라고요 ! ”

플랑보는 열심히 먹으면서 물었다.

“왜 그러십니까 ? ”

“회색이 아니라니, 플랑보, 정말 놀랍소. ”

“신부님, 대체 뭐가 놀랍다는 겁니까 ? ”

브라운 신부는 진지하게 대답했다.

“흰 봉투라면…… 회색이라면 좋았을 텐데…… 아아, 회색이었으면 좋았을 텐데…… 그런데 흰 것이었다니…… 결국 허쉬 박사는 뭔가 엉뚱한 나쁜 짓을 꾀하고 있는 거요. ”

"하지만 허쉬 박사가 그런 편지를 썼을 리 없다고 방금 말씀드리지 않았습니까! 그 편지는 사실과 전혀 다릅니다. 박사는 죄가 있든 없든 사실을 모두 알고 있었습니다."

브라운 신부는 아무렇지도 않은 태도로 대답했다.

"그 편지를 쓴 사람은 모든 것을 알고 있었소. 모른다면 그렇게 완전히 틀릴 수가 없지요. 모든 점에서 다 틀리려면 많은 사실을 알고 있지 않으면 안 되오. 악마처럼."

"무슨 말씀을……."

"거짓말만 하는 사람도 때로는 진실을 말하지요. 이를테면 푸른 블라인드가 쳐진 녹색 집, 앞뜰은 있으나 뒤뜰이 없는 집, 개는 기르지만 고양이는 기르지 않는 집, 커피는 마셔도 홍차는 마시지 않는 집……. 이런 집을 찾아 오라는 명령을 받았다고 해보오. 만일 그런 집이 좀처럼 발견되지 않으면 당신은 그 집에 대한 이야기가 완전히 엉터리라고 주장하겠지요.

그러나 나라면 그렇게 말하지 않겠소. 녹색 블라인드가 쳐진 푸른색 집, 뒤뜰은 있지만 앞뜰은 없는 집, 고양이는 기르고 있으나 개는 금방 총맞아 죽어버린 집, 홍차는 기막히게 마시지만 커피는 금지되고 있는 집을 발견했다고 해보오. 그러면 당신은 그것이 자신이 찾고 있는 집이라는 사실을 알게 될 것이오. 이처럼 정확하게 틀리기 위해서는 그 집 안을 완전히 알고 있지 않으면 안 되니까요."

브라운 신부는 모든 사실을 꿰뚫어보고 있었다. 그러나 저녁 식사 상대는 계속 묻기만 했다.

"하지만 그렇다 해도 별수 없잖습니까?"

"이건 상상도 할 수 없는 일이오. 나는 이 허쉬 박사 사건은 전혀 모르겠소. 겨우 오른쪽 서랍 대신 왼쪽 서랍이라고 쓰고, 검은 잉크 대신 빨간 잉크라고 쓸 정도라면 나도 당신처럼 우연히 거짓을 꾸민 사람이 큰 실수를 저지른 거라고 생각할 테지요. 그러나 3이라는 숫자는 신비스러운 것이오. 3이란 사물의 결말을 짓는 숫자이니까요. 이 경우도 마찬가지지요. 서랍 위치와 잉크 빛깔과 봉투 색, 이 중 어느 하나도 사실과 맞지 않는다는 게 우연일 수 있겠소? 우연이라는 한마디로 설명할 수 있겠소? 그렇지는 않을 거요."

플랑보는 다시 식사를 계속하며 물었다.

"그럼, 대체 어떤 죄명이 되는 겁니까? 반역죄인가요?"

"글쎄, 그건 잘 모르겠소."

브라운 신부는 갈피를 못 잡는 듯한 표정을 지었다.

"내가 생각할 수 있는 일은 단순히 그래, 저 드레퓌스 사건은 나도 잘 몰랐소. 나는 도덕적인 증거를 다른 증거보다 더 쉽게 파악했지요. 내가 사람의 눈매나 목소리로 판단한다는 것을 당신도 알겠지요? 이 사람의 가족은 행복한가, 이 사람은 어떤 일을 좋아하고 어떤 일을 싫어하는가. 이런 것들을 판단 자료로 삼소.

그런데 그 드레퓌스 사건에서는 무척 고민했었소. 두 파 사이에 오고갔던 무시무시한 일들 때문이 아니었소. 이런 이야기를 하면 시대에 뒤떨어지는 생각이라고 할지 모르지만, 물론 아무리 신분높은 사람이라도 그 본성 속에는 첸치나 보르지아(Beatrice Cenci 나 Cesare Borgia. 둘 다 르네상스 시대 부호로 집안 살인으로 유명함)가 될 가능성이 있다는 것을 내가 모르는 건 아니오. 그보다도 나를 괴롭힌 것은 두 파의 진지함이었소. 정치적인 당파를 말하는 게 아니오. 당파를 만드는 사람들은 극장 관객들처럼 쉽게 믿고 금방 속아넘어가지요.

내가 말하고 싶은 것은 연극의 중요인물이오. 만일 그 인물이 공모자라면 공모자의 이야기일 테고, 그 인물이 배신자라면 배신자의 이야기가 되겠지요. 아무튼 사실을 알고 있음에 틀림없는 사람에 대해 말하고 있는 거요. 드레퓌스는 자신이 부당한 취급을 받고 있다고 느끼는 사람처럼 행동했지요. 그러나 프랑스 정치가와 군인들은 거꾸로 그가 부당한 취급을 당하기는커녕 실제로 스파이인 것처럼 행동했소.

나는 지금 정치가나 군인들이 옳았다고 말하는건 아니오. 다만 그들은 확신있게 행동했다는 점을 말하고 싶소. 이런 일은 정말 말하기 괴롭구려. 나는 물론 마음 속으로 알고 있지만."

신부의 친구는 안타까워했다.

"나도 알았으면 좋겠는데요. 그것이 허쉬 박사와 무슨 관계가 있다는 겁니까?"

신부는 설명했다.

"예를 들어 책임있는 지위에 있는 사람이 처음에 틀린 정보를 적에게 흘려보냈다고 해봐요. 그 경우 그 사람은 적을 그릇된 방향으로 유도하는 게 조국을 구해낸 거라고 생각하겠지요. 그러나 차츰 스파이 활동에 끌려들어가 하찮은 빚도 지고 의리도 생기게 되면 그는 외국 스파이에게 사실을 직접 알리지는 않더라도 차츰 그것을 알 수 있게 도와주는 복잡한 방법으로 어떻게든 자신의 모순된 입장을 유지해 갈 거요. 그럴 수도 있지 않겠소?

아직 얼마쯤 남아 있는 그의 양심은 이렇게 속삭일 거요. '나는 적을 돕고 있지 않다. 왼쪽 서랍이라고 말했으니까'라고. 그러나 그의 마음은 동시에 이렇게 속삭여댈 테지요. '왼쪽이라고 했지만 오른쪽을 말하고 있다는 것쯤은 알아차리겠지' 하고 말이오. 인간의 지혜가 진보된 시대인만큼 이런 심리도 가능하오."

"심리학적으로는 있을 수 있는 일이겠지요. 그렇게 생각하면 드레퓌스는 자신을 무죄라고 믿고 재판관은 그를 유죄라고 믿었던 이유도 설명되는군요. 그러나 그것도 역사적으로는 분명한 일이 될 수 없을 것입니다. 아무튼 드레퓌스의 서류, 그러니까 만일 그것이 그의 서류였다고 할 때, 거기에는 정확한 사실이 기록되어 있었으니까요."

브라운 신부가 조용히 말했다.

"나는 지금 드레퓌스의 일을 생각하는 게 아니오."

이웃 테이블에서는 벌써 사람들이 돌아가고 고요가 두 사람을 감싸 왔다. 저녁 햇살이 아직 이곳저곳을 비추며 나무 사이로 갇혀 버린 것처럼 일렁거렸다. 벌써 하루가 저물어 가고 있었다. 갑자기 플랑보가 의자를 움직였다. 고요 속에서 단 한 가지 소리가 메아리쳤다.

플랑보가 좀 거친 목소리로 말했다.

"혹시 만일 허쉬 박사가 정말 비겁한 배신자였다면……."

브라운 신부는 조용히 타일렀다.

"그런 사람에게는 너무 가혹하게 하지 않는 게 좋소. 이런 죄는 조금도 본인 잘못이 아니니까. 그런 사람은 태어날 때부터 거절하는 능력을 갖지 못한 거요. 여자가 남자로부터 춤을 신청받고 거절할 수 없듯이 남자에게는 투기에 손대는 것을 거절할 능력이 없지요. 그들은 무슨 일이든 정도 문제라고 배워왔으니까."

"어찌 됐든 허쉬 박사는 내가 입회할 결투자와는 비교가 되지 않습니다. 나는 이 일을 그대로 밀고 나가겠습니다. 뒤보스크는 머리가 좀 이상하기는 하지만 아무튼 애국자니까요."

플랑보는 이제 잠시도 지체할 수 없는 듯한 태도였다. 브라운 신부는 쉬지 않고 계속 뱅어를 먹었다. 그러면서 허쉬 박사의 결투도 어딘지 멍해 보였으므로 플랑보는 날카로운 검은 눈길을 새삼스럽게 그에게로 돌리고 유심히 지켜보았다.

"왜 그러십니까, 신부님? 뒤보스크는 그래도 올바른 사람입니다.

신부님은 그를 의심하고 있습니까?"

키 작은 신부는 완전히 싫증난 것처럼 나이프와 포크를 내려놓으며 말했다.

"플랑보, 나는 모든 것을 의심하고 있소. 오늘 일어난 모든 것을. 내가 직접 본 일이지만 나는 그 사건 전체를 의심하고 있소. 하나에서 열까지 모두 믿어지지가 않는구려. 아무래도 이 사건은 흔해 빠진 형사사건과는 전혀 다른 것 같소. 여느 사건에서는 한쪽이 조금이라도 거짓말하면 반대쪽에서는 그만큼 참말을 하는 셈인데, 이 경우는 그렇지 않소. 아까 나는 사람들이 인정해 줄지도 모른다고 여겨지는 가설을 한 가지 말했으나, 그것은 어쩐지 나 자신으로서도 만족할 수 없는 설명이었지요."

"나도 만족할 수 없습니다."

플랑보는 얼굴을 찌푸렸다. 브라운 신부는 완전히 단념한 태도로 뱅어를 먹고 있었다.

"결국 사실과 반대되는 것을 늘어놓음으로써 진짜 사실을 알려준다는 수법은 확실히 빈틈없는 것이지요. 하지만 그것은 저, 신부님. 뭐라고 하면 좋을까요?"

신부는 곧 말을 받았다.

"너무 유치하다고 말하고 싶소. 이런 유치한 수법은 달리 또 없을 거요. 이것이 바로 이 사건 전체를 이상하게 만드는 것이오. 그런 거짓말은 초등학교 어린 학생들이나 하는 게 아니겠소?

세 가지로 해석할 수가 있소. 뒤보스크의 주장과 허쉬 박사의 주장, 그리고 내 해석. 그 편지는 프랑스의 한 관리를 실각시키기 위해 프랑스 장교가 쓴 것이든가, 아니면 그 관리가 독일 군인을 돕기 위해 쓴 것이든가, 아니면 그 관리가 독일군을 혼란시키기 위해 쓴 것이든가 셋 중 하나요. 그런데 관리나 군인들이 교환한 비밀편지라면 보다 치밀하리라고 생각되는 게 상식이오. 암호는 아니더라도 약어쯤은 썼을 거요. 틀림없이 과학적 전문용어를 사용했을 테지요. 그러나 이 편지는 너무 간단명료해 싸구려 괴기소설에 나오는 '보랏빛 동굴에 작은 금궤가 있다'는 문장과 다를 게 없소. 아무래도 이것은 한 번 읽고 금방 알아볼 수 있도록 썼다고밖에 생각되지 않소."

이때 프랑스 군복을 입은 키 작은 사나이 발로뉴 공작이 바람처럼 테이블로 다가와 두 사람이 알아차리기도 전에 의자에 앉으며 말했다.

"빅뉴스입니다. 지금 대령에게 갔다왔는데, 그는 이 나라를 떠나게 되었다면서 짐을 싸고 있었습니다. 결투장에 나가 사죄해 달라고 부탁하더군요."

플랑보는 도무지 믿어지지 않는 듯한 얼굴이었다. 그는 버럭 소리질렀다.

"뭐라고! 사죄해 달라고요?"

공작은 씁쓰레한 표정으로 대답했다.

"네, 그렇습니다. 바로 결투장에서 결투할 시각에, 모여든 사람들 앞에서 칼을 뽑아들 시각에 우리는 머리를 숙여 사과하지 않으면 안 된다는 겁니다. 그 무렵이면 본인은 나라 밖으로 달아나 있겠지요."

플랑보가 다시 소리질렀다.

"대체 어떻게 된 거지요? 키 작은 허쉬 박사에게 겁먹다니, 그런 일은 있을 수 없소! 못난 사람 같으니! 허쉬 박사를 무서워하는 녀석은 이 세상에 그 사람밖에 없을 거요!"

이런 것을 이성적인 분노라고 한다. 발로뉴 공작이 물어 뜯듯이 말했다.

"이것은 분명 계획적인 일일 거요. 유대인과 프리메이슨의 음모 같은 것 말입니다. 허쉬 박사의 명성을 높여 주기 위한……."

브라운 신부의 표정은 그가 흔히 잘 짓는 이상한 만족감에 넘쳐 있었다. 그것은 물론 뭔가 깨달음으로써 반짝이는 일도 있었지만 아무것도 모를 때도 곧잘 빛났다. 그러나 어떤 경우에나 반드시 그 어리석은 무지의 마스크가 벗겨지고 곧 현명한 사람의 마스크가 씌워지는 한순간이 있었다. 신부를 잘 아는 친구 플랑보는 지금 그가 한순간 뭔가 깨달았음을 직감했다. 브라운 신부는 아무말 없이 뱅어요리를 먹어 치웠다.

플랑보가 초조하게 물었다.

"대령을 마지막으로 만난 곳이 어디입니까?"

"엘리제 궁전 옆에 있는 생 루이 호텔입니다. 아까 자동차를 타고 같이 갔던 곳입니다. 거기서 지금 짐을 꾸리고 있습니다."

플랑보가 테이블을 쏘아보며 물었다.

"아직 있을까요?"

"아직 떠나지는 못했을 겁니다. 아무튼 긴 여행을 떠나려는 거니까……."

"아니, 그렇지 않습니다."

브라운 신부는 분명하게 잘라 말하고 벌떡 일어났다.

"긴 여행이 아니라 짧은 여행이지요. 어느 여행보다도 짧은 여행. 그러나 자동차로 가면 아직 만날 수 있을지도 모르겠군요."

브라운 신부로부터 더 이상 아무 설명도 듣지 못한 채 택시는 벌써 생 루이 호텔 모퉁이를 돌고 있었다. 자동차에서 내리자 그들은 브라운 신부를 앞장세우고 좁은 골목길로 나아갔다. 어둠이 깃들어 그림자가 깊어갔다. 도중에 딱 한번 공작이 도저히 참을 수 없다는 듯 허쉬 박사에게 반역죄가 있는지 없는지 묻자 신부는 건성으로 대답했다.

"아니, 야심이 있을 뿐입니다, 시저처럼."

그러고 나서 신부는 아주 엉뚱한 말을 덧붙였다.

"그는 몹시 쓸쓸하게 살아가는 사람입니다. 모든 것을 자기 자신이 직접 해야 하지요."

플랑보가 좀 분한 듯이 내뱉었다.

"야심가라면 아마 지금쯤 만족하고 있겠군요. 그 대령이 도망쳤으니 파리 시내가 온통 박사에게 박수를 보내겠지요."

브라운 신부가 낮은 목소리로 주의주었다.

"목소리가 높소! 그 대령이 바로 앞에 있잖소!"

두 사람은 깜짝 놀라 벽 뒤로 몸을 웅크렸다. 과연 결투를 포기한 건장한 체구의 사나이가 저녁놀 속을 비틀비틀 걸어가고 있었다, 두 손에 가방을 하나씩 들고. 언뜻 보기에는 처음 이 사나이를 만났을 때와 거의 같은 모습이었으나, 지금은 등산가가 입는 사치스러운 짧은 바지 대신 평범한 바지 차림이었다. 그는 재빨리 호텔을 빠져나와 도망친 것이다.

세 사람이 그 뒤를 쫓아가는 좁은 골목은 누구나 가끔 마주치는 세계의 뒤쪽 같은 곳으로, 무대장치를 뒤에서 바라보는 듯한 광경이었다. 한쪽에는 뚜렷하게 무슨 색깔이라고 말할 수 없는 담이 끝없이 이어지고, 그 군데군데에 낡아서 빛바랜 문이 보였으나 모두 굳게 닫혀 있었다. 개구쟁이들이 지나가면서 낙서한 백묵 그림 말고는 별다른 특징이 없었다. 담 위로 이따금 나뭇가지가 내다보였다. 그 대부분은 가슴이 답답해지는 침침한 빛깔의 상록수였다. 나뭇가지 저쪽으로 엷은 잿빛과 보랏빛 황혼 속에 높은 등을 이쪽으로 돌리고 층계 모양으로 줄지어 선 파리풍 집들이 보였다. 사실은 비교적 가까운 곳에 있는데도 뒤쪽이어서 그런지 대리석 산맥처럼 가까이 다가갈 수

없는 것처럼 보였다. 이 좁은 길 반대쪽에는 저녁놀을 받아 금빛으로
물든 좀 높은 공원 난간이 이어져 있었다. 플랑보는 무서운 듯 주위
를 둘러보았다. 그는 나직이 중얼거렸다.
 "왠지 이 근처에는 뭔가⋯⋯. "
 바로 이때 느닷없이 공작이 외쳤다.
 "앗 ! 그가 보이지 않습니다. 갑자기 사라져 버렸습니다. 요정은
아닐 텐데⋯⋯. "
 브라운 신부가 설명했다.
 "열쇠를 사용하여 어느 집 뜰 안으로 들어간 것뿐이지요. "
 그 말이 채 끝나기도 전에 그을린 나무문 하나가 앞에서 쾅 닫히는
소리가 났다.
 플랑보는 바로 앞에서 닫힌 그 나무문을 향해 성큼성큼 다가가자
잠시 그 앞에 서서 검은 코밑수염을 깨물고 있었다. 호기심이 꽤 솟
아오른 것 같았다. 다음 순간 그는 두 손을 번쩍 쳐들더니 철봉 운동
에서 반동으로 튀어오르듯 몸을 한 번 뒤로 물렸다가 눈깜짝할 사이
에 담 위로 올라가 있었다. 보랏빛 하늘을 배경으로 그의 커다란 몸
이 시꺼먼 나뭇가지처럼 보였다.
 공작이 신부를 돌아보았다.
 "뒤보스크의 도주는 생각보다 치밀하군요. 틀림없이 프랑스에서 달
아날 작정이겠지요. "
 브라운 신부가 대답했다.
 "모든 곳에서 자취를 감추려는 거겠지요. "
 발로뉴 공작의 눈이 빛났다. 그러나 그는 가라앉은 목소리로 물었
다.
 "자살할 거라는 말씀입니까 ? "
 "시체로 발견되지는 않을 겁니다. "

그때 담 위에서 플랑보가 프랑스어로 소리쳤다.

"이게 어떻게 된 거지! 여기가 어딘지 알았습니다. 허쉬 박사가 살고 있는 집 뒤군요, 뒷모습을 보면 누군지 알아볼 수 있듯이 건물의 뒤쪽도 짐작되지요."

"그 안으로 뒤보스크가 들어갔단 말이오? 그럼, 결국 그들은 서로 만나고 있었군요."

발로뉴 공작은 입술을 깨물었다. 그러나 그는 곧 프랑스인 특유의 쾌활함을 되찾아 담으로 뛰어오르더니 플랑보 옆에 앉아 흥분한 아이들처럼 발을 버둥거렸다. 브라운 신부는 혼자 남아 화려한 결투 무대로 등을 돌리고 벽에 기댄 채 생각에 잠겼다. 그는 정면 공원의 뾰족한 철책과 엷은 빛에 싸여 어른거리는 나무들을 바라보고 있었다.

아무리 흥분해도 귀족의 본능을 잃지 않는 공작은 집 안을 더듬기보다는 감시하는 쪽을 즐겼다. 그러나 플랑보는 도둑——또는 탐정——의 본능을 지니고 있어서 이미 담에서 몸을 날려 나무둥지로 옮겨 뛴 다음, 천천히 가지를 타고 올려다보아야 할 만큼 높고 어두운 이 집에서 오직 하나 불이 켜진 창문 쪽으로 기어가고 있었다.

창문에 쳐진 붉은 커튼 한쪽에 틈이 있었다. 플랑보는 그다지 믿음직스럽지 못한 가운뎃가지에 매달린 채 목을 내밀어 불이 밝은 호화로운 침실에서 뒤보스크 대령이 서성거리는 모습에 눈길을 집중시켰다. 플랑보의 위치는 꽤 집에 가까웠지만 담 근처에서 공작과 신부가 이야기하는 소리가 분명하게 들렸다. 그래서 그는 아까 발로뉴 공작이 한 말을 그대로 인용하여 낮은 목소리로 두 사람에게 말했다.

"드디어 두 사람이 만나게 될 겁니다."

그러자 브라운 신부가 단언했다.

"두 사람은 영원히 만나지 않을 거요, 이런 사건에서 결투자들은 서로 만나면 안 된다고 한 허쉬 박사의 말은 정말이오, 헨리 제임스가 쓴 이상한 심리소설을 읽은 적이 없소? 두 사람이 있는데, 그들은 언제나 우연한 장애에 의해 서로 만나지 못하오. 그것이 계속되는 동안 두 사람은 서로 두려운 생각을 갖게 되며, 이 만날 수 없다는 것이 숙명처럼 생각되기에 이른다는 줄거리지요. 이번 사건은 이 소설과 비슷한데, 그보다 좀더 묘하군요."

발로뉴가 끈질기게 물고늘어졌다.

"파리에는 그런 병적인 망상으로 고민하는 사람을 고쳐주는 의사가 있습니다. 저 두 사람은 만일 우리가 밧줄을 걸어 끌어내어 싸우게 하면 싫어도 얼굴을 마주 대하게 되겠지요."

브라운 신부가 말을 가로막았다.

"아니, 마지막 심판날까지 만나지 못할 거요. 전지전능하신 하느님이 결투장에서 지휘하신다 해도, 미카엘 대천사가 신호의 나팔을 불고 칼을 뽑도록 명령한다 해도 두 사람이 얼굴을 마주 대하는 일은 결코 없을 거요, 한쪽은 나타날지 모르지만."

발로뉴 공작이 안타까운 듯이 물었다.

"무슨 말씀을 하시는 건지 알아들을 수가 없군요. 그게 대체 무슨 뜻입니까? 어째서 저 두 사람만이 여느 사람들과 달리 서로 만날 수 없다는 겁니까?"

브라운 신부는 묘한 미소를 띠었다.

"저 두 사람은 서로 정반대입니다. 서로가 부정하고 있는 거지요. 서로를 상쇄하고 있다고 해도 좋습니다."

신부는 맞은쪽의 거무스름해져가는 나무들을 바라보고 있었다. 발로뉴는 플랑보가 소리 죽이며 외치는 소리를 듣고 얼른 그쪽으로 머리를 돌렸다. 밝은 방 안을 들여다보고 있던 탐정 플랑보는 그때 대령이 윗옷을 벗는 걸 보았던 것이다. 그때 맨 처음 떠오른 생각은 이대로라면 틀림없이 결투를 할 수 있으리라는 것이었다. 그러나 이 생각은 곧 거두어야만 했다. 뒤보스크의 떡 벌어지고 번듯했던 어깨와 가슴 언저리는 가짜였다. 물건을 가득 채워넣어 그렇게 보이도록 만든 것으로, 지금 그가 윗옷을 벗자 그것들이 모두 바닥에 떨어졌다. 셔츠와 바지 차림의 대령은 오히려 날씬한 신사였다.

대령은 그대로 곧 침실을 가로질러 욕실로 갔는데, 그것은 새삼스럽게 피로서 피를 씻기 위한 게 아니라 자기 얼굴을 씻기 위해서였다. 대령은 세면대에 엎드려 타월로 물이 뚝뚝 떨어지는 손과 얼굴을 닦자 다시 돌아왔다. 강한 불빛을 정면으로 받은 얼굴을 보니 피부의 갈색도 사라지고 검은 코밑수염도 없었다. 수염이 없는 말끔한 그 얼굴은 아주 파리했다. 대령의 모습이 남아 있는 것은 밝은 갈색 눈뿐이었다.

한편 담 밑에서는 브라운 신부가 깊은 생각에 잠겨 혼잣말을 중얼거리듯 이야기를 계속했다.

"이것은 내가 아까 플랑보에게 말한 것과 비슷하지요. 이 서로 상반된 두 존재는 아무래도 좋지 않습니다. 두 사람으로는 좋지 않습니다. 두 사람은 싸우지도 않습니다. 흑 대신 백, 액체 대신 고체, 왼쪽 대신 오른쪽이라는 식으로 계속해 나가면 이건 아무래도 이상합니다. 뭔가 잘못되었음에 틀림없습니다.

그들 둘 중 하나는 금발이고, 다른 하나는 검은 머리였습니다. 한 사람은 떡 벌어진 체격이었고, 또 한 사람은 늘씬했지요. 한 사람은 튼튼한데, 또 한 사람은 허약합니다. 한 사람은 턱수염이 없는 대신 코밑수염으로 입 언저리를 감추고 있고, 다른 한 사람은 코밑수염 대신 턱수염이 나서 턱을 가리고 있지요. 한 사람은 머리를 짧게 깎고 목도리로 목을 감추고 있지만, 다른 한 사람은 낮은 칼라로 목을 드러내 보이며 머리를 길게 길러서 머리 골격을 감추고 있습니다.

자, 어떻습니까, 이건 너무 묘하다고 생각되지 않습니까, 발로뉴
공작. 무언가 잘못되어 있습니다. 이처럼 크게 반대되는 것은 절대
로 충돌하는 법이 없습니다. 한 쪽이 나오면 바로 다른 쪽은 들어
가 있는 식이니까요. 얼굴과 가면, 열쇠구멍과 열쇠처럼……. ”
　플랑보는 가만히 집 안을 들여다보고 있었다. 그의 얼굴은 종이처
럼 새하얬다.
　방 안의 사나이는 플랑보 쪽으로 등을 돌리고 거울 앞에 서 있었
다. 그 얼굴 언저리에는 벌써 더부룩한 붉은 털이 보이고, 그것이 머
리에서 늘어져 턱 근처까지 뒤덮였다. 이번에는 비웃는 듯한 입매가
또렷이 드러나보였다. 거울에 비친 그 하얀 얼굴은 마치 미친 듯이
타오르는 지옥의 불길에 둘러싸여 무서운 웃음 소리를 지르는 유다의
얼굴 같았다.
　한순간 플랑보는 사나이의 광적인 갈색 눈동자가 뛰노는 것을 보았
다. 그러나 그것은 곧 안경으로 가려지고 말았다.
　풍성한 검은 코트를 아무렇게나 걸치자 그는 곧 집 바깥으로 사라
졌다.
　조금 뒤 떠들썩한 군중들의 환호성이 반대쪽 큰길에서 울려퍼졌다.
허쉬 박사가 다시 발코니에 나타난 것이다.

아케이드의 사람 그림자

런던 시 아델피에 있는 아폴로 극장 옆 아케이드 양쪽 끝에서 두 사나이가 똑같은 시각에 함께 나타났다. 큰길에는 저녁 햇살이 빛나며 뿌연 젖빛을 뿌리고 있었다. 아케이드는 얼마쯤 좁고 침침했기 때문에 두 사람에게는 아케이드 맞은편에 있는 상대가 그림자처럼 검게 떠올라 보일 뿐이었다. 그러나 이 검은 윤곽만으로도 상대가 누구인지 서로를 알아 보았다. 둘 다 풍채가 뛰어난 사람들로 서로 앙숙이었으니 그것도 무리는 아니다.

이 지붕이 있는 아케이드 한쪽은 아델피의 급한 비탈길 쪽으로, 다른 쪽 끝은 해질녘의 황혼에 물든 템스 강이 내다보이는 테라스로 통해 있었다. 아케이드 한쪽 옆은 밋밋한 벽이었다. 이 벽이 버티고 있는 건물은 번창하지 못한 극장식당이 차지하고 있었는데, 지금은 문을 닫았다. 그 반대쪽에는 양쪽 끝에 하나씩 문이 둘 있었다. 둘 다 여느 분장실 문과 달리 특별한 출연자가 사용하는 개인 분장실이었다. 지금은 셰익스피어 연극에 나오는 유명한 남배우와 여배우가 쓰고 있었다. 이 정도로 유명해지면 누구든 친구를 만나거나 또는 친구를 부르기 위해 이런 전용 출입문을 바라는 경우가 많다.

문제의 두 사나이도 이런 종류의 친구들임에 틀림없었다. 그들은
이 출입문을 알고 있었고, 또 그 문을 열어 주리라 믿고 있음에 틀림
없었다. 왜냐하면 두 사람은 똑같이 냉정하고 자신있게 위쪽 문으로
다가갔기 때문이다. 걷는 속도는 똑같지 않았다. 그러나 그 문에서
더 먼 터널 모양의 아케이드 쪽 끝에서 나타난 사람의 걸음이 빨라
두 사람은 목적한 개인 분장실 문에 거의 동시에 다다르게 되었다.
두 사람은 서로 정중하게 인사를 나누고 한순간 그 자리에 서 있었
다. 아무래도 상대보다 성질이 급한 것 같은, 걸음이 빠른 남자가 문
을 두드렸다.

이런 동작으로나 다른 어떤 점으로 보거나 두 사람은 정반대였다.
그러나 어느 쪽이 뒤진다고 결정짓기는 어려웠다. 두 사람은 개인적
으로도 호남자인 데다 유능하고 인기 있는 사람이었다. 그리고 공인
으로서도 모두 훌륭한 지반을 닦아놓았다. 그러나 저마다의 특징을
말하자면, 그 뛰어난 공적에서부터 훌륭한 용모에 이르기까지 모두
너무도 달라서 비교할 수가 없었다.

윌슨 세이모어 경은 알 만한 사람이면 누구나 알고 있는 중요인물
이었다. 정치계든 지적인 직업계든 그 가장 깊숙한 핵심 그룹과 사귀
면 사귈수록 더욱 윌슨 세이모어 경과 얼굴 대할 기회가 많아지는 것
이다. 그는 20여 개나 되는 무능한 위원회에서 단 한 사람 똑똑한 인
물이었다. 그 위원회란 왕립미술원 개혁위원회에서부터 대영제국 금
은복본위제도(金銀複本位制度) 계획위원회에 이르기까지 종류가 아
주 다양했다. 특히 미술에 관해 그는 최고의 위치를 차지하고 있었
다. 비교할 수 없을 만큼 독특한 존재였기 때문에 과연 미술을 하는
대귀족인지, 귀족이 된 대미술가인지 결정짓기 곤란한 형편이었다.
그러나 누구든 그와 5분만 얼굴을 대하고 있으면 스스로 일생 동안

이 사람에게 지배당해 온 게 아닌가 생각될 정도였다.

그의 풍채도 바로 이러한 의미에서 뛰어나다고 할 수 있었다. 그는 관습에 따르면서도 독특한 존재였다. 높은 실크해트도 전혀 유행에 뒤지지 않았다. 그러면서도 다른 사람의 모자와는 취향이 달랐다. 다른 사람들보다 조금 높은 편으로, 그것이 타고난 그의 키에 뭔가를 덧붙여 주었다. 키가 큰 늘씬한 몸은 꾸부정한 편이었지만 허약해 보이지는 않고, 오히려 그 반대였다.

머리카락은 은백색이었지만 조금도 나이들어 보이지 않았다. 머리 길이가 보통보다 길었으나 여자 같지는 않았다. 머리카락은 굽슬거렸으나 컬한 것처럼 보이지는 않았다. 공들여 끝을 뾰족하게 다듬은 턱수염 때문에 사나이답고 전투적으로 보이는 용모는 그의 저택에 걸린 벨라스케스가 그린 노제독들의 어두운 초상화와 비슷했다. 그가 끼고 있는 회색 장갑은 극장이나 레스토랑에서 흔히 눈에 띄는 장갑들보다 좀 푸른빛이 짙었고, 은 손잡이가 달린 지팡이도 보통 들고 다니는 것보다 긴 편이었다.

또 한 사나이는 키는 그 정도로 크지 않았지만 그리 작아 보이지도 않는 건장한 미남이었다. 역시 굽슬거리는 금발은 늠름하고 묵직한 머리 뒤로 짧게 깎여 있었다. 이 머리는 초서의 《캔터베리 이야기》에 나오는 방앗간 주인 머리처럼 문을 두들겨 부수는 데 알맞을 만큼 단단해 보였다. 군인식 코밑수염과 어깨가 뒤로 곧게 젖혀진 것으로 보아 군인임이 분명했으나 담담하게 상대를 쏘아보는 듯한 독특한 푸른 눈은 어딘지 뱃사람 같았다. 얼굴이 좀 네모지고 어깨도 떡 벌어져 웃옷까지 네모나 보였다. 그 무렵 한창 이름 날리던 분방한 만화가 일파에 속한 맥스 비어봄^(1872~1956. 영국의 수필가이자 만화가)은 그를 희화화하여 《유클리드》 제4권에 나오는 한 명제로서 표현했을 정도였다.

다른 분야이기는 하지만 그도 역시 공적을 세워 유명해진 사람이었기 때문이다. 최상급 사교계와 인연이 먼 사람이라도 커틀러 대위의 홍콩 공격과 중국 본토 진격 소문은 들었을 것이다. 어디를 가나 그의 소문을 듣지 않을 수 없었다. 그의 초상화는 어느 그림엽서에나 실리고 전투 장면과 전투 지도가 어느 화보에나 나와 있으며, 어느 음악 홀에서나 그를 찬양하는 노래가 울려 퍼졌다.

그의 명성은 세이모어 경에 비해 일시적이긴 하나 범위가 넓었으며 세속적인 인기와 자연발생적이라는 점에서 그보다 열 배나 뛰어났다. 수많은 영국 가정에서 그는 넬슨 제독에 버금가는 대영제국의 위인이 되어 있었던 것이다. 그런데 영국에서의 권력면에서는 윌슨 세이모어 경을 따르지 못했다.

이 두 사람을 위해 문을 열어준 사람은 하인이자 의상 담당자인 노인이었다. 그 지친 얼굴과 몸, 검고 초라한 윗옷과 바지는 찬란하게 빛나는 대여배우의 분장실 내부와 묘한 대조를 이루었다. 그 방에는 갖가지 반사각도로 놓여진 거울이 사방에 달려 있어 마치 한 개의 거대한 다이아몬드의 무수한 면을 보는 듯했다. 물론 이것은 다이아몬드 안쪽으로 들어가본 뒤의 이야기이지만. 그밖의 호화스러운 물건이라면 꽃다발 몇 개와 빛깔 풍부한 쿠션 몇 개와 무대의상들이 몇 가지 있었다. 그것들은 주위에 둘러선 거울에 비쳐 셀 수 없이 많아져 《아라비안나이트》처럼 혼란스러웠다. 발을 끌며 걷는 시중꾼들이 거울을 하나 돌려놓거나 또는 벽 쪽으로 향해 놓을 때마다 거울 속의 물건들이 끊임없이 미쳐날뛰면서 위치를 바꾸었다. 두 사람은 그다지 눈에 드러나지 않는 의상 담당을 향해 '파킨슨'이라고 불렀다. 그들이 오로라 롬 양이 방에 있느냐고 묻자 파킨슨은 옆방에 있으니 자기가 가서 전하겠다고 대답했다. 그러자 두 방문객의 얼굴에 한 가닥 그림자가 스쳐 지나간다. 옆방이라면 그녀와 함께 공연하는 유명한 남자 배우의 전용 분장실이었고, 그녀로 말하면 남성이 자신을 찬미하도록 할 때에는 반드시 질투까지 불러일으키게 해야 직성이 풀리는 타입이 었기 때문이다.

30초쯤 지나자 안쪽 문이 열리며 무대에 등장할 때와 같은 태도로 그녀가 들어왔다. 그 때문에 우레 같은 박수가 침묵 속에서 들리는 것 같았다. 그리고 그녀로서 당연히 받아야 할 가치 있는 갈채로 여겨졌다. 그녀는 녹색과 파란색 비단으로 만든 좀 색다른 옷을 입고 있었다. 그것은 녹색과 파란색 금속 비슷한 빛을 내뿜어 어린아이나 심미가들의 눈을 즐겁게 할 만한 의상이었다. 탐스러운 갈색 머리카락이 모든 남자, 특히 소년과 흰 머리가 생기기 시작한 초로의 귀족에게 위험한 마력을 지닌 얼굴 둘레에 드리워져 있었다.

그녀는 미국의 명배우 이시도르 브루노와 함께 시적이고 환상적인 해석을 붙인 《한여름 밤의 꿈》을 공연했는데, 특히 오베론과 티타니아, 즉 그 역을 맡은 브루노와 그녀에게 예술적인 초점을 두고 있었다. 몽상적이고 아름다운 배경 앞에서 신비로운 춤을 추며 그녀가 나타나면 이 녹색의 의상은 마치 번쩍이는 장수풍뎅이처럼 요정의 여왕이 지닌 표현하기 어려운 매력을 충분히 드러내주었다. 더욱이 지금처럼 아직 햇빛이 비쳐들 때 그녀를 개인적으로 만나면 남자들은 모두 이 여배우의 얼굴에 눈을 떼지 못했다.

그녀는 상냥하지만 이해하기 어려운 미소를 띠고 두 남자에게 인사했다. 그것은 뭇 남성들로 하여금 아슬아슬한 위험선에 멈춰 서게 하는 미소였다. 그녀는 커틀러 대위로부터 꽃다발을 받아들었다. 커틀러의 전투에서 얻은 승리와 마찬가지로 값비싸게 구한 꽃이었다. 그녀는 또 윌슨 세이모어 경으로부터도 선물을 받았는데, 그는 이 선물을 나중에 대수롭지 않은 듯이 내놓았다. 왜냐하면 노골적인 태도를 보이는 것은 그의 교양에 어긋나는 데다 꽃다발처럼 속이 빤히 들여다뵈는 물건을 건네는 건 그가 고집하는 개성에 걸맞지 않았기 때문이다. 하찮은 물건을 가져오기는 했지만 그래도 색다른 물건이라고 그는 설명했다.

"이것은 고대 그리스 미케네 시대의 단검으로, 테세우스(그리스 신화에 나오는 아테네 영웅으로, 크레타 섬의 미궁에 사는 괴물 미노타우로스를 처치했다)와 히폴리테(그리스 신화에 나오는 아마존 여왕) 시대에 차고 다녔다 해도 이상하지 않을 법한 물건입니다. 그리스 영웅 시대의 무기가 다 그렇듯 이것도 놋쇠로 만들어졌는데, 묘하게도 지금 당장 사람을 찌를 수 있을 만큼 날카롭답니다. 이 잎새 같은 모양에는 진심으로 감탄했습니다. 정말 그리스 꽃병 못잖은 완벽한 모양이지 않습니까? 만일 당신이 여기에 조금이라도 흥미를 갖게 되고 또 연극 속에서 이용할 수 있다면 영광이겠습니다."

그때 안쪽 문이 힘차게 열리며 몸집 큰 사나이가 나타났다. 이 사나이는 세이모어 경과 비교해 커틀러 대위보다 더 대조적인 존재였다. 2미터 가까이 되는 큰 키에 단순히 연극에서 보여주기 위한 것 이상의 근육을 지닌 이시도르 브루노는 오베론으로 분장하여 호화로운 표범가죽과 금갈색 의상에 싸인 채 바로 야만족의 신과 같은 모습이었다.

그는 사냥에 쓰이는 듯한 창에 기대 서 있었다. 그것은 관람석에서는 작은 은빛 지팡이로 보였지만, 이 비교적 복잡한 좁은 방에서는 뚜렷하게 창자루로 보여 섬뜩했다. 생기있는 검은 눈이 화산처럼 이글거렸다. 구릿빛 얼굴은 분명 잘생기기는 했으나 한순간 툭 불거진 광대뼈와 굳게 다문 흰 이가 동시에 드러나 보여 남미의 대농장 태생이 아닐까 하는 일부 미국인들의 소문이 언뜻 떠올랐다.

그는 많은 관객들을 감동시킨 정열적인 목소리를 연상케 하는 굵은 목소리로 말했다.

"오로라! 부탁이 있는데……."

그가 문득 말을 끊은 것은 문 바로 안쪽에 여섯 번째의 사나이가 불쑥 나타났기 때문이다. 그런데 그 인물이야말로 이런 장소에 너무도 어울리지 않아 거의 희극적으로 느껴지기까지 했다. 브루노며 오로라 롬 같은 배우와 나란히 서자 더 두드러지게 작아보였다. 수단을 입은 아주 키 작은 사나이로 방주에서 나온 무뚝뚝한 노아 같은 모습이었다. 그러나 그 자신은 다른 사람과 비교된다는 것을 눈치채지 못한 듯 얼빠진 정중한 모습으로 말했다.

"롬 양이 나를 불렀습니다만……."

재치있는 관찰자라면 이 아주 비정서적인 방해자의 침입에 의해 감정의 열기가 오히려 뜨거워졌음을 눈치챘을 것이다. 직업상 독신주의자가 나타남으로써 모두들 서로 한 여자를 둘러싼 사랑의 적수라는 사실을 절실하게 느꼈던 것이다. 이것은 외투에 서리가 묻은 낯선 사람이 들어오면 방 안 전체가 난로처럼 느껴지는 것과 마찬가지였다. 오로라에 대해 전혀 아무 반응도 품지 않은 사나이가 자리를 같이하게 되자 다른 남자들이 모두 자기에게 반해 있으며, 그것도 꽤 위험할 정도로 반해 있다는 것을 그녀는 확실히 느낄 수 있었다.

브루노는 야만인과 철부지 아이 같은 탐욕스러운 사랑을 품고 있고, 군인은 지능인보다 의지의 사람에게서 흔히 보이는 단순한 자기 위주로 그녀를 사랑하고 있으며, 윌슨은 고대 쾌락주의자들의 도락에 대한 관심처럼 하루하루 더해가는 열중으로 사랑하고 있었다. 그리고 그녀가 성공하기 전부터 그녀를 알고 있으면서 방 안을 어슬렁거리며 눈길과 발로써 그녀 뒤를 쫓아다니는 비굴한 파킨슨까지 개처럼 무뚝뚝하게 말없이 반해 있는 것이었다.

민감한 사람이라면 이보다 더 기묘한 사실도 눈치챘을 것이다. 검은 수단을 입은 멋없는 노아 같은 사람도——그도 그리 무딘 것은 아니므로——그 사실을 알아차리고 몹시 재미있게 생각했지만 그냥 마음속에 눌러두었다.

명배우 오로라는 남성들의 찬미에 대해 무관심하지는 않았지만, 이 때만은 이 숭배자들을 모두 물리치고 숭배자가 아닌 사나이와 단둘이 있고 싶었다.

그 작은 신부는 물론 다른 사람들과 같은 의미에서의 그녀 숭배자는 아니었지만 그녀가 귀찮은 사람들을 내쫓는 그 빈틈없고 여성적인 수단에 감탄하지 않을 수 없었고, 또 그것을 유쾌하게 생각하기까지 했다. 오로라 롬이 재치있게 처리할 수 있는 건 인간의 반쪽, 즉 그녀와 반대 성인 남성들에게만 발휘할 수 있었다. 지금 키 작은 신부는 마치 나폴레옹 전투를 구경하듯이 그녀가 누구 한 사람 배척하는 일 없이 모조리 내쫓는 치밀하고 재빠른 솜씨를 바라보고 있었다.

덩치 큰 배우 브루노는 어린아이 같은 사람이라 못마땅해하는 사나운 표정으로 문을 쾅 닫고 아주 간단히 나갔다. 영국 장교인 커틀러 대위는 생각은 뻔뻔스럽게 해도 예의범절에 대해서는 빈틈없었다. 간접적인 권유라면 아예 무시하지만, 그녀의 입에서 나온 명확한 명령을 무시할 바에는 차라리 죽는 편이 낫다고 생각하는 모양이었다. 윌슨 세이모어 경은 특별취급을 해야 하는 남자라 맨 마지막까지 남아 있었다. 그를 움직이는 데 한 가지 방법밖에 없었다. 친구로서 마음을 터놓고 탄원하여 어째서 사람들을 물리치는가 하는 것을 숨김 없이 말해 주는 방법뿐이었다. 이 세 명의 남자를 아주 뛰어난 단 한 가지 동작으로 해치워 버린 오로라 롬에 대해 브라운 신부는 감탄하지 않을 수 없었다.

그녀는 커틀러 대위 곁으로 다가가 되도록 애교 있는 태도로 말했다.

"이 꽃은 모두 소중히 하겠어요. 틀림없이 당신 마음에 든 꽃이었을 테니까요. 하지만 내 마음에 드는 꽃이 없으면 완전하다고 말할 수 없지요. 미안하지만 모퉁이에 있는 꽃가게로 가서서 은방울꽃을 사다 주시겠어요? 그렇게 해주시면 이 꽃다발도 정말 아름다워질 거예요."

그녀의 첫번째 목표는 브루노를 격분시켜 물러나게 하는 것이었는데 이는 곧 이루어졌다. 루노는 그때 마침 왕이라도 된 듯한 태도로 가지고 있던 창을 마치 홀(笏)처럼 가엾은 파킨슨에게 건네주고 막 용상에 오르듯 쿠션 의자에 앉으려던 참이었다. 그런데 그녀가 연적인 커틀러 대위에게 공공연히 탄원하자 그의 유백색 눈에 노예같이 민감한 반항의 빛이 떠올랐다. 순간 그는 볕에 그을린 거대한 손을 불끈 쥐며 무섭게 문을 확 잡아 열고 옆방으로 모습을 감추었다.

그러나 한편 대영제국 육군을 동원시키려는 오로라의 작전은 생각했던 것만큼 간단히 성공하지 못했다. 커틀러 대위는 명령이 내려졌을 때처럼 몸을 긴장시키고 일어나 모자도 쓰지 않은 채 문을 향해 걸어갔다. 그런데 거울에 기대어 서 있던 세이모어의 느긋한 태도에 어딘지 모르게 보란 듯한 태도가 엿보였던 모양이다. 대위는 갑자기 문 앞에 멈춰서서 어쩔 줄 몰라하는 불독처럼 머리를 이리저리 돌렸다.

"저 바보 씨에게 가는 곳을 가르쳐 주어야겠군요."

오로라는 세이모어에게 귀띔하고 문 앞에 서 있는 손님을 재촉해 내보내기 위해 그쪽으로 걸어갔다.

세이모어의 태도는 점잖고 무관심해 보였으나 아마 엿듣고 있었던 모양이다. 오로라가 소리높여 대위에게 마지막 지시를 내린 다음, 빙글 방향을 돌려 웃으면서 아케이드의 다른 쪽 끝, 즉 템스 강 쪽으로 내밀어진 테라스 쪽으로 달려가는 소리를 듣자 됐다는 듯이 가슴을 쓸어내리는 것 같았다. 그러나 2, 3초 지나자 세이모어의 눈썹이 다시 찌푸려졌다. 그런 입장에 놓인 사람에게는 경쟁자가 많이 있는 법이지만, 생각해 보면 아케이드 다른 쪽 끝에 브루노의 전용 분장실

문이 있지 않은가! 그러나 그는 위엄을 잃지 않고 정중한 태도로 브라운 신부와 웨스트민스터 성당에 비잔틴식 건축양식이 부활된 데 대한 이야기를 나누고 나서 아주 자연스럽게 아케이드 안쪽 끝으로 천천히 걸어갔다. 브라운 신부와 파킨슨이 뒤에 남았는데, 이 두 사람은 모두 필요 이상의 말은 하지 않는 이들이었다.

파킨슨은 방 안을 돌아다니며 거울을 끌어내거나 도로 밀어넣었는데, 그의 손에 오베론 왕의 밝고 우아한 창이 의연히 쥐어져 있었기 때문에 그의 때묻은 윗옷과 바지가 더 음울해 보였다. 그가 거울을 하나 잡아끌 때마다 검은 옷의 브라운 신부 모습이 다시 나타났다. 이 엄청난 거울 속에서 무수한 브라운 신부가 천사들처럼 공중에 거꾸로 서거나 곡예사처럼 공중제비를 돌기도 하고 행동거지가 좋지 못한 사람처럼 엉덩이를 들썩이기도 하는 것이었다.

그러나 브라운 신부는 이 무수한 자신의 모습에는 아랑곳하지 않고 눈치도 없이 파킨슨이 그 엉뚱한 창을 든 채 브루노의 방으로 들어갈 때까지 조심스러운 눈길로 멍청히 뒤쫓았다. 그가 사라지자 신부는 언제나 자신을 즐겁게 해주는 막연한 명상에 잠기며 거울의 각도와 굴절도와 벽에 꼭 들어맞는 각도를 계산해 보았다. 바로 이때 있는 힘을 다해 내지르는, 그러나 애써 억누르는 듯한 비명이 들렸다.

신부는 튀어오르듯이 벌떡 일어나 우뚝 선 채로 귀를 기울였다. 그와 동시에 윌슨 세이모어 경이 상아처럼 파리한 얼굴로 뛰어들어왔다.

"아케이드에 있는 저 사나이는 누구지요? 내가 준 그 단검은 어디 있지요?"

브라운 신부가 무거운 반장화를 신은 발꿈치를 돌릴 틈도 없이 세이모어는 온 방 안을 뛰어다니며 단검을 찾았다. 그러나 단검은 물론 무기다운 것이라고는 하나도 보이지 않았다. 이때 바깥길에서 사람이 달려오는 소리가 나고 커틀러의 네모진 얼굴이 불쑥 문 앞에 나타났다. 은방울 꽃다발이 꼴사납게 쥐어져 있었다. 그는 크게 소리쳤다.

"저게 뭐요? 아케이드 안쪽에 있는 저 사람은 누구요? 이건 당신 술책이오?"

"내 술책이라고!"

파리한 얼굴의 귀족은 성이 나서 소리치며 대위를 향해 성큼 한 걸음 내디뎠다.

이것은 정말 한순간에 일어난 일이었다. 그동안 브라운 신부는 아케이드로 나가 그 안쪽을 살펴보며 눈에 띄는 물건들 쪽으로 곧 발길을 옮겼다.

이것을 보자 다른 두 사람도 싸움을 그치고 뒤쫓아 달려왔다. 대위가 소리쳤다.

"당신은 뭘 하고 있소? 뭐하는 사람이오?"

"나는 브라운 신부요."

신부는 우울한 목소리로 대꾸하고 뭔가를 굽어보며 천천히 몸을 일으켰다.

"오로라 롬 양이 불러서 왔는데, 너무 늦었군요."

세 사람은 아래를 내려다보았다. 그 순간 그들 가운데 적어도 한 사람은 목숨이 끊어질 것만 같았으리라. 햇살이 아케이드를 꿰뚫고 들어와 좁은 황금길처럼 보였으며, 바로 그 한가운데에 녹색과 파란색으로 수놓은 번쩍거리는 의상에 싸인 오로라 롬이 얼굴을 위로 향하고 죽은 채로 누워 있었던 것이다. 드레스는 무서운 격투를 말해 주듯 갈기갈기 찢어지고 오른쪽 어깨가 드러나 보였다. 왼쪽 어깨의 상처에서 피가 흐르고 있었다. 놋쇠 단검이 2미터쯤 떨어진 곳에 칼날을 번쩍거리며 나동그라져 있었다.

꽤 오랜 시간 동안 넋을 잃은 침묵이 계속되었다. 꽃 파는 소녀의 웃음 소리가 멀리 차링 크로스 광장 밖에서 들려왔고, 스틀랜드 거리

변두리 길에서 누군가가 택시를 잡으려고 높이 휘파람을 불었다. 이 윽고 커틀러 대위가 격정 때문인지 연극인지 그 둘 중 하나겠지만 엉뚱하게도 윌슨 세이모어 경의 목덜미를 잡았다.

세이모어는 투쟁심도 두려움도 느껴지지 않는 듯 가만히 상대를 쏘아보았다. 그는 아주 냉정한 목소리로 말했다.

"당신이 이럴 것까지 없소. 나 스스로 죽겠소."

순간 대위의 손이 머뭇거리며 상대방으로부터 떨어졌다. 그러자 세이모어는 역시 냉담한 목소리로 말을 이었다.

"만일 저 단검으로 자살할 배짱이 없다면 한 달 안에 술로 목숨을 끊어 보이겠소!"

커틀러 대위가 그 말을 받았다.

"술 같은 건 너무 저속하오. 나는 죽기 전에 반드시 피로써 이 원수를 갚고 말겠소. 적은 당신이 아니오. 나는 짐작하는 바가 있소."

그러고 나서 다른 두 사람이 그의 의도를 짐작하기도 전에 대위는 단검을 집어들자 템스 강 쪽으로 난 아케이드 끝에 있는 방문으로 뛰어가, 빗장이고 뭐고 단번에 밀어부수고 그 안의 브루노 앞에 우뚝 버티고 섰다. 그러는 동안 늙은 파킨슨이 그 흐느적거리는 걸음걸이로 문 앞에 나타나 아케이드에 쓰러져 있는 시체를 발견했다. 그는 휘청거리며 걸어서 그쪽으로 가더니, 얼굴에 무섭게 경련을 일으키며 멍청히 시체를 내려다보았다. 그리고 다시 휘청거리며 걸어서 분장실로 돌아가 호화로운 쿠션이 깔린 의자에 털썩 주저앉았다. 브라운 신부는 파킨슨 옆으로 달려갔다.

벌써 커틀러와 거인 같은 배우가 서로 치고받는 소리가 온 방 안에 가득 울렸다. 두 사람은 단검을 먼저 손에 넣기 위해 격투를 시작했는데, 신부는 그쪽은 거들떠보지도 않았다. 실질적으로 일을 처리하는 능력을 잃지 않은 세이모어는 아케이드 끝에서 휘파람을 불어 경찰관을 불렀다.

경찰관들은 맨 먼저 원숭이처럼 맞붙어 싸우는 두 사람을 떼어놓은 다음 두세 가지 판에 박힌 신문을 시작했다. 그리고 미친 듯이 성나 있는 커틀러 대위의 호소에 따라 이시도르 브루노가 체포되었다. 현재 국가적인 대영웅이 직접 범인을 잡았다는 것은 경찰에게 있어 중요한 사실이었다. 경찰에게도 신문기자다운 요소가 없지 않았기 때문이다. 경찰관은 엄숙한 배려로서 커틀러를 대우하며 손에 조그만 상처가 난 사실을 지적했다.

쓰러진 의자와 테이블 사이에서 커틀러에게 짓눌려 있으면서도 브루노는 대위의 손에서 단검을 움켜잡고 손목 바로 아래에 상처를 입혔던 것이다. 그것은 아주 조그만 상처였지만 야만인의 피가 반쯤 섞인 브루노는 방에서 끌려나갈 때도 여전히 미소를 떠올리며 대위의 상처에서 흐르는 피를 바라보고 있었다.

경찰관이 커틀러에게 가만히 말했다.

"식인종 같은 녀석이로군요."

커틀러는 그 말에 아무 대답이 없었으나 잠시 뒤 분명치 않은 목소리로 대답했다.

"신경써야 하는 것은……죽은 사람 쪽이오."

방 안쪽에서 신부의 목소리가 들렸다.

"두 명의 죽은 사람이지요. 이 사람은 내가 옆으로 다가갔을 때 이미 죽어 있었습니다."

브라운 신부는 호화로운 의자에 웅크리고 앉은 검은 옷의 늙은이를 굽어보고 있었다. 파킨슨도 역시 살해된 여자에 대해 자기 나름의 방법으로 경의를 표하고 있었던 것이다. 사실 거기에는 말없는 웅변이라고 할 수 있는 뭔가가 있었다.

처음으로 침묵을 깬 것은 커틀러였다. 거칠면서도 상냥한 그의 마음이 무의식중에 나타난 것이리라. 그는 목쉰 소리로 말했다.

"나는 이 사나이가 부럽소! 생각나는데, 이 사람은 그녀의 걷는 모습을 누구보다도 열심히 지켜보지요. 그녀는 이 사람의 공기(空氣)였습니다. 그래서 이 사람은 저절로 말라 버린 겁니다. 저절로 혼자서 숨이 끊어진 겁니다."

거리 끝을 바라보고 있던 세이모어가 이상한 목소리로 말했다.

"우리는 모두 죽은 거나 마찬가지요."

두 사람은 길모퉁이에서 브라운 신부에게 작별인사를 하고, 만일 실례되는 언동이 있었으면 용서해 달라고 사과했다. 두 사람 모두 표정이 비통했으며, 뭔가 까닭이 있어 보이는 모습이었다.

키 작은 신부의 마음속에는 언제나 이리저리 튀어서 파악할 수 없는 자유로운 상념이 가득차 있었다. 이때에도 그의 마음에는 두 사람이 슬퍼하는 것은 확실하지만 과연 결백한지 어떤지 알 수 없다는 생각이 마치 토끼의 하얀 꼬리처럼 어른거렸다.

세이모어가 무겁게 말했다.

"우리는 이만 돌아가는 게 좋겠군. 할 수 있는 모든 도움을 주었으니까."

그러자 브라운 신부가 조용히 물었다.

"만일 내가 당신들의 행동이 할 수 있는 모든 해를 주는 것이었다고 말한다면, 그 이유가 무엇인지 알겠습니까?"

두 사람은 뭔가 켕기는 일이 있는 것처럼 깜짝 놀랐다. 커틀러가 날카롭게 되물었다.

"해를 주다니, 누구에게 말이오?"

"자기 자신에게 말입니다. 만일 당신들에게 경고하는 것이 내 의무가 아니라면 일부러 염려에 부채질하는 듯한 말은 하지 않습니다.

만일 그 배우가 무죄 석방된다면 당신들은 자신을 교수형으로 몰고 갈 일만 한 결과가 됩니다. 경찰은 틀림없이 나를 부를 겁니다. 그러면 나는 싫더라도 비명을 들은 뒤 바로 당신들이 모두 무서운 기세로 방으로 뛰어들어와 단검에 대해 싸움을 벌였다고 증언하지 않을 수 없겠지요. 나의 선서증언 범위 안에서는 당신들 중 누군가가 범인일 수 있습니다. 자신에게 해를 주었다는 것은 바로 그 뜻입니다. 그리고 대위는 단검으로 자신을 상하게 했고."

커틀러가 경멸하듯이 외쳤다.

"내가 자신을 상하게 했다고요! 이건 하찮게 긁힌 상처요."

"긁혀서 피가 난 상처지요."

브라운 신부는 싱긋 미소지으며 고개를 끄덕여 보였다.

"아시겠지만 그 놋쇠 단검에는 지금도 피가 묻어 있습니다. 그러므로 당신들이 싸우기 전에 피가 묻어 있었는지 어떤지 이제 영원히 알 수 없게 되었습니다."

한참 침묵이 흐른 뒤 세이모어가 여느때의 말투와는 전혀 다른 강한 액센트로 말했다.

"하지만 나는 아케이드에서 사람 그림자를 보았소."

브라운 신부는 아주 무표정한 얼굴로 대답했다.

"그건 알고 있습니다. 커틀러 대위도 보았습니다. 하지만 그게 도무지 있을 법하지 않은 점입니다."

두 사람이 이 말의 참뜻을 알아차리고 대답할 겨를도 없이 브라운 신부는 이만 실례한다고 정중하게 인사하고 낡아빠진 우산을 든 채 가버렸다.

요즈음의 신문 기사 가운데 가장 진실에 가깝고 중요한 뉴스는 경찰 관계 소식이다. 20세기에는 정치보다 살인사건 쪽에 더 많은 지면이 할애되고 있다고 한다. 이것이 사실이라면 거기에는 뚜렷한 이유가 있다. 즉 살인 쪽이 좀더 심각한 문제이기 때문이다. 그러나 이 이유만으로는 런던이며 각 지방 신문을 떠들썩하게 한 이른바 '브루노 사건' 또는 '아케이드의 수수께끼'에 대한 자세한 보도가 왜 그토록 화제에 오르고 널리 퍼졌는지 설명할 수가 없다. 흥분이 너무 지나쳐 신문은 몇 주일 동안이나 줄곧 진상을 알리고, 그 때문에 주신문과 반대 신문 보고기사는 읽을 만한 것이 못 되었지만 적어도 신용할 수는 있었다.

큰 소동이 된 진짜 이유는 말할 것도 없이 등장인물이 모두 거물이었다는 점이었다. 피해자가 인기 여배우이고 용의자가 인기있는 남자 배우라는 것 말고도 용의자를 현행범으로 붙든 사람이 당시의 애국적인 물결을 타고 등장한 인기 군인이었던 것이다. 이처럼 색다른 상황이었기 때문에 신문도 마비 상태에 빠져 성실하고 정확하게 사건보도를 전하지 않을 수 없었다. 그래서 이 기묘한 사건의 나머지 부분은 브루노 재판 보도기사에서 발췌해도 될 정도이다.

이 재판은 몽크하우스 재판관에 의해 진행되었다. 몽크하우스는 유머러스한 재판관이라는 비웃음을 듣고 있었지만, 대체로 이런 사건을 맡는 재판관에는 고지식한 사람보다 진지한 사람이 꽤 많다. 몽크하우스도 바로 그런 타입의 인물이었다. 직업적인 까다로움에 싫증나 있기 때문에 그처럼 멋진 유머가 나오는 것이다. 그에 비해 근엄한 재판관은 허영심만 강하기 때문에 오히려 경박한 고집 덩어리인 경우가 많다.

사건의 주요인물인 사회적 명사에 대해 소송 대리인의 얼굴도 잘 조화되어 있었다. 검사는 월터 카우드레이 경으로, 그는 자신을 신뢰할 수 있는 영국적인 인물로 보이게 하는 재주를 터득한 데다 난 체하는 웅변을 늘어놓는 방법도 알고 있는, 둔하지만 관록 있는 검사였다. 피고의 변호를 맡은 사람은 왕실 고문변호사인 패트릭 버틀러였다. 그는 그의 아일랜드인다운 성격을 오해하는 사람들과 그의 신문을 받은 적이 없는 사람들로부터 어물쩍 넘어가는 시시한 사람으로 잘못 평가되고 있었다.

그런데 의학적인 증거에는 아무 모순도 없었다. 세이모어가 현장에 불러들인 의사의 증언과 뒤에 검시한 유명한 외과의사의 견해가 일치했기 때문이다. 오로라 롬을 찔러죽인 흉기는 나이프나 단검 같은 날카로운 칼 종류로, 적어도 날이 짧은 흉기라는 것은 확실했다. 상처는 심장 바로 위여서 즉사했다. 의사가 맨 처음 그녀를 보았을 때는 죽은 지 20분도 안 되었을 때였다. 그렇다면 브라운 신부가 발견했을 때는 죽은 뒤 3분도 지나지 않았던 셈이다.

이어서 공식 수사증거가 제출되었는데, 그것은 주로 저항한 흔적이 있는지 없는지에 대한 것이었다. 저항의 가능성을 보여주는 유일한 단서는 드레스의 어깨 부분이 찢겨 있다는 점이었는데, 이것은 치명상이 된 상처와 잘 맞지 않았다.

이런 세부적인 증거가 해명되지는 않았으나, 아무튼 증거 제출이 끝나자 첫 번째 주요 증인이 불려나왔다.

윌슨 세이모어 경의 증언은 그가 행한 다른 모든 일과 마찬가지로 훌륭했을 뿐만 아니라 완벽했다. 재판장보다 훨씬 이름난 명사인데도 그는 국장의 대리인인 재판장 앞에서 자신을 낮추는 훌륭한 태도를 보였던 것이다. 참석한 사람들은 모두 마치 국무총리나 캔터베리 대주교라도 보는 듯한 태도로 그를 바라보았다. 이 사건에서의 그의 역할은 한 개인인 '신사'로서의 역할에 지나지 않았다고 말할 수 있을 것이다. 그는 또 위원회에서와 마찬가지로 기분좋을 만큼 두뇌가 명석했다.

"나는 극장으로 오로라 롬 양을 방문했습니다. 거기서 커틀러 대위를 만났으며, 조금 뒤 피고도 자리를 같이 하게 되었습니다. 잠시 뒤 피고는 자신의 분장실로 돌아갔습니다. 다음에 로마 가톨릭 신부가 들어왔는데, 브라운이라는 그 신부는 롬 양을 만나고 싶다고 말했습니다. 그러자 롬 양은 커틀러 대위에게 자기를 위해 꽃을 더 사 달라며 꽃집을 가르쳐 주기 위해 밖으로 나가 아케이드 입구 쪽으로 갔습니다. 나는 방에 남아 신부와 두세 마디 이야기를 주고받았습니다. 그때 대위를 심부름 보낸 롬 양이 웃으면서 몸을 돌려 아케이드 안쪽으로 달려가는 소리가 똑똑히 들렸습니다. 그쪽에는 피고의 방이 있었습니다. 그들의 바쁜 움직임에 나도 무심코 호기심이 끌려 아케이드 끝으로 나가 피고의 방문을 바라보았습니다. ”

“아케이드에서 뭔가 보였습니까 ? ”

“네, 보였습니다. ”

월터 카우드레이 검사는 잠시 감동적인 침묵을 허락했다. 그동안 증인은 눈을 감고 있었는데, 언제나처럼 냉정한 태도였음에도 불구하고 얼굴이 여느때보다 더 파리했다.

이윽고 검사가 동정이 담긴 기분나쁜 나직한 목소리로 물었다.

“그것은 똑똑히 보였습니까 ? ”

크게 흥분해 있기는 했지만 윌슨 세이모어 경의 뛰어난 두뇌는 조금도 혼란되지 않았다.

“그 윤곽은 아주 확실했지만 자세한 부분은 전혀 뚜렷하지 않았습니다. 아케이드가 아주 길어서 그 중간에 서 있는 사람은 끝쪽의 빛을 등지고 검게 윤곽만 보였습니다. ”

여기서 윌슨 세이모어 경은 침착하게 아래를 내려다보면서 덧붙였다.

“나는 일이 일어나기 전에 이 사실을 눈치채고 있었습니다. 커틀러 대위가 이 아케이드에 맨 처음 들어왔을 때 눈치챘던 겁니다. ”

다시 침묵이 흘렀다. 재판장은 메모를 했다.

이윽고 월터 검사가 참을성 있게 물었다.

"그 윤곽은 어떠했습니까? 이를테면 살해된 여인의 모습과 비슷하게 보이거나 하지 않았습니까?"

세이모어가 조용히 대답했다.

"전혀 닮지 않았습니다."

"당신 눈에는 어떻게 보였습니까?"

"나에게는 키 큰 남자로 보였습니다."

법정에 나온 사람들은 누구나 펜이며 우산이며 책이며 구두 등 자신이 우연히 보고 있던 물건에 눈길을 떼지 못하고 있었다. 온 힘을 다해 키가 큰 피고에게서 눈길을 돌리고 있는 것 같았는데, 그럼에도 불구하고 피고석의 인물을 의식하며 엄청나게 큰 사나이라고 느끼지 않을 수 없었다. 브루노는 사람들에게 키다리로 보였지만, 모두들의 눈이 애써 그에게서 떨어지자 키가 점점 더 커지는 것만 같았다.

카우드레이 검사는 근엄한 표정으로 검은 비단 법복과 비단결같이 흰 구레나룻을 쓰다듬으며 자리에 앉으려 하고 있었다. 윌슨 세이모어 경이 그밖에도 많은 증인이 있는 두세 가지 자잘한 부분에 대해 마지막 증언을 마치고 증언대를 떠나려 했을 때, 변호사가 느닷없이 일어나 그를 불러 세웠다.

빨간 눈썹에 반쯤 조는 듯한 표정의 촌스러운 버틀러 변호사가 말했다.

"잠깐만 기다려 주십시오. 그 사람 그림자가 남자라는 것을 어떻게 알았는지 설명해 주시겠습니까?"

세이모어의 얼굴에 어렴풋이 점잖은 미소가 떠오른 것처럼 보였다. 그는 대답했다.

"너무 속된 판단인 것 같아 죄송합니다만, 바지로 그것을 알았습니다. 긴 다리와 다리 사이로 햇빛이 보였기 때문에 나는 결국 그가 남자라고 확신했습니다."

졸린 듯한 변호사의 눈이 소리없는 폭발처럼 갑자기 둥그레졌다. 그는 천천히 증인의 말을 받았다.

"'결국'이라고 말했지요? 그럼, 처음에는 여자라고 생각했던 거로군요?"

세이모어는 이때 비로소 당황하는 빛을 드러냈다.

"이것은 결코 객관적인 사실이 아닙니다만, 만일 재판장 각하께서 내가 받은 인상을 말해 주길 바란다면 설명하겠습니다. 그 모습은 확실하게 여자라고 단언할 수 없으나 그렇다고 또 남자라고 말할 수도 없는 것이었습니다. 아무래도 몸의 곡선이 달랐습니다. 그리고 긴 머리카락 같은 것이 보였습니다."

"수고 많았습니다."

버틀러 왕실 고문변호사는 이로써 바라던 바가 손에 들어왔다는 듯이 얼른 자리에 앉았다.

커틀러 대위는 윌슨 세이모어 경에 비하면 훨씬 말솜씨가 서투르고 침착하지 못했으나, 사건의 발단 부분에 대한 그의 증언은 확고하고 일관성이 있었다. 대위는 브루노가 자기 분장실로 돌아갔다는 것, 은방울꽃을 한다발 사러 갔다는 것, 아케이드 위쪽 끝으로 돌아왔을 때 그 안에서 뭔가를 보았다는 것, 세이모어 경이 수상하게 생각되었다는 것, 브루노와 격투를 벌인 것 등을 증언했다.

그러나 자신과 세이모어가 본 검은 사람 그림자에 대해서는 어떤 결정적 증언도 제공하지 못했다. 그 윤곽에 대해 질문받자 그는 자신은 미술평론가가 아니라면서 세이모어 쪽으로 차가운 웃음을 던져 보냈다. 그 모습이 남자였는지 여자였는지 묻자 이번에는 피고에게 들리라는 듯이 짐승 같았다고 대답했다. 그러나 대위가 슬픔과 진지한 분노로 흥분해 있는 게 한눈에 뚜렷했으므로 카우드레이 검사는 이미 꽤 확실해진 사실을 확인시키는 수고를 덜게 되었다.

　변호사의 반대 신문도 역시 금방 끝났다. 이 변호사는 신문을 짧게 하고 끝내는 습관이 있었다. 그러나 간단하면서도 퍽 오랜 시간이 걸리는 것 같은 인상을 주었다. 변호사는 졸린 눈으로 커틀러를 바라보며 말했다.

　"당신은 아주 색다른 표현을 쓰고 있군요. 그 모습이 남자나 여자라기보다 짐승에 가까웠다는 증언은 무슨 뜻이지요?"

　커틀러의 흥분은 더욱 고조되었다.

　"그런 말은 하지 않는 편이 좋았겠지요. 그러나 그 녀석은 침팬지 같이 큰 새우등에 돼지털 같은 뻣뻣한 머리카락이 나 있었기 때문에……."

　버틀러 변호사는 대위의 우습고 성급한 이야기를 도중에서 가로막았다.

　"머리카락이 돼지털 같다든가 그렇진 않다든가 하는 것은 문제가 아닙니다. 여자의 머리카락이었습니까?"

　그러자 대위가 외쳤다.

　"여자의 머리카락이라고요! 천만에요!"

　변호사는 틈을 주지 않고 퉁명스럽게 말했다.

　"첫 번째 증인은 그렇게 말했습니다. 그런데 그 그림자에는 아까 세이모어 경이 설명한 것처럼 뱀을 연상케 하는 반여성적인 곡선이 조금이라도 있었습니까? 아니, 없었습니까? 여성다운 곡선은 없었던 거로군요. 그렇다면 그 그림자는 떡 벌어진 네모진 것이 되겠지요."

　그러자 커틀러는 힘없는 목쉰 소리로 대답했다.

　"앞으로 수그린 모습이었는지도 모릅니다."

　"그랬을지도 모르고, 또 그렇지 않았을지도 모르지요."

버틀러는 퉁명스럽게 내뱉고 얼른 자리에 앉았다.

월터 카우드레이 검사에 의해 불려나온 세 번째 증인은 키 작은 신부였다. 다른 두 사람에 비해 몹시 키가 작아서 증언대에 서자 머리가 겨우 보일까말까하여 마치 어린아이를 신문하는 것 같았다.

그런데 불행하게도 월터 카우드레인 검사는 자기 집안의 종교가 가톨릭인 데서 비롯된 것이었겠지만 피고가 악질의 외국인이고 흑인의 피가 섞여 있기 때문에 브라운 신부가 피고 편을 들 것이라 믿고 있었다. 그래서 그는 신부가 뭔가 설명하려고 할 때마다 '네' 또는 '아니요'로 짧게 대답하라며 입을 막았고, 꾸짖기라도 하듯이 쓸데없는 궤변은 늘어놓지 말고 명명백백한 사실만을 진술하라고 요구했다. 브라운 신부가 아케이드에 있던 사람의 정체에 관해 소박하게 자신의 의견을 얘기하려 하자 검사는 가설은 듣고 싶지 않다고 딱 잘라 말했다.

"아케이드에서 검은 물체가 목격되었습니다. 신부님도 그것을 보았다고 말씀하셨는데, 어떤 모양이었습니까?"

브라운 신부는 마치 야단맞는 아이처럼 눈을 깜박거리고 있었으나 그는 순종의 미덕을 오래 전부터 터득하고 있는 사람이었다.

"그 모양은 작달막하고 뚱뚱했는데, 머리인지 꼭대기인지 그 부분에 양쪽으로 두 개의 새까만 것이 돋아나 있었습니다. 뿔 같기도 하고⋯⋯."

"흥, 뿔 달린 악마가 틀림없군요. 개신교도들을 잡아먹으러 온 악마 말입니다."

카우드레이 검사가 득의양양하게 외치고는 자리에 앉았다.

"아니요, 저는 그게 누구였는지 알고 있습니다."

신부가 차분하게 말했다.

법정 안의 사람들은 당치도 않지만 정말 괴물이 있었던 것 같은 혼란스러운 느낌을 받고 있었다. 모두들 피고인의 존재는 잊어버린 채 아케이드의 사람 그림자만을 머리에 그려보았다. 유능하고 존경할 만 한 인물들인 세 사람이 제각기 다르게 증언하고 있는, 검은 그림자의 정체는 제멋대로 모습을 바꾸는 마귀가 되어가고 있었다. 한 사람은 여자 같았다고 하고, 또 한 사람은 짐승 같았다고 하고, 다른 또 한 사람은 악마였다고 주장하고 있다…….

재판장은 브라운 신부를 냉정하고 날카롭게 쏘아보며 말했다.

"당신은 대단히 특이하신 분 같군요. 그러나 진실을 말씀해주실 것 같은 느낌을 받았습니다. 자, 당신이 아케이드에서 본 사람은 누구 였습니까?"

"저였습니다."

이때 버틀러 변호사가 이상할 정도로 침착하게 일어나더니 조용하 게 말했다.

"재판장님, 반대 신문을 허락해 주시기 바랍니다."

그는 숨도 돌리지 않고 브라운 신부를 향해 이제까지의 문제와는 전혀 관계없는 질문을 던졌다.

"단검에 관한 증언을 들으셨을 겁니다. 전문가의 말에 따르면 범행 에 날이 짧은 흉기가 쓰였다고 했는데, 그것도 알고 계시겠지요?"

"날이 짧았지요. 그런데 자루는 아주 길었습니다."

브라운 신부가 올빼미처럼 진지하게 고개를 끄덕이면서 말했다.

방청객들이 신부가 날이 짧고 자루가 긴 단검으로 사람을 찌르고 있는 소름끼치는 광경을 머릿속에 그려보고 그것을 채 떨쳐내지 못하 고 있을 때, 신부가 서둘러 설명하기 시작했다.

"제 말은 단검만 날이 짧은 게 아니라는 겁니다. 창도 날이 짧지 요. 연극에 소품으로 쓰이는 창도 단검처럼 끝이 뽀족한 강철로 되 어 있어서 사람을 찌르기엔 충분합니다. 파킨슨 노인이 롬 양을 죽일 때 그 창을 썼지요. 가정 불화를 해결해 달라고 롬 양이 절 불렀던 것인데 그만 제가 너무 늦게 간 겁니다. 신이여, 용서해주소서! 그리고 파킨슨 노인은 죄를 뉘우치고 죽었습니다. 회개하며 죽어갔지요. 자신이 한 일을 견딜 수가 없었던 것입니다!"

방청객들이 받은 일반적인 연상은 이 키 작은 신부가 증언대에서 신나게 떠들어대는 동안 완전히 미쳐 버렸구나 하는 것이었다. 재판장은 여전히 밝고 태연한 눈으로 흥미롭게 신부를 바라보고 있었다.

변호사는 천연스럽게 신문을 계속했다.

"만일 파킨슨 노인이 팬터마임용 창으로 범행을 저질렀다면 4미터쯤 떨어진 곳에서 찌르지 않으면 안 되었을 것입니다. 그렇다면 드레스의 어깨 부분이 찢긴 것 같은 격투의 흔적은 어떻게 설명되지요?"

버틀러 변호사는 어느새 이 증인을 권위 있는 전문가로 대우하는 태도로 바뀌어 있었다. 그러나 아직 그것을 눈치챈 사람은 아무도 없었다.

증인이 설명했다.

"살해된 부인의 드레스가 찢겨진 까닭은 그녀의 등 뒤쪽에 튀어나온 널빤지에 걸렸기 때문입니다. 그녀가 걸린 옷을 벗기려고 애쓸 때 파킨슨이 피고의 방에서 나타나 창으로 찌른 것입니다."

변호인이 이상한 목소리로 같은 말을 되풀이했다.

"널빤지라고요?"

브라운 신부는 다시 설명했다.

"그 안쪽은 거울로 되어 있었습니다. 나는 분장실에 들어갔을 때 어떤 거울은 틀림없이 바깥 아케이드로 이어지도록 장치되어 있다는 것을 알아차렸습니다."

여기서 다시 한 번 터무니없고 부자연스러운 침묵이 법정을 내리덮었다.

이윽고 재판장이 입을 열었다.

"그럼, 당신이 아케이드 안쪽을 보았을 때 거기에 나타난 모습은 거울에 비친 당신 자신이었다는 말입니까?"

"그렇습니다, 재판장님. 내가 말하려고 했던 것은 바로 그 점이었습니다. 여러분은 그 모습에 대해 질문했습니다. 그런데 신부 모자에는 뿔 비슷한 테가 있기 때문에 나는……."

재판장은 늙은 눈을 더욱 빛내며 몸을 앞으로 내밀고 또렷한 목소리로 말했다.

"당신은 이렇게 말하고 싶은 거로군요. 윌슨 세이모어 경이 본 몸매의 곡선이 날씬하며 여자의 머리털을 기르고, 남자의 바지를 입은 정체불명의 모습은 윌슨 세이모어 경 자신이었다고 말입니다."

"바로 그렇습니다, 재판장님."

"그리고 또 커틀러 대위가 본 새우등에 뻣뻣한 돼지털 같은 머리카락이 난 침팬지는 대위 자신이었다는 겁니까?"

"그렇습니다, 재판장님."

몸을 당겨 의자에 기대는 재판장의 복잡한 표정에는 익살과 감탄이 섞여 있었다.

"또 한 가지 묻고 싶은데, 다른 두 훌륭한 증인이 모두 알아차리지 못했는데도 어떻게 당신만이 거울에 비친 자신의 모습임을 알았습니까?"

브라운 신부는 전보다 더 거북한 듯이 눈을 껌벅거리더니 이윽고 더듬거리며 대답했다.

"실은 나도 잘 모릅니다……. 그러나 아마 내가 여느 때 거울을 잘 보지 않기 때문일지도 모르지요."

기계의 잘못

해질녘, 템플 가든에 플랑보와 그 친구인 브라운 신부가 앉아 있었다. 그곳이 법원에 가까웠기 때문인지 모르나 아무튼 우연의 힘에 이끌려 두 사람의 화제는 재판으로 옮겨갔다. 반대 신문에서는 어느 정도로 신문자에게 자유를 주어야 할 것인가 하는 문제에서부터 이야기는 차츰 빗나가 로마 시대와 중세의 고문(拷問)으로, 거기서 다시 프랑스의 예심판사 문제와 현대 미국의 고문으로 건너뛰었다.

플랑보가 말했다.

"그 문제 말입니다만 새로운 심리측정법이 꽤 평판을 얻고 있답니다, 특히 미국에서. 무슨 말인지 알겠지요? 손목에 맥박계를 붙여 놓고 두세 가지 단어를 말하여 거기에 대한 심장의 반응을 조사한다더군요. 이것을 어떻게 생각합니까?"

브라운 신부가 대답했다.

"아주 재미있다고 생각하오. 문득 생각이 나는데, 중세 암흑시대에도 살인자가 시체를 만지면 피가 흐른다는 재미있는 이야기가 있었지요."

그러자 플랑보는 힘차게 물었다.

"현대의 이 방법과 옛날의 그 일을 똑같이 귀중한 방법이라고 생각합니까?"

"똑같이 별 가치가 없는 방법이오. 피란 가지각색이라 죽은 사람이든 산 사람이든 천천히 흐르기도 하고 빨리 흐르기도 하오. 거기에는 수많은 이유가 있지만, 우리 인간으로서는 알 수 없소. 피는 아주 이상하게 흐르기도 하지요. 이를테면 마터호른(알프스 산맥의 높은 봉우리. 4,508미터)을 거슬러 오르듯 하기도 하고. 그러면 나 역시 자신이 피를 흐르게 한다고 생각하겠지요."

플랑보가 다시 설명했다.

"이 측정법은 미국에서도 손꼽히는 과학자가 몇 사람이나 보증했습니다."

브라운 신부가 소리쳤다.

"과학자들이란 어쩌면 그렇게도 감상적일까! 게다가 미국 과학자들은 과장하여 말하면 밑빠진 감상주의자들이오. 미국 사람이 아니면 누가 심장의 고동에서 뭔가를 알아낸다고 생각하겠소? 그것은 마치 여자의 얼굴이 빨개졌다고 해서 그녀가 자기를 사랑하고 있다고 믿는 사나이와 다를 게 없는 감상주의자요. 그 방법은 하비가 발견한 불멸의 혈액순환설에 근거를 둔 실험인가 본데, 돼먹지 않은 거요."

그러나 플랑보는 물러서지 않았다.

"하지만 그것으로 뭔가 알아맞힐 수 없다고 잘라 말하지는 못하겠지요."

"무언가를 꼭 지적하는 지팡이에는 한 가지 불편한 점이 있소. 왜냐하면 지팡이 반대쪽 끝은 정반대 방향을 가리키기 때문이오. 지팡이의 어느 쪽 끝을 잡고 있느냐에 따라 일의 성패가 좌우되오.

당신이 말한 것을 나는 전에 실제로 쓰는 것을 본 적이 있는데, 그 뒤로는 그런 걸 믿지 않게 되었소."

그러면서 브라운 신부는 자신이 환멸을 느꼈던 경험을 털어 놓았다.

그것은 벌써 20년 전 일로, 그 무렵 브라운 신부는 시카고의 어느 형무소에서 일하고 있었다. 그곳에는 범죄를 짓고 속죄하는 것을 밥 먹듯이 하는 아일랜드계 죄수들이 많아서, 신부는 아주 바빴다.

그 형무소 부소장은 그레이우드 어셔라는 사람으로 죽은 사람처럼 파리한 얼굴에 신중하게 말하는 형사 출신의 미국식 사고방식을 가진 사람이었다. 그는 몹시 딱딱하게 굳어진 얼굴을 가끔 미안한 듯한 찌푸린 얼굴로 바꾸곤 했다. 그는 이따금 생색을 내면서 브라운 신부를 좋아했다. 브라운 신부는 이 사나이의 이론을 그다지 탐탁하게 여기지는 않았으나 인간적으로 그를 좋아했다. 어셔의 이론은 아주 복잡했지만 그 주장의 방식은 아주 단순했다.

어느 날 저녁 브라운 신부는 어셔의 부탁을 받고 부소장실로 갔다. 어셔는 언제나처럼 서류가 산더미처럼 쌓이고 흐트러진 책상에 앉아 말없이 기다리고 있었다. 그는 서류 속에서 오려낸 신문 기사를 골라 신부에게 건네주었다. 신부는 엄숙한 표정으로 그것을 읽었다. 미국 사교계를 주로 다루는 신문 중에서도 특히 도색적인 신문에서 오려낸 듯했으며, 내용은 다음과 같았다.

사교계에서 가장 재주가 뛰어난 홀아비가 이색적인 만찬회를 계획하고 있다. 이 신문 독자 여러분은 틀림없이 '유모차 행렬의 만찬회'를 기억하고 있겠지만, 그 자리에서 숨은 솜씨를 자랑하는 토드 씨는 필그림즈 연못에 있는 자신의 넓은 저택에서 사교계에 갓 등장한 젊은 명사들을 실제 나이보다 훨씬 젊어 보이도록 하는 데 성공했다. 사교적인 견지에서 볼 때 이처럼 우아하면서도 좀더 흥분되고 배짱 좋은 파티는 작년에 있었는데, 숨은 솜씨를 자랑하는 토드 씨가 개최한 '식인종 오찬회'로, 이때 식탁에 나온 과자들은 사람의 팔다리를 본떠 이상한 모양으로 구워낸 것이었다. 참석자 가운데 자기 파트너를 잡아먹겠다고 말한 사람도 한두 명이 아니었다고 한다.

그런데 이날 밤의 모임에서는 어떤 기발한 착상으로 분위기를 돋우어줄 것인지 기대가 된다. 자세한 것은, 여느 때 그다지 말이 없는 토드 씨 가슴에 숨겨져 있거나, 아니면 우리 도시의 가장 사교적인 지도자들의 보석으로 장식된 가슴에 숨겨져 있다. 들리는 바에 따르면 이것은 하류층 사회의 소박한 습관과 예법을 교묘하게 흉내낸 것이라고 한다.

아무튼 손님을 좋아하는 토드 씨가 그 유명한 여행가 펠콘로이 경을 초대하여 흥취를 더욱 돋울 것 같다. 펠콘로이 경은 영국 오크 그로브즈 출신의 혈통있는 귀족이다. 그의 세계여행은 펠콘로이 집안의 봉건시대 때 칭호가 아직 부활되지 않은 시기에 시작되었다. 그는 젊은 시절 미국에 한 번 머문 적이 있으며 이번이 두 번째 방문이다. 그의 방문에 대해 뭔가 속셈이 있을 거라고 수군거리는 상류층 참새들도 있다. 토드 씨의 딸 에타 토드 양은 우리 뉴욕이 자랑하는 다정한 아가씨 가운데 한 사람으로 약 12억 달러의 유산을 물려받게 되어 있는 것이다.

잠시 뒤 어셔가 물었다.
"어떻습니까? 여기에 흥미가 끌리지 않습니까?"
"뭐라고 말할 수 없을 정도군요. 지금으로서는 이보다 더 시시한

일도 없을 것 같아요. 이런 기사를 쓰는 전문기자가 미국 국민의
정의의 분노 앞에서 사형받게 되었다는 소식도 아니니까요. 당신도
이런 기사에 아무 흥미 없을 텐데요?"
"그렇습니다."
어셔는 다시 다른 스크랩 기사를 건네주었다.
"그럼, 이건 어떻습니까?"
그것은 '간수가 살해되다, 죄수는 탈옥'이라는 제목의 기사로 내용
은 다음과 같았다.

　이 주(州)의 시쿼 기결수 수용소에서 오늘 아침 날이 밝기 전에
도움을 바라는 비명 소리가 들렸다. 관계 직원이 급히 달려가 보니
형무소 북쪽 담 위를 순시하던 간수가 숨진 채 발견되었다. 북쪽
담은 매우 험해서 어느 곳보다 탈출하기 어려워 한 명의 간수가 순
시해도 충분하다고 여겨져 왔는데, 이 간수는 불행히도 높은 담 위
에서 밑으로 내던져져 있었다. 몽둥이로 얻어맞았는지 머리가 으스
러지고 총이 없어졌다.
　조사 결과, 독방이 하나 비어 있음이 밝혀졌다. 그 방에는 오스
카 라이언이라는 침울하고 말수 적은 죄수가 갇혀 있었다. 라이언
은 경미한 폭력죄로 짧은 형기를 선고받았으나, 누구나 그가 어두
운 과거를 지닌 위험 인물이라는 인상을 받았다고 한다.
　날이 완전히 밝아 살인 현장의 상황이 뚜렷해지자 시체 가까운
담벽에 쓰인 글이 발견되었다. 분명히 손가락에 피를 찍어 쓴 것이
었다. '이것은 정당방위다. 그는 총을 가지고 있었다. 나는 한 사람
만 빼놓고 아무도 해칠 생각이 없었다. 탄환은 필그림즈 연못을 위
해 간직해 둔다. O.R.' 무장한 간수가 있는데도 아랑곳 하지 않고
이처럼 담을 습격한 사나이는 꽤 악랄한 계책을 썼든가, 아니면 아

주 야만적이고 대담무쌍한 사나이임에 틀림없다.

브라운 신부는 쾌활하게 인정했다.

"문체는 이쪽이 좀 낫군요. 그러나 이것도 내가 도울 수 있는 일이 아닌 것 같습니다. 이런 운동 선수처럼 날쌘 범인을 내 이 짧은 다리로 뒤쫓는다면 굉장한 웃음거리가 될 테니까요. 아니, 나뿐만 아니라 누가 뒤쫓는다 한들 찾아낼지 어떨지 의문입니다.

시쿼 형무소는 여기서 50킬로미터나 떨어져 있습니다. 그 길들은 황폐한 황무지이고, 범인이 만일 완전한 그 빈틈없는 사나이라면 틀림없이 그쪽으로 발길을 돌렸을 무인지대입니다. 그리고 저 멀리에는 큰 초원이 뻗어 있지요. 탈옥수는 어떤 구덩이에 숨어 있을지 모르고, 또 어떤 나무에 올라가 있을지도 모릅니다."

그러자 부소장이 대꾸했다.

"구덩이에 숨지도, 나무에 올라가 있지도 않습니다."

브라운 신부는 눈을 껌벅이며 물었다.

"그걸 어떻게 압니까?"

"그 사나이와 이야기해 보고 싶지 않습니까, 신부님?"

브라운 신부는 천진스러운 눈을 더욱 크게 떴다.

"그가 여기 있습니까? 당신 부하가 어떻게 그를 붙들었지요?"

"내가 직접 붙들어왔지요."

미국인은 자랑스럽게 말하며 천천히 일어나 문 앞에서 가느다란 두 다리를 귀찮은 듯이 쭉 뻗었다.

"손잡이가 꼬부라진 지팡이로 잡았지요. 그렇게 놀랄 건 없습니다. 정말 내가 잡았지요. 내가 가끔 이 음산한 건물에서 나가 시골길을 산책하며 기분전환하는 건 아시겠지요? 나는 오늘 밤에도 일찌감치 산책을 나갔답니다. 그곳은 시꺼먼 산울타리와 회색 밭이 양쪽으로 이어져 있는 가파른 비탈길이었습니다. 초승달이 나와 있어서 길은 은빛으로 빛나 보였지요.

　나는 그 달빛 속에서 한 사나이가 급히 밭을 가로질러 길 쪽으로 달려오는 것을 보았습니다. 몸을 앞으로 숙이고 마치 장거리 육상 경주를 하는 듯한 속도로 달려왔지요. 몹시 지쳐 보였으나 빽빽하니 무성한 검은 산울타리에 이르자 마치 거미집이라도 뚫듯 힘도 들이지 않고 지나갔습니다. 산울타리가 약한 게 아니라 사나이의 몸이 돌처럼 단단했다고 하는 편이 옳을지 모르겠군요. 아무튼 그 튼튼한 가지들이 힘없이 부러졌으니까요. 사나이가 길을 건너가려고 달빛 속으로 뚜렷이 나타난 순간 나는 손잡이가 꼬부라진 등나무 지팡이를 그의 발을 향해 던져 다리를 걸어 넘어뜨렸습니다. 그는 곧 넘어졌지요. 나는 얼른 크고 길게 호각을 한 번 불었습니다. 그러자 경비병들이 쏜살같이 달려와 그를 체포했습니다.”
브라운 신부가 말했다.
“큰 실수를 할 뻔했군요. 만일 그가 인기 있는 달리기 선수로 1,600미터 경주를 연습하는 중이었다면 말입니다.”
“그러나 그렇지 않습니다. 우리는 곧 그의 신분을 알 수 있었습니다. 나는 맨 처음 달빛에 그가 몸을 드러냈을 때부터 알고 있었지요.”
그러자 신부가 거침없이 물었다.
“그가 탈옥수라고 생각한 것은 오늘 아침 신문 기사로 죄수가 탈옥했다는 사실을 알았기 때문이겠지요?”
부소장은 차갑게 대답했다.
“그보다 더 확실한 근거가 있었답니다. 첫째 근거는 너무 간단하므로 힘들여 설명하지 않겠습니다. 만약 인기 있는 운동 선수라면 밭 한가운데를 달리거나 가시울타리에 눈을 긁히는 짓은 하지 않으리라는 겁니다. 그리고 운동선수라면 웅크린 개처럼 새우등을 하고 달리지도 않겠지요. 그것도 한 가지 근거였지만, 그보다 더 결정적인 단서들이 있습니다. 이것은 꽤 훈련된 눈을 가지고 있지 않으면 관찰할 수 없는 일이지요. 알겠습니까, 신부님? 그는 누더기 같은 헌 베옷을 입고 있었는데, 그것이 다만 엉성한 누더기옷일 뿐만 아니라 이상스러울 만큼 몸에 맞지 않았습니다. 그가 달빛을 등지고 시꺼먼 그림자로 떠올랐을 때만 해도 윗옷 깃이 머리를 가려 곱사처럼 보였고, 양쪽 소매가 길게 늘어져서 손이 없는 사람 같았습니다. 그 순간 내 머리에 떠오른 생각은 저 사나이는 죄수복을 누군가 아는 사람의 옷으로 바꿔입은 게 아닐까 하는 것이었습니다.

그리고 또 한 가지, 그가 달려가는 방향에서 바람이 아주 세게 불어왔습니다. 만일 머리를 짧게 깎지 않았다면 바람에 나부끼는 머리카락이 보였을 텐데 그것이 보이지 않았던 겁니다. 그리고 그가 달려가는 밭 저쪽에 필그림즈 연못이 있는데, 탈옥한 죄수는 그곳에서 탄환을 쓰기 위해 간직해 둔다고 적어 놓았었지요. 이런 생각이 떠오르자 나는 망설이지 않고 지팡이를 던졌던 겁니다."

"눈깜짝할 사이의 참으로 멋진 추리였습니다. 그런데 그 사나이는 총을 가지고 있었습니까?"

어셔가 이 말을 듣자 갑자기 말을 멈칫했기 때문에 브라운 신부는 미안한 듯이 덧붙였다.

"총알이란 총이 없으면 전혀 소용 없는 물건이지요."

어셔 부소장은 엄숙하게 말했다.

"총을 가지고 있지 않았습니다. 그러나 그것은 어떤 아주 자연적인 사고로 잃어버렸거나 맨 처음의 계획을 바꾸었거나 둘 중 하나일 겁니다. 옷을 갈아입으면서 총도 함께 버린 거겠지요. 죽인 간수의 피투성이가 된 윗옷을 벗겨 입고 올걸 그랬다고 후회했을지도 모릅니다.”

“과연 그렇군요. 그것은 있을 법한 일입니다.”

어셔는 다른 신문기사로 눈길을 옮겼다.

“이것은 조금도 따져 보지 않아도 될 문제입니다. 바로 그 사나이가 찾고 있던 탈옥수라는 것이 벌써 밝혀졌으니까요.”

브라운 신부는 작은 목소리로 물었다.

“어떻게 그것을 알았지요?”

그레이우드 어셔는 신문을 내던지고 다시 오려낸 두 장 쪽지를 집어들었다. 그리고 말했다.

“꽤 완고하시군요. 하는 수 없지. 처음부터 이야기해 드리겠습니다. 여기 있는 두 장의 기사에는 꼭 한 가지 공통점이 있습니다. 당신도 아는 저 유명한 부호 이어튼 토드 씨가 소유하고 있는 필그림즈 연못이라는 이름이 양쪽에 다 나와 있다는 점입니다. 토드 씨가 굉장한 인물이라는 것도 알고 있겠지요? 징검다리를 건너 뛰듯이 차근차근 계속 출세한……”

“자신의 낡은 허물을 벗고 자꾸자꾸 위로 올라간 사람이지요. 네, 알고 있습니다. 아마 석유였지요?”

“아무튼 숨은 재주를 지닌 토드 씨가 이번같이 대담한 사건에 밀접하게 연루되어 있는 겁니다.”

어셔는 다시 한 번 난로 앞에서 기지개를 켜며 자랑스럽게 생각하듯 과장된 설명투로 말을 계속했다.

“첫째로 이 점에 대해 겉으로는 아무 이상도 없습니다. 한 죄수가 필그림즈 연못으로 총을 가져갔다는 것은 이상한 일도 색다른 일도 아닙니다. 우리 미국 사람은 영국 사람과 다릅니다. 누가 부자가 되든 병원이나 경마에 돈을 뿌린다면 그 부자를 용서하는 것이 영국 사람이지요. 재주가 비상한 토드 씨는 그 뛰어난 실력으로 훌륭하게 되었습니다. 그의 뛰어난 솜씨를 구경한 사람들 가운데 총 같은 것으로 앙갚음해 주고 싶어하는 사람이 몇 있다 해도 무리가 아닙니다. 토드 씨는 누군가 이름도 들어보지 못한 사람에게 언제 당할지 모르는 겁니다. 공장 폐쇄로 내쫓은 노동자, 그가 파산하게 만든 회사에서 일하던 사무원 같은 사람들한테 말입니다. 확실히 숨은 재주를 가진 토드 씨는 지적인 재능을 가진 명사입니다. 그러나 이 나라에서는 고용주와 고용인 관계가 꽤 긴장 상태에 놓여 있지요.

라이언이 토드 씨를 살해하기 위해 필그림즈 연못으로 떠났다면, 그러한 이유 때문입니다. 이런 견해를 가지고 있었으므로 또 하나 조그만 사실이 발견되었을 때 내 탐정 본능이 눈을 뜨더군요. 나는 체포한 사나이를 무사히 넘겨준 다음, 지팡이를 들고 시골길을 천천히 두 구역쯤 지나가자 토드의 소유지의 옆문이 나왔습니다. 필그림즈 연못이라고 부르는 호수에서 가장 가까운 문이지요. 지금부터 두 시간 전이었으니까 7시쯤이었습니다. 달빛이 점점 더 밝아지며 그 신비로운 연못 위에서 몇 가닥의 길다란 흰 줄이 되어 일렁거렸습니다.

이 연못의 잿빛 기슭은 물을 듬뿍 머금은 늪으로, 옛날 마녀들에게 그곳을 거닐게 하여 연못 바닥으로 몸이 가라앉을 때까지 계속 걸어들어가게 했다는 이야기가 있을 정도입니다. 그 자세한 경위는 이미 잊어버렸지만, 당신도 이 못에 대해서는 알고 있겠지요. 또 토드 씨 저택의 북쪽에 해당하는 벌판 한가운데에 마디가 울퉁불퉁한 이상한 나무가 두 그루 있는데, 아무리 보아도 제대로 잎이 무성한 나무로 생각되지 않는답니다. 차라리 거대한 괴물 버섯으로 생각될 만큼 기분나쁜 모습이지요.

그 희미한 연못 저쪽을 바라보고 서 있느라니 문 쪽으로 가까이

다가오는 사람 그림자가 언뜻 보이는 듯했습니다. 그러나 주위가
어둠침침한 데다 꽤 떨어져 있었으므로 잘못 본 건지도 모르고, 게
다가 자세한 것은 전혀 알 수 없었습니다. 그리고 이때 나는 보다
가까이에서 일어난 일에 깜짝 놀라 그쪽으로 정신을 빼앗겼습니다.
나는 담 뒤에 웅크리고 앉았지요, 큰 저택 한쪽 귀퉁이에서 200미
터쯤 뻗어나온 그 담은 다행히도 군데군데 틈이 있어 들여다보기에
안성맞춤이었습니다. 왼쪽으로 뻗어나온 건물의 한쪽 귀퉁이 문이
열려 있었고 그 속에 불빛을 등진 사람 그림자가 떠올랐습니다. 옷
을 많이 입고 있었으며 몸을 앞으로 숙인 것으로 미루어보면 바깥
어둠 속을 엿보고 있음에 틀림없었습니다.

　이윽고 문이 닫혔습니다. 들고 있는 각등 불빛이 충분하지는 못
했으나 그 사람의 옷과 모습을 희미하게 비춰주었습니다. 아무래도
낡은 망토를 입은 부인 같았습니다. 사람 눈을 피하기 위해 변장하
고 있었던 거겠지요, 황금빛 벽지를 바른 방에서 나온 여자가 누더
기를 걸친 데다 사람 눈을 피한다는 것이 아무리 생각해도 이상했
습니다.

　그녀는 꾸불꾸불한 정원길을 조심스레 걸어 내 앞 50미터도 채
안 되는 곳까지 왔습니다. 거기서 잠시 그 늪을 바라보는 층계 모
양의 잔디밭에 서서 불켜진 각등을 높이 쳐들고는 신호를 보내듯
앞뒤로 세 번 신중하게 흔들었습니다. 두 번째 흔들었을 때 한순간
얼굴에 빛이 비쳐졌는데, 그것은 내가 아는 얼굴이었습니다. 얼굴
은 정말 이상할 정도로 파리했고 머리에는 어디서 빌려온 것인 듯
볼품없는 숄을 머리에 쓰고 있었습니다. 그녀는 틀림없이 백만장자
의 딸 에타 토드였습니다.

　그녀는 나왔을 때와 마찬가지로 살짝 되돌아가서 문 뒤로 사라졌
습니다. 나는 담을 넘어 뒤쫓고 싶었지만 아무리 탐정 흉내를 낸다

해도 터무니없는 모험을 한다는 건 체면 문제가 아니겠습니까? 그런 밀정 흉내를 내지 않더라도 내게는 보다 버젓한 공적인 권한으로 이용할 카드가 모두 갖춰져 있지 않느냐는 생각이 들더군요. 그래서 걸음을 돌리려는 순간, 어떤 소리가 밤의 정적을 깨뜨렸습니다. 집 위쪽 창문이 열리는 소리였는데, 창문은 건물 모퉁이 저쪽에 있어 보이지 않았습니다. 이어서 아주 또렷한 목소리가 온 뜰에 울려퍼졌습니다. 팰콘로이 경이 어느 방에도 보이지 않는데 대체 어디 있느냐고 외치는 소리였습니다.

나는 그것이 누구의 목소리인지 분명히 알 수 있었습니다. 정치 연설회나 중역회의에서 자주 들은 이어튼 토드 씨의 목소리였습니다. 아래쪽 창문과 출입구 층계에도 누군가 토드 씨를 향해 큰 소리로 '팰콘로이 경은 한 시간쯤 전에 필그림즈 연못으로 산책나갔는데 아직 돌아오지 않았습니다'라고 외치더군요. 그러자 토드 씨는 '끔찍한 살인사건이 일어났다'고 외치며 힘껏 창문을 닫았습니다. 그리고 곧 위층에서 계단을 내려오는 소리가 들렸습니다. 나는 그전에 생각한 보다 현명한 방법을 떠올리고 틀림없이 이쪽으로 찾아올 사람들보다 먼저 8시쯤 이리로 돌아온 겁니다.

그런데 재미있기는커녕 고통스러운 그 사교 신문의 기사를 생각해 보십시오. 만일 그 탈옥수가 토드 씨를 쏘려고 총알을 간직해둔 게 아니라면——그렇지 않은 것은 확실하지만——팰콘로이 경을 쏘려고 간직해 두었다는 가설이 가장 가능성 있지요. 그리고 실제로 총알은 이미 쓰여진 것으로 보입니다. 그 이상한 연못의 지리적 환경만큼 살인하기에 편리한 곳도 없지요. 시체를 그곳에 던져버리면 깊은 늪으로 빠져들어가 그야말로 바닥 없는 연못에 잠겨버릴 테니까요.

아무튼 여기서 일단 머리를 짧게 깎은 문제의 사나이가 죽이려던

사람은 토드 씨가 아니라 팰콘로이 경이었다고 가정해 봅시다. 그
런데 앞에서도 지적했듯이 미국에는 여러 가지 이유로 토드 씨를
죽이고 싶어하는 사람이 많이 있습니다. 하지만 미국 사람이 영국
귀족을 죽일 까닭이 어디 있을까요? 단 한 가지 그 선정적인 신문
에 쓰여 있듯이 방금 온 영국 귀족이 백만장자 토드 씨의 딸에게
눈독들이고 있다는 것을 제외하고는 말입니다. 그런 점에서 보면
그 영국 귀족을 죽이고 싶어하는 이유도 있을지 모릅니다. 문제의
머리를 짧게 깎은 사나이는 몸에 맞지 않는 옷을 입고 있기는 했으
나 애타게 사랑하는 그녀의 연인임에 틀림없습니다.

이런 생각은 당신 귀에 거슬리고 우습게 여겨지겠지만 그것은 당
신이 영국인이기 때문입니다. 이건 마치 캔터베리 대주교의 딸이
가출옥 중인 도로 청소부와 하노버 스퀘어의 성 조지 교회에서 결
혼하는 것과 마찬가지라고 생각하시겠지요. 하지만 당신은 우리 미
국 시민들의 진보, 향상된 힘이 어떤 것인지 잘 모르고 있기 때문
입니다. 야회복을 입은 풍채좋은 사나이, 어딘지 위엄있어 보이는
백발의 사나이가 우리 주의 명사라고 하면 당신은 으레 조상으로부
터 물려받은 것이라고 생각할 겁니다. 그러나 그건 잘못된 생각입
니다. 겨우 몇 해 전에는 그도 흔한 가난뱅이 연립주택이나 감옥에
있었는지도 모른다는 것을 당신은 짐작하지 못하겠지요. 그렇다면
당신은 미국인의 탄력성과 향상성이라는 것을 마음에 두고 있지 않
는 겁니다.

우리 주에서 가장 영향력 있는 시민인 토드 씨는 최근에 출세한
사람으로 게다가 꽤 나이를 먹은 뒤 사업이 일어나게 된 겁니다.
토드 씨의 딸은 그가 큰돈을 벌었을 때 이미 18살이었습니다. 그러
므로 그녀가 신분 낮은 애인이 있었다 해도 이상할 건 없지요. 그
녀 자신이 누군가 하층계급 출신의 사나이에게 의지하고 있었는지

도 모릅니다. 그 각등의 신호로 보아 아무래도 후자일 가능성이 강합니다. 그렇다면 각등을 든 손이 문제의 총을 가지고 있던 손과 관계없다고 단언할 수 없지 않겠습니까? 아무튼 한 차례 파문이 일 것 같군요."

"과연, 그렇군요. 그래서 어떻게 되었습니까?"

신부는 참을성 있게 말했다.

그레이우드 어셔는 다시 설명했다.

"내 말을 들으면 깜짝 놀랄 것입니다. 당신은 이런 분야에서의 과학 진보에 대해 그다지 달갑게 생각지 않으시니까요. 나는 이 형무소에서 상당한 자유재량권을 가지고 있습니다. 경우에 따라서는 얼마쯤 규정 이상으로 독단적일 때도 있을 정도지요. 그런데 이번 사건을 보고 나는 이거야말로 언젠가 당신에게 이야기한 그 심리 측정기를 시험해 볼 더 없이 좋은 기회라고 생각했습니다. 그 기계는 절대로 거짓말하지 않습니다."

브라운 신부가 대꾸했다.

"어떤 기계도 거짓말은 하지 않습니다. 그리고 진실 또한 말할 수도 없지요."

그러나 어셔는 굽히지 않고 떠들었다.

"그런데 이 경우 측정기는 진실을 말했습니다. 나는 몸에 맞지 않는 옷을 입은 문제의 사나이를 안락의자에 앉히고 칠판에 몇 가지 단어를 썼습니다. 기계는 사나이의 맥박을 무심히 기록했고, 나는 찬찬히 그 태도를 관찰했습니다. 이 시험의 요점은 전혀 관계 없는 몇 가지 단어를 늘어놓는 가운데 문제의 범죄와 관계있는 단어를 슬쩍 끼워 넣는 겁니다.

나는 '푸른 갈매기', '독수리', '올빼미'라고 쓴 뒤 '팰콘(매)'이라고 썼지요. 그러자 사나이는 굉장히 동요했습니다. 나는 '팰콘' 뒤에 '로'라는 글자를 덧붙였는데, 그때는 기계가 뛰어오를 정도였습니다. 미국에 있는 사람이 영국에서 막 도착한 '팰콘로이' 경의 이름을 보고 깜짝 놀란다는 것은 그를 죽인 범인이라는 증거가 아니겠습니까? 이것은 증인들이 멋대로 지껄이는 증언보다 훨씬 훌륭한 증거가 됩니다. 믿을 만한 기계의 증언이니까요."

브라운 신부가 말했다.

"당신은 언제나 잊고 있는 일이 있습니다. 그 믿을 만한 기계를 움직이는 것은 언제나 믿을 수 없는 기계라는 사실을 말입니다."

"무슨 말씀이지요, 신부님?"

"사람이 기계를 움직이고 있다는 사실이지요. 내가 알고 있는 한 사람이야말로 가장 믿을 수 없는 기계입니다. 실례되는 말씀을 드릴 생각은 조금도 없습니다. 하지만 그와 동시에 당신이 사람이란 자신의 불유쾌하고 부정확한 그림자에 지나지 않는다고 생각하리라고는 여겨지지 않습니다.

당신은 그 사나이의 태도를 관찰했다고 말했습니다. 그러나 과연 그 관찰 방법이 올바른 것이었을까요? 몇 가지 단어를 자연스럽게 주욱 썼다고 말했는데, 당신이 그것을 자연스럽게 썼는지 어떤지 어떻게 알지요? 상대방 역시 당신의 태도를 관찰하고 있지 않았다고 단정할 수는 없을 겁니다. 그보다 당신이 더 동요하고 있었는지도 모릅니다. 그렇지 않았다고 증명할 수 있습니까? 당신의 맥박에는 기계가 연결되어 있지 않았겠지요?"

미국인은 몹시 흥분하여 소리질렀다.

"천만에요! 나는 아주 냉정하고 침착했습니다."

"조사받는 죄인도 냉정을 잃는 일이 없습니다. 당신과 같은 정도의 냉정을 유지했을지도 모릅니다."

브라운 신부는 웃는 얼굴을 지어보였다. 그러나 어셔는 서류를 집어던지며 반박했다.

"하지만 그 사나이는 그렇지 못했습니다. 당신이라는 사람에게는 이제 질려 버렸습니다."

"정말 유감스럽군요. 나는 다만 이론적으로 있을 수 있는 일을 말했을 뿐입니다. 그 사나이를 교수대로 보낼 결정적인 단어가 어떤 것인지 그의 태도에서 알 수 있었다면, 거꾸로 그쪽에서도 이번에는 정말로 내 목에 밧줄을 옭아맬 단어가 나오겠구나 하는 것을 당신 태도에서 짐작해 낼 수 있지 않겠습니까? 내 생각에는 아무래도 한 사람에게 교수형이 내려지는 문제인만큼 그런 단어만으로는 부족할 것 같군요."

어셔는 보란 듯이 테이블을 쾅 내려치고 일어났다. 분개한 표정으로 뭔가 말하고 싶어하는 의기양양한 태도였다.

"그래서 나는 지금부터 그 참다운 결정적인 방법을 가르쳐 주려는 겁니다. 내가 맨 처음 그 기계를 사용한 것은 나중에 좀더 다른 방법으로 사실을 확인해 보기 위한 것에 지나지 않습니다. 그렇게 해 본 결과 역시 그 기계의 증언은 정확했습니다."

어셔는 한숨 돌리며 흥분을 가라앉힌 다음 다시 이야기를 이어나갔다.

"자질구레한 설명 같지만, 그 정도까지 이 과학적인 실험에 의지할 수밖에 없었던 건 사실입니다. 사실 그 사나이에게는 불리한 점이 하나도 없었으니까요. 몸에 맞지 않는 그 옷만 해도 범인이 속해 있을 빈민굴 사람치고는 꽤 고급이었고, 게다가 밭 가운데를 달리고 먼지투성이의 산울타리를 뚫고 지나와 더러워져 있을 텐데도 깨끗했습니다. 물론 이것도 그 사나이가 탈옥하여 막 달아났기 때문이라고 설명할 수 있겠지요. 그러나 나에게는 아무래도 꽤 품위 있는 가난뱅이가 결사적으로 예의범절을 갖추고 있는 것 같이 보여

견딜 수가 없었습니다. 그런 타입의 사람이 대개 그렇듯 그는 입을
굳게 다물고 어디까지나 위엄을 잃지 않았습니다.

그리고 그런 사람들처럼 뭔가 숨겨둔 큰 슬픔이 있는 것 같았습
니다. 간수를 죽인 것에 대해서는 물론 그밖의 질문에도 줄곧 모르
겠다고 대답하며 이 앞뒤 맞지 않는 괴로운 상황에서 빨리 벗어날
좋은 일이 일어났으면 하고 초조하게 기다리는 것이었습니다. 옛날
에 장삿일로 분쟁이 있었을 때 도움받은 변호사에게 연락해 줄까
하고 몇 번이나 물어보고 그밖의 여러 가지 점에서 무죄인 사람에
게 할 수 있는 일들을 시험해 보았지요. 그러나 그에게 불리한 증
거라면 맥박의 변화를 보여준 기계의 작은 바늘뿐 다른 데서는 아
무것도 찾아낼 수가 없었습니다.

그래서 기계가 시험에 쓰이게 된 거랍니다, 신부님. 그 결과 기
계는 틀림없었습니다. 내가 그를 독방에서 끌어내어 다른 사람들이
신문을 기다리고 있는 큰 방으로 데리고 들어가자 아무리 그라 해
도 얼마쯤 사실을 털어놓고 사건을 마무리지을 생각이 든 모양이었
습니다. 그는 나를 돌아보며 낮은 목소리로 말했습니다. '아아, 더
이상 견딜 수가 없소! 기어이 나에 대한 모든 것을 알고 싶어 한
다면……'

바로 그 순간 큰 방 긴 의자에 앉아 있던 초라한 옷차림의 한 여
자가 일어나 새된 소리를 지르며 그를 손가락질했습니다. 그처럼
무섭고 똑똑한 목소리는 태어나서 처음 들었습니다. 그녀의 야위고
가느다란 손가락이 장난감 대나무 총처럼 그를 똑바로 가리켰습니
다. 그녀는 단 한 마디 외쳤는데, 마치 시계 종소리처럼 한 마디
한 마디 똑똑히 알아들을 수 있었습니다.

'드레거 데이비스! 드레거 데이비스가 붙잡혔다!'

좀도둑 및 매춘죄를 지은 밤거리 여자들 가운데 20여 명의 얼굴

이 일제히 그를 돌아보며 모두들 꼴좋다고 말하고 싶은 표정으로 멍하니 입을 벌리고 있었습니다. 만일 이때 여자의 외침 소리가 들리지 않았다 해도 그의 얼굴에 떠오른 심상치 않은 표정으로 오스카 라이언이 그녀의 입에서 나온 자신의 본명을 들었다는 것을 쉽게 짐작했을 겁니다. 그러나 거기까지 보지 않아도 나는 알고 있었습니다. 당신은 잘 믿어지지 않겠지만, 아무튼 드레거 데이비스라는 사나이는 전에 자주 경찰을 괴롭혔던 굉장한 악당이었지요. 그는 간수를 살해하기 훨씬 전부터 여러 번 살인을 저질러왔습니다. 그런데 이상하게도 그는 한 번도 살인죄로 붙잡힌 일이 없습니다. 왜냐하면 그는 살인보다 훨씬 얌전한 범죄 또는 보다 질나쁜 범죄를 저지르는 수법으로 해치우기 때문이지요. 가벼운 범죄로는 그도 자주 붙들렸었습니다.

그는 얼마쯤 미남자인 데다 품위 있어 보이는 건달이었습니다. 그래서 대개 술집 접대부나 여점원들과 함께 다니며 그 주머니를 털어내는 짓을 상습적으로 해왔지요. 그보다 훨씬 지독한 범죄에 손댄 적도 한두 번이 아니었습니다. 상대방 여자는 담배나 초콜릿 같은 것을 하나 얻어먹고 어느새 가진 재산을 모조리 털리게 되는 셈이지요. 그리고 이런 일도 있었습니다. 처녀가 살해된 사건이 있었는데, 아무리 조사해 봐도 증거가 나타나지 않았습니다. 무엇보다 골치아픈 것은 악당인 사나이의 행방을 알 수 없었던 점입니다. 들은 바에 따르면 그는 그 뒤 전혀 다른 인물이 되어 어딘가에 나타나 이번에는 돈을 빌려쓰는 게 아니라 빌려주는 사람 행세를 했다고 합니다. 그런데도 역시 그의 개인적인 매력에 끌린 미망인들은 모두 호된 꼴을 당했지요. 자, 이것이 당신이 말하는 결백한 사나이의 결백한 품행 기록입니다. 그 뒤에도 네 명의 건달과 세 명의 간수가 대면하여 그의 신원을 확인해 주었습니다. 이제는 당신도 내 얌전한 기계에 대해 뭐라고 말할 수 없겠지요. 그 녀석은 기계에 당하지 않았습니다. 그런데도 당신은 그가 그 여자와 나 때문에 당했다고 말하겠습니까?”
“당신은 일방적으로 그를 범인으로 단정지은 겁니다.”
브라운 신부는 꼴사나운 모습으로 일어나 몸을 부들부들 떨었다.
“당신이 한 일이 있다면 그를 전기의자에 앉히지 않은 정도지요. 벌써 먼 옛날 일이 된 그런 애매한 독살사건으로 드레거 데이비스를 사형에 처할 수는 없을 겁니다. 그리고 당신이 간수를 죽이고 탈옥한 그 죄수를 붙잡지 못한 것만은 분명합니다. 어쨌든 데이비스 씨는 이번 간수 살해사건과 아무 관계 없습니다.”
어서 부소장이 좀더 다가앉았다.
“무슨 소리를 하는 겁니까? 이 사건에 아무 관련 없다니, 어떻게 그런 말을 하지요?”
키 작은 신부는 전에 없이 활기띤 큰 목소리로 대답했다.
“데이비스 씨는 전혀 다른 범죄를 저질렀기 때문입니다. 나는 당신 같은 분들의 생각을 전혀 알 수가 없습니다. 당신들은 온갖 죄가 다 한 자루 속에 들어 있다고 생각하는 모양이지요. 월요일에 구두 쇠였던 사람은 화요일에도 구두쇠라고 하는 이야기와 다를 바 없습니다. 당신 이야기에 따르면 여기 붙잡혀온 사나이는 가난한 여자들을 달콤한 말로 꾀어 잔돈푼을 긁어내는 데 몇 주일, 몇 달씩 걸린 것 같군요. 가장 얌전한 때에는 마약을 사용하고, 아주 심한 경우에는 독약을 사용했으며, 나중에는 악질적인 사채업자가 되어 그 전과 마찬가지로 끈기있게 평화적으로 가난한 사람들을 속여 넘겼다는 말씀이지요?
　그건 그렇고, 이론을 펼쳐나가는 데 편리하도록 그 사나이가 이런 일들을 모두 했다고 해둡시다. 그러고 나서 그 사나이가 하지 않은 일을 이야기해 봅시다. 그는 위에 철책을 두른 담을 습격하고, 총알이 재어진 총을 가진 간수를 향해 달려드는 일은 하지 않았습니다. 그리고 담에 자기 손으로 이건 내가 한 짓이라고 써놓지도 않았습니다. 이건 정당방위였다고 변명하기 위해 발길을 멈추지도 않았습니다. 그 간수에 대해 아무 원한이 없었다고 설명하지도 않았습니다. 가지고 가는 총의 행방인 대부호의 이름을 들지도 않았습니다. 남의 피로 자기 이름의 머리글자를 쓰지도 않았습니다. 그럼, 대체 어찌된 일일까요? 당신은 두 사건의 성격이 전혀 다르다는 것을 깨닫지 못했습니까? 당신은 나와 비슷한 점이 전혀 없는 것 같군요. 당신은 스스로 악덕이라는 것을 가져본 적이 있습니까?"

기가 막히는 듯 미국인이 뭔가 항의하기 위해 입을 열려고 했으나 마침 그의 거실 겸 부소장실 문을 거칠게 두들기는 소리가 났다. 그가 지금까지 들어본 적이 없는 난폭하고 무례한 노크였다.

문이 날 듯이 열렸다. 그레이우드 어셔는 바로 조금 전까지 브라운 신부가 미친 것 같다고 생각했는데, 이 순간부터 자신도 미친 게 아닌가 싶었다. 글자 그대로 눈사태처럼 들이닥친 사나이는 더없이 더러운 누더기를 걸치고 있었다. 비스듬히 쓴 모자에는 기름때가 묻고 모양도 찌부러졌다. 호랑이 눈처럼 빛나는 한쪽 눈에는 초라한 녹색 눈 가리개가 내밀어져 있었다. 그밖의 부분은 배배 꼬인 턱수염과 구레나룻으로 덮여 도무지 누구인지 분간할 수가 없었다. 그 수염 사이로 겨우 코가 보였는데, 나머지는 모두 붉은 목도리와 손수건 등으로 깊숙이 싸여 있었다.

이 주에서 거친 사나이들을 거의 모두 알고 있음을 자랑삼는 어셔 부소장으로서도 허수아비 같은 옷차림의 이런 유인원은 처음이라고 생각될 정도였다. 더욱이 그 사나이가 입을 열어 말하는 품이란 어셔 부소장의 평온한 과학자로서의 생활에서는 일찍이 들은 적이 없는 말투였다. 빨간 목도리를 두른 짐승이 외쳤다.

"이봐, 어서! 이제 더 이상 참을 수가 없군. 숨바꼭질도 적당히 해 두세나. 나도 이 이상 무시당할 수는 없어. 자, 우리 손님을 돌려주실까? 그러면 나도 이상한 짓은 하지 않겠어. 앞으로 잠시라도 그를 여기에 붙들어 둔다면 호된 꼴을 당할 줄 알라구. 이래 봬도 연줄이 없는 건 아니니까."

우리의 훌륭한 어셔 부소장은 다만 놀란 표정으로 미쳐 날뛰는 괴물을 바라볼 뿐이었다. 놀람 이외의 감정은 완전히 사라지고 없었다. 눈이 놀랐을 뿐인데도 귀까지 쓸모없어진 듯했다. 그는 겨우 한 손을 뻗어 힘껏 벨을 눌렀다. 벨 소리가 울리는 속에서도 브라운 신부의 목소리가 부드럽고 또렷하게 들렸다.

"한 가지 제안하고 싶은 게 있습니다. 그러나 이것은 아무래도 간단한 일이 아닙니다. 나는 이 신사를 모릅니다. 그러나 그가 누군지 알 것 같습니다. 당신도 알고 있을 겁니다. 잘 알 겁니다. 그런데 역시 알아보지 못하고 있군요. 하지만 무리도 아닌 일이지요, 역설적인 말 같아서 안됐습니다만."

"천지가 개벽했나."

어셔는 말을 마치자 둥근 사무의자에 힘없이 몸을 기댔다.

그러자 낯선 사나이가 테이블을 치며 위세를 부렸다. 이상하게도 그 목소리는 호통치고 있는데도 얼마쯤 점잖고 그럴듯하게 울렸다.

"자, 어서! 자네 같은 사람이 나설 자리가 아닐세. 내가 바라는 것은……."

갑자기 어셔가 벌떡 일어나 소리쳤다.

"대체 당신은 누구요?"

"이분의 이름은 아마 토드일 겁니다." 신부가 말했다.

그러고 나서 신부는 선정적인 신문에서 오려낸 기사 쪽지를 집어 들었다.

"아마 당신은 이 사교계 신문을 제대로 읽지 않은 것 같군요."

이윽고 브라운 신부는 담담한 목소리로 읽어내려가기 시작했다.

"'아니면 이 시의 가장 사교적인 지도자들의 보석으로 장식된 가슴에 숨겨져 있다. 들리는 바에 따르면 이것은 하류층 사회의 소박한 습관과 예법을 교묘하게 흉내낸 것이라고 한다'. 어떻습니까, 오늘 밤 필그림즈 연못에서 가난한 사람들의 대만찬회가 있었던 겁니다. 이어튼 토드 씨는 아주 친절한 주인이기 때문에 급히 한분을 찾으러 나오느라 가면을 벗을 겨를도 없었던 겁니다."

"한 사람이라니, 누구지요?"

"당신이 본, 밭을 달려온 그 몸에 맞지 않는 이상한 옷을 입은 사람입니다. 그 사람을 조사하러 가는 편이 좋지 않겠습니까, 어서 씨? 손님은 샴페인이 있는 곳으로 무척 돌아가고 싶어할 것입니다. 총을 든 죄수가 나타난 것을 보고 놀라 도망치던 중이었으니까요."

"당신은 설마……."

신부가 조용히 말을 가로막았다.

"아무튼 어서 씨, 당신은 기계가 틀릴 리 없다고 말했습니다. 어느 의미에서는 물론 그렇습니다. 그런데 또 다른 기계가 실수를 저지른 것입니다. 기계를 다루는 기계가 말입니다. 그 누더기를 걸친 사람이 팰콘로이 경의 이름을 보고 놀란 것은 다른 이유 때문이 아닙니다. 당신은 팰콘로이 경을 죽였기 때문이라고 속단해 버렸지만, 그가 '팰콘로이'라는 이름을 보고 깜짝 놀란 것은 그 자신이 바로 팰콘로이 경이었기 때문입니다."

어서는 눈이 휘둥그레져서 물었다.

“그럼, 왜 그런 말을 하지 않았을까요?”

“자기 옷차림이며 조금 전의 당황한 태도를 돌아보고 너무 귀족답지 못한 일이라고 생각했기 때문입니다. 그래서 처음에는 이름을 숨기려고 했던 것입니다. 그러나 결국 이름을 밝히려고 했을 바로 그때…….”

신부는 눈을 내리뜨고 구두 끝을 보았다.

“어떤 여자가 그의 또 다른 이름을 말해 버린 겁니다.”

그레이우드 어셔는 파리해진 얼굴로 물었다.

“설마 팰콘로이 경이 드레거 데이비스였다고 말하려는 건 아니겠지요?”

신부는 잠시 동안 진지한 눈길로 가만히 어셔를 바라보았다. 그러나 그 얼굴 표정은 도무지 풀 수 없는 수수께끼 같았다. 이윽고 신부가 말했다.

“그 점에 대해서는 아무 말도 하지 않겠습니다. 다음은 모두 당신의 추측에 맡기겠습니다. 이 사교계 신문을 보니 팰콘로이 경은 최근에 이르러 작위를 부활시켰다고 쓰여 있군요. 그러나 이런 신문은 조금도 상대할 만한 것이 못 됩니다. 젊었을 때 미국에 머문 적이 있다고 쓰여 있는데, 그것마저 이상합니다. 데이비스와 팰콘로이 경은 둘 다 굉장한 겁쟁이지만, 겁쟁이라면 다른 데도 얼마든지 있습니다. 이런 경우 나라면 개미 한 마리도 죽이고 싶지 않습니다.”

신부는 잠시 말을 끊고 생각에 잠겼다.

“그러나 내 생각에 당신들 미국 사람들은 자신을 너무 과소평가하는 것 같습니다. 영국 귀족이라는 것을 이상화시키고 있습니다. 영국 귀족은 귀족적일 게 틀림없다고 생각하는 그 사고방식부터 틀린 겁니다. 야회복을 입은 풍채 좋은 영국인을 보고 그가 귀족이라는

말을 들으면 당신들은 곧 그 사람의 집안이 대대로 같은 이름으로
이어져 왔으리라고 생각하지요. 대체로 당신들은 우리 영국 국민의
탄력성과 향상성을 모르고 있는 겁니다. 우리나라에서 가장 유력한
귀족은 아주 최근에 등장했을 뿐으로……. ”
“이제 됐으니 제발 그만해 두시지요. ”
그레이우드 어셔는 신부의 얼굴에 떠오른 익살맞은 표정에 견딜 수
가 없는 듯 손을 내둘렀다. 그러자 토드가 울부짖는 목소리로 말했
다.
“이런 미치광이와 이야기는 그만 나누고 어서 내 친구가 있는 곳으
로 데려다 주시오 ! ”
그런데 이튿날 아침 브라운 신부는 여전히 쌀쌀한 표정으로 다시
사교계 신문을 손에 한 장 들고 나타났다.
“이 유행하는 신문을 당신은 아마 소홀히 하고 있는 것 같군요. 그
러나 이 오려낸 기사라면 당신도 흥미를 가질 겁니다. ”
어셔는 그 제목을 읽었다. ‘숨은 재주꾼 토드 씨의 파티 자리에서
길을 잃고 빠져나온 건달들. 필그림즈 연못에서 일어난 폭소할 만한
사건.’
그 내용은 다음과 같았다.

어젯밤 윌킨스 씨의 차고 부근에서 기막히게 우스꽝스러운 사건
이 일어났다. 순시중인 경관의 급한 보고를 받고 달려가 보니 죄수
복 차림의 사나이가 고급 승용차 운전석에 유유히 올라타려 하고
있었다. 초라한 숄을 두른 처녀가 함께 있었는데 경관이 신문하자
젊은 여자는 숄을 벗어 던졌다. 그리하여 백만장자 토드 씨의 따님
이 변장한 모습임이 밝혀졌다. 그녀는 필그림즈 연못 저택에서 열
리고 있던 빈민 만찬회라는 색다른 파티에서 빠져나온 참이었다.

그 자리에는 사교계의 쟁쟁한 명사들이 모두 이 두 사람처럼 변장하고 있었다. 그녀와 죄수복 차림의 젊은이는 언제나처럼 드라이브를 떠나려는 참이었다.

이 기사 밑에는 신부가 다른 신문에서 오려내어 붙인 보다 새로운 판, 또 한 장의 기사 쪽지를 어셔는 발견했다.

대부호의 따님과 탈옥수의 놀라운 도주.
그녀는 기발한 파티를 열게 하여…… 지금은 안전한 곳으로…….

그레이우드 어셔는 무심코 눈길을 들었다. 그러나 브라운 신부는 이미 그곳에 없었다.

시저의 머리

　브롬턴인지 켄싱턴인지 높다란 집이 끝없이 이어진 곳이 있었다. 호화스럽기는 하지만 텅 빈 집이 많아 마치 한 단 높은 언덕에 묘비가 줄지어 있는 것 같았다. 어느 집이나 음침한 현관으로 올라가는 충계가 피라미드 측면만큼 가팔라 보였다. 문 앞에 이르면 혹시 미라가 문을 열어주는 게 아닐까 두려워 노크하기가 겁나는 그런 곳이었다.

　그런데 그 회색 저택 앞에는 그보다 더 가슴답답한 것이 있었다. 그런 집이 망원경으로 보지 않으면 그 끝이 안 보일 정도로 기다랗게 아무 변화 없이 계속된다는 점이다. 그런 집을 따라 지나가는 행인이 있다면 그는 이대로 영원히 끝나는 곳이나 모퉁이 같은 곳에 닿을 수 없는 게 아닐까 하고 생각할 것이다.

　그러나 꼭 한 가지 예외가 있었다. 아주 작은 곳이지만 행인이 무심코 환성을 지르지 않을 수 없는 변화가 있는 곳이다. 두 채의 높은 저택 사이에 마굿간 같은 곳이 있었다. 큰길에 비하면 문 틈새처럼 좁은 샛길이 나 있었지만 작은 맥주집이나 술집이 비좁게 들어설 만한 공간적 여유는 있었다. 부자들은 아직도 고용인인 마부들에게 이런 가게를 낼 수 있도록 허락해 주고 있는 것이다. 아주 작고 꾀죄죄한 집인데도 이상하게 명랑해 보이고, 또한 전혀 상대할 가치가 없는 존재라는 점에 뭔가 자유롭고 장난스러운 기분이 느껴졌다. 그것은 마치 주위에 우뚝 솟은 돌로 만든 거인들의 발 밑에 등불을 켠 작은 사람들의 집처럼 보였다.

가을이 깊은 어느 날 해 질 무렵, 이 근처를 지나가 본 사람이라면 작은 집의 반쯤 가려져 있던 빨간 커튼을 젖히는 손과 그 안에서 밖을 내다보는 어떤 얼굴을 보았으리라. 그것은 천진난만한 도깨비의 얼굴처럼 보였다. 그러나 어찌된 일인지 그것은 괴상해할 바가 못 되는 브라운이라는 신부의 얼굴이었다. 전에는 에식스의 콥홀에서 주교로 일했으나 지금은 런던에서 살고 있다. 그와 마주앉은 사람은 신부의 친구이며 공식적인 탐정 플랑보였다. 그는 방금 조사한 이 근처 일대의 사건에 대해 계속 모두 정리하여 기록하는 중이었다.

두 사람 사이에 놓인 작은 테이블은 창문에 가까웠기 때문에 지금 신부가 커튼을 젖히고 밖을 내다보았던 것이다. 그는 어떤 낯선 사람이 창문 앞을 지나갈 때까지 기다렸다가 커튼을 다시 내려놓았다. 신부의 동그란 눈은 유리창 위에 높직이 씌어진 흰 글씨를 흘끗 보고는 옆 탁자 쪽으로 옮겨졌다. 그곳에는 맥주와 치즈를 앞에 놓은 일꾼과 우유를 마시는 빨강머리 젊은 아가씨가 앉아 있었다. 그쪽을 바라본 다음 플랑보가 수첩을 덮는 것을 보고 나서 브라운 신부는 소곤거리듯이 말했다.

"10분쯤 시간이 있으면 저 가짜 코 사나이를 미행해 주면 좋겠는데."

플랑보는 놀라서 눈길을 들었다. 빨강머리 아가씨도 역시 눈길을 들었는데, 그 태도에는 단순한 놀라움 이상의 것이 담겨 있었다. 그녀의 옷차림은 간소했다. 올이 굵은 옅은 고동색 천으로 만든 옷이었다. 그녀는 점잖은 숙녀처럼 행동했으며, 좀더 자세히 보니 그것도 지나치게 건방진 숙녀로 보였다. 플랑보가 물었다.

"가짜 코 사나이라고요! 어떤 사람일까요?"

"그걸 도무지 알 수가 없소. 부탁이니 당신이 알아봐 주시오. 그 사나이는 지금 저리로 갔소."

브라운 신부는 어깨 너머를 손가락으로 가리켰다. 흔히 보는 조심스러운 손짓이었다.

"아직 가로등 세 개를 채 지나지 않았겠지. 어느 방향으로 갔는지만 알면 되오."

플랑보는 잠시 망설임과 기묘함이 뒤섞인 이상한 표정으로 신부를 바라보았다. 이윽고 마음을 정했는지 그는 의자에서 벌떡 일어나 아주 작은 술집의 작은 문으로 큰 몸집을 비집듯 밖으로 나가 어둠 속으로 사라졌다.

브라운 신부는 주머니에서 수첩을 꺼내 들고 열심히 읽기 시작했다. 그는 빨강머리 여자가 자리에서 일어나 자기 앞에 와 있는 것을 조금도 눈치채지 못한 척했다.

마침내 그녀는 몸을 앞으로 내밀고 낮지만 힘찬 목소리로 물었다.

"신부님은 어떻게 저 사나이가 가짜 코라는 것을 알았지요?"

브라운 신부는 무거워 보이는 눈꺼풀을 들었다. 그리고 난처한 표정으로 의아한 눈을 껌벅이며 정면 유리에 씌어진 흰 글씨를 슬쩍 바라보았다. 젊은 여자의 눈길도 뒤쫓아와 그 글자에 못박혔으나 뭐가 뭔지 전혀 모르겠다는 태도였다.

브라운 신부는 그녀의 생각에 대답하듯 말했다.

"그런 뜻이 아니오. 저건 'SELA'라고 씌어 있는 게 아니오. SELA 라면 성경의 시편에 나오는데, 나도 지금까지 무심코 바라보았을 때는 그렇게 읽었지요. 그러나 저건 'ALES(맥주)'라고 씌어 있는 거요."

젊은 여자는 커다랗게 눈을 뜨며 물었다.

"네, 그런데 저기 씌어 있는 것이 어째서 그렇게 중요하지요?"

브라운 신부는 분주한 눈길을 이리저리 돌려 가벼운 즈크 천으로 지은 그녀의 옷소매를 찬찬히 뜯어보기 시작했다. 그 소맷부리에는 예술적인 모양으로 실이 누벼져 있어 평범한 여성 노동자가 아님을 나타내 보여주었다. 그보다는 오히려 미술을 공부하는 숙녀의 작업복처럼 보였다. 신부는 거기에서 차분히 생각할 자료를 발견한 모양이었다. 그러나 그의 대답은 아주 느리고 더듬거리기 일쑤였다. 브라운 신부는 말했다.

"이런 겁니다, 아가씨. 밖에서 보기에 이 술집은…… 물론 부도덕한 곳은 결코 아닙니다. 그러나 당신 같은 숙녀라면 대체로 이런 곳을 멀리하지요. 스스로 이런 곳에 들어오는 일은 없을 겁니다. 다만……."

"다만?"

그녀는 이야기를 재촉했다.

"다만 우유를 마시기 위해 들어온 게 아닌 몇몇 불행한 사람들은 다르지만."

"꽤 이상한 분이로군요. 무슨 생각으로 그런 말씀을 하시는 거지요?"

브라운 신부는 아주 조용히 말했다.

"그 일로 당신에게 폐 끼치려는 게 아니라 당신을 도와드릴 수 있도록 예비 지식을 갖추기 위해서입니다. 물론 도움이 필요없다고 사양하면 이야기는 달라지지만."

"어째서 내가 남의 도움을 받아야 하지요?"

신부는 황홀하게 꿈꾸듯이 이야기를 계속했다.

"당신이 여기 온 것은, 제자나 여느 수수한 평민 친구들을 만나기 위해서가 아닙니다. 만일 그렇다면 호텔 로비로 가면 되겠지요. 당신은 품위 있는 분이니까요. 첫째, 당신은 조금도 나쁘게 보이지 않습니다. 다만 기분이 좀 개운치 못한 것 같군요. 이곳의 길은 끝없이 이어진 외길로 커브도 전혀 없고 양쪽의 집들은 모두 문이 닫혀 있습니다. 나는 아까 누군가 이 앞을 지나가는 사나이를 보았지요. 아무리 생각해 보아도, 당신은 만나고 싶지 않은 누군가가 뒤쫓아오는 것을 보고는, 주위에 몸을 숨길 만한 곳이 없어 이 술집으로 뛰어들어왔다고밖에 여겨지지 않습니다.

당신이 들어오고 나서 바로 이 앞을 지나간 사람은 그 남자뿐이었지요. 따라서 내가 그에게로 눈을 돌린 것은 그다지 실례되는 일이 아닐 겁니다. 그런데 내가 보기에 그 남자는 어딘지 떳떳지 못한 사람 같더군요. 당신이 워낙 정직해 보였기 때문에 나는 만일 당신이 그에게 고통받게 된다면 도와 드리고 싶다고 생각했지요. 그뿐입니다. 아까 나간 내 친구는 곧 돌아올 겁니다. 이런 길에서는 아무리 돌아다녀봐야 아무것도 찾아내지 못할 테니까요. 그러리라는 것은 아까부터 알고 있었습니다."

"그럼, 왜 그분을 내보내셨지요?"

그녀는 몸을 앞으로 내밀었다. 몹시 흥미가 끌리는 모양이었다. 그녀의 태도는 거만하고 성급해 보였다. 그것은 그녀의 발그스레한 얼굴빛과 오뚝한 로마 코와 잘 어울렸다. 틀림없이 마리 앙투아네트를 닮았다.

브라운 신부는 처음으로 빨강머리 여자의 얼굴을 빤히 바라보며 말했다.

"당신이 말을 걸어올 수 있게 하기 위해서였지요."

그녀는 얼굴이 빨개져서 잠시 신부를 바라보았다. 그 얼굴에는 발 그스레한 노여움의 그림자가 깃들어 있었다. 그리고 속마음의 불안도 엿보이긴 했지만, 결국 눈과 입에 장난기 어린 표정을 떠올리며 그녀 는 좀 익살스럽게 대답했다.

"그처럼 나에게 말을 시키고 싶으셨다면 내 질문에 대답해 주시겠 군요?" 그녀는 말을 끊고 한숨을 쉬었다.

"대답해 주시면 고맙겠습니다만, 대체 그 사람의 코가 가짜 코라는 것을 어떻게 알았지요?"

브라운 신부는 아주 분명하게 대답했다.

"밀랍은 이런 날씨에는 바로 아까처럼 아주 또렷이 빛나 보이지 요."

"하지만 무척 꼬부라진 코였어요."

빨강머리 여자의 말에 이번에는 신부가 빙긋 웃었다.

"그것은 미남으로 보이기 위해 붙인 코가 아닐 겁니다. 틀림없이 그 사람은 남에게 보이기 위해 코를 붙였을 겁니다, 진짜 코가 매 우 멋있기 때문이겠지요."

"어째서 그럴 필요가 있을까요?"

"글쎄요……. 이런 자장가가 있지요."

브라운 신부는 황홀한 얼굴 표정을 지었다.

"'마음이 비뚤어진 사나이가 있었다네, 그가 걸어간 길도 비뚤어져 있었다네'라는 노래말 말입니다. 아까 그 사람도 어쩐지 아주 옳지 못한 길을 걷고 있는 것 같더군요. 그 구부러진 코가 향하는 쪽으 로 따라가다가 그만 그도 비뚤어진 길로 들어선 것이겠지요."

그녀는 바르르 몸을 떨었다.

"그 사나이가 무슨 일을 저질렀다는 말씀인가요?"

신부는 조용히 대답했다.

"억지로 자백시킬 생각은 없지만, 그 사람에 대해서라면 역시 나보
다 당신이 여러 가지로 많이 알고 있겠지요."

그녀는 벌떡 일어나 막대기처럼 신부 앞에 우뚝 섰다. 두 주먹을
불끈 쥐고 그대로 나가버릴 것만 같았다. 그러나 꼭 쥔 주먹이 점점
느슨해지며 그녀는 다시 앉았다.

그녀는 단념한 듯한 태도로 말했다.

"정말 신부님처럼 이상한 사람은 처음 보았어요. 그런데 그 이상함
속에는 뭔가 중심이 있는 것 같아요."

"무엇보다도 무서운 것은 중심이 없이 헤매는 길입니다. 그러니까
무신론자는 밤마다 악몽에 시달리지요."

이윽고 빨강머리 여자가 내뱉듯 말했다.

"모두 말하겠어요. 그러나 어째서 다 털어놓을 생각이 들었는지는
말할 수 없어요. 나도 알 수 없으니까요."

그녀는 누덕누덕 기운 테이블보를 쿡쿡 찌르면서 설명을 시작했
다.

"신부님에게는 속된 것과 속되지 않은 것을 구별하는 힘이 있어요.
그러니 우리 집안이 좀 전통 있는 가문이라고 말씀드려도 단순히
이 이야기에 필요한 전제에 지나지 않는다는 것을 알아주시겠지
요? 사실 나에게 밀어닥친 주된 위험은 오빠가 아주 자존심 강한
차가운 생각을 가지고 있기 때문에 생긴 것입니다. '높은 신분에는
그만한 의무가 따른다'는 옛날부터 전해 내려오는 속담이 있지요.
내 이름은 크리스타벨 카스테어즈. 아버지는 당신도 들었는지 모릅
니다만 로마 화폐 수집으로 유명한 카스테어즈 컬렉션을 만든 카스
테어즈 대령입니다. 아버지가 어떤 분이었는지는 도저히 말씀드릴
수 없어요. 기껏해야 아버지 자신이 로마 화폐와 비슷했다고 말할
수 있을까요. 잘생겼고 순수하며 귀하고 금속처럼 차가운 점 등 정

말 로마 화폐와 비슷했지요. 그래요, 시대에 뒤져서 쓸모없게 된 점까지 똑같았습니다. 아버지는 가문보다도 자신의 수집품을 더 자랑스럽게 생각했지요. 아버지에 대해서는 그것밖에 말할 수 없어요.

아버지의 특이한 성격은 유언장에 가장 잘 나타나 있습니다. 자식은 아들 둘에 딸 하나였는데, 맏아들인 나의 큰오빠 자일즈와 말다툼한 끝에 아버지는 얼마 안 되는 재산을 주고는 오스트레일리아로 보내 버렸습니다. 그러고 나서 아버지는 카스테어즈 컬렉션을 형보다 좀 작은 액수의 연금과 함께 모두 둘째오빠 아서에게 물려준다는 유언장을 만들었습니다. 아버지로서는 아서가 효자이고 정직한 데다 케임브리지에서 수학과 경제학을 공부하여 우수한 성적을 얻은 것에 대해 상을 준 셈입니다. 그리고 아버지는 모든 재산을 나에게 남겨주었습니다. 이건 아마 저를 업신여기는 표시였겠지요.

아서가 이 유언장에 불만을 가졌다 해도 무리가 아니에요. 아무튼 아서는 아버지와 꼭 닮았습니다. 어릴 때는 그리 닮은 데가 없었는데, 컬렉션을 물려받자 곧 이교도 사제가 신전에 일생을 바치듯 완전히 거기에 빠지고 말았습니다. 지난날의 아버지와 마찬가지로 완고한 우상숭배 태도로 한푼 가치도 없는 로마 동전과 카스테어즈 가문의 명예를 혼동하여 로마 화폐를 지키기 위해서는 로마인이 가진 모든 덕을 갖추지 않으면 안 된다고 믿을 정도였지요. 아무 취미도 없이 있는 돈을 모조리 컬렉션에 쏟아넣고 오로지 로마 화폐를 위해 살아갔습니다.

검소한 식사 자리에 옷도 갈아입지 않고 나오는 일이 가끔 있었습니다. 낡아빠진 갈색 실내복을 걸치고 노끈으로 묶은 갈색 종이꾸러미들 사이를 어슬렁어슬렁 걸어다니는 겁니다. 그 종이꾸러미

에는 아무도 손댈 수 없었습니다. 굵은 실내복 끈과 술, 게다가 늘
씬하고 품위 있는 작은 오빠의 창백한 얼굴은, 함께 있으면 마치
옛날의 금욕적인 수도사처럼 보였습니다. 그래도 가끔 완전히 현대
적인 신사가 되어 나타나는 일도 있었어요. 그것은 런던 가게로 카
스테어즈 컬렉션에 더할 새 물건을 사러 갈 때뿐이었습니다.

만일 신부님께서 젊은이의 기분을 아신다면 이런 생활에 내가 완
전히 지쳐 버렸다고 해도 그다지 놀라지 않겠지요. 물론 고대 로마
인들도 훌륭한 사람들이었습니다. 하지만 나는 작은오빠 아서와 다
릅니다. 즐거운 일을 즐기지 않고는 영 못견디는 성격입니다. 이
빨강머리는 어머니로부터 물려받은 것이며, 그밖에도 로맨틱한 기
질과 무분별함 등을 이어받았지요. 큰오빠 자일즈도 마찬가지였습
니다. 그도 늘 화폐에 둘러싸인 분위기 따위는 참을 수 없었던 겁
니다. 어쩌다 그는 정말 나쁜 짓을 저질러서 하마터면 형무소에 갈
뻔했었지요. 그러나 내가 한 일도 자일즈가 저지른 나쁜 일과 마찬
가지였어요. 그것에 대해서는 곧 말씀드리겠어요.

이제부터 이 이야기의 어이없는 부분이 시작됩니다. 신부님처럼
머리좋은 분이라면 이런 환경에 놓인 제멋대로 자란 17살의 아가
씨가 답답한 마음을 풀기 위해 어떤 일을 시작할지 대충 짐작 하시
겠지요. 그런데 지금의 나는 그것보다 더 무서운 일로 걷잡을 수
없이 흔들려 자신의 기분을 전혀 알 수가 없습니다. 지금 생각해
보니 그걸 연애장난으로 생각하고 비웃었던 건지, 아니면 실연으로
알고 참고 견딘 건지 전혀 모르겠군요. 그 무렵 우리는 남부 웨일
스의 작은 해수욕장이 있는 곳에서 살았습니다. 두세 집 떨어진 곳
에 사는 퇴역 해군대령 집에 나보다 5살 위인 아들이 있었습니다.
자일즈가 아직 오스트레일리아로 떠나기 전에 사귄 친구였습니다.

이름은 굳이 말할 필요가 없겠지요. 하지만 그래요, 무엇이든 숨

기지 않고 이야기한다고 약속했지요. 필립 호커가 그의 이름이에요. 우리는 언제나 같이 작은 새우를 잡으러 나갔지요. 서로 사랑한다는 말을 입 밖에 내어 말하기도 했고, 마음속으로도 그렇게 생각했어요. 적어도 그는 그것을 말로 나타냈고, 나는 마음속으로 생각하고 있었어요. 그의 머리카락은 구릿빛으로 탐스럽게 물결쳤으며 바닷바람에 그을려 매 같은 얼굴을 하고 있었습니다. 이것은 쓸모없는 말이 아니며 이 이야기에서 아무래도 빠뜨릴 수 없기 때문에 말씀드리는 겁니다.

어느 여름날 오후 필립과 바닷가로 작은 새우를 잡으러 가기로 약속한 나는 조마조마한 마음으로 응접실에 서서, 아서가 막 사온 화폐 꾸러미를 풀어 한 번에 한두 개씩 집 뒤쪽의 어두운 서재 겸 박물관으로 천천히 옮기는 것을 바라보고 있었지요. 이윽고 겨우 무거운 문이 쾅 닫히고 아서가 서재로 들어가자 나는 곧 새우 잡는 그물과 커다란 검은 모자를 들고 몰래 빠져나오려고 했습니다.

그때 문득 오빠가 잊고 그대로 둔 화폐 하나가 창 옆 긴 의자에서 반짝이는 게 눈에 띄었습니다. 청동화폐로, 그 색깔이며 거기 새겨진 시저 머리의 로마 코 곡선이며 날씬한 목이 아무리 보아도 필립 호커와 비슷했습니다. 그래서 생각이 났는데, 자일즈가 언젠가 필립과 꼭 닮은 얼굴이 새겨진 화폐가 있다는 이야기를 해준 적이 있었어요. 필립은 무척 갖고 싶어했지요. 그것을 바로 눈 앞에 놓고 제가 얼마나 흥분했는지, 내 머리에 어떤 어리석은 생각이 소용돌이쳤는지 당신이라면 상상할 수 있겠지요.

그것은 요정들의 선물처럼 생각되었어요. 그것을 가지고 달려가서 약혼선물이라면 이상하지만 아무튼 필립에게 선물로 주면 그것이 우리 두 사람의 영원한 고삐가 되리라는 엉뚱한 생각이 머리에 떠올랐지요. 그러나 내가 어떤 일을 하고 있는지 생각하자 발 밑에 커다란 구멍이 뻥 뚫린 것 같이 여겨졌습니다. 그리고 만일 아서가 이 일을 알면 어떻게 생각할까 떠올리자 마치 불에 달군 쇠를 만졌을 때처럼 견딜 수가 없었지요. 카스테어즈 집안의 한 사람이 도둑이 되다니, 그리고 그 훔친 물건이 카스테어즈 집안의 보물이라니! 그런 엄청난 일을 저지르면 오빠는 틀림없이 나를 마녀처럼 화형에 처해도 잠자코 보고 있으리라고 생각되었습니다. 그러나 그런 오빠의 광신적인 냉혹함을 생각할 때, 언제나 지저분한 옛날 물건을 가지고 법석 떠는 것을 전부터 좋지 않게 여겨온 반발심과 바다 쪽에서 외치는 청춘과 자유에의 동경이 강해질 뿐이었지요.

밖은 해가 밝게 내리쬐고 바람이 불고 있었어요. 뜰에 핀 노란 금작화가 유리창을 두들기고, 나는 생명을 가진 이 황금색 식물이 온 세상의 모든 들판에서 나를 부르는 듯 느껴졌어요. 그리고 오빠가 소중히 여기는, 이미 죽어서 빛을 잃은 금과 청동과 놋쇠는 시간이 지날수록 점점 먼지 속에 파묻혀 버릴 거라고 생각되었지요. 자연의 힘과 카스테어즈 집안의 컬렉션이 마침내 결전을 시작한 거예요. 물론 자연이 우리 집 컬렉션보다 오래된 것이지요. 로마 화폐를 움켜쥐고 바닷가로 이어진 길을 달려갈 때 카스테어즈 집안의 족보만이 아니라 로마제국 전체가 어깨를 무겁게 내리누르는 것 같았어요.

우리 집안 문장에 새겨진 은사자가 으르렁거리고, 제왕들의 표지인 온갖 독수리가 요란하게 날갯짓과 비명 소리를 내며 모여들어 나를 뒤쫓아오는 느낌이었어요. 그런데도 마음만은 아이들이 띄우는 연처럼 자꾸자꾸 떠올라 어느새 마른 모래 언덕을 넘어 판판하고 축축한 모래펄로 나가 있었어요. 바라보니 필립이 벌써 몇백 미터나 바다로 나가 반짝이는 옅은 물에 발목까지 적시고 서 있더군요. 해 질 무렵이라 빨간 저녁놀이 끝없이 펼쳐져 있었지요. 그 바다는 800미터 앞 발목까지 차는 얕은 곳이라 이맘때쯤이면 루비 불꽃으로 타오르는 호수 같았습니다. 나는 구두와 양말을 벗어던지고 꽤 멀리 떨어진 곳에 서 있는 필립 쪽을 향해 철벅철벅 물 속을 걸어갔습니다. 뒤돌아서서 주위를 둘러보니 넓은 바다와 젖은 모래 땅에 우리 두 사람만 둘러싸여 있었습니다. 나는 거기서 시저의 머리를 그에게 주었지요.

그때 왠지 모르지만 나는 오싹 소름이 끼쳤어요. 먼 모래 언덕에서 한 사나이가 가만히 이쪽을 바라보며 서 있는 것 같은 느낌이 들었기 때문이에요. 나는 공연한 착각이라고 자신에게 타일렀지요. 그 사나이는 아주 멀리 떨어진 곳에 하나의 검은 점처럼 보였을 뿐이니까요. 그는 꼼짝하지 않고 조금 고개를 갸우뚱한 채 뭔가를 바라보고 있었지만, 그 대상이 나라는 증거는 전혀 없었어요. 그는 배나, 기우는 저녁놀이나, 갈매기나, 아니면 바닷가 여기저기를 산책하는 누군가를 바라보고 있었는지도 모르지요.

그러나 맨 처음 내가 느낀 두려움은 비록 그것이 우연이었다 하더라도 앞으로 올 좋지 못한 일의 전조였음에 틀림없어요. 왜냐하면 그는 넓은 모래펄을 가로질러서 우리 쪽을 향해 똑바로 힘차게 걸어오기 시작했으니까요. 가까이 온 그를 보니 얼굴이 까무잡잡하고 턱수염을 기른 사나이로 검은 안경 속의 눈이 몹시 무서운 느낌이 들었지요. 옷차림은 낡고 검은 실크해트에서부터 무척 질겨 보이는 검은 구두에 이르기까지 초라하지만 단정하게 갖춰져 있었어요. 그런데 그는 옷 같은 것에는 전혀 신경쓰지 않는 듯 망설임없이 바다로 들어오자 재빨리 한눈 한번 팔지 않고 우리를 향해 다가왔어요.

그 사람이 말없이 뭍과 바다의 경계로 밀고들어오는 모습이 나에게는 더없이 무서웠어요. 절벽 끝을 향해 똑바로 걸어오던 그가 곧

장 공중을 끝없이 날아오는 것 같았어요. 땅 위에 단단히 서 있던 집이 둥실 떠오르거나 사람 머리가 굴러떨어지는 것 같은 기분이었지요. 그는 다만 구두를 적시고 물속으로 들어선 것뿐이었으나 나에게는 자연의 법칙을 무시한 악마처럼 생각되었던 거예요. 사나이가 한순간이라도 망설였다면 이상할 것도 없었겠지요. 그는 마치 나밖에 보이지 않는 듯 줄곧 내 쪽을 바라보았습니다. 필립은 몇 미터 떨어진 곳에서 내게 등을 돌리고 그물 위로 몸을 굽히고 있었어요. 낯선 사나이는 계속 다가와 마침내 2미터쯤 떨어진 곳에 멈춰 섰습니다. 정강이까지 바닷물이 찰랑거렸지요. 그는 새삼 가다듬은 목소리로 차근차근 말했습니다.

'미안하지만 좀 색다른 새김이 들어 있는 화폐를 어딘가 다른 곳에 기증해 줄 수 없겠습니까?'

단 한 가지만 빼면 그에게 특별히 이상한 점은 없었어요. 검게 보인 색안경도 가까이 보니 지나치게 검지 않은 흔한 푸른색이었으며, 그 속의 눈도 두리번거림 없이 가만히 나를 지켜보았습니다. 검은 턱수염도 그다지 길지 않고 텁수룩하지도 않았지요. 하지만 그 턱수염은 볼 바로 밑에서부터 시작되어 얼굴 전체에 굉장히 많은 것처럼 보였습니다. 얼굴빛도 누렇거나 거무스름하지 않고 오히려 밝고 싱싱하게 윤기가 났지요. 그런데 분홍색과 흰색의 밀랍으로 만들어 붙인 듯한 느낌이 들어 나는 온몸의 털이 거꾸로 곤두서는 것 같은 공포에 싸였습니다.

그런데 그에게는 꼭 집어내어 지적할 수 없는 기묘한 특징이 한 가지 있었어요. 코의 다른 부분은 제대로인데 끝부분이 꼬부라져 있었습니다. 아직 물렁물렁할 때 장난감 망치로 옆에서 내리친 것 같았어요. 그다지 기형이라고 할 것까지는 없었으나 내게는 말할 수 없이 공포스러운 대상이었습니다. 사나이는 저녁 햇살에 붉게 물든 물 속에서 처절하게 울부짖으며 피바다에서 나타난 괴상한 바닷짐승처럼 우뚝 서 있었는데, 어째서 그 비뚤어진 코 끝이 그토록 내 상상력을 자극했는지 지금도 알 수 없습니다. 사나이는 그 코를 마치 손가락처럼 움직일 수 있지 않을까 하는 생각이 들어 견딜 수가 없었어요. 그런 생각을 하니까 정말 코가 움직이는 것만 같았습니다.

사나이는 다시 거만한 투로 말했지요. '조금만 협조해 주면 가족들에게 알리지 않아도 될 텐데요.' 그러자 문득 이 사나이는 지금 청동 화폐를 훔친 것을 미끼로 나를 협박하고 있다고 생각되었어요. 그와 동시에 그때까지의 단순한 미신적인 공포와 의혹이 사라지고 대신 한 가지 커다란 실제적인 의문이 머리를 들기 시작했습니다. 이 사나이가 그것을 어떻게 알았을까 하는 의문이었지요.

나는 그 화폐를 눈깜짝할 새에 훔쳐냈고, 그때 옆에는 아무도 없었습니다. 그리고 밖으로 나온 뒤 뒤밟은 사람도 분명 없었습니다. 만일 그런 사람이 있었다 해도 내 손에 쥐어진 작은 화폐를 알아내려면 엑스레이라도 사용하지 않으면 안 되었겠지요. 더구나 멀리 떨어진 모래 언덕에 서 있던 사람이 내가 필립에게 건네준 물건을 알아본다는 건 파리의 한쪽 눈을 쏘아 맞히는 것보다 더 어려운 일 아니겠습니까.

나는 달리 방법이 없어서 '필립, 이분이 뭘 바라고 있는지 물어보세요'라고 외쳤습니다. 필립은 그물을 챙기고 있었는데, 겨우 머리를 든 그의 얼굴은 기분이 상했기 때문인지 부끄러웠기 때문인지 빨개져 있었습니다. 하지만 그것은 단순히 허리를 굽히고 힘들여 일했기 때문이거나 저녁놀 때문이라고 생각되기도 했습니다. 필립은 다만 한 마디 '공연한 참견'이라고 대꾸했지요. 그리고 그는 나에게 따라오라는 손짓을 하자 사나이 쪽은 거들떠보지도 않고 기슭

을 향해 걸어가기 시작했습니다. 모래 언덕 밑에서 바다로 내밀어
진 돌로 쌓은 방파제로 올라가 서둘러 돌아가려는 거였지요. 방파
제 돌은 울퉁불퉁한 데다 파란 바닷풀로 미끈거려서 그는 그 악마
같은 사나이가 젊고 기운찬 우리보다 걷는 게 힘들리라고 생각했던
모양이에요.

그러나 그 끈질긴 사나이는 말솜씨 못지않은 재빠른 걸음걸이로
쉽게 따라오는 게 아니겠어요! 그리고 쉴새없이 지껄이는 거였어
요. 이상하게 착 가라앉은 듣기 싫은 목소리가 내 뒤에서 끈질기게
똑같은 요구를 되풀이했지요. 우리는 모래 언덕을 다 올라와 있었
는데, 마침내 필립은 참을 수가 없어졌나 봅니다. 사실 그는 그다
지 인내심이 없었으니까요. '그만 돌아가는 게 어때, 당신과 이야
기할 시간은 없어' 하고 말하자마자 그는 상대방에게 대답할 틈도
주지 않고 입을 한 대 후려쳤습니다. 사나이는 가장 높은 모래 언
덕 꼭대기에서 아래로 굴러떨어지고 말았어요. 내려다보니 그 사나
이는 모래투성이가 되었습니다.

그 일로 나는 얼마쯤 마음이 가라앉았습니다. 잘 생각해 보면 그
때문에 이 위태로운 상황에 처하게 된 건지도 모르지만, 아무튼 기
분이 한결 가벼워졌지요. 그런데 필립은 여느 때의 그답지 않게 그
뒤로도 기분이 좋아진 것 같지 않았습니다. 전처럼 다정하게 대해
주기는 했으나 줄곧 시무룩했지요. 왜 그러느냐고 물을 겨를도 없
이 그의 집 문 앞까지 이르자 우리는 곧 헤어졌습니다. 그런데 헤
어질 때 그가 이야기한 두 가지가 아주 이상해요. '여러 가지 사정
을 생각해 보니 그 화폐는 다시 오빠에게 돌려주는 게 좋겠어. 그
러나 당분간은 내가 맡아두겠어.' 그리고 나서 그는 갑자기 엉뚱한
소리를 덧붙였지요. '자일즈가 오스트레일리아에서 돌아왔어.'"
술집 문이 열리고 플랑보 탐정의 거대한 그림자가 테이블 위에 떨

어졌다. 브라운 신부는 언제나처럼 가벼우면서도 사람을 이해시키기에 충분한 힘을 가진 말투로 그를 그녀에게 소개하고, 이런 사건에 대한 그의 수완과 깊은 동정을 전했다. 그녀는 이제 자기도 모르는 사이에 신변에 일어난 이야기를 두 사람에게 되풀이했다.

플랑보는 인사하고 나서 자리에 앉으며 신부에게 작은 쪽지를 건넸다. 브라운 신부는 좀 뜻밖이라는 표정으로 그 쪽지를 받았다. 거기에는 '자동차를 타고 패트니 매킹 거리 379번지에 있는 와가와가로 향함'이라고 씌어 있었다.

그녀는 이야기를 계속했다.

"나는 머릿속에서 회오리바람이 몰아치는 것 같은 기분으로 가파른 비탈길을 뛰어올라 집으로 돌아왔습니다. 현관에 이르러 보니 그 층계에 우유통과 코가 구부러진 사나이가 서 있지 않겠어요? 우유통이 있는 것은 하인들이 모두 외출중이라는 것을 뜻하지요. 아서는 언제나처럼 갈색 실내복을 입고 갈색 서재에 틀어박혀 있을 테니 벨소리를 듣고 나오지는 않을 겁니다.

그렇다면 집안에는 나를 구해줄 사람이 아무도 없는 셈이지요. 만일 오빠에게 도움을 구했다가 모든 것이 탄로나면 나는 큰일나게 됩니다. 나는 이미 제정신을 잃고 그 기분 나쁜 사나이에게 2실링을 쥐어주며 잘 생각해 볼 테니 2, 3일 뒤 다시 와보라고 말했습니다. 사나이는 아주 못마땅한 얼굴로 돌아갔는데, 생각보다 온순했던 것은 아까 굴러떨어져 기운이 빠졌기 때문이었겠지요. 이 원수는 기어코 갚겠다는 듯이 기분나쁜 미소를 머금고 돌아가는 사나이의 등에 모래가 군데군데 번쩍이고 있었습니다. 사나이는 여섯 집쯤 앞에 있는 모퉁이를 돌아서 사라졌습니다.

나는 집으로 들어와 직접 차를 만들어 가지고 조용히 생각해 보려고 뜰이 내다보이는 응접실 창 옆에 앉았지요. 뜰은 아직 저녁 햇살로 훤했으나, 나는 마음이 뒤숭숭하여 잔디며 화분이며 꽃밭을 차분히 내다볼 수 없었습니다. 따라서 그것이 보이는 것을 의식하기까지 꽤 시간이 걸렸기 때문에 더욱 충격을 받았던 거예요.

아까 쫓아버린 그 사나이가, 아니 괴물이 뜰 한가운데에 우뚝 서 있는 게 아니겠어요! 어둠 속에서 나타난 파리한 얼굴의 유령 이야기라면 많이 읽어보았지만, 그것은 유령과는 비교도 할 수 없을 만큼 무시무시한 모습이었어요. 사나이는 긴 그림자를 땅에 던지고 서 있었습니다. 그는 따뜻한 햇살을 담뿍 받고 있었으니까요. 그런데 얼굴이 파리한 게 아니라 이발소의 인형처럼 밀랍 빛깔로 번쩍이는 것이었습니다. 밀랍빛 얼굴로 나를 향해 가만히 서 있는 사나이……. 튤립 같은 온실에 적당한 화려한 꽃들이 가득 피어 있는 가운데 그 모습이 얼마나 무섭게 보였는지 말로 설명할 수가 없어요. 뜰 한가운데에 조각상 대신 밀랍인형이 서 있는 것 같았지요.

사나이는 창문 안에서 내가 움직이는 것을 보고는 허겁지겁 뒷문으로 달려나갔습니다. 뒷문이 열려 있어서 사나이는 그곳으로 몰래 들어온 모양이었어요. 아무튼 이때는 사나이가 무척 겁을 먹고 있어, 아까 바다로 돌진해 왔을 때의 뻔뻔스러운 태도와는 전혀 달라 그나마 내 마음에 위로가 되었지요. 그 사나이는 왠지 모르지만 아서와 마주치는 것을 뜻밖에도 무서워하는 것 같았습니다. 이로써 겨우 마음이 가라앉자 나는 혼자 조용히 저녁을 먹었습니다. 아서가 컬렉션을 정리할 때는 가만히 두는 게 습관이었거든요.

내 머리는 얼마쯤 긴장이 풀렸는지 어느새 필립에 대한 생각으로 가득 차 있었지요. 나는 즐거운 마음으로 아직 커튼을 치지 않은 창문을 무심코 바라보았습니다. 문득 나는 그 유리창 바깥쪽에 흙 달팽이 같은 것이 달라붙어 있는 듯한 생각이 들었습니다. 자세히 보니 누군가가 엄지손가락을 짚고 있는 것 같았어요. 공포에 휩싸

였지만 용기를 내어 나는 곧장 창가로 달려갔습니다. 그러나 나도
모르게 비명을 내지르며 뒷걸음질쳤습니다.

그것은 흙달팽이도 엄지손가락도 아니었어요. 구부러진 코 끝이
유리창에 착 달라붙어 있었던 거예요. 하얗게 보일 정도로 힘껏 내
리누르고 있었지요. 처음에는 그 얼굴과 눈이 잘 보이지 않았는데,
마침내 이쪽을 노려보는 눈과 얼굴이 유령처럼 희미하게 떠올랐습
니다. 나는 겨우 덧문을 닫고 내 방으로 뛰어올라가 자물쇠를 채우
고 틀어박혔습니다. 방으로 가는 도중 아까 그 창문의 옆창문에서
도 흙달팽이 같은 코가 분명히 보였습니다.

'역시 아서에게로 가는 게 가장 좋지 않을까. 그런 괴물이 고양
이처럼 이 집 주위를 멋대로 드나드는 것으로 보아 협박보다 더 악
랄한 목적이 있을지도 몰라. 오빠는 이 이야기를 듣고 나를 내쫓은
다음 영원히 저주받으라고 욕하겠지. 하지만 신사니까 우선 나에게
닥쳐올 위험에서 나를 지켜줄 거야.' 이런 생각을 한 10분쯤 하고
난 다음 나는 층계를 내려가 오빠 방으로 들어갔지요. 거기서 내
눈에 들어온 것이야말로 무엇보다도 무서운 최후의 광경이었습니
다.

오빠의 의자는 텅 비어 있었어요. 외출한 거겠지요. 그런데 그
코가 구부러진 사나이가 모자를 벗지도 않고 오빠의 책상 램프 밑
에서 오빠의 책을 읽으며 앉아 있지 않겠어요? 그 표정은 태연하
고 어디까지나 이성적인 사람 같았습니다. 그러나 코 끝은 그때도
역시 얼굴 가운데 가장 움직이기 쉬운 부분처럼, 마치 코끼리 코처
럼 왼쪽에서 오른쪽으로 방향을 바꾸는 것 같았어요. 이 사나이가
나를 쫓아다니며 감시할 때에는 상당히 질이 좋지 못한 사람으로
생각되었는데, 이때 내가 들어온 것도 모르고 앉아 있는 사나이의
모습은 오히려 무섭게 여겨졌지요.

나는 큰 소리로 비명을 지른 모양이에요. 하지만 그건 아무래도 좋아요. 그보다도 내가 그 다음에 한 일이 중요한 것이었으니까요. 나는 가지고 있던 돈을 모조리 그 사나이에게 주었습니다. 그 속에 지폐도 꽤 많이 들어 있었는데, 그것은 분명 내 것이긴 했으나 나 혼자 마음대로 쓸 수 있는 게 아니었습니다. 사나이는 듣기 싫은 묘한 말을 길게 늘어놓으며 유감스럽지만 지금은 이것으로 참아두 겠다는 말을 남기고 갔습니다. 나는 모든 의미에서 파멸해 버린 기 분으로 앉아 있었어요.

그런데 그날 밤 정말 우연한 일이 나를 구해 주었어요. 아서는 그날 밤 갑자기 골동품 경매에 입회하기 위해 런던으로 갔다가— —그런 일은 자주 있었지요——밤늦게 웃는 얼굴로 돌아와서 카스 테어즈 컬렉션에 한층 광채를 더해줄 최고급품이 손에 들어올 것 같다고 말했습니다. 오빠가 너무 기분 좋았으므로 나는 그 물건에 비해 훨씬 보잘것없는 로마 화폐를 몰래 들고 나간 것을 이야기 끝 무렵쯤 자백할 생각이었는데, 그는 자기 계획을 이야기하는 데 정 신이 팔려 다른 화제는 모두 밀려나고 말았어요. 그 물건의 매매가 아직 확정되지 않았으니 그 골동품 가게 근처의 플럼 하숙집으로 지금 같이 가지 않겠느냐며 곧 짐을 싸라는 것이었습니다.

이리하여 나는 결국 그 못된 사나이가 쫓아오지 않는 곳으로 도 망친 셈이었으며 동시에 필립으로부터도 달아난 셈이었지요. 오빠 는 가끔 사우스 켄싱턴 박물관에 갔었는데, 나도 멍청히 시간을 보 내고 있을 수 없어 미술학교에 등록하기로 했습니다. 오늘 저녁 그 학교에서 돌아오는 길이었어요. 그 보기만 해도 소름끼치는 기분나 쁜 사나이가 길고 곧은 이 길을 걸어오지 않겠어요! 그 뒤로는 신 부님이 말씀하신 그대로예요.

그리고 한 가지 말해 두어야 할 일이 있습니다. 나는 도움받을 가치가 없는 여자예요. 벌 받아도 당연하다고 생각합니다. 그 벌을 달게 받겠어요. 이 재난은 당연한 보복이에요. 하지만 나는 이 터질 것 같은 머리로 묻고 싶군요. 대체 어떻게 그런 일이 가능할까요? 나는 초자연적 힘에 의해 벌 받고 있는 걸까요? 만일 그게 아니라면 내가 바닷가에서 작은 동전을 건네준 사실은 나와 필립밖에 모를 텐데 어떻게 낯선 사나이가 알게 되었을까요?"

"흐음, 이건 예삿일이 아니군요."

플랑보가 사건의 어려움을 인정했다. 그러자 브라운 신부가 어두운 얼굴로 끼어들었다.

"그렇게 말할 정도가 아닙니다. 대답 쪽이 훨씬 더 예사롭지 않습니다. 카스테어즈 양, 지금부터 한 시간 반 뒤 플럼의 댁으로 찾아가겠는데 집에 있어 주겠습니까?"

그녀는 신부를 바라보며 일어나 장갑을 꼈다.

"네, 있겠어요."

그녀의 모습은 밖으로 사라졌다.

그날 밤 탐정과 신부는 그 괴사건에 대한 이야기를 나누면서 플럼의 카스테어즈 오누이 집으로 걸음을 옮겼다. 그것은 비록 카스테어즈 오누이가 임시로 빌려쓰는 하숙집이라고는 하지만 아주 초라했다.

플랑보가 말했다.

"물론 생각 얕은 사람이라면, 최근에 뜻밖에도 오스트레일리아에서 돌아온 자일즈로 볼 수도 있겠지요. 그는 전에도 귀찮은 일을 저지른 적이 있으므로 수상한 패들이 따라다닌다 해도 이상할 게 없습니다. 그러나 그가 이 사건에 등장한다는 것은 아무래도 불가능합니다. 다만……"

신부는 참을성 있게 다음 말을 재촉했다.

"다만 어떻다는 거지요?"

플랑보는 낮은 목소리로 말했다.

"다만 그녀의 애인도 그 일당이라고 하면 이야기가 납득됩니다. 그렇다면 호커라는 사나이는 대단한 악당이지요. 오스트레일리아에서 돌아온 사나이는 확실히 호커가 그 동전을 갖고 싶어한다는 것을 알고 있었습니다. 하지만 호커가 그것을 손에 넣은 사실을 자일즈가 알려면 호커가 바닷가에서 뭍에 있는 그에게 또는 그의 대리에게 신호를 보내야 했겠지요."

브라운 신부는 감탄한 듯 맞장구를 쳤다.

"물론 그렇겠지요."

플랑보는 더욱 열기를 띠며 말을 계속했다.

"또 한 가지 짐작되는 점이 없습니까? 호커는 애인이 모욕당하는데도 잠자코 있다가 겨우 부드러운 모래 언덕까지 온 뒤에야 한 대 쥐어박지 않았습니까? 거기서라면 거짓 싸움으로 상대를 때려눕힐 수도 있었을 겁니다. 그러나 만일 바위가 울퉁불퉁한 바닷가에서였다면 같은 패에게 상처를 입혔을지도 모르지요."

브라운 신부는 고개를 끄덕였다.

"그것도 옳은 말이오."

"자, 그러니 처음부터 생각해 주십시오. 이 사건은 몇 명, 적어도 세 사람을 둘러싸고 일어났습니다. 자살은 혼자, 살인은 둘이면 충분하지요. 그러나 협박이라면 적어도 세 사람은 필요합니다."

브라운 신부는 조용히 물었다.

"어째서?"

플랑보는 높은 목소리로 말했다.

"뻔하지 않습니까? 비밀을 들키게 되는 사람과 폭로하겠다고 위협하는 사람과 그 비밀을 듣고 깜짝 놀라는 사람입니다."

브라운 신부는 오랫동안 생각에 잠겨 있다가 이윽고 입을 열었다.

"당신은 논리의 과정을 하나 건너 뛰었소. 이론적으로는 물론 세 사람이 필요하지만, 사실은 두 사람이면 충분하오."

"어떻게?"

신부는 낮은 목소리로 대답했다.

"협박자가 자신에게 밀고하겠다며 피해자를 위협하는 경우도 있지요. 예를 들어 어떤 부인이 금주주의자 행세를 하며 술집에 자주 드나드는 남편에게 다른 사람의 필적처럼 협박장을 써서 아내에게 밀고하겠다고 협박할 수도 있지 않겠소? 또는 아버지가 아들에게 노름하면 안 된다고 말해 두고 교묘하게 변장하여 뒤를 밟은 다음, 아버지에게 일러바치겠다고 협박할 수도 있소. 문제는 바로 그거요, 플랑보."

플랑보는 자기도 모르게 소리쳤다.

"설마 당신은……."

누군가 힘찬 모습으로 그 집 층계를 달려 내려왔다. 노란 램프 불빛 아래 떠오른 모습은 그 로마 동전과 비슷한 사나이의 얼굴이었다. 그 사나이는 인사도 없이 불쑥 말했다.

"카스테어즈 양은 당신이 올 때까지 안으로 들어가려고 하지 않습니다."

브라운 신부가 말했다.

"그렇다면 아가씨는 그대로 밖에서 기다리는 게 좋지 않겠습니까? 당신이 옆에서 지켜줄 수 있을 테니까요. 당신은 이미 이 사건의 진상을 알고 있지 않습니까, 호커 씨?"

그러자 젊은이는 나직한 목소리로 대답했다.

"네, 모래펄에서 이미 어렴풋이 짐작하고 있었습니다만, 지금은 확실해졌습니다. 그를 가볍게 친 것도 그 때문이었습니다."

플랑보는 카스테어즈 양으로부터 열쇠를, 호커로부터는 그 동전을 받아들고 신부와 함께 텅 빈 집 안으로 살며시 들어가 바깥쪽 거실로 나갔다. 그곳에 한 사나이가 있었다. 브라운 신부가 본 술집 앞으로 지나간 사나이, 바로 그 못된 사람이 벽에 등을 돌리고 쫓기는 사람 같은 모습으로 서 있었다. 검은 외투를 벗고 갈색 실내복을 입고 있는 것 말고는 아무데도 달라지지 않았다.

브라운 신부가 예의바르게 말했다.

"이렇게 찾아온 것은 이 동전을 주인에게 돌려주기 위해서입니다."

그러고 나서 신부는 가짜 코 사나이에게 그 물건을 건네주었다.

플랑보는 눈을 두리번거렸다.

"이 사람도 동전 수집가입니까?"

그러자 신부는 단정적으로 말했다.

"이분은 아서 카스테어즈 씨요, 확실히 좀 색다른 동전 수집가지요."

갑자기 그 인물의 얼굴빛이 무섭게 달라졌기 때문에 그 구부러진 코가 얼굴과 달리 꼴사납게 뒤틀려 차마 똑바로 볼 수가 없었다. 그러나 사나이는 침착하고 위엄있는 태도로 말했다.

"이렇게 된 이상, 그래도 아직 카스테어즈 집안에 대대로 내려오는 훌륭한 소질을 모두 잃지는 않았다는 것을 보여 주겠소!"

그리고 그는 무섭게 몸을 돌려 거실로 달려들어가 문을 닫았다.

"그를 붙잡으시오!"

신부가 외치며 역시 몸을 날렸으나 의자에 부딪쳐 넘어질 뻔했다.

플랑보가 손잡이를 잡아 비틀어 문을 열었다. 그러나 이미 늦었다. 그는 말없이 방을 가로질러 가 의사와 경찰에 전화를 걸었다.

바닥에 약병이 뒹굴고 있었다. 찢어진 갈색 봉투가 몇 개 놓인 테이블 위에 갈색 실내복을 입은 사나이가 쓰러져 있었다. 그 봉지에서 쏟아져 나온 것은 로마의 옛 화폐가 아니라 바로 현재 영국에서 유통

되고 있는 동전이었다.

브라운 신부는 시저의 머리를 새긴 청동화폐를 집어들었다.

"카스테어즈 집안의 컬렉션으로 남아 있는 것은 이것뿐이오."

잠시 침묵이 흘렀다. 조금 뒤 신부는 여느 때보다 더 상냥하게 말을 계속했다.

"이분의 심술궂은 아버지가 만든 유언장은 잔혹한 것이었소. 이 사람은 분명 그 유언장을 좋게 여기지 않았지요. 자기에게 남겨준 로마 화폐 따위는 아무래도 좋았으며, 그보다는 요즘 쓰는 돈이 더 좋다고 생각했소. 그래서 수집품을 조금씩 팔았소. 그것까지는 좋았는데, 결국 돈 버는 수단으로 가장 비열한 일에까지 손을 내밀어 변장하고 가족을 협박하는 데까지 타락한 거요.

이 사람은 이미 잊혀져 버린 하찮은 범죄를 미끼로 오스트레일리아에서 돌아온 형을 협박했소. 푸트니의 와가와가로 자동차를 달린 건 그 때문이었지요.

그리고 또 이 사람만이 아는 일, 즉 로마 동전을 훔친 일을 폭로하겠다며 누이동생을 협박했소. 멀리 모래 언덕에 서 있었을 뿐인데도 그토록 초자연적인 추측을 할 수 있었던 것은 바로 그가 그녀의 오빠였기 때문이오. 아무리 멀리 떨어져 있어도 전체적인 몸매와 걸음걸이만 보면 가면쓴 얼굴을 가까이 보는 것보다 훨씬 정체를 짐작하기 쉽지요."

다시 한동안 침묵이 흘렀다. 이윽고 플랑보가 부르짖듯이 외쳤다.

"그렇다면 이 위대한 고대 화폐학자이며 동전 수집가가 단순히 흔해빠진 수전노에 지나지 않았다는 말입니까?"

브라운 신부가 그를 달래듯이 말했다.

"결국 큰 차이는 없소. 수전노의 좋지 못한 점은 대개 수집광의 좋지 못한 점과 일치하는 게 아니겠소? 더욱이 절대로 옳지 못한 점

도 꼭 하나 있소. '너희는 나를 위해 우상을 만들지 말라. 너희는
그것을 예배하거나 섬기지 말라.' 그런데 저 젊은이들이 어떻게 하
고 있는지 보러 가야겠군."
플랑보가 곧 말했다.
"힘든 일이 있긴 했지만 두 사람은 아주 잘 살아갈 겁니다, 틀림없
이."

보랏빛 가발

〈개혁일보〉의 부지런한 편집자 에드워드 너트는 활발한 젊은 여사원이 치는 명랑한 타이프라이터 소리에 맞추어 편지를 뜯어 읽기도 하고 교정쇄에 손을 대기도 했다.

그는 늠름한 몸집에 배짱이 있어 보였다. 오늘 그는 와이셔츠 차림이었다. 동작이 민첩하고 입이 꽉 다물어져 있었으며, 말투에도 불분명한 점이 없었다. 그런데 어린아이 같은 둥글고 파란 눈에는 이런 특징과 전혀 맞지 않는 감당하기 어려운, 거의 비통한 표정이 담겨 있었다. 이 표정은 겉보기만이 아닌 마음속의 진실을 분명 암시해 주었다.

권위 있는 저널리스트에게서 흔히 보는 일이지만, 그도 역시 끊임없는 불안에 몹시 시달리고 있었다. 남을 헐뜯는 기사에 대해 소송이 일어나지 않을까 하는 두려움, 광고를 놓치지 않을까 하는 두려움, 오탈자에 대한 두려움, 파면에 대한 두려움 등.

이 신문과 에드워드 너트의 주인인 동시에 비누업자이기도 한 노인——이 사장에게는 도저히 어떻게 할 수 없는 정신적 결함이 세 가지 있다——과 신문을 움직이기 위해 모은 유능한 집필진 사이에 일어나는 그때그때의 마찰을 조정하는 것이 그의 하루하루의 생활이라고 해도 좋았다. 간부들 중에는 뛰어나게 머리가 좋은 경험자도 있고, 또한 좀 곤란하게도 이 신문의 정견에 진심으로 찬동하는 열광가도 있었다.

그런 사람 가운데 하나가 보낸 편지가 지금 에드워드의 눈앞에 놓여 있었다. 여느 때는 기민하여 주저하는 일이 없는 그도 이 편지를 뜯을 때만은 어딘지 머뭇거리는 것 같았다. 그는 교정쇄를 한 장 집어들자 파란 눈과 펜을 그 위로 보내며 '간통'을 '불륜'으로, '유대인'을 '이국인'으로 고친 다음 벨을 눌러 그것을 위층으로 가져가도록 했다.

그러고 나서 좀더 신중한 표정으로 간부 중에서도 특히 수완있는 기자로부터 온 편지를 뜯었다. 그것은 데번셔의 소인이 찍힌 편지로, 내용은 다음과 같았다.

너트에게.

자네는 유령기사와 난투기사를 동시에 취급하고 있는 모양인데, 엑스무어의 에어 집안에서 일어났던 괴사건을 기사로 만들어보면 어떻겠나? 이 지방의 할머니들 말에 따르면 '에어 집안 악마의 귀'라는 사건이라네. 에어 집안의 지금 주인은 엑스무어 공작이지. 지금은 수가 많이 적어진 옛날 그대로의 완고한 보수당 귀족 가운데 한 사람으로 융통성이라고는 조금도 찾아볼 수 없는 폭군이지. 우리로서는 찔러볼 가치가 있는 인물일세. 게다가 나는 찔러보기에 알맞은 자료를 쥐고 있다네.

물론 나는 제임스 1세에 대한 전설을 믿고 있는 건 아닐세. 그리고 자네는 아무것도 믿지 않는 사람이지. 아무튼 저널리즘까지 믿지 않으니까.

그건 그렇고, 그 전설이란 자네도 알겠지만 영국 역사에서 가장 포악하고 잔인한 사건에 대한 것이라네. 고양이처럼 성질 못된 마녀 프랜시스 하워드가 자신과 서머싯 백작 카와의 결혼에 반대한 오버베리를 독살했던 것 말일세. 당시의 국왕 제임스 1세가 왠지 공포에 사로잡혀 하수인들을 사면했다는 이야기가 전해지고 있네. 또한 이 사건에는 마법의 힘이 크게 작용하고 있다더군. 하인이 열쇠구멍에 귀를 대고 제임스 1세와 카 백작의 대화를 엿들어 진상을 알았는데, 그 이야기를 엿들은 쪽 귀가 마치 마법에 걸린 듯 커져서 보기에 민망할 정도가 되었다는 걸세. 이것은 그토록 무서운 비밀이었지. 그 하인이 영지와 황금을 잔뜩 받아 공작 집안의 시조가 되었고, 그 괴물 같은 귀가 아직도 혈통에 나타나고 있다는 거야. 물론 자네는 악마의 저주 따위를 믿지 않을 것이고, 비록 믿는다 해도 기사로 쓰지는 않겠지. 자네 편집실에서 뭔가 기적이 일어났다 해도 자네는 그것을 쥐고 뭉개 버릴 걸세. 오늘날의 주교들 중에는 불가지론자가 많으니까. 그건 아무래도 좋네. 문제는 엑스무어의 주인과 그 집안에 뭔가 정말 이상한 점이 있다는 걸세. 그것은 아주 자연스럽지만 무척 이상한 일이라네. 아무래도 그 귀가 관계된 듯싶네. 상징으로든 미신으로든 병으로든 간에 말이야. 다른 전설에 따르면 제임스 1세가 죽은 뒤 왕당파 사람들이 머리를 기르게 된 것은 초대 엑스무어 공작의 귀를 숨겨주기 위해서였다는군. 이것도 아주 꿈 같은 이야기 아닌가?

이 사실을 자네에게 알리는 이유를 말하지. 우리는 귀족들을 공격할 때 늘 그들의 샴페인이나 다이아몬드를 눈의 가시처럼 비난하는데, 그것은 잘못된 게 아닐까? 대부분의 사람들은 귀족들이 즐거운 생활을 보내는 데 대해 오히려 찬미하고 있지. 내 생각으로는 귀족제도에 의해 귀족들의 생활까지 행복하리라 인정해 버리는 건 너무도 그들에게 머리 숙이는 결과가 아닌가 싶군. 내가 지금 구상하고 있는 연재기사는 일부 유명한 귀족들 가운데 얼마나 살벌하고 비인간적이며 사악한 사람이 많은가 파헤치는 거라네. 그 예는 얼마든지 있지만, 역시 '에어 집안 악마의 귀'만큼 알맞은 건 없을 것 같네. 이번 주말까지는 이 진상을 전할 수 있을 걸세.

프랜시스 핀

에드워드 너트는 자신의 왼쪽 구두를 바라보며 잠시 생각했다. 잠시 뒤 그는 완전히 생기를 잃은 무미건조한 말투로 또렷하고 크게 외쳤다.

"발로 양, 핀 기자에게 보낼 편지를 타이프해 줘요."

　친애하는 핀.
　그 이야기는 재미있을 것 같군. 원고는 토요일까지 2회분 기사를 보내주기 바라네.

E. 너트

이 소중한 편지를 에드워드 너트는 단 한 단어처럼 말했고, 또 발로 양 역시 단 한 단어처럼 그것을 받아 타이프했다. 너트는 다시 다른 교정쇄를 집어들고 파란 펜으로 '초자연적'이라는 단어를 '놀라운'으로, '쏘아 쓰러뜨리다'를 '제압하다'로 바로잡았다.

너트가 이처럼 행복하고 건강한 일에 날마다 열을 올리고 있는 동안 어느새 토요일이 되었다. 역시 똑같은 책상에 앉은 그는 역시 같은 타이피스트에게 자기의 말을 받아 치게 하면서, 역시 파란 펜으로 핀의 연재기사 1회분 원고를 교정하고 있었다.

　1회분 기사는 훌륭한 분들의 꺼림칙한 비밀에 사정없는 독설을 퍼붓고 상류사회 사람들의 불행을 지적한 건전한 문장으로, 필체는 거칠지만 훌륭한 기사였다. 그러나 편집자는 언제나처럼 그것을 몇 부분으로 나누어 소제목 붙이는 일을 다른 사람에게 시켰다. 그 소제목이 또한 멋진 문장으로, '귀족부인과 독약' '이상한 귀' '숨어 지내는 에어 집안' 같은 식으로 재미있고 우습게 붙여지는 것이다. 그 뒤 '귀'에 얽힌 전설이 나온다. 그것은 핀이 먼젓번 편지에서 언급했던 내용을 좀더 보충한 것이었다. 그 다음에는 핀 기자가 그 뒤 새로 발견한 일이 기사화된다. 그것은 다음과 같은 글이었다.

　저널리스트들은 흔히 이야기의 끝맺음을 기사 첫머리에 가지고 와 그것을 제목이라고 말하는 습관이 있다. 그리고 '존스 경 죽다'라는 소식을 그런 사람이 있는지도 몰랐던 대중들에게 전하는 게 저널리즘이라는 것도 나는 잘 안다. 내가 생각하기에 그런 보도 방식은 여러 가지 저널리즘의 습관과 더불어 바람직하지 못하다.
　〈개혁일보〉는 이 점에 있어 보다 단호하게 훌륭한 모범을 보여주지 않으면 안 된다. 즉, 나는 지금 말하려는 이야기를 실제로 일어난 순서에 따라 말하려는 것이다. 등장인물도 실제 이름을 쓰겠다. 이분들은 내가 쓴 기사 내용이 진실이라는 데 대한 증인이 될 것이다. 그런데 세상을 놀라게 할 충격적인 선언은 다름 아닌 제목인데, 그것은 이 기사 맨 끝에 나타나게 될 것이다.
　나는 데번셔 주 어느 개인 과수원을 누비듯이 뚫고 지나가는 좁은 국도를 그 지방 명물인 사과술을 찾아 걷고 있었다. 과연 그 길이 암시해 준 것 같은 곳에 가 닿았다. 좁고 긴 지붕이 낮은 술집으로, 본채와 두 채의 헛간이 모두였다. 지붕은 역사가 시작되기 전부터 있었던 것처럼 빛바랜 띠로 이어져 있었다. 문 밖에 걸린

간판으로 그곳이 '푸른 용'이라는 술집임을 알았다. 그 아래에는, 금주주의자와 맥주 양조업자들이 힘을 합쳐 자유를 파괴하기 전 영국의 자유스러운 술집 바깥에 놓였던 그 길고 촌스러운 테이블이 하나 놓여 있고, 거기에 1백 년쯤 살았을 듯싶은 신사가 세 사람 앉아 있었다.

그 사람들을 잘 알게 된 지금에는 그때의 인상을 쉽게 분석할 수 있다. 그러나 그 순간에는 세 사람이 몸뚱이를 가진 유령처럼 생각되어 견딜 수가 없었다. 그 중에서도 다른 사람을 압도하고 있는 몸집이 가장 큰 사람은 내 맞은편 테이블의 길다란 쪽 한가운데에 앉아 있었다. 검은 옷으로 온몸을 감싼 키 크고 뚱뚱한 사나이로 중풍에 걸린 듯한 빨간 얼굴에 꽤 벗겨진 이마를 무슨 고민이라도 있는지 찡그리고 앉아 있었다. 다시 자세히 살펴보니 성직자임을 나타내는 구식 흰 넥타이와 이마에 새겨진 주름 말고는 그다지 케케묵은 느낌을 주지 않았다.

테이블 오른쪽 끝에 앉은 사나이는 인상을 파악하기가 더 어려웠으나, 사실은 어디서나 볼 수 있는 아주 평범한 인물이었다. 갈색 머리카락의 둥근 머리통에 동그란 코, 입고 있는 옷은 첫 번째 인물보다 더 꼭 맞게 만든 검은 수단이었다. 이 사나이를 보자 어딘지 예스러운 느낌이 들었는데, 어째서일까? 그 수수께끼는 폭넓은 테이블 위에 놓여 있는 우글쭈글한 모자를 보았을 때 겨우 풀렸다. 그는 로마 가톨릭 신부였던 것이다.

테이블 저쪽 끝에 앉은 세 번째 인물이야말로 이 예스러운 인상의 근원이 아니었나 싶다. 그 신사는 다른 두 사람보다 키가 훤칠했으며 옷차림이 제멋대로였다. 아주 꽉 끼는 소매와 바지에 기다란 팔다리를 억지로 쑤셔넣은 것 같은 차림이었다. 길고 누르스름한 독수리 같은 얼굴의 여윈 턱은 칼라와 타이 겸용으로 쓰이는 듯한 구석 목도리에 묻혀버려 음울한 느낌이 더 깊었다. 머리카락은 짙은 갈색이어야 할 것 같은데 이상하게도 바랜 검붉은 색이었다. 검붉은 머리카락이 누런 얼굴에 늘어져 있어 붉다기보다 보라색으로 보였다. 눈에 잘 띄지 않는 데다 흔치 않은 빛깔의 머리카락 자체가 부자연스러울 정도로 생기있게 물결치며 쭉 뻗어 있었으므로 그만큼 더 눈길을 끌었다.

그러나 아무리 분석해도 결국 내가 처음부터 예스러운 인상을 받은 것은 한 벌의 고풍스러운 긴 와인글라스와 레몬 두세 개와 사기로 만든 두 개의 긴 파이프 때문인 것 같다. 게다가 내 용건이 옛 전설에 관한 자료를 모으는 거라는 점도 한몫 했을 것이다.

나는 어지간한 일에는 꿈쩍하지 않는 사람인 데다 그곳은 버젓한 술집이었기 때문에, 뻔뻔스러움을 크게 드러내지 않고도 그들의 긴 테이블에 앉아 사과술을 주문할 수 있었다. 검은 옷을 입은 덩치 큰 사람은 학식이 굉장한 듯했으며, 특히 이 지방의 옛날 이야기에 대해서 아주 자세히 알고 있었다. 검은 수단을 입은 작은 신부는 말수가 적었지만 덩치 큰 사람보다 폭넓은 교양을 보여주어 나를 더욱 놀라게 했다. 이리하여 우리는 사이좋게 이야기를 주고받았는데, 거북한 바지를 입은 신사, 즉 세 번째 사람은 어딘지 서먹서먹하니 거만한 태도였다. 내가 엑스무어 공작과 그 조상에 대한 이야기로 무난히 화제를 끌고갈 때까지 그러했다.

다른 두 사람은 이 화제가 나오자 좀 머뭇거리는 듯했으나, 다행히도 세 번째 사람이 지금까지의 침묵을 깨뜨리고 아주 높은 교육을 받은 신사같이 조심스러운 말투로 이따금 긴 사기 파이프를 피우며 끔찍한 이야기를 몇 가지 들려주었다. 바로 앞대의 에어 집안 사람 가운데 하나가 아버지를 목 졸라 죽인 이야기, 또 한 사람이 짐수레 뒤에 아내를 달아매고 채찍으로 후려치며 마을을 한 바퀴

돌았다는 이야기, 또 다른 한 사람이 어린아이일 때 사람들로 가득
찬 성당에 불을 지른 이야기 등.

그 가운데는 공공 출판물에 싣기에 적당치 못한 이야기도 있었
다. 예를 들면 '새빨간 수녀'의 이야기라든가 '얼룩개 사건' 또는
'채석장에서 일어난 사건' 같은 것으로, 신을 모독하는 이 피비린내
나는 갖가지 못된 일들이 그 점잖은 사나이의 엷은 입술에서 새어
나왔다. 사나이는 이야기하면서 이따금 길다란 술잔의 포도주를 마
셨다. 난폭한 이야기인데도 산뜻하게 들렸다.

내 맞은쪽에 앉은 덩치 큰 사나이는 어떻게든 그 이야기를 멈추
게 하려는 것 같았다. 그러나 그는 분명 그 노신사에게 상당한 존
경을 품고 있는 듯 느닷없이 그의 이야기를 가로막거나 하지는 않
았다. 테이블 한쪽 끝에 앉은 키 작은 신부는 그처럼 염려하거나
당황하지는 않았다. 그는 조용히 테이블을 내려다보고 심한 고통을
참으며 신을 모독하는 이야기를 듣고 있는 것 같았다. 직업상 무리
도 아니리라. 나는 이야기하는 사람에게 물었다.

"당신은 에어 집안에 대해 좋게 생각지 않는 듯싶군요."

그는 흘끗 나를 보았는데, 엄숙한 입술에서 핏기가 가시며 굳게
다물어졌다. 이윽고 그는 긴 파이프와 글라스를 힘있게 테이블에
내동댕이치고 일어났다. 빈틈없는 신사이면서도 악마처럼 화를 잘
내는 성질의 사나이가 거기 서 있었다.

"결국 여기 있는 분들이 이야기하겠지만, 나에게는 그 집안을 좋
아할 이유가 아무것도 없소. 에어 집안에 내린 저주는 예부터 이
지방에 무겁게 뒤덮여 있어서 그로 말미암아 많은 사람들이 고통
받아 왔지요. 그 중에서도 나만큼 고통받은 사람이 없다는 것은
누구나 잘 알고 있소."

그는 떨어져서 깨진 유리조각을 발뒤꿈치로 지끈지끈 짓밟더니

사과나무가 녹색으로 빛나는 저녁 햇살 속으로 사라졌다. 나는 남은 두 사람에게 물었다.

"꽤 색다른 신사로군요. 에어 집안이 그에게 어떤 짓을 했는지 아십니까? 저분은 어디 사는 누구지요?"

검은 옷을 입은 덩치 큰 사람이 가만히 나를 바라보았다. 그 모습은 갈 곳을 몰라하는 황소 같았다. 처음에는 내 질문의 뜻을 잘못 알아차린 것 같았다. 그는 겨우 누군지 모르느냐고 되물었다.

내가 정말 모른다고 분명히 말하자 잠시 침묵이 이어졌다.

이윽고 몸집 작은 신부가 여전히 테이블을 바라보며 입을 열었다.

"그분이 바로 에어 집안의 엑스무어 공작입니다."

내가 뭐가 뭔지 알 수 없게 혼란된 머리를 정리할 틈도 주지 않고 키 작은 신부는 여전히 조용하면서도 문제를 분명히 마무리지어 두려는 단호한 태도로 덧붙였다.

"이분은 내 친구인 멀 박사로, 엑스무어 공작의 장서 보관 일을 하고 있습니다. 나는 브라운입니다."

나는 자신도 모르게 더듬거리면서 물었다.

"그분이 엑스무어 공작이라면 어떻게 조상들을 나쁘게 말할 수 있을까요?"

"그분은 조상들로부터 저주받았다고 믿고 있는 모양입니다." 그리고 갑자기 엉뚱한 말을 덧붙였다. "가발을 쓰고 있는 것도 그 때문이지요."

그 뜻을 어렴풋하게나마 알기까지는 잠시 시간이 걸렸다. 나는 다시 두 사람에게 말했다.

"당신은 그 동화 같은 귀 이야기를 말하고 있는 건 아니겠지요? 그 이야기라면 물론 들은 적이 있습니다. 그러나 그것은 아주 단순한 사실을 밑바탕으로 하여 꾸며낸 미신에 지나지 않습니다. 나는 가끔 그 귀 이야기는 옛날에 흔히 있었던 몸을 절단한 사건을 멋대로 각색한 게 아닐까 생각한답니다. 16세기에는 죄인의 귀를 자르는 습관이 있었지 않습니까?"

그러자 키 작은 신부가 생각에 잠긴 목소리로 말을 받았다.

"그렇게 생각할 수는 없습니다. 그러나 가족 가운데 한 쪽 귀가 유난히 큰 병신이 가끔 나타나는 거라면 자연과학 법칙에 어긋나는 일이 아니지요."

덩치 큰 사서는 벗겨진 큰 이마에 붉고 커다란 손을 댄 채 이런 경우 자신은 어떻게 해야 옳을지 생각하는 것 같았다. 이윽고 그는 신음하듯이 말했다.

"아니, 당신은 공작을 오해하고 있습니다. 나는 공작을 변호해야 할 이유도 없고, 그에게 충성해야 할 의무도 없습니다. 공작은 다른 사람에게도 마찬가지지만 나에게도 심하게 대했습니다. 공작이 소탈하게 이런 자리에 앉아 있었다 하여 그가 나쁜 의미에서 굉장한 귀족이 아니라 생각한다면 잘못입니다. 공작은 바로 눈앞의 벨을 누르기 위해 1킬로미터 밖에 있는 사람을 부르러 보낼 정도입니다. 게다가 그 벨을 누르는 까닭은 3킬로미터 밖에 있는 다른 사람을 불러 자기 앞의, 세 발자국쯤 떨어진 곳에 있는 성냥갑을 가져오게 하기 위해서지요. 시종에게 지팡이를 들게 하거나 하인에게 오페라 글라스를 받쳐들고 서 있게 하는 일은 보통입니다."

이때 키 작은 신부가 이상하게 퉁명스러운 목소리로 말했다.

"하지만 집사에게 옷 솔질을 시키지는 않겠지요. 집사는 내친 김에 가발까지 솔질하고 싶어할 테니까요."

사서는 내가 있는 것도 잊은 채 키 작은 신부를 바라보았다. 몹시 감탄해하는 표정이었다. 그는 꽤 포도주 기운이 돈 것 같았다.

"브라운 신부님, 용케 그걸 아시는군요, 네, 정말 그렇습니다. 공작은 세상 사람들을 모두 동원해서라도 자기 볼일을 시키지만 옷 갈아입는 것만은 그렇지 않습니다. 옷은 사막 같은 데서 혼자 입는다고 하더군요, 그때는 사람들을 모조리 집 밖으로 내쫓고 방문 가까이 아무도 얼씬거리지 못하게 한답니다."

"재미있지 않습니까." 나는 감상을 말했다.

그러자 멀 박사가 분명히 말했다.

"그렇지 않습니다. 그런 식으로 생각하기 때문에 공작에 대한 당신 생각이 잘못되었다는 겁니다. 공작은 아까 두 분이 말한 그 저주로 정말 고통당하고 있습니다. 그분은 진심으로 부끄러움과 공포를 느끼며 그 보랏빛 가발 속에 뭔가를 숨겨두고 있습니다. 남들이 보면 저주받을 뭔가를 그 가발로 감추고 있는 것입니다. 그러나 그것은 결코 태어날 때부터의 병이나 일종의 형벌의 결과이거나, 유전으로 뒤틀린 모습 같은 것은 아닙니다. 그보다 훨씬 더 심한 것입니다. 나는 누군가로부터 이런 말을 들었습니다. 그 사람은 자기가 직접 목격했다면서 말해주었는데, 공작과 함께 있게 되었을 때 그 자리에서 우리들 가운데 누구보다도 힘센 사나이가 그 비밀을 폭로하려다 결국 겁을 먹고 쩔쩔매며 돌아갔다고 합니다."

내가 뭔가 말하려 했으나 멀 박사는 도무지 눈에 보이지 않는 듯 두 손으로 얼굴을 감싼 채 말을 이었다.

"브라운 신부님, 지금부터 하는 이야기는 가엾은 공작을 배신하는 게 아니라 오히려 참다운 변호가 될 것이므로 솔직히 말하겠습니다. 공작이 영지를 거의 모두 잃었던 시절에 대한 이야기를 들었습니까?"

브라운 신부는 고개를 가로저었다. 그러자 멀 박사는 그의 전임자로부터 들은 이야기를 들려주었다. 공작 집안의 전 사서는 멀 박사의 보호자이며 스승이었던 사람으로 박사는 그에게 말없는 신뢰를 느끼고 있었던 모양이다. 그것은 큰 집안의 패망이라는 흔해빠진 이야기로, 즉 고문변호사가 관련된 횡령사건이었다. 그러나 문제의 변호사는 이런 표현으로 잘 통할지 어떨지 모르지만 아주 정당한 방식으로 남을 속일 만한 분별을 가지고 있었다. 그는 보관을 위임받은 재산을 쓰지 않고, 공작의 조심성 없고 앞뒤 분별없는 성질을 이용하여 온 집안을 재정적인 궁지에 몰아넣음으로써 공작이 하는 수 없이 집안의 실권을 자기에게 넘겨주게 만들었다.

변호사의 이름은 아이작 그린이었는데, 공작은 언제나 엘리샤라고 불렀다. 그것은 아마 변호사가 이제 겨우 30살 안팎인데도 완전히 대머리였기 때문일 것이다. 이 변호사는 굉장히 빨리 출세했으나 그 경위가 그다지 깨끗하다고 할 수 없었다. 처음에는 경찰에 밀고하는 끄나풀이었고, 그 뒤에는 사채업도 했다. 그러나 에어 집안 법률고문으로서 마지막 일격을 가할 준비가 될 때까지는 기술적인 사기를 치지 않을 만한 분별력을 지니고 있었다.

그 마지막 일격이 내려진 것은 어느 만찬회 자리에서였다. 노인인 전임 사서는 그 자그만 체구의 변호사가 싱긋 웃으며 공작에게 영지를 반으로 나누자고 말하던 순간의 램프 갓과 술병까지 지금껏 생생하게 기억하고 있다고 말했다 한다. 그 뒤 경과는 결코 영 못본 체할 수 없는 것이었다. 공작은 그 말을 듣자 죽은 듯이 입을 다물고 있더니 방금 과수원에서 글라스를 산산조각으로 부쉈듯이 갑자기 변호사의 대머리에 술병을 내던졌다. 정수리에 삼각형 모양의 빨간 상처를 입자 변호사는 과연 눈빛이 달라졌으나 얼굴에 띤 미소는 사라지지 않았다.

변호사는 비틀거리며 일어나 정말 그다운 반격을 가했다.

"이거 정말 고맙군요. 이렇게 되면 영지를 모두 차지할 수 있으니까요. 법률이 그렇게 주선해 준답니다."

엑스무어 경은 핏기없는 잿빛 얼굴에 눈만 빨갛게 불태우며 말했다.

"법률은 그렇게 주선해 주겠지만 당신 손에 들어가지는 않을걸. 왜냐고? 만일 그렇게 되면 나는 내 최후의 날을 맞을 것이며, 만일 당신이 영지를 손에 넣게 되면 나는 이 가발을 벗을 테니까……. 흥, 털 빠진 가엾은 닭새끼, 당신의 그 대머리는 누구에게나 보였지. 그러나 내 머리를 한 번이라도 본 사람은 살아남을 수 없어!"

이 말을 어떻게 평하고 해석하든 그건 독자의 자유지만, 멀 박사의 증언에 따르면 변호사는 주먹을 한두 번 머리 위로 휘둘렀을 뿐 순순히 물러가 두 번 다시 그 근처에 나타나지 않았다고 한다. 이것은 엄연한 사실이다. 그 뒤 사람들은 엑스무어 공작을 이 지방 영주와 치안판사로서뿐만 아니라 마법사로서도 무서워하게 되었다.

이 이야기를 멀 박사는 아주 연극적인 제스처와 적어도 한쪽 편을 드는 정열적인 태도로 들려주었다. 물론 이것은 과장과 가십을 즐기는 노인이 지어낸 이야기로 볼 수도 있을 것이다. 하지만 두 차례에 걸친 이 기사의 1부를 마치기 전에 박사의 이야기를 뒷받침해 주는 사실을 한 마디, 그를 위해서도 분명히 말해 두고 싶다.

이 마을 약방 노인에게서 들은 이야기인데, 어느 날 밤 야회복 차림의 대머리진 그린이라는 사람이 찾아와 이마에 난 세모꼴 상처에 고약을 붙였다고 한다. 그리고 재판 기록과 묵은 신문을 조사해 본 결과, 그린이라는 사람이 엑스무어 공작을 상대로 소송을 일으

킬 움직임을 보이고 있으며 적어도 그 수속 절차를 밟기 시작했음
을 알았다.

〈개혁일보〉의 너트 편집자는 원고 위에 기사 내용과는 전혀 관계
없는 말을 쓰고 다시 까닭 모를 새로운 기호를 적었다. 그리고는 크
고 단조로운 목소리로 발로 양에게 외쳤다.
"핀 기자에게 보낼 편지를 받아써 줘요!"

　친애하는 핀에게.
　원고는 좋은데 제목을 몇 개 붙이기로 했네. 그리고 그 로마 가
톨릭 신부는 우리 신문 독자들이 못마땅해할 게 틀림없네. 속좁은
사람들이 있다는 것을 잊어서는 안 되네. 신부는 브라운이라는 강
신술사로 바꿔 두었으니 이해하게.

E. 너트

그로부터 이틀쯤 뒤 이 활동적이고 사리판단이 빠른 편집자는 상류
사회의 비밀을 파헤치는 핀 기자의 두 번째 원고를 훑어보고 있었다.
이야기를 읽어내려감에 따라 그의 파란 눈이 점점 더 둥글고 커져가
는 듯했다. 이야기는 다음과 같이 시작되었다.

　나는 놀라운 사실을 발견했다. 미리 말해 두지만 이것은 내가 예
기했던 사실과 전혀 다른 일로, 틀림없이 독자들에게 보다 더 큰
충격을 줄 것이다. 우쭐대는 것은 아니지만, 이 기사는 유럽 전체
는 물론 미국과 영국 식민지에서도 읽히게 될 것이다. 나는 이 이
야기를 저번 기사에서 말한 그 조그만 사과 과수원 안에 있는 작은
나무 테이블을 떠나기 전에 모두 들었다. 브라운이라는 키 작은 신

부 덕분이었다. 브라운 신부는 뛰어난 사람이라고 말할 수밖에 없다.

얼마 뒤 덩치 큰 사서는 자신의 긴 이야기가 부끄럽게 생각되었는지 아니면 이상한 주인이 몹시 화내며 자리를 뜬 것이 마음에 걸렸는지 테이블을 떠나 공작의 뒤를 쫓듯이 터벅터벅 나무 사이로 사라졌다.

브라운 신부는 레몬을 하나 집어들자 즐거운 듯이 만지작거리며 바라보았다.

"이 아름다운 레몬 빛깔이 어떻습니까? 공작의 가발에서 꼭 한 가지 마음에 거슬리는 점이 있는데, 바로 그 빛깔이지요."

나로서는 그 말뜻을 잘 알 수 없었다. 이윽고 신부는 이런 경우 좀 경솔하다고 생각될 만큼 쾌활한 태도로 분명히 말했다.

"과연 공작은 마이더스 왕처럼 자기 귀를 감추지 않으면 안 되었던 겁니다. 귀를 놋쇠판이나 가죽으로 만든 귀가리개로 덮기보다는 가발로 감추는 편이 훨씬 영리하지요. 그 점은 납득이 가지만, 기왕 가발을 쓸 바에야 어째서 머리카락답게 보이려고 하지 않는 걸까요? 온 세계를 뒤져도 그런 빛깔의 머리카락은 없을 겁니다. 그것은 머리카락이라기보다 숲 속을 지나가는 저녁놀 같지요. 공작이 자기 집안에 관련된 저주를 그토록 부끄럽게 생각하고 있다면 어째서 그것을 보다 자연스럽게 숨기지 않을까요? 그 이유는 공작이 조금도 그것을 부끄러워하지 않기 때문입니다. 오히려 자랑으로 생각하고 있는 겁니다."

내가 대꾸했다.

"자랑으로 삼기에는 너무 보기흉한 가발이더군요. 게다가 이야기 자체도 기분 좋지 않습니다."

그러자 이상한 신부가 조용히 말했다.

"가슴에 손을 얹고 잘 생각해 보시오. 자신이 이런 일을 어떻게 생각하고 있는지. 나는 당신이 다른 사람들보다 뽐낸다든가 병적이라고 말하고 싶지는 않지만, 어떻습니까? 사실 어렴풋하게나마 이런 기분을 품고 있지 않습니까? 만일 꾸며낸 이야기가 아니라 진짜 저주가 자기 집안에 달라붙어 있다면 얼마나 좋을까 하는 기분. 만일 저 무서운 글라미스 집안의 상속자가 당신을 '내 친구'라고 불러준다거나, 또는 바이런의 가족들이 당신에게만 자기 집안의 난행을 털어놓아준다면 당신은 부끄러워하기보다 오히려 자랑스럽게 생각지 않을까요? 귀족들의 머리가 우리처럼 단단하지 못하고 자신의 슬픔을 과대평가하며 비극의 주인공인 척한다 해도 그들을 나무랄 수는 없습니다."

나는 고개를 끄덕였다.

"과연 그렇군요! 이야기를 듣고 보니 옳은 말씀입니다. 우리 외가에도 죽을 사람이 있으면 울면서 미리 일러준다는 요정 반시(Banshee)가 붙어다닌다고 했었지요. 지금 생각해 보니 그것은 낙심해 있을 때 큰 위로가 되었습니다."

브라운 신부는 이야기를 받았다.

"당신이 공작의 조상에 대한 이야기를 꺼낸 순간, 그의 얇은 입술에서 둑이 무너진 듯 쏟아져나온 그 잔혹한 갖가지 이야기들을 생각해 보시오. 공작이 처음 만난 사람에게 그처럼 무서운 이야기를 들려주고 싶어하는 것은 자랑으로 여기기 때문이 아닐까요. 공작은 자신의 가발을 감추지도 않고 혈통을 숨기려고 하지도 않으며, 집안의 저주에 대해서도 말꼬리를 흐리지 않습니다. 그리고 집안 사람들이 저지른 범죄에 대해서도 마찬가지입니다. 그런데……."

갑자기 키 작은 신부의 목소리가 완전히 달라지며 그의 주먹이 꽉 쥐어졌다. 눈은 잠에서 깬 올빼미처럼 점점 둥글게 커지며 번뜩였다. 마치 테이블 위에서 작은 폭발이 일어난 것 같았다. 신부는 결론 내리듯 말했다.

"그런데 공작은 자신의 몸차림에 대해서는 철저하게 숨기고 있답니다."

바로 이때 공작이 사서와 함께 흐릿하게 빛나는 나무 사이로 소리없이 나타났으므로 나의 상상력은 더없이 자극되었다. 저녁놀 빛 가발을 쓴 공작은 가벼운 걸음으로 다가왔다. 그러나 아직 이쪽 이야기가 들릴 만큼 가까이 다가오기 전에 브라운 신부가 아주 침착하게 덧붙였다.

"왜 그는 보랏빛 가발을 쓰고 있는 이유를 밝히지 않는가? 그것은 사람들이 추측하고 있는 그런 비밀이 아니기 때문입니다."

공작은 집모퉁이를 돌아서 가까이 오자 아까처럼 위엄있는 태도로 테이블 윗자리에 앉았다. 사서는 마치 큰 곰이 뒷발로 선 것처럼 어쩔 줄 몰라했다.

공작은 진지한 태도로 신부에게 소리쳤다.

"브라운 신부님, 멀 박사로부터 들었는데 당신은 뭔가 부탁할 일이 있어 찾아왔다고요. 나는 이제 조상의 종교를 지키고 있다고 말할 수 없습니다. 그러나 그 조상을 위해서, 그리고 전에 당신을 만났던 친분으로 기꺼이 이야기를 듣겠습니다. 하지만 이야기는 비밀로 해두고 싶겠지요?"

나는 신사로서 그 자리를 떠나는 것이 예의라고 생각하면서도 한편으로 직업의식이 작용하여 결코 떠나고 싶지 않았다. 어떻게 할지 잠시 고민하고 있던 나를 브라운 신부가 은근히 붙들듯이 말했다.

"만일 내 마음속 이야기를 털어놓도록 허락해 주신다면, 공작님에게 충고할 권리가 내게 있다면, 되도록 많은 사람이 함께 있어 주었으면 합니다. 이 근처에는 우리 로마 가톨릭을 믿는 사람들까지 포함하여 주술로 말미암아 상상력을 잃어버린 사람이 많은데, 그 저주의 마력을 당신이 깨뜨려 주었으면 합니다. 데번셔의 주민들을 모조리 여기에 불러놓고 당신이 저주를 푸는 것을 보여주고 싶습니다.”

공작은 무섭게 눈썹을 치켜올렸다.

“내가 어떻게 하는 것을 보여주고 싶다는 말씀이지요, 신부님?”

브라운 신부가 대답했다.

“가발을 벗는 겁니다.”

공작의 얼굴은 조금도 움직이지 않았다. 그러나 상대방을 보는 유리구슬 같은 눈에는 사람 얼굴에서 일찍이 본 적이 없었던 무시무시한 표정이 떠올랐다.

마치 연못에 비친 나무줄기의 그림자처럼 부들부들 떠는 사서의 굵은 다리가 내 눈에 보였다. 이 침묵 속에서 주위의 나무들은 작은 새가 아니라 악마들로 가득 차 있는 것 같은 상상을, 나는 도저히 머리에서 몰아낼 수가 없었다.

공작은 냉정한 목소리로 동정하듯이 말했다.

“그만둡시다. 그러는 편이 당신을 위해 좋을 테니까. 나는 그 제안을 거절하겠소. 나 혼자 져야 할 이 무서운 짐이 어떤 것인지 들려준다면, 당신은 곧 내 발목에 매달려 울부짖으며 이제 더 이상 듣고 싶지 않으니 용서해 달라고 부탁할 것이오. 그러므로 그 제안은 사양하겠소. 미지의 신의 제단에 씌어진 것은 그 첫머리 한 자라도 써서는 안 되는 겁니다.”

“미지의 신이라면 나도 알고 있습니다.”

키 작은 신부의 말투에는 자신도 모르는 사이에 대리석 탑처럼 우뚝 선 확신에서 나온 용감함이 담겨 있었다.

"그 이름은 사탄입니다. 진정한 신은 육신을 받아 우리들 속에 살고 있지요. 분명히 말해 두지만, 사람들이 신비에만 지배된다면 그 신비는 옳지 못한 것입니다. 만일 악마가 이것은 무서운 것이다, 보아서는 안 된다고 말한다면 꼭 보아야 합니다. 차마 들을 수 없을 만큼 무서운 것이라면 꼭 들어야만 합니다. 사건의 진상이 견딜 수 없이 참혹한 것으로 생각되더라도 겁내지 말고 견디는 게 좋습니다. 자, 공작님. 지금 당장 이 자리에서 저주의 비밀을 털어놓아 주십시오."

그러자 공작이 낮은 목소리로 말했다.

"그런 짓을 하면 당신의 몸과 당신이 믿고 있는 모든 것과 인생의 보람 등이 맨 먼저 시들어 말라 없어질 겁니다. 당신은 숨을 거두기 직전에 한순간 그 커다란 무(無)를 알게 되겠지요."

"십자가 위의 그리스도여, 나를 악으로부터 지켜 주시옵소서! 자, 공작님. 그 가발을 벗으시오!"

나는 도저히 흥분을 억누를 수 없어 떨리는 몸을 테이블 위로 내밀었다. 이 이상한 대화를 잠자코 듣고 있는 동안 한 가지 생각이 떠올랐던 것이다. 이윽고 나는 말했다.

"공작님, 그런 서투른 짓은 그만두시지요. 그 가발을 벗어보십시오. 싫다면 내가 쳐서 떨어뜨리겠습니다!"

폭행죄로 고소당할지 모르지만 나는 그렇게 되어도 좋다고 생각했다. 공작이 조금도 달라지지 않은 돌처럼 차가운 목소리로 그럴 수 없다고 대답하자 나는 위세좋게 그에게 덤벼들었다. 몇 초 동안 그는 지옥 전체에 도와달라고 부탁한 것처럼 과감하게 저항해 왔다. 그러나 내가 그 머리를 잡아누르자 마침내 가발이 떨어졌다. 고백해 두지만 맞붙어 싸우면서도 나는 가발이 떨어지는 순간 나도 모르게 두 눈을 꽉 감았다.

이윽고 멀 박사의 외침 소리에 놀라 제정신으로 돌아왔다. 멀 박사도 이때는 공작 옆에 와 있었던 것이다. 박사와 나의 눈은 가발을 벗은 공작의 대머리를 내려다보고 있었다. 멀 박사가 침묵을 깨뜨리며 날카롭게 외쳤다.

"이게 어찌된 일이지? 아무것도 숨길 게 없잖아! 이건 정상적인 귀가 아닌가!"

브라운 신부가 말했다.

"그렇기 때문에 숨길 필요가 있었던 겁니다."

브라운 신부는 성큼성큼 공작에게로 다가갔는데, 어찌된 일인지 그 귀는 거들떠보지도 않았다. 다만 공작의 벗겨진 정수리를 우스울 정도로 열심히 들여다보며 이미 아물어 버린 지 꽤 오래된 세모꼴 상처를 가리켰다.

"이제 보니 그린 씨였군요."

그런데 여기서 나는 〈개혁일보〉 독자 여러분에게 이 사건에서 가장 놀라운 사실을 말하겠다. 이 변신 이야기는 얼른 보아 페르시아의 동화처럼 자유분방하고 화려한 듯하지만, 사실은 나의 기술적인 폭행만 빼면 처음부터 끝까지 합법적인 것이었다. 이상야릇한 상처 자국과 정상적인 귀를 가진 이 사나이는 남의 이름을 사칭한 사기꾼은 아니다. 물론 어떤 의미에서는 남의 가발을 쓴 데다 남의 귀를 자기 귀처럼 주장하기는 했지만 결코 남의 보배로운 관을 가로챈 것은 아니다. 그는 정말 틀림없는 엑스무어 공작이다. 이야기는 다음과 같다.

공작의 귀가 좀 이상한 건 사실이며, 물론 유전에 의한 것이었다. 공작은 그것으로 말미암아 노이로제에 걸렸다. 앞에서 이야기한 그린의 머리에 술병을 내려친 무용담은 실제로 일어난 일이다.

그때 만일 그린이 자신의 귀를 보면 무사하지 못하리라는 공작의
말은 진심에서 우러나온 거라는 점도 충분히 생각할 수 있다.

그러나 이 싸움은 전혀 뜻밖의 결말을 가져왔다. 그린은 끝까지
요구를 계속하여 결국 영지를 손에 넣었다. 영지를 잃은 귀족은 권
총으로 자살을 기도하여 아들과 함께 죽었다. 얼마의 세월이 흐른
뒤 우리의 훌륭한 영국 정부는 엑스무어의 '죽어 없어진' 작위를 부
활시켜 그것을 가장 중요한 인물, 즉 재산을 손에 넣은 사람에게
주었다.

이 인물은 봉건시대부터 전해 내려온 전설을 이용하기로 마음먹
었다. 짐작하건대 그는 분수도 모르고 귀족 노릇을 하고 싶은 마음
에서 속으로 이 전설을 시기하며 동경했던 것 같다. 그리하여 수천
명의 민중들이 먼 옛날에 정해진 숙명과 나쁜 별을 머리에 뒤집어
쓴 신비의 귀족 앞에서 몸을 떨었다. 모두들 귀족으로 생각했던 사
나이는 12년 전만 해도 경찰 앞잡이 일과 돈놀이를 했던 부랑자였
던 것이다. 이것은 내가 생각하기에 우리나라 현행 귀족 제도의 모
순을 드러내보인 전형적인 예인 듯하다. 이런 상태는 신이 우리에
게 보다 더 용기있는 사람을 보내줄 때까지 계속될 것이다.

너트 편집자는 원고를 놓자 전에 없이 긴장된 목소리로 외쳤다.
"발로 양, 핀 기자에게 보내는 편지를 받아서 타이프해 줘요!"

친애하는 핀.

자네 정신이 돈 것 아닌가? 그렇다면 도무지 손댈 수 없네. 나
는 틀림없이 흡혈귀나 옛날 암흑 시대의 참혹한 일, 귀족과 미신이
얽힌 이야기 같은 것을 기대하고 있었지. 독자들은 그런 것을 좋아
한다네. 그러나 이 기사를 발표한다면 엑스무어 주민들은 영원히

우리를 용서하지 않을 걸세. 그 점을 잊어서는 안 되네. 우선 독자
들이 뭐라고 말할 것인가? 생각만 해도 오싹해지는군. 알겠나,
핀?

　사이먼 경은 엑스무어 공작의 절친한 친구이며, 브래드퍼드에서
우리 신문사를 지지해 주는 유력자는 에어 집안의 사촌이네. 자네
의 기사를 싣게 되면 그 사람도 자리를 내놓을 걸세. 그리고 우리
의 비누회사 사장은 지난해에 작위를 얻지 못해서 안달하고 있네.
내가 만일 이 미치광이 같은 기사를 내어 사장이 작위를 얻지 못하
게 한다면 그는 당장 전보로 해고 통지를 보내올 걸세.

　또 한 가지 듀피의 일도 있네. 지금 듀피는 '노르만 사람의 발뒤
꿈치'라는 기사에 매달려 있는데, 만일 그 인물이 쓸모없는 변호사
였다면 노르만 사람에 대한 기사도 전혀 쓸 수 없지 않겠나? 제발
판단을 그르치지 말아 주게.

E. 너트

여직원이 활발하게 타이프를 치고 있는 동안 너트 편집자는 그 기
사 원고를 똘똘 뭉쳐 휴지통에 던져 넣었다. 그러나 그 전에 습관의
힘이 얼마나 무서운지, 그는 자기도 모르는 사이에 '신'이라는 말을
'상황'이라는 단어로 고쳐놓고 있었다.

펜드라곤의 멸망

브라운 신부는 모험을 할 생각은 조금도 없었다. 얼마 전 과로로 자리에 몸져누워 이제 겨우 회복되어 가고 있었으므로 친구인 플랑보가 작은 요트로 바다산책에 데리고 나온 것이었다.

콘월의 젊은 지주 세실 팬쇼도 가담했다. 그는 경치 좋기로 이름난 콘월 바닷가 풍경의 열광적인 찬미자였다. 그런데 브라운 신부는 아직도 몸이 매우 쇠약했으며 요트는 튼튼치 못했다. 성격상 불평을 늘어놓거나 지쳐 쓰러지는 짓은 못하고 실례가 안 되도록 행동하는 것이 고작이었으므로 떠들 수도 없었다.

동행한 두 사람이 구름이 가늘게 찢어진 보랏빛 저녁놀과 뾰족뾰족 솟아오른 화산암을 칭찬하면 그도 동조했다. 플랑보가 어떤 바위를 바라보며 용 같다고 말하면 신부도 그쪽을 바라보며 정말 그렇다고 맞장구쳤다. 팬쇼가 흥분하여 아서 왕 전설에 나오는 마술사 멀린과 비슷한 바위가 저기 있다고 외치면 신부도 과연 그렇다고 했다. 플랑보가 이 꾸불꾸불한 강으로 들어가는 바위투성이 어귀가 요정의 나라 길목 같지 않느냐고 말하면 정말 그렇다고 인정했다. 그런 식으로 브라운 신부는 갖가지 살벌한 이야기와 아무래도 상관없는 이야기들을 건성으로 들었다.

예를 들면, 이 근처 해안은 여간 조심성 있는 사공이 아니면 목숨을 잃을 위험이 있다는 말을 들었다. 이 배에서 기르는 고양이가 지금 자고 있다는 이야기도 들었다. 요트 키잡이의 두 눈이 빛나고 있으면 무사하고 한쪽 눈을 껌벅이면 모두 다 죽는다고 주문 외는 소리도 들었다. 그건 아마 키잡이는 언제나 두 눈을 뜨고 긴장해 있어야 한다는 뜻일 거라고 플랑보가 팬쇼에게 말하는 소리도 들었다. 그러자 그게 아니라 이 강변에는 등대가 둘 있는데 가까이 있는 것과 멀리 있는 것이 나란히 보이면 배가 강 어귀의 물길로 무사히 접어든 것이고, 만일 등불 하나가 다른 등불에 가려지면 암초 위를 달리는 증거라고 팬쇼가 설명해 주는 말도 들었다.

팬쇼는 덧붙여 이 고장에는 그런 진기한 전설과 속담이 많아 전설의 본고장이라고 해도 좋을 정도이며, 콘월에서도 특히 이 근처는 엘리자베스 시대에 아주 우수한 뱃사람들을 배출해낸 점에서 데번셔보다 나으면 나았지 못하지 않다고 말했다. 지금 보고 있는 작은 섬들에는, 일찍이 드레이크 선장도 평범한 신출내기 뱃사람에 지나지 않을 정도로 명선장이 수없이 많았다는 것이다. 그렇다면 저 유명한 해양 모험소설 《서쪽으로 향해!》라는 제목은 콘월의 동쪽에 있는 데번셔 사람들이 콘월로 가고 싶어했다는 뜻인 모양이라며 플랑보가 크게 웃었다.

그러자 팬쇼는 농담도 적당히 하라고 소리치며 콘월의 선장들은 옛날뿐만 아니라 지금도 뛰어난 영웅이라고 화내듯 말했다. 지금은 은퇴하여 이 근처에 사는 해군 제독이 모험과 스릴에 찬 항해의 상처를 여기저기 남겼으며, 그가 젊었을 때 발견한 태평양 군도는 세계지도에 그려진 가장 새로운 군도가 되었다고 떠들어댔다.

아직 젊은 세실 팬쇼는 무슨 일에나 노골적이지만 기분 좋은 정열을 보이는 젊은이로, 엷은 빛깔의 머리카락은 윤이 났으며 옆얼굴은 언제나 진지해 보였다. 젊은이다운 앞뒤 가리지 않는 활력이 넘쳐흘렀으나 한편으로는 소녀같이 섬세한 감정을 가지고 있었다. 아무튼 떡 벌어진 어깨에 검은 눈썹이 난, 검은 사수 못잖은 당당한 얼굴로 사람을 위압하는 플랑보와는 참으로 좋은 대조를 이루었다.

이처럼 브라운 신부는 아무래도 좋은 이야기를 차례로 듣고 보고 있었다. 기차 안의 지쳐 버린 사람이 선로 위에서 울리는 단조로운 기차바퀴 소리에 무심해지고, 환자가 벽지무늬를 무심코 바라보는 것과 다를 바 없었다. 회복기에 접어든 사람의 기분이란 변하기 쉬운 법이지만, 브라운 신부가 시무룩해 있는 까닭은 아마 그가 배에 그다지 익숙지 않기 때문인 것 같았다. 그 증거로 강 어귀가 점점 병목처럼 좁아지며 물결이 가라앉아 수면이 기름을 부은 것처럼 되고 차가운 공기가 차츰 땅의 따뜻함을 띠기 시작하자 그는 갑자기 잠이 깬 듯 생기를 되찾아 어린아이처럼 신기하게 주위 광경을 둘러보았다. 막 해가 진 참이라 하늘도 물도 아직 훤했으나 양쪽 기슭에 보이는 모든 것은 그 때문에 더 검어 보였다. 그때가 바로 그런 시각이었다.

그러나 이날 저녁만은 꼭 한 가지 예외적인 현상이 있었다. 흔히 볼 수 없는 일인데, 이날 해질녘에는 여느 때 사람과 자연 사이를 가로막고 있던 흐린 유리 슬라이드가 소리없이 벗겨진 것 같은 분위기였다. 이런 때에는 검은 빛깔도 흐린 날의 밝은 빛보다 더 화려하게 보이는 법이다. 물가의 짓밟힌 흙이며 물 속의 진흙까지 더러운 빛이 아니라 희미한 호박색으로 보였다. 이때에는 산들바람에 흔들리는 거무스름한 나무들도 멀리 빛바랜 푸른색 덩어리로 보이지만 이날 저녁에는 선명한 보랏빛 꽃이 바람에 날려 쌓여 있는 것처럼 보였다. 누가 마술을 부린 듯한 선명한 색채가 브라운 신부의 서서히 회복되어

가는 감각에 깊은 인상을 주었다. 주위 풍경이 너무도 기묘하여 뭔가 비밀을 간직한 것처럼 보였던 것이다.

강은 그들이 탄 요트 같은 작은 유람선이라면 쉽게 지나갈 수 있을 만큼 폭이 넓고 깊었다. 부풀어오른 육지의 곡선으로 짐작하건대 아무래도 양쪽 강 언덕 사이가 점점 좁아지는 듯했다. 양쪽 숲은 서로 마주 붙어 다리를 놓으려는 것처럼 보였으며, 요트는 지금 중세 기사담에 나오는 협곡에서 절벽으로, 그리고 드디어 기사담의 최후의 장소인 터널로 옮겨가고 있는 듯했다.

이런 풍경들이 브라운 신부의 되살아나는 공상의 대상이 되었다. 서너 명의 짐시가 숲에서 해온 땔감을 안고 강기슭을 한 줄로 걸어가고 있었다. 그들 말고는 사람 흔적이 전혀 없었다. 그리고 또 한 가지, 지금은 이제 색다르다고 말할 수 없지만 이처럼 외딴 시골에서는 역시 신기한 광경이 보였다. 모자도 쓰지 않은 검은 머리의 부인이 카누를 젓고 있었던 것이다. 브라운 신부가 그것들에 조금이나마 주의를 돌렸다 해도 바로 다음 모퉁이에서 본 이상한 광경으로 말미암아 아마 모두 다 잊어버렸을 것이다.

수면이 갑자기 넓어짐과 동시에 한복판에서 갈라진 것처럼 보였다. 숲에 덮인 생선 모양의 작은 섬이 검은 쐐기가 되어 수면으로 튀어나와 있기 때문이었다. 그들의 요트는 꽤 빠른 속도로 달려갔으므로 작은 섬이 이쪽으로 헤엄쳐 오는 배처럼 보였다. 배꼬리가 아주 높은, 좀더 정확히 말하면 굴뚝이 아주 높은 배 같았다. 요트가 가까이 다가갔을 때 보니 섬 꼭대기에 이상한 집이 서 있었기 때문이다.

그 집은 일찍이 본 적이 없는 형태로서 어떤 목적으로 세워졌는지 전혀 짐작할 수 없는 건물이었다. 그다지 높지는 않았으나 폭에 비해 꽤 높아 어쩐지 탑 같았다. 그런 데다 전체가 목조 건물이었는데 균형이 제대로 잡히지 않은 기이한 모습이었다.

판자와 들보 일부는 고급 떡갈나무로 되었으며, 최근에 벤 생나무로 만들어진 것도 있었다. 그밖에 소나무도 쓰여졌다. 까맣게 타르를 칠한 소나무가 많이 눈에 띄었다. 그런 검은 들보들이 꾸불꾸불 비뚤하게 걸쳐지고 여러 각도로 서로 엇갈리기도 하여 전체적인 인상이 주워모은 세공품 같아서 보는 사람을 어리둥절하게 만들었다. 한두 개의 창문은 구식이지만 그 나름대로 색채가 정교하고 훌륭한 납창틀에 끼워져 있었다. 요트 유람객들은 이 건물을 보고 모순된 기분을 느끼지 않을 수 없었다. 어디서 본 적이 있는 것 같기도 하고, 또 한편 전혀 낯선 건물이라는 느낌도 드는 것이었다.

브라운 신부는 신비에 싸여 있을 때 그 신비감이 어디서 오는지 그 까닭을 민첩하게 분석했다. 그는 이런 생각을 하고 있었다. 이토록 기묘한 느낌을 주는 원인은 사용된 재료와 만들어진 건물의 모습이 어울리지 않는 데 있지 않을까라고. 이를테면 양철로 만든 실크해트나 바둑판무늬 모직으로 만든 프록코트처럼. 갖가지 재목들을 이런 식으로 늘어놓은 건물을 어디선가 본 기억이 분명히 있다. 그러나 그것도 이처럼 심하지는 않았다. 바로 이때 어두운 나무 그늘 사이로 언뜻 내다보인 것이 이 궁금증을 풀어주었기 때문에 신부는 소리내어 웃었다.

나뭇잎 사이로 보인 것은 검은 들보를 바깥쪽으로 드러낸 구식 목조 가옥이었다. 이런 건물은 지금도 영국 여기저기서 볼 수 있는데, 일반 사람들은 '지난날의 런던'이나 '셰익스피어 시대의 영국' 같은 전람회에서 그 모조품을 보는 게 고작이다. 건물이 보이는 짧은 한순간 브라운 신부는 그것이 구식이지만 살기 편하게 잘 손질된 시골집으로, 앞뜰에 화단이 있는 것까지 죄다 보았다. 그 집은 건물을 지을 때 남은 헌 재목으로 만든 것 같은 상식을 벗어난 모양의 탑과는 전혀 비슷하지도 않았다.

플랑보는 아직도 탑을 바라보며 놀란 표정을 지었다.

"저게 뭐지요?"

팬쇼의 눈이 생기있게 빛나며 자랑스럽게 말했다.

"어떻습니까? 이런 곳은 본 일이 없겠지요? 그래서 이리로 안내한 거랍니다. 콘월의 뱃사람들이 굉장한 사람들이었다는 내 이야기가 거짓이 아님을 보여 드리려는 거지요. 이곳이 이른바 '제독'이라고 부르는 펜드라곤 노인의 방입니다. 그 노인이 실제로 제독까지 되지는 않았지만 말입니다. 월터 롤리(영국 군인 이자 탐험가)나 리처드 호킨스(영국 항해가 이자 모험가)의 모험 정신도 데번셔 사람들에게는 지나간 추억에 지나지 않지만, 펜드라곤은 지금도 살고 있답니다.

　엘리자베스 여왕이 무덤에서 살아나와 금빛 찬란한 배를 타고 이 강으로 온다면 여왕은 제독의 영접을 받아 창문과 벽에 붙인 판자는 물론 테이블 위의 접시에 이르기까지 그녀가 살던 시대에 쓰고 있던 것과 똑같은 집으로 안내받을 겁니다. 거기서 여왕은 자기 시대의 드레이크 선장과 식사하고 있을 때처럼 상대방 선장이 작은 배로 새로운 육지를 발견하기 위해 나가고 싶다고 흉허물없이 털어놓는 말을 들을 것입니다."

브라운 신부가 참견했다.

"저 뜰에 아주 이상한 물건이 있다는 것도 여왕은 알게 되겠지요. 저런 물건은 여왕의 르네상스적인 심미안에 기분 좋게 비칠 것입니다. 엘리자베스 시대의 주택은 그 나름대로 매력이 있습니다. 그러나 작은 탑이 몇 개나 삐죽 솟아 있다면 그 시대의 건축양식에 어긋나지 않을까요?"

팬쇼가 그 말에 대답했다.

"그러나 저 건물은 더없이 로맨틱해서 엘리자베스 시대의 대표적인 건물입니다. 저 건물은 스페인 전쟁이 일어났을 무렵 펜드라곤이

지은 겁니다. 물론 새로 늘리거나 또 다른 이유로 고쳐 짓기도 했지요. 하지만 그런 경우 결코 원형을 망가뜨리지는 않았습니다. 이 건물을 짓게 한 사람은 피터 펜드라곤 경 부인이며, 저렇게 높이 세운 것은 배가 들어오는 강 어귀를 한눈에 내다보기 위해서입니다. 스페인 본토에서 멀리 바다를 건너 돌아오는 남편의 배를 누구보다도 먼저 보고 싶었던 거겠지요."

브라운 신부가 물었다.

"당신은 아까 또 다른 이유로 고쳐 짓기도 했다고 말했는데, 그건 어떤 이유였습니까?"

"아, 거기에 대해서도 이상한 이야기가 있답니다."

젊은 지주는 자신의 이야기를 즐겁게 음미하는 듯했다.

"이곳은 정말 신기한 이야기의 나라입니다. 아서 왕도 이곳에 있었고, 마법사 멀린과 요정들도 아서 왕 이전부터 이곳에 있었습니다. 전설에 따르면 피터 펜드라곤 경은 뱃사람의 미덕뿐만 아니라 해적 같은 결점도 좀 가지고 있었던 모양입니다. 그는 세 명의 스페인 신사를 포로로 잡아 엘리자베스 여왕의 궁전에 넘겨주려고 극진하게 대우하며 본국으로 호송해 왔는데, 원래 호랑이처럼 화를 잘 내는 성질이었던 펜드라곤은 그 스페인 사람 하나와 심한 말다툼 끝에 우연한 실수였는지 일부러였는지 그의 목덜미를 잡아 바다에 던졌지요.

그 포로의 형인 또 한 명의 스페인 사람이 여유있게 칼을 뽑아들고 펜드라곤에게 덤벼들었습니다. 그래서 잠시 동안 불꽃 튀기는 격투가 벌어져 두 사람 모두 세 군데에 상처를 입었습니다. 3분쯤 서로 맞붙어 싸운 끝에 펜드라곤은 상대방 몸에 칼을 꽂아 결국 그 사람까지 죽이고 말았습니다. 그러는 사이에 배가 강어귀로 들어와 비교적 얕은 곳으로 다가왔습니다. 혼자 남은 스페인 포로는 그때

뱃전에서 바다로 뛰어들어 언덕을 향해 헤엄치기 시작했답니다. 이윽고 언덕으로 다가간 사나이는 발을 디디고 허리 위쪽을 물 위로 내놓고 일어서더니 배 쪽을 바라보며, 죄악이 번창한 도시에 못된 전염병이 퍼지라고 부르짖은 예언자처럼 두 손을 하늘로 뻗고 고막이 터질 만큼 큰 목소리로 외쳤답니다.

'펜드라곤이여, 나는 기어이 살아남는다! 영원히 살아남아 보이겠다! 펜드라곤 집안은 이제 대대로 나와 내 자손을 보는 일이 없겠지만, 나의 복수가 이루어진 것은 의심할 여지없는 증거에 의해 밝혀질 것이다!'

말을 마치자 사나이는 다시 물 속으로 모습을 감추었는데, 빠져죽은 건지 숨쉬지 않고 물 속을 헤엄쳐 달아났는지 아무튼 그의 모습은 흔적도 없이 사라져 다시는 머리털 하나 볼 수 없었답니다."

이때 플랑보가 엉뚱한 말을 했다.

"아니, 저 처녀가 타고 있는 건 카누로군!"

대체로 그는 얼굴이 예쁜 젊은 여자만 보면 어떤 이야기든 중단하고 마는 사람이었으므로 하는 수 없다.

"저 여자도 아까의 우리처럼 저 탑 때문에 어리둥절한 모양이군."

과연 검은 머리의 여자는 그 수수께끼 같은 작은 섬 쪽으로 천천히 미끄러지듯 카누를 몰아갔다. 그녀는 갸름한 올리브 색 얼굴을 호기심으로 반짝이며 수수께끼 탑을 유심히 바라보고 있었다.

팬쇼가 지겨운 듯이 말했다.

"저런 여자는 아무래도 좋습니다. 세상에 여자는 얼마든지 있지만, 펜드라곤 탑 같은 것은 그다지 흔하지 않지요. 누구나 예상할 수 있는 일이지만, 그 스페인 사람이 저주한 뒤 끊임없이 미신과 추문이 펜드라곤 집안에 일어났는데 이 근처의 시골 사람들은 경솔하게도 그것이 모두 그 저주 때문이라고 믿어왔습니다. 아무튼 저 탑이

불에 탄 적이 두세 번 있었고, 이 집안이 불행에 빠진 것은 사실입
니다. 제독의 가장 가까운 가족이 두 사람이나 배가 부서져 죽은
겁니다. 그 중 한 사람은 피터 경이 그 스페인 사람을 바다에 집어
던진 바로 그 장소에서 변을 당했다고 합니다. ”
“아까운데. 여자가 가버렸어 ! ” 플랑보가 외쳤다.
브라운 신부가 물었다.
“그 제독인가 하는 사람이 자기 집안의 옛날 이야기를 들려준 것이
언제지요 ? ”
카누를 탄 여자는 탑으로 보내고 있던 눈길을 이쪽 요트에까지 뻗
칠 생각은 없었던지 가버렸다. 요트는 이미 작은 섬 옆에 멈춰 있었
다.
이윽고 팬쇼가 대답했다.
“벌써 몇 해 됩니다. 제독은 지금도 옛날처럼 바다에 대해 열심이
지만 꽤 오래 전부터 항해를 하지 않는답니다. 뭔가 집안의 약속
같은 게 있는 모양입니다. 자, 여기가 바로 선착장입니다. 올라가
서 늙은 제독을 만나봅시다. ”
팬쇼의 안내로 두 사람은 탑 바로 밑에서 섬으로 올라갔다. 브라운
신부는 마른 땅에 닿은 것만으로도 기분이 좋아졌는지, 아니면 강 맞
은편 언덕에 보이는 뭔가에 흥미를 느꼈기 때문인지——신부는 잠시
가만히 그것을 바라보고 있었다——이상할 정도로 활기를 되찾은 듯
했다. 그들은 공원이나 정원 울타리에서 흔히 보는 엷은 잿빛 나무로
만든 울타리 사이의 가로수길로 곧장 접어들었다. 머리 위에서 시꺼
먼 나무들이 거인의 영구차에 실은 검정과 보라색 털장식처럼 흔들렸
다. 흔히 이런 입구에는 두 개의 탑이 나란히 서 있는데 하나만 보여
서 절름발이 같은 느낌이라고 할까 어딘지 이상했다. 그것 말고는 달
리 특이해 보이는 것이 없는 출입구였다.

안쪽에 있는 건물이 보이지 않도록 길을 꼬불꼬불하게 만들었기 때문인지 실제보다 훨씬 넓은 공원 같아서 도저히 작은 섬에 있는 숲으로 생각되지 않았다. 브라운 신부는 피로하여 자신이 있는 이곳이 악몽 속에서처럼 금방 커지는 게 아닌가 하는 상상마저 들었다. 아무튼 이 길의 특징이라면 단 한 가지 신비로움을 들 수 있을 것이다.

갑자기 팬쇼가 발길을 멈추고 회색 담에서 옆으로 쑥 내밀어진 뭔가를 가리켰다. 얼른 보아 어떤 짐승의 뿔을 판자에 박아놓은 것 같았는데, 자세히 보니 금방 꺼져 버린 듯 희미한 빛 속에서 어렴풋이 빛나는 조금 흰 칼이었다.

플랑보는 대개 프랑스 사람들이 모두 그렇듯 군대 경험이 있어서 바로 몸을 굽혔다. 그는 놀란 목소리로 외쳤다.

"이건 군도 아닙니까! 이런 것을 전에 본 적이 있습니다. 무겁고 곡선이 진 칼. 그러나 기병의 칼보다는 짧군요. 포병들이 흔히 가지고 있는 칼인데……"

플랑보가 이야기하는 동안에도 그 칼은 자기가 만든 틈새를 비집고 나와 다시 한 번 묵직하게 잡아찢는 소리를 내며 아래를 향해 울타리 아래 끝까지 내리쳐졌다. 칼은 곧 다시 잡아뽑혔다. 그리고 이번에는 몇 센티미터 앞 울타리 위에서 번쩍이며 다시 무거운 일격으로 담장 중간까지 끊어냈다. 다시 칼을 잡아 뽑으려고 애쓰는 동작이 어둠 속에서 '제기랄' 하고 외치는 소리와 함께 되풀이되더니 그대로 두 번째 일격에 의해 땅까지 내리쳤다. 그러자 악마가 있는 힘을 다해 걷어찬 것처럼 처절한 소리가 나면서 네모꼴로 잘려진 엷은 울타리 나무가 길 쪽으로 튀어나왔다. 울타리에 뻥 뚫린 네모꼴 구멍으로 시꺼먼 잡목 숲이 들여다보였다.

팬쇼는 그 어두운 구멍을 바라보더니 까무러칠 듯 큰 소리로 외쳤다.

"제독님 아닙니까! 아니, 제독님은 산책나갈 때마다 이렇게 새 구
멍을 하나씩 뚫습니까?"

어둠 속의 인물은 다시 한 번 '제기랄' 하고 투덜거리더니 갑자기
유쾌하게 웃음을 터뜨렸다.

"그렇지 않소. 나는 어떻게 해서든 이 담장 판자를 잘라내지 않으
면 안 되오. 이것 때문에 정원의 나무와 풀들을 망치게 될 것 같으
니까. 나밖에 이 일을 할 사람이 있어야지. 아무튼 현관 앞 근처에
또 한 군데 쳐낼 곳이 있으니 갔다와서 맞아들이겠소."

과연 이 보이지 않는 사나이는 약속한 대로 다시 칼을 휘둘러 아까
와 똑같은 모양으로 울타리에 두 번째 구멍을 냈다. 이로써 울타리에
뚫린 구멍의 길이는 모두 4미터쯤 되었다. 이윽고 그 인물은 큰 숲
쪽 출입구에서 저녁놀을 받으며 나타났다. 들고 있는 칼날에 회색 나
뭇가루가 묻어 있었다.

그 순간의 그 모습은 팬쇼가 말한 옛날 해적 선장과 관련된 이야기
를 실제로 증명해 주는 것 같았다. 물론 세밀한 점은 나중에 모두 우
연의 일치였다는 것이 밝혀졌지만, 아무튼 그때 제독이 햇빛을 가리
기 위해 쓴 챙 넓은 모자는, 앞쪽이 위로 말려올라가고 양쪽 끝이 눈
보다 밑에까지 늘어져 있어서 이마 위에 초승달 모양으로 얹힌 듯하
여 말하자면 넬슨 제독 모자와 비슷했다. 또 그가 입은 검푸른 짧은
윗옷의 단추는 흔한 것이었지만 하얀 리넨 바지와 잘 조화되어 뱃사
람 같은 느낌을 강하게 풍겨주었다. 그리고 키가 훤칠하니 늘씬한 몸
집에 어깨를 떡 버티고 있는 모습은 뱃사람이 파도에 따라 몸을 흔드
는 것과는 좀 달랐지만 왠지 그런 생각을 떠오르게 했다.

뿐만 아니라 한 손에 든 짧은 칼은 해군의 단검과 비슷했고 크기는
그 두 배쯤 되었다. 모자 밑의 독수리 같은 얼굴은 깨끗이 면도한 데
다 눈썹이 없어 한층 날카로워 보였다. 끊임없이 폭풍우와 싸우며 얼

굴을 비바람에 드러내 놓아 털이 하나도 남지 않고 다 빠진 게 아닌가 싶었다. 그리고 눈이 튀어나온 것 같았으며 눈빛이 쏘듯이 날카로웠다. 얼굴빛은 이상하게 매력적이었다. 어딘지 열대적인 특징이 있어 어렴풋이 석류 오렌지가 연상되었다. 왜냐하면 혈색 좋은 붉은 얼굴에 조금 감도는 누런 빛이 결코 병적이지 않고 그리스 신화에 나오는 헤스페리데스 자매(아르카디아에 있는 황금 사과 나무를 지키는 여신들)가 지키고 있던 황금사과처럼 빛났기 때문이다. 이토록 태양의 나라를 둘러싼 모험담을 직접 몸으로 보여주는 인물은 일찍이 본 적이 없다고 브라운 신부는 생각했다.

팬쇼가 두 친구를 섬주인에게 소개하자 다시 빈정거리는 말투로 제독이 마구 울타리를 내리찍으며 화난 듯이 혼자 투덜거리던 일을 화제에 올렸다. 처음에는 제독도 그것은 꼭 해야 할 귀찮은 정원 일이었다고 가볍게 받아넘겼다. 그러나 이윽고 참다운 활기가 넘치도록 엄청나게 크게 웃으면서 지루함과 유쾌함이 뒤섞인 큰 목소리로 떠들었다.

"사실 나는 필요 이상 거친 것을 닥치는 대로 두들겨 부수는 일에 큰 만족을 느끼고 있지요. 만일 당신도 식인종이 사는 섬을 발견하기 위해 항해하는 것 말고는 아무 재미도 느끼지 못하는데 이런 진흙투성이 섬에 처박혀 있어야 한다면 역시 닥치는 대로 부수고 싶어질 거요. 담장 판자를 절반도 제대로 자르지 못하는 칼로 2,500미터나 되는 푸른 밀림을 마음껏 개척해 나갔을 때의 일을 생각하면, 우리 집에 전해내려오는 오래된 계약에 내 몸이 묶여 이런 식으로 이런 곳에 묻혀 지내며 겨우 성냥개비 같은 판자를 자르는 게 고작이라고 여겨질 때는 아무리 나래도……"

그는 갑자기 무거운 칼을 번쩍 들어 이번에는 단숨에 위에서 아래까지 판자를 잘라냈다.

"이런 기분이 들지요!"

말을 마치자 사나이는 칼을 5미터 길 저쪽으로 던져 버렸다.

"자, 집으로 들어가 함께 저녁을 듭시다!"

집 앞의 반원 모양의 잔디밭에는 둥근 화단이 세 개 색다르게 꾸며져 있었다. 그 하나에는 빨간 튤립이, 다른 하나에는 노랑 튤립이, 그리고 세 번째 화단에는 뭔지 알 수 없지만 외국산인 듯한 밀랍처럼 하얀 꽃이 피어 있었다. 키가 작고 무뚝뚝해 보이는 털보 정원사가 정원용 호스를 감고 있는 참이었다. 집 둘레에 구석구석 스며든 어스름한 저녁놀 빛으로 집보다 멀리 떨어진 화단의 여러 가지 색깔이 어렴풋이 보이고, 강 쪽으로 면한 집 바로 옆의 나무 없는 빈 터에 선 키 큰 놋쇠 삼각대 위에는 큰 망원경이 놓여 있었다. 현관 바로 밖에 녹색 정원 테이블이 있었는데, 방금 누군가가 거기서 차를 마신 모양이었다. 현관 서쪽에는, 눈 부분에 구멍이 뚫린, 윤곽이 뚜렷하지 않은 석상들이 하나씩 우뚝 서 있었다. 남태평양 토인들의 우상이라고 알려진 것이었다. 그리고 현관 위의 갈색 떡갈나무 들보에도 그 못잖게 야만적인 조각이 새겨져 있었다.

모두들 집으로 들어가려는데 키 작은 신부는 무슨 생각을 했는지 얼른 테이블 위로 올라가 서서 떡갈나무에 새겨진 상을 안경 너머로 찬찬히 살펴보았다. 펜드라곤 제독은 몹시 놀란 것 같았으나 언짢은 표정은 보이지 않았다. 그러나 팬쇼는 좁은 막대 위에서 재주부리는 난쟁이 같은 신부의 모습이 우스워 결국 참지 못하고 큰 소리로 웃음을 터뜨렸다. 그러나 신부는 남의 웃음 소리나 놀라움에 전혀 신경쓰지 않는 것 같았다.

브라운 신부는 들보에 새겨진 세 개의 조각을 들여다보았다. 몹시 문질러지고 긁혔지만 가까스로 윤곽을 짐작할 수 있었다. 그 중 하나는 탑 같은 건물을 본뜬 듯했으며 그 위에 뾰족한 리본 같은 것이 꾸불꾸불 새겨져 있었다. 또 하나는 그보다 좀더 뚜렷했다. 엘리자베스 시대의 범선으로 장식적인 파도무늬가 새겨져 있었는데, 배 한가운데에 이상한 모양의 바위가 꼭 튀어나와 있었다. 이것은 나무 바닥에 원래 흠집이 있었거나 아니면 뱃전에 부딪치는 파도를 표현하는 전통적인 수법이거나 둘 중 하나임에 틀림없다. 그리고 나머지 하나는, 위로 절반은 사람의 상반신 모양이었고, 아래 절반은 파도가 연상되는 조개무늬로 덮여 있었다. 얼굴 부분은 긁혀 분명치 않았지만 두 팔이 몹시 어색하게 하늘로 향해 있었다.

브라운 신부는 눈을 껌벅거리며 중얼거렸다.

"흐음, 이것이 바로 그 스페인 인의 전설을 나타내주는군 그래. 이 사나이는 바다에 잠긴 채 두 손을 높이 쳐들어 저주하고 있습니다. 그 저주 결과 이 난파선과 펜드라곤 탑이 불타게 된 겁니다."

펜드라곤은 일단 겸손한 표정을 지으면서도 이상한 생각을 감추지 못하고 고개를 저었다.

"그렇지만 다른 방식으로도 해석할 수 있지 않습니까? 이런 반신 상은 사자나 숫사슴의 반신상과 마찬가지로 문장에 잘 쓰이니까요. 그리고 저 배를 꿰뚫은 선은 노젓는 모양을 나타낸 게 아닐까요? 지금은 전혀 문장답지 않지만, 불을 뒤집어쓴 탑이라기보다 월계수 잎을 둘러쓴 탑이라고 생각하면 훨씬 더 문장답게 보이지요. 어떻습니까, 월계수 잎처럼 보이지 않습니까?"

이때 플랑보가 끼어들었다.

"하지만 이 세 그림이 모두 옛 전설과 일치한다는 건 좀 이상하군요."

그러자 회의적인 여행가가 대꾸했다.

"먼 옛날의 전설이란 옛날 조각을 보고 만들어낸 것이 많다는 사실을 당신은 모르십니까? 그리고 여기에 전해지고 있는 옛날 이야기는 이밖에도 얼마든지 있답니다. 팬쇼 씨는 그런 이야기들을 좋아하니까 다른 전설도 들려 줄 겁니다.

그 중에는 아주 무서운 것도 있습니다. 우리 집안의 불행한 한 선조가 그 스페인 사람을 두 쪽으로 내리쳤다는 이야기도 있지요. 그 이야기도 역시 저 훌륭한 그림에 나타나 있습니다. 또 우리 집안이 뱀이 우글거리는 탑을 가지고 있었다고 전하는 이야기도 있는데, 저 꾸불꾸불한 그림으로 그것을 설명할 수 있겠지요. 또 어떤 이야기에 따르면 저 배에 그려진 곡선은 번개를 본뜬 거라고 합니다. 그러나 좀더 진지하게 잘 살펴보면 그리 달갑지 않은 이런 전설과 저 조각의 우연의 일치도 사실 아무 의미가 없다는 것을 알 수 있습니다."

"그건 어째서지요?" 팬쇼가 물었다.

섬주인은 대답했다.

"실은 우리 집안의 배가 조난당한 일은 내가 알고 있는 한두 번인가 세 번인데, 어느 경우에나 천둥도 치지 않았고 번개도 번쩍이지 않았답니다."

"뭐라고요!"

브라운 신부는 놀라 외치며 작은 테이블에서 깡충 뛰어내렸다.

잠시 침묵이 흘렀다. 그 동안에도 줄곧 강물 흐르는 소리가 들려왔다.

팬쇼가 크게 실망하여 확신 없는 목소리로 물었다.

"그럼, 저 탑이 불에 휩싸였다는 이야기도 모두 거짓이란 말씀입니까?"

펜드라곤 제독은 어깨를 으쓱했다.

"그런 이야기도 틀림없이 있지요. 그 중에는 이런 이야기에서 흔치 않은 증거로 뒷받침되는 것도 있음을 부정하지는 않소. 누군가 집으로 돌아가는 도중 숲 속에서 바로 이 근처가 뻘겋게 타오르는 것을 본 사람이 있고, 또 바다에서 멀리 떨어진 고원에서 양을 지키고 있던 사나이가 펜드라곤 탑 위 근처에서 불길이 소용돌이치는 것을 본 듯하다고 말했다니까요. 그러나 이처럼 축축한 진흙 덩어리 같은 섬에서 불이 난다는 건 아무도 예상할 수 없는 일이지요.”

이때 브라운 신부가 왼쪽 맞은편 언덕에 있는 숲을 가리키며 느닷없이 물었다.

“저기 저 불은 뭡니까?”

그 목소리는 조용했으나 모두들 가슴이 철렁 내려앉았다.

특히 몽상가인 팬쇼는 쉽게 마음을 가라앉힐 수가 없었다. 브라운 신부가 가리킨 곳에서 파란 연기가 가늘게 저녁놀 빛이 비치는 곳까지 조용히 끝없이 피어오르고 있었던 것이다.

펜드라곤은 또다시 사람을 무시하는 듯한 웃음을 지었다. 그는 말했다.

“집시지요. 1주일쯤 전부터 이 근처에서 야영하고 있답니다. 자, 여러분, 식사를 합시다.”

그는 모두들을 재촉하며 집 쪽으로 향했다.

그러나 팬쇼는 옛날부터 전해 내려오는 미신으로 말미암아 아직도 떨고 있었다.

“제독님, 이 섬 가까이에서 쉭쉭거리는 소리가 나는데, 그건 뭐지요? 불타고 있는 소리 같군요.”

제독은 앞장서서 걸어가며 말했다.

“과연 그런 소리와 비슷하네요. 그러나 저건 카누가 섬 가까이 지나가는 소리입니다.”

그 말이 채 끝나기도 전에 집사가 현관에 나타나 식사 준비가 다 되었다고 알렸다. 검은 머리, 길다란 노란 얼굴에 검은 눈을 가진 사람이었다.

식당은 마치 선실 같아서 바다 위의 기분을 만끽할 수 있었는데, 엘리자베스 시대의 선장실이라기보다 현대적인 느낌이었다. 벽난로 위에 장식된 전리품 속에는 옛날 단검이 세 자루 있었다. 파도 높은 바다 위에 바다의 신 트리톤과 작은 배가 군데군데 그려진 지도가 걸려 있었다. 그것은 16세기 것으로 많이 퇴색되어 있었다. 그 가운데 무엇보다도 눈에 띈 것은 박제된 이상한 색깔의 남아메리카산 새와 태평양에서 잡은 기묘한 조개껍질과 야만인들이 적을 죽이거나 요리할 때 쓴 듯한 조잡하고 이상한 모양의 칼이었다. 남아메리카산 새는 아주 과학적인 방법으로 박제되었다.

제독은 집사 외에 두 흑인을 고용하고 있었다. 그들이 입은 노란 제복은 이상하게도 몸에 꼭 맞았으며 아주 이국적인 느낌을 주었다. 브라운 신부는 본능적으로 이 인상을 직접 분석해 보았다. 이 두 발 짐승들의 피부 색깔과 몸에 꼭 맞는 노란색 윗옷 소매에서 '카나리아' 라는 말을 떠올리고, 거기서 말을 연결시켜 본 결과 '카나리아 제도' 라는 아프리카 연안의 섬을 생각해 냈다. 그리고 이 두 단어와 남방 항해를 연결지었다.

식사가 끝날 때쯤 되자 두 흑인은 그 노란 옷과 검은 얼굴을 두 번 다시 방 안에 나타내지 않았다. 그리하여 남은 것은 검은 옷과 노란 얼굴의 집사뿐이었다.

이윽고 팬쇼가 말했다.

"제독님이 이 전설을 진지하게 생각지 않는다면 난처합니다. 이 두 분을 여기에 모시고 온 것은 두 사람 모두 그런 일에 아주 정통하기 때문에 당신에게 도움이 되리라고 생각했기 때문이지요. 당신은 정말 이 집안에 얽힌 전설을 믿지 않습니까?"

펜드라곤은 밝은 눈으로 빨간 열대 새를 흘끗 곁눈질해 보며 점잖게 말했다.

“나는 아무것도 믿지 않소. 내가 생각하는 것은 과학적인 거지요.”

이때 플랑보를 놀라게 하는 일이 일어났다. 친구인 신부가 완전히 기운을 되찾았는지 이 빗나간 이야기를 계기로 섬주인과 함께 열심히 박물학 이야기를 시작했기 때문이다. 브라운 신부의 입에서 말이 술술 흘러나오며 뜻밖에도 광범위한 학식이 드러났다.

이윽고 디저트와 술이 나오고 집사가 나가자 신부는 그때까지의 말투를 조금도 바꾸지 않고 말했다.

“부디 염치없는 손님이라고 생각지 말아주십시오. 이런 질문을 하는 건 못된 호기심 때문이 아니라 내게 참고가 되는 동시에 당신에게 도움이 되기 때문입니다. 당신은 문제의 옛날 이야기를 집사 앞에서 말하고 싶어하지 않는 것 같군요. 어떻습니까? 내가 잘못 느낀 걸까요?”

펜드라곤 제독은 눈썹 없는 눈썹을 치켜뜨며 외쳤다.

“아니, 어디서 그런 걸 느꼈지요? 나 자신도 잘 모르지만, 사실 저 사나이에게는 정말 질려 버렸습니다. 그렇다고 옛날부터 있던 집사를 내쫓을 만한 이유도 없습니다. 팬쇼 씨는 동화에 심취해 있으니까 저런 시커먼 스페인식 머리를 기르고 있는 사나이를 보면 내가 살기를 느낄 거라고 말할지도 모릅니다만.”

플랑보가 큰 주먹으로 테이블을 내리쳤다.

“천만에요! 아까 그 여자도 그런 머리를 하고 있었지요!”

제독은 이야기를 계속했다.

“오늘 밤으로 모든 것이 다 해결됩니다. 조카가 오늘 밤 돌아오게 되어 있지요. 그애가 배에서 무사히 돌아오면 모든 것은 다 해결됩니다. 저런, 깜짝 놀라는 것 같군요. 무리도 아니지요. 이건 설명해 드리지 않으면 모를 겁니다.

나의 아버지에게는 아들이 둘 있었답니다. 나는 독신으로 지냈지

만, 형은 결혼해서 아들을 하나 두었지요. 이 아이는 우리 집안의
조상들과 마찬가지로 뱃사람이 되었고, 결국 이 집안 재산을 모두
물려받을 겁니다. 그런데 아버지는 좀 이상한 분이었지요. 팬쇼 씨
의 열광적인 미신과 나의 의심많은 성질을 합한 것 같은 분으로 그
두 가지가 늘 머릿속에서 싸우고 있었습니다.
　내가 첫 항해를 마치고 돌아오자 아버지는 그 저주가 참된 것인
지 꾸며낸 이야기인지 이 기회에 분명히 알아내야겠다고 마음먹었
지요. 펜드라곤 집안이 모두 한꺼번에 바다로 나가면 자연적인 사
고를 만날 기회가 너무 많기 때문에 이 문제를 결말지을 수 없지
만, 만일 집안 사람이 재산을 상속받는 순서대로 하나씩 항해한다
면 펜드라곤 집안에 대대로 어떤 숙명이 이어 내려오는지 알 수 있
다고 생각한 겁니다. 나는 어리석은 이야기라고 화를 내며 아버지
에게 대들었습니다. 아무튼 나에게는 야심이 있었습니다. 그런데
유산 상속 순서대로 한다면 조카 다음인 맨 끄트머리였기 때문에
화가 치민 것도 무리가 아니었지요. ”
브라운 신부는 아주 상냥하게 물었다.
“그래서 당신 아버님과 형님은 항해중에 돌아가셨다는 말씀이군
요 ? ”
펜드라곤 제독은 신음하듯 대답했다.
“그렇습니다. 참혹한 우연의 사고, 그것이 신화 같은 터무니없는
거짓말의 재료가 되지요. 뜻하지 않은 참사로 아버지도 형도 세상
을 떠났습니다. 아버지는 대서양 항해를 마치고 이 근처에 다가왔
을 때 콘월 암초에 걸렸습니다. 형의 배는 태즈메이니아에서 돌아
오던 도중 어딘지 알 수 없는 곳에서 조난당했습니다. 형의 시체는
끝내 찾지 못했습니다. 이것은 자연적인 재난임에 틀림없습니다.
펜드라곤 집안 사람 말고도 많은 사람들이 바다에 빠져 죽으니까

요, 전문적인 뱃사람들은 어떤 조난을 당하든 아주 당연한 사고로 생각하지요.

　그런데 이 두 사고를 계기로 미신의 숲에 불이 지펴졌습니다. 그래서 세상 사람들은 여기저기서 불타고 있는 탑을 보았다고 떠벌렸지요. 지금도 그런 상태니까 이런 때에 월터가 무사히 돌아와주면 모든 것이 해결되겠지요. 월터의 약혼녀가 오늘 오기로 되어 있는데, 배가 예정보다 늦어지면 그녀가 조바심할 것 같아서 전보로 연락할 때까지 오지 말라고 해두었습니다. 그러나 아무튼 오늘 밤 안으로 월터가 돌아오는 것은 절대로 틀림없으니까, 이로써 저주의 미신도 모두 연기처럼 사라지겠지요. 담배 연기처럼 깨끗하게 흔적도 없이 말이죠. 기분좋게 이 포도주병을 딸 때 예부터 내려온 헛소문이 단번에 사라져 버릴 겁니다. ”

브라운 신부는 엄숙하게 잔을 들어올리며 말했다.

“아주 훌륭한 포도주로군요. 그러나 나는 사실 보시다시피 아주 버릇이 나쁘답니다. 부디 실례를 용서해 주십시오. ”

포도주가 엎질러져 테이블보에 작은 얼룩이 생겼다. 그러나 신부는 태연하게 술을 다 마시고 잔을 내려놓았다. 사실은 그때 제독 바로 뒤쪽 창문에서 사람 얼굴이 하나 이쪽을 들여다보는 것을 알아차리고 손이 꿈틀 움직이는 바람에 술이 넘친 것인데, 이것은 신부 자신밖에 몰랐다. 그것은 남국적인 머리 모양과 눈을 가진 젊고 비극적인 가면처럼 보이는 여자의 얼굴이었다.

　브라운 신부는 한숨 돌리고 나자 여느 때의 조용한 말투로 이야기를 시작했다.

“제독님, 한 가지 부탁이 있습니다. 나와 제 친구들을, 만일 본인들이 승낙한다면 말입니다만, 오늘 하룻밤만 댁의 저 탑에서 잘 수 있게 해 주십시오. 나의 직업적인 용어로 말한다면 제독님은 무엇보다도 우선 악을 내쫓는 기도사가 되어야 합니다.”

펜드라곤은 벌떡 일어나 창문 앞을 왔다갔다했다. 여자 얼굴은 어느새 사라지고 없었다. 그는 큰 소리로 외쳤다.

“저주고 뭐고 없다는 것을 당신은 모르십니까! 이 문제에서 내가 아는 게 꼭 한 가지 있습니다. 나 자신을 무신론자라고 부르고 싶은 점입니다. 나는 무신론자입니다!”

제독은 기세좋게 뒤돌아보더니 뭔가 생각난 듯한 심상치 않은 얼굴로 브라운 신부를 쏘아보았다.

“이것은 완전히 자연적인 사고요, 저주라니, 말도 안 돼요!”

브라운 신부는 미소지었다.

“그렇다면 저 기분좋아 보이는 탑에서 하룻밤쯤 묵어도 상관없지 않겠습니까?”

“그런 터무니없는 짓은 허락할 수 없소!”

제독은 우뚝 선 채 의자등받이를 탁탁 쳤다. 브라운 신부는 정말 미안한 듯한 말투로 사과했다.

“실례되는 말만 해서 죄송합니다. 더구나 포도주까지 엎질렀으니 ……. 그러나 당신도 겉으로는 태연한 척하지만 속으로는 불타는 탑에 대해 꽤 신경쓰고 있잖습니까?”

펜드라곤 제독은 일어났을 때와 마찬가지로 갑자기 의자에 주저앉았다. 그는 그대로 가만히 앉아 있더니 이윽고 훨씬 낮은 목소리로 말했다.

“목숨이 위태롭게 되어도 상관없다면 좋습니다. 하지만 이 터무니없는 미신 소동 속에서 올바른 정신을 잃지 않으려면 무신론자라야만 될 겁니다.”

그로부터 세 시간쯤 뒤 팬쇼와 플랑보와 브라운 신부 세 사람은 아직 어두운 정원을 서성거리고 있었다. 브라운 신부는 탑에서든 안채에서든 오늘 밤에는 잠자리에 들 생각이 전혀 없음을 다른 두 사람도 마침내 알아차렸다.

신부는 몹시 졸린 것 같았다.

"이 잔디밭은 이제 풀을 뽑아 주어야겠군, 호미가 있으면 내가 해도 될 텐데."

두 사람은 그런 일은 그만두라고 말리면서도 웃으며 그 뒤를 따랐다. 그러나 브라운 신부는 사람이란 언제나 남에게 도움되는 조그만 일을 해줄 수 있다고 때와 장소에 맞지 않게 진지한 설교를 늘어놓으며, 작은 나뭇가지로 엮은 비를 발견하자 얼른 생기있게 잔디밭에 떨어진 잎을 쓸어 모으기 시작했다. 그는 바보처럼 명랑한 태도로 말했다.

"언제나 뭔가 은밀한 일이 일어나는 법이지요. 조지 허버트 ^(영국의 종교시인)의 시에 '하느님의 법칙에 따르듯 방을 쓸고 닦는 사람은……'이라는 구절이 있는데, 정말 그대로입니다. '하느님의 법칙에 따르듯 콘월 제독의 집 뜰을 쓰는 사람은 이 뜰과 자신의 행동을 훌륭한 것으로 만든다'인가! 그건 그렇고, 그럼, 이번에는 꽃에 물을 주러 갑시다."

신부는 비를 내던졌다. 여전히 복잡한 기분으로 지켜보는 두 사람 앞에서 신부는 정원에 호스를 길게 풀어나갔다.

이윽고 그는 뭔가 구별짓듯 말했다.

"노랑 튤립보다 빨강 튤립에 먼저 물을 주기로 할까. 빨강 튤립이 아무래도 너무 말라 있는 것 같으니까."

브라운 신부가 호스의 작은 마개를 비틀자 물줄기가 기세좋게 철봉처럼 일직선으로 뿜어나왔다.

플랑보가 외쳤다.

"조심하십시오, 무서운 힘을 가진 삼손 씨! 튤립 꽃이 망가집니다!"

브라운 신부는 목이 떨어져나간 튤립 꽃줄기를 슬픈 듯이 바라보며 머리를 긁적였다.

"아무래도 내 물주는 법은 죽이느냐 살리느냐 하는 거친 치료방법인 것 같군요. 호미가 발견되지 않아 유감이오. 호미를 든 내 모습을 보여주고 싶었는데. 연장 이야기가 나오니 생각나는데, 플랑보, 당신이 늘 가지고 다니는 접이식 지팡이가 있소? 됐소, 그리고 또 하나 아까 제독이 저 울타리 옆에 던져버린 그 칼은 세실 경 당신이 가지고 있어 주십시오. 아니, 주위 물건들이 왜 모두 회색으로 흐릿하게 보이지요?"

플랑보가 눈을 크게 뜨며 말했다.

"강에서 안개가 올라온 겁니다."

그 말이 채 끝나기도 전에 층계식 잔디밭 맨 위에 털보 정원사가 나타나 갈퀴를 휘두르며 소리쳤다.

"호스를 놓으시오! 그 호스를 놓고 저리로 가시오!"

브라운 신부가 힘없는 목소리로 말했다.

"도무지 서툴러서……. 아까도 식탁에서 포도주를 엎질렀지요."

신부는 정원사에게 사과하는 몸짓을 하면서도 손은 물을 내뿜는 호스를 꼭 쥐고 있었다. 금방 온 얼굴에 큰 폭탄을 얻어맞은 것처럼 찬물을 뒤집어쓴 정원사가 비틀거리며 발이 미끄러져 땅바닥에 털썩 쓰러졌다.

"이게 무슨 일이람!"

브라운 신부는 어이없는 듯이 주위를 둘러보았다.

"사람한테 물을 쏘고 말았군."

잠시 동안 뭔가를 보고 있는지 귀를 기울이고 있는지 가만히 머리를 앞으로 내밀고 있던 브라운 신부는 마침내 호스를 끌면서 빠른 걸음으로 탑을 향해 걸어가기 시작했다. 탑은 바로 눈앞에 있는데도 윤곽이 이상하게 흐릿해 보였다. 브라운 신부가 중얼거렸다.

"이 강의 안개는 고약한 냄새가 나는군."

그러자 얼굴이 파리해진 팬쇼가 말했다.

"하지만 설마……."

"설마가 아니라 분명히 제독의 과학적인 예언 하나가 오늘 밤에 실현되는 모양이군요. 이 이야기는 연기로 변해 끝나게 되어 있는 겁니다."

바로 그 순간 정말 비교할 수 없을 만큼 아름다운 장밋빛이 거대한 장미꽃처럼 밤 경치 속에 떠올랐다. 그리고 악마의 웃음이 아닐까 여겨지는 우렁찬 소리가 들려왔다.

"아니, 저게 뭐지?" 세실 팬쇼가 소리쳤다.

"저거야말로 불타는 탑의 표시랍니다."

신부는 재빨리 손에 든 호스에서 뿜어나오는 물기둥을 빨간 불꽃으로 퍼부었다.

팬쇼는 흥분된 목소리로 말했다.

"자지 않기를 잘했군. 안채에는 옮겨붙지 않겠지요?"

브라운 신부가 조용히 말했다.

"바로 그 점입니다. 불을 안채까지 번지게 할지도 모르는 저 울타리를 아까 잘라내지 않았습니까."

플랑보는 전기에 감전된 것처럼 신부를 바라보았다. 그러나 팬쇼는 다만 멍청하게 아무도 목숨을 잃지는 않겠다고 말했을 뿐이었다.

브라운 신부가 말했다.

"이건 정말 이상한 탑이로군요. 사람을 죽이려 한다면 어딘가 다른 곳에 있는 사람을 죽이니 말입니다."

이 말이 채 끝나기도 전에 괴물 같은 정원사의 모습이 잔디 맨 윗단에 불쑥 나타나 밤하늘 속에 턱수염을 나부끼면서 손을 흔들어 다른 사람들을 불렀다. 그 손에 쥐어져 있는 것은 갈퀴가 아니라 단검이었다.

정원사 뒤에 나타난 것은 두 흑인으로, 그들도 역시 전리품 상자에서 꺼내온 구부정한 옛날 단검을 들고 있었다. 피처럼 빨간 빛 속에 검은 두 얼굴과 노란 옷이 떠오르자 그 모습은 바로 고문 기구를 손에 든 악마 같았다. 뒤쪽 어둠 속 정원에서 누군가가 지휘하는 소리가 멀리 들렸다. 그 소리를 듣고 신부는 갑자기 얼굴빛이 달라졌다.

그러나 신부는 조금도 움직이지 않고 불타오르는 곳에서 눈길을 떼지 않았다. 처음에는 점점 불길이 번지는 듯싶었으나 기다란 은빛 물의 창날을 얻어맞자 곧 꺾이기 시작하여 소리도 힘도 약해져갔다. 브라운 신부는 목표를 정확히 맞추기 위해 호스 끝에 손가락을 대고 다른 것에는 전혀 마음 쓰지 않았다. 오직 들리는 소리와 무의식 속에서 눈에 띄는 주위 광경만으로 이 작은 섬 정원에서 지금 둑이 터진 듯 펼쳐지기 시작한 스릴 만점의 사건 진행을 짐작하고 있었다. 이윽고 신부는 친구들에게 짧은 지시를 내렸다.

"저자들을 쳐서 넘어뜨려 잡아 묶어 주시오! 상대가 누구든 상관할 것 없소. 장작 옆에 그물이 있소. 저들은 내가 가지고 있는 이 멋진 호스를 빼앗으려는 거요."

이것이 첫 번째 명령이었다. 그리고 두 번째 명령이 내려졌다.

"기회가 있는 대로 곧 아까 카누에서 본 처녀를 큰 소리로 불러 줘요. 저쪽 언덕에 집시들과 함께 있을 거요. 그녀에게 부탁하여 집시들에게 양동이로 강물을 퍼올리도록 해요."

말을 마치자 신부는 입을 꾹 다물고 빨강 튤립에 물을 줄 때와 마찬가지로 거침없이 이 새로운 빨강 꽃에 물기둥을 계속 퍼부었다.

그 뒤 두 번 다시 돌아다보지 않았으므로 브라운 신부에게는 이 신비에 싸인 화재를 둘러싼 적과 아군 사이의 이상한 싸움이 보이지 않았다. 다만 플랑보가 그 우람한 정원사에게 덤벼들었을 때 섬 전체가 흔들리는 듯한 충격을 느꼈다. 맞붙어 싸우는 두 사람에게 이 섬이 얼마나 빙글빙글 도는 것처럼 보일까 생각해 보기도 했다. 쿵 하고 넘어지는 소리. 첫 번째 흑인에게 덤벼들었을 때 들려온 이쪽 편의 "해냈다!" 하고 외치는 소리. 플랑보와 팬쇼에게 잡혀 묶인 두 흑인이 울부짖는 소리. 플랑보의 뛰어난 체력은 사람 수가 적음을 보충하고도 남았다. 적에게는 아마 네 번째 사람이 있는 듯했으나 좀처럼 모습을 나타내지 않고 소리만 집 언저리에서 지르고 있었다.

그밖에 브라운 신부의 귀에 들려온 소리는 기슭으로 카누를 저어오는 듯한 물소리와 지휘하는 젊은 여자의 목소리, 이어서 가까이 다가오는 집시들의 소리와 빈 양동이를 물 속에 집어넣어 물을 길어 올리는 소리, 그리고 화재 현장으로 달려오는 많은 사람들의 발소리였다. 그러나 그것들도 브라운 신부에게 있어 다시 기세를 올리던 눈앞의 빨간 불길이 차츰 가라앉기 시작한 일에 비하면 그다지 굉장한 일이 아니었다.

그때 브라운 신부마저 무심코 돌아다보고 싶어질 만큼 요란한 외침 소리가 들렸다. 플랑보와 팬쇼가 몇몇 집시들의 도움을 얻어 안채 주위를 맴도는 수수께끼의 인물을 뒤쫓기 시작한 것이다. 이어서 정원 끝 쪽에서 플랑보의 공포와 놀라움에 찬 외침 소리가 들려왔다. 그것에 대답하듯 사람 목소리로 생각되지 않는 호통 소리가 들렸다. 상대가 추격자의 손을 뿌리치고 정원을 달려 도망친 것이다.

사나이는 계속 세 번이나 섬을 빙빙 돌며 도망쳤는데, 쫓기는 사나이의 외침 소리와 뒤쫓는 사람들이 끌고다니는 밧줄 등 정말 미치광이를 뒤쫓는 장면 못잖게 무시무시했다. 그보다 더 이 장면을 무섭게

보이도록 하는 것은 그것이 어쩐지 아이들이 뜰에서 술래잡기하는 광
경을 떠올리게 하기 때문이었다. 수수께끼의 사나이는 추격자들이 사
방에서 차츰차츰 다가오는 것을 보자 높은 둑 위에서 몸을 날려 눈깜
짝할 사이에 물보라와 함께 시꺼먼 급류 속으로 모습을 감추었다.

브라운 신부가 가슴 아픈 듯 가라앉은 차가운 목소리로 말했다.

"이제는 어쩔 수 없겠지요. 지금쯤 그는 이미 바위에 부딪쳤을 테
니까. 자신이 많은 사람들을 빠져 죽게 만든 그 바위에. 그는 자기
집안에 전해오는 전설을 이용하는 방법을 알고 있었던 거요."

플랑보가 지겨운 듯이 외쳤다.

"그처럼 돌려서 말씀하지 마십시오, 신부님. 짧은 말로 간단히 부
탁합니다."

브라운 신부는 잠시 호스를 바라보며 대답했다.

"그것도 좋겠지요. 두 눈이 빛나고 있으면 배는 무사하고, 한쪽 눈
만 보이면 모두 끝장이니까."

탑의 불은 호스와 양동이에서 폭포수처럼 쏟아지는 물로 말미암아
차츰 기세가 죽어 목 졸린 사람처럼 숨이 끊어지려고 칙칙 소리를 되
풀이하고 있었다. 브라운 신부는 불에서 눈길을 떼지 않고 말을 이었
다.

"나는 아침이 되면 저 아가씨에게 저기 있는 망원경을 들여다보며
강 어귀와 강을 잘 감시하도록 할 생각이었지요. 그러면 아마 재미
있는 광경이 보일 거요. 그것은 배가 그곳에 있다는 표시, 아니,
월터 펜드라곤이 배에 타고 있다는 표시뿐만 아니라 저 저주하는
반신상 사나이의 표시일지도 모르오. 그야 이렇게 된 이상 월터는
이제 무사하겠지만, 잘못하면 언덕까지 걸어와야 할 궁지에 빠질
염려가 있었지요. 아차하는 순간 월터의 배가 난파당하는 것을 면
한 거요.

저 아가씨 머리가 좋아서 제독이 친 전보를 이상하게 여기고 감시하러 오기를 잘했지요. 그렇지 않았으면 월터는 틀림없이 조난당했을 거요. 그 늙은 제독에 대해서는 이야기하지 않겠소. 이제는 아무 이야기도 하지 않겠소. 다만 이 콜타르와 나무기름을 칠한 목조탑이 타오르기 시작하면 수평선 위에서는 마치 강가의 등대와 한 쌍을 이루는 다른 한 등대처럼 보이리라는 것 말고는 달리 할 말이 없소.”

“과연, 그래서 제독의 아버지와 형이 죽었군요. 리처드 3세 같은 이 못된 작은아버지는 앞으로 한 걸음만 내디디면 목표하는 재산을 손에 넣을 뻔했었는데……. ”

그러나 브라운 신부는 플랑보의 말에 아무 대답도 하지 않았다. 그 뒤 신부는 의례적인 인사는 했지만 끝내 한 번도 입을 열지 않았다.

잠시 뒤 세 사람은 요트의 선실에서 시가 상자를 가운데 놓고 마주 앉았다. 브라운 신부는 화재가 완전히 꺼진 것을 보자 더 이상 있을 필요가 없다면서 말리는 사람들을 뿌리치고 섬을 떠났던 것이다. 떠들썩한 사람들 소리로 열광하는 사람들에게 둘러싸인 월터 펜드라곤이 언덕을 올라오는 것을 알았다. 만일 브라운 신부가 로맨틱한 호기심에 이끌려 움직였다면 막 상륙한 그 젊은이와 카누의 처녀로부터 고맙다는 인사를 받고 싶어했을 것이다. 그것은 어찌 됐든 모든 일이 마무리지어지자 브라운 신부는 다시 피로가 덮쳐오는지 플랑보로부터 시가 재가 바지에 떨어진다는 주의를 듣고 나서야 겨우 몸을 움직였다.

브라운 신부는 귀찮은 듯이 말했다.

“아니, 시가의 재가 아니라 화재의 재요. 당신들은 자신이 시가를 피우고 있으니까 그렇게 생각하지 않겠지만, 그 바다 지도가 어딘지 이상하다고 생각하기 시작한 이유도 바로 이와 같은 것이었지요.”

팬쇼가 물었다.

“펜드라곤 집에 있던 태평양 제도의 바다 지도 말입니까?”

“당신들은 그게 태평양 제도의 바다 지도라고 생각했군요. 새의 깃털을 하나 화석이나 산호 같은 것과 나란히 놓아 보시오. 누구나 그것을 보면 모두 표본인 줄 알겠지요. 그러나 같은 깃털을 리본이나 조화와 나란히 놓아 보세요. 이번에는 숙녀 모자에 쓰이는 깃털이라고 생각하게 될 겁니다. 잉크병과 책과 한 권의 편지지와 그 깃털을 함께 놓아두면 어떻게 보일까요? 그것을 본 사람은 십중팔구 그곳에 깃털 펜이 있었다고 증언할 겁니다. 이처럼 당신들은 열대산 새며 조개가 있는 곳에서 그 지도를 보았기 때문에 완전히 태평양 제도의 지도라고 생각한 겁니다. 그러나 그것은 이 강의 지도였습니다.”

“정말 용케 알았군요.” 팬쇼가 말했다.

“나는 당신들이 용 같다느니 마녀 같다느니 하는 바위를 보았거든요…….”

그러자 팬쇼가 느닷없이 소리쳤다.

“그럼, 요트가 강 어귀에 접어들었을 때 여러 가지를 다 보고 있었군요! 꽤 멍하니 계시는 것 같았는데.”

브라운 신부는 사실대로 말했다.

“배에 취해 있었지요. 뭐라고 말할 수 없이 언짢은 기분이었습니다. 그러나 기분이 나쁘다는 것과 사물을 보지 않는다는 것은 엄연히 다르지요.”

신부는 말을 마치자 눈을 감았다. 그러자 플랑보가 물었다.

“여느 사람이라면 그 지도를 알아볼 수 있었을 거라는 말씀입니까, 신부님?”

그러나 아무리 시간이 지나도 신부는 대답이 없었다. 브라운 신부는 잠들어 있었던 것이다.

징의 신

초겨울의 어느 싸늘하고 쓸쓸한 오후였다. 햇빛은 금빛이라기보다 은빛에 가까웠고, 은빛이라기보다는 달걀 흰자위 같은 빛이었다. 수없이 많은 살벌한 사무실과 하품하고 있는 응접실도 쓸쓸하지만, 층층이 이어지는 에식스 해안 변두리 일대는 그보다 더 쓸쓸했다.

그 근처는 드문드문 늘어선 볼품없는 가로등과 가로수들이 단조로움을 때때로 깨뜨려서 오히려 더 삭막한 느낌이 들었다. 가로등은 가로수보다 더 원시적으로 보이고, 가로수는 기둥보다 더 꼴사나워 보였던 것이다. 눈이 내렸다는 것은 말뿐 이미 반쯤 녹아서 드문드문 남아 있었으나 그 역시 은빛이라기보다 납빛에 가까웠다. 서리에 다시 얼어 버린 것이다. 눈이 다시 그 위에 내려 쌓이는 일은 없었지만, 앞서 온 눈이 긴 띠처럼 바닷가를 따라 이어져 푸르고 희게 거품이는 물결의 띠와 끝없이 평행으로 달렸다.

긴 해안선은 그야말로 푸르스름하고 보랏빛 도는 선명함 속에 얼어붙어 버린 것처럼 보였다. 이를테면 얼어붙은 손가락의 정맥 같았다. 어디를 보나 눈길이 닿는 한 살아 움직이는 것이라고는 두 사람밖에 없었다. 두 사람은 활발한 태도로 걷고 있었다. 그 중 한 사람은 다리 길이나 떼어놓는 보폭이 다른 한 사람보다 훨씬 컸다.

장소로 보나 계절로 보나 휴일의 소풍지로는 알맞게 생각되지 않았으나, 브라운 신부로서는 자주 쉴 수가 없었으므로 기회가 생길 때마다 이것저것 따지지 않고 휴식을 취할 필요가 있었다. 거기다 브라운 신부는 언제나, 탐정 경력을 가진 오래된 친구 플랑보와 되도록 함께 가고 싶어했다. 지금 신부는 옛날에 근무한 적이 있는 콥홀의 친구를 찾아볼 생각으로 이 바닷가를 동북쪽으로 걷고 있는 중이었다.

3킬로미터쯤 가자 사람들이 바닷가에 튼튼한 제방을 쌓고 있었다. 그 위로는 산책길을 만들 예정인 것 같았다. 볼품없는 가로등은 점점 드물어지며, 볼품없기는 마찬가지지만 약간 장식적인 가로등이 하나둘 늘어 갔다.

다시 1킬로미터쯤 더 가자 브라운 신부는 꽃이 없는 화분들이 놓인 꼬불꼬불한 길에서 고개를 갸우뚱했다. 화분에는 키가 작고 색깔이 투박한, 보잘것없는 식물이 심어져 있어 정원이라는 느낌과는 거리가 멀었다. 차라리 술을 붙인 포장한 땅이라고 하는 편이 좋을 것 같았다. 줄지어 선 화분 사이로 작은 길이 몇 가닥 나고, 군데군데 등받이가 굽은 철제 의자가 놓여 있었다.

브라운 신부는 그곳에서 그리 좋아하지 않는 해변 거리의 분위기를 어렴풋이 냄새 맡았다. 바닷가 산책길 끝을 바라보자 신부의 의심을 확고히 해주는 광경이 눈에 띄었다. 잿빛으로 희미하게 보이는 저쪽에, 해수욕장에 흔히 있는 커다란 연주 무대가 다리가 여섯 개 달린 커다란 버섯처럼 서 있었던 것이다.

브라운 신부는 웃옷 깃을 세우고 털목도리를 더욱 단단히 끌어당기며 말했다.

"여긴 아무래도 관광객들이 모이는 곳인 것 같군요."

그러자 플랑보가 말을 받았다.

"하지만 지금은 아주 한산하네요. 이런 곳이면 겨울에도 화려한 기분을 부채질하려고 애쓰지만 브라이튼같이 옛날부터 유명한 곳이 아니면 그리 쉽게 안 되지요. 이곳은 아마 시우드일 겁니다. 풀리 경이 손을 내밀고 있는 곳이지요. 그는 크리스마스 때 시실리 섬에서 가수를 불렀으며, 큰 권투 시합을 여기서 개최한다는 이야기도 들었습니다. 하지만 이런 시시한 곳은 바다에 집어던지는 수밖에 없겠군요. 열차에서 혼자 떨어져 나온 객차처럼 쓸쓸한 곳이니까요."

큰 연주 무대 아래까지 이르자 브라운 신부는 작은 새처럼 고개를 갸우뚱하고 유심히 그곳을 살펴보았다. 이상한 호기심이 일어난 모양이었다. 연주자들이 올라서는 무대는 흔한 건물로 아주 촌스러웠다. 군데군데 번쩍번쩍 빛나는 금빛 칠을 한 편편한 둥근 지붕——아니, 천장이라고 해야 할까?——이 색칠한 나무기둥 여섯 개로 받쳐져 있었으며, 무대 전체가 드럼 통 비슷한 둥근 나무 단상에 얹혀진 모습이라 산책길 표면에서 1.5미터쯤 높았다. 그런데 이 금빛으로 번쩍이는 인공적인 물체를 바라보면 어딘지 색다른 느낌이 들었다. 플랑보로서도 브라운 신부로서도 확실히 알 수는 없었지만, 뭔가 예술적이며 동시에 이국적임을 알 수 있었다.

플랑보가 겨우 입을 열었다.

"알았습니다! 이건 일본식입니다. 저 환상적인 풍속도 비슷하군요. 산에 쌓인 눈이 설탕처럼 보이고, 5층 탑의 금박은 생강빵 과자에 붙은 금빛과 똑같은 일본 목판화입니다. 이건 불교 사원과 비슷하군요."

"흐음, 그렇다면 부처님을 구경해 볼까?"

브라운 신부는 뜻밖에도 가벼운 몸놀림으로 훌쩍 무대 위로 뛰어올라갔다.

"그것도 좋겠지요."

플랑보는 웃는 목소리로 대답하고 탑처럼 우람한 몸집을 그 이상야릇한 무대 위로 날렸다.

무대가 아주 높은 것은 아니었지만 층층이 퍼져나간 곳이었으므로 육지도 바다도 멀리까지 바라보이는 듯한 기분이 들었다. 육지는 겨울 단장을 한 작은 정원들이 드문드문 보이는 회색 잡목림에 녹아들어 있었다. 그보다도 먼 곳에는 한 채의 농가가 있고 지붕이 낮은 헛간이 몇 개 줄지어 있었다. 다시 눈길을 멀리 보내자 영국 동부 지방의 평원이 길게 가로놓여 있었다.

플랑보는 뒤쪽에서 들리는 성난 외침 소리에 놀라 돌아다보았다. 그 소리는 생각할 수 없을 만큼 낮은 곳에서 들려온 것 같았다. 플랑보의 머리가 아니라 발꿈치에 대고 외친 것 같았다. 플랑보는 얼른 한쪽 손을 뻗었는데, 그때 눈에 들어온 광경은 웃지 않을 수 없는 것이었다. 어떻게 된 일인지 브라운 신부의 발 아래 판자가 무너지며 키 작은 신부가 가엾게도 산책길 땅바닥으로 굴러떨어진 것이다. 브라운 신부의 키는 꼭 무대 높이밖에 안 되었다. 부서진 판자 사이로 겨우 머리만 내민 모습은 세례자 요한의 목이 쟁반에 놓여 있는 것 같았다. 그 얼굴에는 요한도 아마 그랬겠지만 정말 당황하고 난처해하는 표정이 뚜렷이 떠올라보였다.

잠시 뒤 이 현대판 요한은 그리 크지 않은 목소리로 웃음을 터뜨렸다.

플랑보가 말했다.

"나무가 썩었던 모양이지요? 내가 올라서도 끄떡없는데 신부님이 그 썩은 곳을 부숴뜨리다니, 아무래도 좀 이상하군요. 자, 손을 내밀 테니 잡고 올라오십시오."

한편 키 작은 신부는 썩은 나무판자의 구석과 끝을 신기한 듯이 바라보고 있었다. 그러는 동안 뭔가 마음에 걸리는 것이 있는지 표정이 흐려졌다.

"자, 올라오십시오."

플랑보는 커다란 갈색 손을 내민 채 기다리다 지친 듯이 재촉했다.

"나오기 싫으신 겁니까?"

신부는 부서진 판자 조각을 손에 집어든 채 잠시 대답이 없었다. 이윽고 그는 곧 생각에 잠긴 표정으로 말했다.

"나오고 싶지 않느냐고요? 그렇소. 오히려 좀더 들어가 보고 싶소."

그리고 신부는 갑자기 바닥 밑 어둠 속으로 사라져 버렸다. 커다랗고 모양 없는 신부 모자가 판자에 부딪쳐 바닥에 떨어졌다. 플랑보는 다시 한 번 육지와 바다를 바라보았다. 눈에 들어온 것은 여전히 눈처럼 차가운 바다와 바다처럼 편편한 눈덮인 벌판뿐이었다.

잠시 뒤 누군가가 달려오는 발소리가 들렸다. 떨어졌을 때의 속력보다 더 빠르게 키 작은 신부가 구멍에서 기어올라왔다. 망설이는 표정은 이미 얼굴에서 사라지고 뭔가 굳게 결심한 듯, 어쩌면 눈빛이 얼굴에 반사된 탓인지도 모르지만 여느 때보다 파리해보였다.

키다리 플랑보가 물었다.

"어떻습니까, 이 절의 부처님이 발견되었습니까?"

"그건 못 보았지만 그보다 더 중요한 것을 발견했소. 산 제물을 발견한 거요."

플랑보는 알 수 없다는 듯 큰 목소리로 물었다.

"그게 대체 무슨 말입니까?"

브라운 신부는 그 말에는 대답하지 않고 이마에 커다란 주름을 잡으며 주위의 경치를 둘러보더니 갑자기 손가락질을 하며 물었다.

"저 집은 무엇이오?"

신부가 가리키는 곳을 보고 비로소 플랑보는 외딴집보다 더 가까이에 거의 나무들로 가려진 건물 한쪽 귀퉁이가 보이는 것을 알았다. 큰 건물은 아니었다. 바닷가에서 꽤 떨어진 곳이었다. 번쩍거리는 장식으로 보아 이것도 역시 연주 무대이거나, 작은 정원이거나, 등받이가 굽은 철제 의자와 마찬가지로 이 해수욕장의 전체 설치물 중의 하나인 듯했다.

브라운 신부가 연주 무대에서 뛰어내리자 친구도 곧 그 뒤를 따랐다. 두 사람이 방금 발견한 건물 쪽으로 가자 나무들이 차츰 넓게 양옆으로 갈라지고 마침내 관광지에서 흔히 보는 요란한 호텔이 모습을 나타냈다. 싸구려 술집이 아니라 고급 바가 붙어 있는 호텔이었다. 호텔 정면은 거의 금빛으로 칠해졌고 그림 모양의 유리로 덮여 있었다. 그것이 회색 바다 풍경과 회색 마녀 같은 나무숲 사이에 우뚝 서 있어서 값싼 느낌이 어딘지 요염하고 우수에 잠긴 분위기를 풍겨주었다. 두 사람은 어렴풋이 똑같은 생각을 했다. 이런 호텔에서 만일 음식과 음료가 나온다 하더라도, 그것은 분명 팬터마임에 쓰이는 종이로 만든 햄과 텅 빈 술잔에 지나지 않을 거라고.

그러나 거기에 대해서 무언가 확증이 있는 것은 아니었다. 가까이 다가감에 따라 닫힌 듯한 식당 앞에 아까 정원에 놓여 있던 것과 똑같은 등받이가 굽은 철제 의자가 가득 줄지어 있는 것이 보였다. 그것은 손님이 앉아 천천히 바다를 바라보도록 내놓은 것일까? 그러나 이런 겨울철에 그처럼 주책맞은 일을 할 사람이 있으리라고는 생각되지 않았다.

그런데 맨 끄트머리의 철제 의자 앞에 조그마한 둥근 테이블이 얌전히 놓이고, 그 위에 병째 마시도록 된 작은 술병과 아몬드 한 접시와 건포도가 있었다. 검은 머리에 모자도 쓰지 않은 한 젊은이가 그 테이블에 앉아서 보는 사람이 오히려 놀랄 정도로 꼼짝도 않고 바다를 지켜보고 있었다.

두 사람이 3미터 거리까지 다가가도 납인형같이 꼼짝 않던 젊은이가 다시 2미터쯤 다가가자 깜짝상자의 인형처럼 벌떡 일어나 겸손한 태도로 품위있게 말했다.

"어서 오십시오, 손님. 지금은 일하는 사람이 없습니다만 간단한 거라면 제가 만들어 드리겠습니다."

그러자 플랑보가 말했다.

"그거 정말 고맙군요, 당신이 주인입니까?"

"네."

검은 머리의 사나이는 간단히 대답하자 또 다시 아까처럼 꼼짝하지 않는 부동자세로 되돌아갔다.

"저희 호텔 직원들은 모두 이탈리아 사람입니다. 그래서 그들과 같은 이탈리아인이 흑인을 쳐서 쓰러뜨리는 시합을 보게 해주고 싶었지요. 말볼리와 흑인 네드의 권투시합이 드디어 열리게 된 것을 알고 있습니까?"

브라운 신부가 대답했다.

"고맙습니다만 우리는 시간이 없기 때문에 친절을 받아들일 수가 없습니다. 그러나 내 친구는 셰리주라면 기꺼이 한 잔 대접받을 수 있을 것입니다. 추위를 이기는 데 좋고, 그 이탈리아인 챔피언의 성공을 비는 축배가 될 테지요."

셰리주 이야기는 플랑보로서 도무지 이해가 가지 않았으나 그다지 반대할 까닭도 없었으므로 그는 간단하게 대답했다.

"정말 고마운 일이군요."

"셰리주라고요? 좋습니다! 그럼, 죄송합니다만 잠깐만 기다려주십시오, 아까도 말씀드렸듯이 공교롭게도 급사들이 모두 외출중이라……. ”

주인은 말을 마치자 호텔의 검은 창문 쪽을 향해 걷기 시작했다. 창문에 덧문이 내려지고, 안에서는 빛이 전혀 새어 나오지 않았다.

“안 마셔도 괜찮습니다. ”

플랑보가 말하자 사나이는 돌아다보며 그 말을 가로막았다.

“제대로 열쇠를 가지고 있기 때문에 어두워도 잘 알 수 있습니다. ”

“나는 아무것도……. ”

그가 말을 꺼낸 순간 인기척 없는 호텔 깊숙한 곳에서 울부짖는 듯한 사람 목소리가 들려와 브라운 신부가 그의 말을 가로막았다. 천둥 같은 목소리로 외국인의 이름을 부르는 것 같았으나 똑똑히 들리지는 않았다. 순간 젊은 주인은 플랑보에게 셰리주를 갖다주려고 걸어갈 때보다 더 급히 서둘러 소리나는 쪽으로 달려갔다.

조금 뒤 주인이 돌아와 누구의 목소리였는지 알려주었고, 그가 거짓말을 하는 사람이 아니라는 것이 곧이어 일어난 일을 통해 입증되었다. 그러나 플랑보와 브라운 신부가 이 사건이 해결된 뒤에도 가끔 말했듯이 두 사람이 겪은 많은 모험 중에는 꽤 엉뚱한 것들도 있었지만 그 가운데서도 이 인기척 없는 호텔 어디서인지 느닷없이 들려온 식인귀가 울부짖는 듯한 소리를 들었을 때처럼 소름끼친 적은 없었다.

“우리 호텔 요리사입니다 ! 요리사가 남아 있었던 것을 잊었군요. 이제 곧 나갈 겁니다. 셰리주였지요, 손님 ? ”

조금 뒤 정말 요리사답게 하얀 모자에 하얀 앞치마를 두른 커다란 모습이 입구에 나타났다. 그런데 어쩌면 그렇게도 얼굴이 새까맣게 생겼을까 ! 흑인은 요리사가 될 소질을 타고났다는 이야기는 플랑보도 몇 번 들은 적이 있다. 그러나 요리사가 주인의 부름에 대답하는 게 아니라 주인이 요리사의 부름에 대답해 달려가다니, 두 사람의 피부색뿐 아니라 신분도 다른 만큼 플랑보로서는 도무지 까닭을 알 수 없었다. 그러나 요리사란 원래 버티는 법이라는 속담이 있음을 그는 생각해 냈다. 그리고 무엇보다도 주인이 셰리주를 가져왔으므로 그 일이 더 중요했다.

브라운 신부가 말했다.

"좀 이상하군요. 그처럼 중대한 시합이 곧 열리게 되어 있다는데 이 바닷가에 사람 모습이 거의 없으니 말입니다. 우리는 몇 킬로미터나 걸어오는 동안 겨우 한 사람을 만났을 뿐입니다."

호텔 주인은 어깨를 으쓱했다.

"모두 이 마을 반대쪽, 이곳에서 5킬로미터쯤 떨어진 역에서 온답니다. 그들은 시합에만 흥미가 있기 때문에 호텔에 묵는 것은 시합이 있는 날 밤뿐이지요. 뭐니뭐니 해도 지금은 바닷가에서 일광욕을 즐길 만큼 따뜻하지가 못하니까요."

"의자도 없겠지요."

플랑보는 테이블을 가리켰다.

"나는 여기 앉아서 망을 보고 있습니다."

사나이의 태도는 아주 침착했다. 침착하고 훌륭한 얼굴이었다. 얼굴빛은 누르스름했다. 약간 검은 옷에도 별다르게 눈에 띄는 점은 없었으나, 아주 까만 넥타이를 깃장식처럼 높다랗게 매고 뭔지 어울리지 않는 머리장식이 달린 금핀으로 눌러두었다. 얼굴도 역시 그다지 사람 눈을 끄는 점은 없었으나 단 한 가지 안면신경통 때문인지 한쪽 눈을 다른 쪽 눈보다 가늘게 뜨는 버릇이 있었다. 그 때문에 반대 쪽 눈이 커보였으며, 만들어 넣은 눈 같은 인상을 주었다.

잠시 계속되던 침묵을 깨뜨리고 주인이 조용하게 물었다.

"이쪽으로 오는 길에 꼭 한 사람 만났다고 했는데, 어디쯤이었습니까?"

신부가 대답했다.

"정말 이상하게도 바로 저기 저 연주 무대 근처였지요."

플랑보는 긴 철제 의자에 앉아 셰리주를 마저 마시려다가 그 이야기를 듣자 잔을 놓고 어이없는 표정으로 신부를 바라보며 벌떡 일어났다. 그는 무슨 말을 하려고 입을 열다가 이내 다물어 버렸다.

그러자 검은 털의 사나이가 생각에 잠긴 얼굴로 물었다.

"이상하군요, 어떻게 생긴 사람이었지요?"

브라운 신부는 아무렇지도 않게 설명했다.

"상당히 어두운 곳에서 만나기는 했지만, 그래도 그 사람은……."

앞에서도 이야기했듯이 호텔 주인이 사실 그대로 말하고 있다는 것은 곧 증명되었다. 요리사가 곧 나갈 거라는 말은 그대로 실행되었다. 세 사람이 한창 이야기하고 있을 때 요리사가 장갑을 끼며 나왔기 때문이다.

그런데 요리사의 모습은 아까 잠깐 입구에 나타났을 때의 희고 검은 모습과는 전혀 다르게 발 끝에서 머리 끝까지 말쑥하게 차려입고 있었다. 높직한 검은 모자가 그의 검고 커다란 머리에 비스듬히 올려놓여 있었다. 그런데 어찌된 일인지 이 흑인이 곧 그 검은 모자와 비슷해 보였다.

그의 검은 피부는 광택이 좋아 여덟 내지 그 이상의 각도로 반짝반짝 빛났다. 말할 것까지도 없지만 이 사나이는 조끼 속에 하얀 셔츠와 역시 하얀 속옷을 갖춰 입고 있었다. 그리고 단추구멍에는 마치 거기서 불쑥 솟아난 것 같은 빨간 꽃이 보란 듯이 한 송이 꽂혀 있었다. 한 손에는 지팡이, 다른 손에는 시가가 쥐어져 있었다. 그런데, 그 모습에서 우리가 인종적인 편견을 논할 때 잊어서는 안 될 한 가지 태도가 느껴졌다. 즉 천진스러우면서도 거만한 그 태도는 케익워

크(미국 흑인들이 멋진 결 음결이를 겨루는 시합)에 나온 듯했던 것이다.

플랑보는 사나이의 뒷모습을 바라보며 말했다.

"때와 경우에 따라서는 저자들을 두들겨 패주고 싶은 것도 무리가 아니라고 생각합니다. "

그러자 브라운 신부가 말했다.

"나는 지옥에서 벌어지는 어떤 일을 보아도 놀라지 않을 겁니다. 그건 그렇고, 아까 그 이야기인데……. "

브라운 신부가 이야기를 계속하는 동안 흑인은 여전히 보란 듯이 노란 장갑을 잡아당기며 해수욕장 쪽으로 점잖게 걸음을 옮겨갔다. 회색 서리로 뒤덮인 정경 속의 그 뒷모습이 뮤직홀 희극배우 쇼를 보는 것 같았다.

신부는 이야기를 계속했다.

"내가 만난 사나이가 어떤 모습이었는지 자세히 설명할 수는 없지만, 아무튼 물을 들였는지 구식 검은 턱수염과 코밑수염을 기른 멋쟁이였지요. 외국 금융업자의 초상화에서 흔히 보는 수염이었습니다. 목에 두른 길다란 보랏빛 스카프는 걸어가면 바람에 나부꼈지요. 그 스카프는 유모가 어린아이의 목도리를 안전 핀으로 꽂아둔 것처럼 목에 감겨 있었습니다. 다만 이 경우에는 실제로 꽂혀 있는 게 안전 핀이 아니었지만 말입니다. "

브라운 신부는 한가롭게 바다를 바라보았다.

긴 철제 의자에 앉아 있던 주인도 태연히 바다를 바라보았다. 이렇게 다시 가만히 움직이지 않고 있자 그의 한쪽 눈이 원래 태어날 때부터 컸다는 것을 플랑보는 확실히 알 수 있었다. 두 눈이 모두 크게 뜨여졌다. 바라보고 있는 동안 왼쪽 눈이 점점 더 커지는 것 같았다.

브라운 신부는 설명을 계속했다.

"그것은 아주 긴 금빛 핀이었습니다. 원숭이 머리 같은 것이 새겨져 있더군요. 그 핀은 아주 이상한 모양으로 찔러져 있었지요. 그 사나이는 또한 코안경을 쓴 데다 폭이 넓고 새까만……. ”

젊은 사나이는 여전히 꼼짝도 않고 바다를 바라보았다. 그의 두 눈은 저마다 다른 두 사람에게 쏠려 있는 것 같았다. 바로 그때였다. 사나이는 눈이 아찔할 만큼 빠른 동작으로 신부에게 달려들었다.

브라운 신부는 사나이에게 등을 돌리고 있었으므로 이 위기 일발의 순간에 뒤를 얻어맞고 쓰러졌다 해도 어쩔 수 없었을 것이다. 플랑보는 아무 무기도 가지고 있지 않았으나 커다란 두 갈색 손을 긴 철제 의자에 걸치고 있었으므로 사나이의 어깨 모양이 갑자기 달라진 순간 그 큰 의자를 번쩍 눈 위로 들어올려 사형수의 목을 자르는 형리가 도끼를 내리치는 자세를 취했다.

의자를 수직으로 들어올렸기 때문에 똑바로 뻗은 그 의자 길이가 별나라에 닿을 만큼 끝없이 긴 쇠사다리를 연상케 했다. 저물어가는 저녁 햇살에 비친 플랑보의 긴 그림자는 에펠탑을 들고 있는 거인 같았다. 이 큰 철퇴가 내리쳐졌을 때의 충격보다 그 그림자에 더 크게 압도당한 기묘한 사나이는 당황하여 몸을 돌리더니 쏜살같이 호텔 안으로 달려갔다. 그 뒤에는 사나이의 손에서 빠져나온 날이 넓은 단검이 떨어진 자리에서 빛나고 있었다.

“어서 이곳을 떠납시다 ! ”

플랑보는 큰 의자를 아무렇게나 내던지듯 땅에 도로 놓자 키 작은 신부의 팔을 잡고 살벌한 회색 뒤뜰을 달려나갔다. 뜰 끝에 이르자 닫혀진 뒷문이 보였다. 플랑보는 곧 그 문 위로 몸을 굽히고 살피더니 자물쇠가 채워져 있다고 말했다.

그때 검은 깃털이 하나 뜰을 장식한 전나무에서 떨어져 모자 옆을 스쳤다. 그것은 조금 전 먼 곳에서 울려퍼진 작은 폭발음보다 훨씬 더 플랑보를 깜짝 놀라게 했다. 그 순간 또 멀리서 폭발음이 울려퍼지는가 싶더니 방금 열려고 하는 문에 총알이 날아와 박혀 문이 떨렸다. 플랑보의 두 어깨가 부풀어오르며 모양이 달라졌다. 걸쇠 세 개와 자물쇠 한 개가 한꺼번에 뜯겨지며 동시에 플랑보는 커다란 뒷문을 마치 가자 성 문을 둘러 멘 삼손처럼 가볍게 들고 밖으로 나왔다. 밖의 좁은 길에도 인기척이 전혀 없었다. 세 번째 총알이 뒤꿈치 바로 뒤에서 눈과 먼지를 날림과 동시에 플랑보가 던진 문짝이 정원 울타리 너머로 가서 떨어졌다. 다음 순간 플랑보는 아무 말 없이 몸집 작은 신부를 번쩍 어깨에 둘러메더니 긴 다리를 바쁘게 움직이며 시우드를 향해 내달렸다.

3킬로미터쯤 달렸을까. 그제야 플랑보는 신부를 땅에 내려 놓았다. 불타오르는 트로이 시에서 아들의 구원을 받은 안키세스의 이야기가 있다지만, 아무래도 이것은 그다지 보기 좋은 도망이라고 할 수 없었다. 그러나 놀랍게도 브라운 신부의 얼굴에는 미소가 떠올라 있었다. 침묵을 견디지 못하고 플랑보가 입을 열었다.

"어찌된 일입니까?"

이제 공격받을 염려가 없는 변두리로 도망쳐 와 있었기 때문에 걸음걸이도 여느 때와 같이 되어 있었다.

"뭐가 뭔지 전혀 알 수 없군요. 신부님은 도중에 만난 사나이의 모습에 대해 아주 자세하게 이야기했는데, 나는 그런 사나이를 만난 기억이 없습니다."

브라운 신부는 좀 신경질적으로 손가락을 물어뜯으며 말했다.

"어쨌든 분명히 만났소. 다만 너무 어두워서 잘 볼 수가 없었지요. 그 사나이는 연주 무대 마룻바닥 밑에 있었으니까. 하지만 내 이야기는 그리 정확했다고 말할 수 없소. 그 사나이의 코안경은 사실 몸에 깔려 부서져 있었고, 길다란 금빛 핀은 보랏빛 스카프가 아니라 심장을 꿰뚫고 있었으니까."

키 큰 플랑보가 낮은 목소리로 물었다.

"그렇다면 그 유리 눈알의 사나이가 그 일에 관련되어 있다는 말씀입니까?"

"그렇소. 하지만 그다지 대단한 건 아니라고 생각했었는데……."

브라운 신부의 목소리는 몹시 고민하고 있는 것 같았다.

"그런 이야기를 한 게 잘못이었던 것 같은 느낌이 드는군요. 그만 충동적으로 해버리기는 했지만. 아무튼 여기에는 뭔가 깊은 사연이 있을 것 같소."

두 사람은 계속 묵묵히 걸어갔다. 파르스름한 저녁 햇살 속에 군데군데 노란 등불이 켜지기 시작했다. 이 도시 중심부가 가까워진 것이다. 흑인 네드와 이탈리아인 말볼리의 권투시합을 알리는 포스터가 곳곳에 붙어 있었다. 플랑보가 진지하게 말했다.

"나는 악당이었을 때도 사람을 죽이는 엄청난 짓은 하지 않았는데, 아무리 살인마라 하더라도 이처럼 쓸쓸한 곳에서 사람을 죽인다면 그리 기분좋은 일이 아닐 겁니다. 신에게 버림받은 자연의 쓰레기통 같은 곳은 여기저기 있겠지만, 그 연주 무대처럼 활기를 띄어야 할 곳이 쓸쓸한 경우가 가장 가슴 아프지요. 병적인 인간이 이런 쓸쓸한 곳에 오래 있는 동안 자기의 경쟁 상대를 기어이 없애려고 마음먹는 기분을 이해할 것 같습니다.

옛날 나는 서리 주의 금빛 찬란한 언덕을 헤맨 일이 있는데, 그때 고사리와 종달새들을 보느라 넋을 잃고 걷고 있었지요. 그러다가 문득 둥그렇게 활짝 트인 곳으로 나와 깜짝 놀라 둘러보니 로마의 원형극장처럼 거대한 건물, 갓 만든 편지꽂이처럼 텅 빈 건물이 우뚝 솟아 있지 않겠습니까! 작은 새가 한 마리 하늘을 날아갔습니다. 그 광장과 건물은 엡섬 대경마장이었습니다. 그런 곳에서는 결코 아무도 행복해질 수 없다고 나는 생각했지요."

그러자 브라운 신부가 말을 받았다.

"당신이 엡섬 이야기를 하니 이상하군요. '서턴의 비밀'이라고 불렸던 사건을 알고 있기 때문이오. 그것은 두 용의자가, 아마 아이스크림 장수였을 거요. 우연히 서턴에 살고 있었기 때문에 그렇게 불렸지요. 그 두 사람은 결국 풀려났지요. 그 사건은 그 근처 언덕 풀밭에서 어떤 사나이가 목졸려 죽은 일이었소. 나는 그 이야기를 아일랜드인 경관한테서 들었는데, 시체는 엡섬 대경마장 바로 앞에서 발견되었다더군요. 경마장 관람석 밑 입구 문을 열고 벽과 문 사이에 숨겨 두었다는 거요.

"과연 꽤 이상하군요. 하지만 어쨌든 그 이야기는 내 말을 뒷받침해 주고 있습니다. 이런 관광지는 철이 지나면 못 견딜 정도로 쓸쓸해지지요. 만일 그렇지 않다면 아까 그 사나이도 살해되지 않았을지 모릅니다."

"그러나 아무래도 의심스럽소, 과연 그 사나이가……."

브라운 신부는 말을 멈췄다.

플랑보가 물었다.

"살해된 건지 어떤지 의문이라는 말씀입니까?"

"과연 철이 지난 뒤에 살해된 건지 어떤지 의문스럽소. 이처럼 인기척 없는 곳이라면 일하기에 더 어렵지 않겠소, 플랑보? 영리한 범인이 한적한 곳을 노리겠소? 사람이 완전히 외톨이가 되는 일은 드물지요. 그리고 거의 혼자뿐인 상태에 가까워질수록 더 사람 눈을 끌게 마련이오. 그러므로 이 경우에도 분명 뭔가 다른……. 흐음, 이것이 그 유명한 궁전인가!"

두 사람은 휘황찬란하게 불이 켜진 네거리로 나와 있었다. 거기서 본 첫번째 건물에 금빛 칠을 하여 화려하게 빛나는 천덕스러운 포스터가 나붙어 있고, 양쪽에서 말볼리와 흑인 네드의 엄청나게 큰 사진

이 마주보고 있었다.

이때 플랑보가 놀란 소리를 질렀다. 친구인 신부가 그 넓은 돌층계를 똑바로 느릿느릿 올라가기 시작했던 것이다.

"요즘 권투에 흥미를 갖게 된 줄은 몰랐는데요. 시합을 구경할 작정입니까, 신부님 ? "

브라운 신부는 대답했다.

"시합은 있지도 않소. "

대기실을 지나고 다시 안쪽 방을 몇 개 거치자 한 층계 높이 로프를 둘러친 링 곁을 지나갔다. 신부는 수없이 줄지은 일반석과 특별석으로 메워진 관람석을 가로질러 주위에는 눈도 주지 않고 '임원실'이라고 쓰인 문 앞까지 왔다. 그곳 접수 책상에 한 사나이가 앉아 있었다. 브라운 신부는 그에게 풀리 경을 만나고 싶다고 말했다.

접수계 사나이는 곧 시합이 시작되므로 풀리 경은 바쁘다고 설명했다. 그러나 브라운 신부는 미소띤 얼굴로 같은 말을 끈질기게 되풀이했다. 관리 타입의 접수계 사나이는 이런 태도에 어떻게 대해야 좋을지 모르는 듯했다. 이리하여 뭐가 뭔지 모르는 채 플랑보는 어느새 임원실로 들어와 한 사나이 앞에 서 있었다.

"알겠나, 조심해야 해. 저 로프는 4라운드부터……. 그런데 두 분은 무슨 일로 오셨지요 ? "

풀리 경은 신사였다. 영국인 가운데 아직 남아 있는 몇 안 되는 신사들이 대개 그렇듯이 신사도 역시 고민을 안고 있었다. 특히 금전상의 문제로 고민하고 있었다. 머리는 희끗희끗해지기 시작한 누르스름한 빛깔이었으며, 눈에는 열기가 있고, 코는 동상에 걸려 있었다.

브라운 신부가 입을 열었다.

"잠깐 말씀드리고 싶은 일이 있습니다. 나는 사람이 살해되는 것을 막으려고 찾아왔습니다. "

풀리 경은 의자 스프링에 퉁겨져 오른 것처럼 힘차게 일어났다.

"듣기 싫소! 그런 간섭은 더 이상 듣고 싶지 않소! 종교단체의 탄원인 모양인데, 흥, 옛날에 글러브를 끼지 않고 싸울 때도 신부는 있었소. 그러나 지금은 규정에 따라 글러브를 끼고 시합하기 때문에 어느 권투선수도 맞아 죽을 염려는 없단 말이오!"

그러나 브라운 신부는 침착하게 말했다.

"선수가 살해되는 게 아닙니다."

귀족은 차가운 유머를 담아 물었다.

"그렇다면 누가 죽게 됩니까? 심판입니까?"

"누가 죽게 될지 모릅니다."

신부는 뭔가 짐작가는 듯 가만히 앞을 지켜보았다.

"제가 그것을 안다면 당신들의 기분을 망쳐 놓을 필요도 없겠지요. 그 사람을 달아나게 하면 그만이니까요. 권투 그 자체는 조금도 나쁘지 않습니다. 그러나 지금 말한 이유로 무슨 일이 있어도 오늘 시합을 중지하고 그 사실을 알려주어야 합니다."

열띤 눈매의 신사가 비꼬듯 물었다.

"그뿐입니까? 그러나 일부러 시합을 보러 온 2천 명의 손님에게 뭐라고 해야 하지요?"

"시합이 끝나기 전에 한 사람이 살해되어 1999명이 된다고 하면 되겠지요."

풀리 경이 플랑보를 보며 물었다.

"당신의 동행자는 머리가 돈 게 아닙니까?"

"천만에요!" 플랑보는 힘차게 대답했다.

풀리 경은 아까처럼 안절부절못하는 말투로 돌아갔다.

"그렇다면 말해 두겠는데, 그보다 더 처치곤란한 일이 있답니다. 이탈리아인 단체가 말볼리를 응원하러 오는데, 그들은 살빛이 까무잡잡한 야만적인 사나이들이지요. 지중해 연안 시골에서 자란 사람이 어떤 이들인지 새삼 설명할 필요는 없겠지요? 만일 시합을 중지한다고 선언하면 말볼리가 이 코르시카 섬 사람들을 데리고 이리 몰려올 게 뻔합니다. ”

신부가 다시 말했다.

“풀리 경, 이것은 한 사람의 생사에 관한 일입니다. 그 벨을 눌러 주십시오. 그리고 시합 중지를 선언해 주십시오. 그러고 나서 트집 잡으러 이리로 달려오는 사람이 말볼리인지 어떤지 두고 보십시다. ”

그는 새로운 흥미가 솟아났는지 벨을 울렸다. 사무원이 곧 문 앞에 나타났다.

“손님들에게 중대 방송을 해야겠네. 그전에 두 선수에게 시합이 연기되었다고 전해 주게. ”

사무원은 나쁜 꿈이라도 꾸고 있는 듯 잠시 멍하니 서 있더니 곧 나갔다.

이윽고 풀리 경이 통명스럽게 물었다.

“당신 이야기에는 대체 어떤 근거가 있습니까? 누구와 의논한 겁니까? ”

브라운 신부는 머리를 긁적이며 대답했다.

“나의 의논 상대는 야외 연주 무대였습니다. 틀림없습니다. 한 권의 책과도 의논해 보았지요. 런던의 헌 책방에서 산 것으로 아주 값이 쌉니다. ”

브라운 신부는 주머니에서 가죽으로 장정된 튼튼한 책을 한 권 꺼냈다. 플랑보는 어깨 너머로 그 책을 들여다보고 낡은 여행기 속의 한 페이지가 금방 펴볼 수 있도록 접혀져 있음을 알았다. 브라운 신부는 책을 읽어내려가기 시작했다.

"아메리카 토인의 신앙 부두교가 자메이카 이외의……. "
"그 신앙의 이름이 뭐라고요 ? " 귀족이 되물었다.
신부는 아주 재미있다는 듯이 대답했다.
"부두교입니다. 아메리카 토인의 신앙 부두교가 자메이카 이외의 땅에서 널리 조직될 때에는 반드시 '원숭이' 또는 '징의 신'이라는 이름으로 알려진 형식에 따르고 있는데, 이것은 남북 아메리카 대륙 각지에서 특히 백인과 비슷한 반혼혈아들 사이에 성행되고 있다. 다른 악마숭배나 산 제물을 바치는 미신 등과 다른 점은, 제단 위에서 의식적으로 피를 흘리는 대신 이들은 군중 한가운데에서 암살하듯 산 제물의 피를 흘리게 한다는 것이다. 신전의 문이 열리고 원숭이 신이 꼴사나운 모습을 나타내면 고막이 찢어질 정도로 요란하게 징이 울린다. 참석자들이 거의 모두 몽롱해진 눈길을 가만히 그쪽으로 보낸다. 그런데……. "
이때 방문이 활짝 열렸다. 거기에 서 있는 사람은 바로 그 신사복 차림의 흑인 요리사였다. 아직도 실크해트를 거만하게 비스듬히 쓴 채 눈알을 두리번거리며 문 한가운데에 버티고 서 있었다.
"흐음 ! "
사나이는 원숭이 같은 이빨을 드러내고 대들었다.
"이게 무슨 짓이오 ! 흐음, 당신들은 내 상금을 슬쩍하려는 모양인데, 상금은 벌써 옛날에 내 것이야 ! 당신들은 엉뚱한 생각으로 그 건달 이탈리아인을 도와 주려고……. "
그러자 귀족이 조용히 말했다.
"다만 날짜를 연기했을 뿐이오. 조금 뒤 당신에게 설명하러 가겠소. "
"큰소리치지 마오 ! 대체 당신 누구지 ? "
흑인 네드는 폭발하기 직전이었다.

귀족 신사는 냉정한 태도로 대답했다.

"나는 풀리 경이오. 시합의 조직위원장이지요. 자, 이제 방에서 나가주시오."

"그리고 이 자는 누구지?"

검은 피부의 챔피언은 신부를 눈짓으로 가리켰다.

"나는 브라운이라는 사람이오. 자, 여기서 나가주시오. 이 방에서뿐만 아니라 이 나라에서."

권투선수는 잠시 눈을 두리번거리며 서 있더니 놀랍게도 성큼 밖으로 나가 문을 쾅 닫고 사라져 버렸다.

브라운 신부는 먼지투성이의 머리털을 문지르면서 말했다.

"그런데 레오나르도 다빈치를 어떻게 생각하십니까? 이탈리아적인 아름다운 머리……."

그러나 풀리 경이 말을 가로막았다.

"그보다도…… 아시겠습니까! 나는 당신의 말 한 마디로 중대한 책임을 떠맡았습니다. 좀더 자세히 설명해 줄 수 있겠습니까?"

"옳은 말씀입니다, 풀리 경. 뭐, 그리 오래 걸리지 않을 겁니다."

신부는 귀족을 안심시킨 다음 작은 가죽 장정의 책을 주머니에 집어 넣었다.

"이 책에 씌어 있는 내용은 이제 여러분도 다 알 줄 압니다만, 내 말이 옳은지 어떤지 확인하고 싶다면 이걸 보시면 됩니다. 어쨌든 방금 어깨를 으쓱대며 나간 그 흑인은 이 세상에서 둘도 없는 위험 인물입니다. 식인종의 본능을 가진 데다 유럽 사람의 머리를 가지고 있으니까요. 그는 지금까지 야만인들 사이에서 완전히 상식적으로 행해지고 있던 살생을 현대적이고 과학적인 방법으로 하는 암살자의 비밀결사 같은 것을 만들었습니다. 그들은 내가 이 사실을 안다는 것을 모르고 있습니다. 또 여기에 대해 내가 아무 증거도 쥐고 있지 못하다는 것도 모릅니다.”

잠시 침묵이 계속되었다. 키 작은 신부가 다시 이야기를 계속했다.

“그거야 어쨌든 사람을 죽이고 싶을 때는 상대방과 단둘이 있는 것이 과연 가장 좋은 방법일까요?”

풀리 경의 눈이 다시 차갑게 빛나며 몸집 작은 신부를 지켜보았다. 그러나 그는 다만 한 마디 했을 뿐이었다.

“누군가를 죽이고 싶다면 그렇게 하는 게 좋겠지요.”

브라운 신부는 고개를 가로저었다. 경험이 풍부한 일급 살인자 같았다. 신부는 탄식하듯 말했다.

“내 친구 플랑보도 그렇게 말했답니다. 그러나 한 번 잘 생각해 보십시오. 누구든 자신이 혼자뿐이라고 느낄수록 그만큼 과연 정말 혼자일까 의심하게 되지 않을까요? 혼자라는 것은 즉 주위에 아무도 없는 빈 땅이라는 뜻이지요. 만일 그 빈 땅 한가운데에 혼자 있다면 더욱 사람들 눈에 띄기 쉽습니다. 예를 들어 혼자 밭을 가는 농부를 높은 곳에서 내려다보았거나 혼자 양을 지키는 목동을 골짜기 밑에서 쳐다본 경험이 없습니까? 벼랑가를 걷고 있을 때 누군가가 혼자서 아래 모래펄을 걸어간다면 그 사람이 게 한 마리를 죽이더라도 환히 내려다볼 수 있겠지요. 바로 그런 거랍니다. 당신들이나 나처럼 머리가 영리한 사람이 살인을 저지른다면 아무에게도 들키지 않았다는 것을 확인할 수 없음을 알 것입니다.”

“그러나 달리 방법이 없잖습니까?”

“꼭 한 가지 있습니다. 사람들의 관심이 모두 뭔가에 쏠려 있다고 확인할 수 있으면 됩니다. 엡섬 대경마장의 큰 관람석 바로 가까이에서 누군가의 목을 조른다고 합시다. 만일 관람석에 사람이 없다면 산울타리 밑에 누워 있는 부랑자나 언덕 위로 자동차를 몰고가는 사람 등 누군가가 그 범행을 목격하게 될 겁니다. 그런데 관람석이 만원인 데다 모두 그 일에 열중하여 자기가 건 말이 선두인지 아닌지에 정신이 팔린 때라면 아무도 그런 것을 눈여겨보지 않습니다. 넥타이를 풀어내고 쓰러진 몸뚱이를 문 뒤로 내던지는 일은 그다지 시간이 걸리지 않지요. 눈깜짝할 사이에 해치울 수 있습니다. 바로 그 순간을 택하는 것이 중요합니다. 그런데……. ”

신부는 플랑보 쪽을 바라보았다.

“야외 연주 무대 밑에 있던 그 불운한 사나이의 경우도 마찬가지지요. 그 사나이는 어떤 행사의 열기가 최고조에 이르렀을 때, 즉 유명한 바이올리니스트가 활을 잡고 명가수가 입을 여는 바로 그 순간에 그 구멍으로 떨어졌습니다. 구멍은 우연히 벌어진 게 아닙니다. 그런데 권투시합의 경우도 마찬가지입니다. 녹아웃 펀치가 나온 순간 다른 곳에서도 녹아웃이 또 하나 터지는 셈이지요.

“그건 그렇고, 말볼리는 대체……. ”

“말볼리 말입니까? 그는 아무 관계도 없습니다. 그야 이탈리아인 같은 패들이 붙어 있긴 합니다만, 말볼리파 가운데 마음놓을 수 없는 사람들은 이탈리아인이 아닙니다. 그들은 8분의 1 혼혈아든가, 아프리카인의 반혼혈아든가, 아무튼 여러 종류의 혼혈아들입니다. 우리 영국인은 어찌된 일인지 살빛이 검고 추한 사람을 보면 모두 외국인으로 보아버리는 나쁜 버릇이 있지요. 그리고 또 하나……. ”

브라운 신부는 웃음지은 얼굴이 되었다.

“우리의 종교가 낳은 도덕 정신과 사교(邪敎)인 부두교에서 꽃핀 도덕 사이에 금을 그어 분명히 하는 것도 영국인에게는 무리한 일인 모양이지요. ”

시우드 일대에 불타는 듯한 봄빛이 둘러싸이자 바닷가에는 가족을 동반한 사람들과, 이동탈의실과, 떠돌이 설교사와, 흑인 합창단이 시끄럽게 모여들었다.

브라운 신부와 플랑보는 이 본격적 관광 시즌에 두 번째로 이곳을 찾게 되었다. 이때는 이미 그 기묘한 비밀결사를 추적할 때의 야단스러운 법석은 말끔히 가라앉아 있었다. 그들의 목적에 대한 비밀은 모든 면에 걸쳐 그들과 함께 흔적도 없이 사라졌다.

호텔 주인은 시체가 되어 바다에 떠올랐다. 오른쪽 눈은 편안히 감겨져 있었으나 왼쪽 눈은 크게 벌어져 달빛을 받은 유리 구슬처럼 밝게 빛났다. 흑인 네드는 2킬로미터쯤 떨어진 곳에서 경찰에게 쫓기고 있었는데, 왼쪽 주먹으로 경관을 세 명이나 때려눕혔다. 남은 경관 한 사람은 놀라서, 아니 겁에 질려서 숨은 사이 흑인은 달아났다.

이쯤 되면 영국 신문들이 잠자코 있을 리 없다. 당장 여론이 불길처럼 끓어올라 그로부터 두 달 동안 정부의 주된 노력은 오직 이 신사답기도 하고 짐승 같기도 한 흑인을 국내 어느 항구에서도 도망치지 못하게 하는 일에 집중되었다. 생김새가 조금만 비슷해도 철저하게 조사받았고, 하얀 얼굴도 혹 분장한 게 아닌가 하여 문질러보는 진풍경을 부둣가 여기저기서 볼 수 있었다. 영국에 사는 흑인은 한 사람도 남김없이 특별 규칙에 적용되어 경찰에 출두하라는 명령을 받았다. 출항하는 배가 흑인 한 사람을 태우고 나가는 것은 아프리카에 사는 전설적인 괴물 바실리스크를 싣고 나가는 것보다 더 어려웠다. 왜냐하면 사람들은 이 너무도 야만적인 비밀단체의 폭력이 얼마나 무섭고 광범위하며 조용히 은폐되어 있는지 잘 알고 있었기 때문이다.

이리하여 4월 어느 날 플랑보와 브라운 신부가 시우드 산책길 난간에 기대어 있을 때 영국 안의 흑인들의 존재는 모두 그 옛날 스코틀랜드에 있던 '검은 사람'과 비슷하게 여겨지고 있었다.

플랑보가 의견을 말했다.

"아직 국내에 있을 겁니다, 틀림없이. 감쪽같이 숨어 있겠지요. 얼굴을 하얗게 칠한 정도라면 항구에서 드러났을 테니까요."
그러나 브라운 신부는 미안한 듯이 말했다.
"뛰어나게 머리좋은 자니까 얼굴을 희게 칠하는 짓은 하지 않을 거요."
"그럼, 어떻게 하고 있을까요?"
"글쎄 내 생각으로는 얼굴을 검게 하고 있지 않을까 싶군요."
플랑보는 난간에 기대선 채 소리내어 웃었다.
"설마!"
브라운 신부 역시 난간에 기대선 채 손가락을 조금 들어 올렸다. 손가락이 가리키는 쪽을 바라보니 그을음을 칠한 듯한 검은 얼굴의 흑인들이 모래펄에서 노래부르고 있었다.

크레이 대령의 샐러드

어느 안개낀 으스스한 아침, 미사를 마친 브라운 신부는 천천히 걷
히는 안개 속을 걸어 집으로 돌아가고 있었다. 안갯빛이 어딘지 신비
롭고 신선하게 생각되는 아침이었다. 드문드문 서 있는 나무들이 새
벽빛 속에서 차츰 윤곽을 드러냈는데, 그것은 마치 회색 분필로 그린
뒤 곧 숯으로 뚜렷하게 그려낸 것 같았다. 나무보다 더 드물게 여기
저기 떨어져 있는 교외의 길가 집들이 모습을 나타내며 그 윤곽도 차
츰 뚜렷해졌다.

이윽고 브라운 신부의 눈에, 아는 사람들이 사는 집이 몇 채 보였
다. 집주인의 이름을 아는 정도의 집이라면 더 많이 보였다. 그러나
창문과 방문은 모두 닫혀 있었다. 이 근처 주민들은 이처럼 이른 시
각에 일어나는 사람들이 아니었으며, 볼일없이 밖을 나돌아다니는 일
도 없었다.

브라운 신부가 여러 채의 베란다와 정성들인 넓은 정원이 있는 웅
장하고 화려한 저택 옆을 지날 때, 무심코 우뚝 멈춰 서지 않을 수
없는 소리가 들렸다. 권총인지 카빈 총인지 모르지만 어쨌든 총소리

임에 틀림없었다. 그러나 브라운 신부를 의아하게 만든 문제는 그것이 아니었다. 맨 처음 들린 큰 소리에 이어 그보다 희미한 소리가 계속——그의 짐작에 따르면——여섯 번쯤 들렸던 것이다. 처음에는 총소리의 메아리려니 여겼지만, 이상하게도 점차 그 소리는 앞서 들렸던 총소리와 전혀 달랐다. 브라운 신부는 이것과 비슷한 소리가 또 없을까 곰곰이 생각해 보았으나 헛일이었다. 그 비슷한 소리라면 소다 수의 사이편(높은 곳에 있는 액체를 용기를 기울이지 않고 낮은 곳으로 옮기는 관) 소리나 수많은 동물의 소리 가운데 하나거나 웃음을 억지로 참는 소리 등이었지만, 어느 것도 아닐 것 같았다.

브라운 신부 안에는 두 사람이 살고 있었다. 행동가인 브라운은 부평초처럼 조심스럽고 시계처럼 시간에 철저했으며 그날그날의 하찮은 의무를 성실히 행하여 결코 그것을 변경하려고 생각하지 않았다. 그러나 또 하나 깊이 생각하는 브라운은 행동가에 비해 훨씬 단순했지만 그보다 더 강인했으며, 생각에 한번 빠져들면 그것을 그만두는 일이 쉽지 않았다. 그리고 그 생각하는 방법도 오직 지적인 의미에서 자유로웠다. 그는 가능한 모든 질문을 스스로에게 하고 가능한 모든 대답을 찾는 것이었다. 이것은 호흡이나 혈액순환처럼 자연적인 활동이었다. 그러나 그는 의식적으로 자기 책임 영역 밖까지 행동을 밀고 나가는 일을 삼갔다.

그리하여 이 경우 이 두 가지 태도가 안성맞춤의 시험을 받게 된 셈이었다. 그는 자신이 나설 자리가 아니라고 생각하면서도 본능적으로 그 이상한 소리가 무엇이었을까 하고, 스무 개나 되는 가설을 세웠다풀었다하며 희미한 새벽길을 다시 뚜벅뚜벅 걷기 시작했다. 이때 회색 지평선이 밝아오며 은빛이 감돌더니 이내 주위가 훤하게 밝아왔다. 그래서 그는 그 집이 패트라는 인도에서 자란 육군 소령의 저택임을 알 수 있었다. 동시에 가톨릭 신자인 몰타 섬 출신의 원주민 요리사가 있는 집이라는 생각이 떠올랐다. 그리고 권총 사격은 때로 중대 사건이 될 수도 있으며, 만일 그렇다면 자신이 관여하는 것이 합당한 도리일 거라고 생각해 보기도 했다.

신부는 마침내 발길을 돌려 정원문으로 들어가 정면 현관을 향해 걸어갔다. 집 옆을 따라 반쯤 가자 아주 낮은 헛간 같은 곳이 툭 튀어나와 있었는데, 나중에 쓰레기통임을 알았다. 바로 그 모퉁이에서 사람 그림자가 나타났다. 처음에는 짙은 안개에 싸여 그림자만 어른거렸으나 자세히 보니 그것은 앞으로 몸을 숙이고 주위를 살피며 이쪽으로 다가오고 있었다. 가까이 오자 그 그림자는 뚜렷하게 모습을 나타냈다. 그것은 또 아주 이상할 정도로 뚜렷했다.

패트넘 소령은 대머리에 목이 굵었으며 키가 작고 몸이 옆으로 퍼졌다. 그리고 동양 풍토와 서구의 사치스러운 생활을 조화시키려고 오래 고심한 결과 생긴 뇌졸중 환자 같은 얼굴을 하고 있었다. 그러나 그 얼굴은 붙임성이 있어서, 의아해하며 수상쩍어하는 지금도 어딘지 천진한 미소가 떠올라 있었다. 종려나무 잎으로 만든 큰 모자를 뒤로 젖혀쓴 모습은 얼굴에 좀 어울리지 않는 후광을 생각나게 했다. 그 외에 짙은 빨강과 황금색 줄무늬가 선명한 잠옷을 입고 있었다. 그 잠옷은 그냥 보기에는 선명했으나 상쾌한 아침에 입고 있는 모습은 어딘지 싸늘했다. 아무튼 급히 집에서 뛰쳐나온 것만은 틀림없었다. 브라운 신부는 소령이 그 소리를 들었느냐고 큰 소리로 불쑥 외쳤는데도 그리 놀라지 않았다.

"들었습니다. 무슨 일이 일어났을지도 모른다고 여겨져 잠깐 들러 본 것입니다."

소령은 브라운 신부를 그 천진스러운 황록색 눈으로 이상한 듯이 바라보며 물었다.

"그 소리가 무엇이었다고 생각하십니까?"

신부는 좀 더듬거리며 대답했다.

"총소리 같더군요. 하지만 그 메아리치는 울림이 좀 이상했습니다."

아무 말 없이 두리번거리며 소령이 아직 신부를 바라보고 있을 때 현관문이 힘차게 열리며 사라져가는 안채 위로 한 가닥 불빛이 흘러나왔다. 그리고 잠옷 차림의 또 한 사람이 뜰로 뛰쳐나왔다, 아니 굴러나왔다. 그 그림자는 소령보다도 훨씬 키가 크고 몸이 여윈, 운동선수 타입이었다.

입고 있는 잠옷은 열대지방 사람들이 즐겨 입을 듯한 점에서는 다를 바 없었으나 비교적 취미가 고상하여 흰 바탕에 옅은 레몬색 줄무늬가 들어 있었다. 그는 몸이 여위었으나 얼굴이 잘생겼고, 소령보다 살빛도 더 거무스름했다. 옆얼굴은 독수리를 연상케 했고 눈은 움푹 들어가 있었으며, 새까만 머리카락과 그보다 훨씬 밝은 콧수염이 기묘한 대조를 이룬, 어딘지 색다른 용모였다. 이렇게 자세한 것들은 브라운 신부가 여유가 생긴 뒤 유심히 다시 떠올려 보고 알게 된 점들이었다. 그 순간에 신부는 단 한 가지밖에 눈에 띄지 않았다. 사나이 손에 쥐어진 권총이었다.

소령이 그 사나이를 노려보며 외쳤다.

"크레이, 그 총소리는 자네가 냈나?"

검은 머리의 신사는 격렬한 말투로 대답했다.

"그렇네, 내가 쏘았지. 자네도 내 입장에 있었다면 역시 그렇게 했을 걸세. 만일 자네가 악마에게 쫓겨서 하마터면……."

이때 소령이 좀 당황한 태도로 말을 가로막았다.

"이분은 친구인 브라운 신부일세."

그리고는 브라운 신부 쪽을 보며 말했다.

"만난 적이 있는지 모르겠습니다만, 영국 포병대의 크레이 대령입니다.”
브라운 신부는 천진스럽게 말했다.
“물론 소문은 들었습니다. 그런데 총알이 맞았습니까?”
크레이 대령은 엄숙하게 대답했다.
“맞은 것 같습니다.”
패트넘 소령이 나직한 목소리로 물었다.
“그래서 그자는 넘어졌나? 소리치거나 어떻게 하지 않던가?”
크레이 대령은 집주인을 이상한 눈초리로 가만히 바라보았다.
“그자가 어떻게 했는지 설명하지. 그는 재채기를 했다네.”
브라운 신부는 한 손을 머리 쪽으로 조금 들어올렸다. 어떤 사람의
이름을 생각해 내려고 할 때 같은 자세였다.
‘옳아, 소다수 사이펀 소리도, 개의 콧숨 소리도 아니라 바로 재채
기 소리였군!’
그러자 패트넘 소령이 눈을 두리번거리며 내뱉듯이 말했다.
“권총으로 재채기를 일으킨다는 말은 처음 듣는군.”
브라운 신부가 겨우 들릴락말락하게 말했다.
“나도 처음입니다. 가지고 있는 대포를 쏘지 않은 게 다행입니다.
대포를 보았다면 그자는 아마 곧 감기에 걸렸을 테니까요.”
신부는 잠시 말을 끊었다. 그는 당황해하는 표정으로 다시 물었다.
“도둑이었습니까?”
“안으로 들어갑시다.”
패트넘 소령은 격렬한 말투로 말하고 앞장서서 집으로 들어갔다.
집 안은 이런 아침 시각에 흔히 볼 수 있듯이, 소령이 현관 홀에
켜진 단 하나뿐인 가스 등을 끈 뒤에도 각 방들이 바깥 하늘보다 더
밝게 느껴졌던 것이다. 브라운 신부는 축하잔치의 요리상을 생각나게
하는 만찬 준비가 완전히 갖춰져 있는 것을 보고 놀랐다.

냅킨이 링에 꽂혀 있고, 어느 접시 옆에나 여섯 가지 갖가지 모양을 한 와인글라스가 나란히 놓여 있었다. 물론 이른 시각이었으므로 전날 밤 요리가 남아 있다 해도 이상할 것은 없다. 그러나 이처럼 이른 새벽에 만찬상이 새로 마련되어 있다는 것은 좀 이상했다.

브라운 신부가 현관 홀에 서서 우물쭈물하고 있자 패트넘 소령이 그 곁을 무섭게 지나가 직사각형 테이블을 끝에서 끝까지 성난 눈길로 훑어보았다. 그리고 마침내 입에 거품을 뿜으며 소리쳤다.

"은그릇이 모두 없어졌군! 생선 나이프도 포크도 없어졌어. 오래된 양념 스탠드도 보이지 않고, 은으로 만든 고풍스러운 크림 병까지 없어졌군. 브라운 신부님! 이것으로 도둑이었느냐는 당신의 질문에 대답할 수 있게 되었습니다."

크레이는 고집스럽게 주장했다.

"그러나 수사를 방해하기 위해 도둑으로 가장했을 뿐일세. 그자들이 왜 이 집에 들어와서 귀찮게 구는지는 자네보다 내가 더 잘 알지. 내가 훨씬 더 잘 알고 있다네. 왜……."

패트넘 소령은 마치 병든 아이를 달래듯이 크레이 대령의 어깨를 툭툭 치며 말했다.

"도둑일세. 아무리 보아도 도둑이 틀림없어."

이때 브라운 신부가 의견을 말했다.

"심한 감기에 걸린 도둑이군요. 이 근처를 수색할 때 그것이 좋은 단서가 될지도 모르겠습니다."

패트넘 소령은 침울한 표정으로 고개를 가로저으며 대답했다.

"벌써 뒤쫓지 못할 정도로 멀리 달아나 버렸을 겁니다."

이윽고 권총을 든 크레이 대령이 침착하지 못하게 문 쪽으로 몸을 돌려 뜰로 나가자 패트넘 소령은 비밀 이야기라도 털어놓듯 쉰 목소리로 속삭였다.

"경찰을 불러야 할지 어떨지 모르겠군요. 아무튼 대령이 너무 함부로 총을 쏜 일이 법에 어긋날지도 모르니까요. 대령은 미개한 땅에서 살아왔기 때문에 솔직히 말해서 가끔 망상에 사로잡힌답니다. "
"그러고 보니 언젠가 당신으로부터 대령이 인도의 어떤 비밀결사가 자신을 박해한다고 믿고 있다는 이야기를 들은 기억이 나는군요. "
패트넘 소령은 고개를 끄덕여 보이며 어깨를 움츠렸다.
"대령의 뒤를 따라 밖으로 나가는 게 좋겠군요. 더 이상 말하기 싫으니까요, 재채기 같은 것에 대해서는. "
두 사람은 이미 대지에 수놓여지기 시작한 아침 햇살 속으로 나가 있었다. 그곳에서는 크레이 대령이 큰 키를 거의 꺾듯이 구부리고 자갈과 잔디 모양을 열심히 살피고 있었다. 패트넘 소령이 그쪽으로 조심스럽게 다가가는 동안 브라운 신부는 심심한 듯이 집 옆으로 꼬부라져서 다음 모퉁이를 돌아 아까 그 불쑥 튀어나와 있던 쓰레기통 앞 1, 2미터 가까이까지 걸어갔다.
거기에 멈춰 서서 그 음침한 물건을 한참 바라보고 난 다음 좀더 다가가 뚜껑을 열고 속으로 머리를 들이밀었다. 먼지와 빛바랜 쓰레기들이 날아올랐다. 브라운 신부는 다른 것에는 신경을 쓰지만 자신의 옷차림이나 겉모습에는 무관심한 사람이었다. 그는 그런 자세로 뭔가 신비로운 기도라도 올리듯 꽤 오랫동안 가만히 있었다. 한참 뒤 그는 재묻은 머리를 쳐들고 아무 일 없었던 것처럼 가버렸다.
브라운 신부가 정원 문으로 돌아와 보니 마치 햇볕이 안개를 몰아내듯 병적인 요소를 단번에 떨쳐 버릴 것 같은 사람들이 한 무리 모여 있었다. 그러나 합리적으로 납득시키고 안심시킬 수 있는 무리들이 아니라 어디까지나 디킨스의 소설에 나오는 인물처럼 아주 희극적인 집단이었다. 패트넘 소령은 그동안 집 안으로 들어가서 옷을 갈아입었는지, 알맞은 와이셔츠와 바지를 입고 빨간 허리띠를 두르고 그 위에 가벼운 재킷을 걸친 여유있는 모습이었다. 이처럼 떳떳한 차림으로 갖추자 그의 명랑한 붉은 얼굴은 여느 사람처럼 따뜻한 정으로 넘쳐 흘렀다. 그는 아주 강한 말투로 요리사를 상대로 떠들고 있었다.

몰타 섬 태생인 햇볕에 그을린 요리사의 고생에 찌든 좁고 노란 얼굴이 눈같이 하얀 모자며 옷과 묘한 대조를 이루었다. 요리가 소령의 취미인만큼 요리사가 고생에 시달려 여윈 것도 당연한 이야기다. 소령도 역시 요리에 대해서는 전문가 이상으로 잘 알고 있는 사람 가운데 한 사람인 것이다. 그가 오믈렛 맛에 대해 이야기할 자격이 있다고 인정하고 있는 사람은 단 한 사람 친구인 크레이 대령뿐이라는 것이 생각나자 브라운 신부는 대령의 모습을 찾아 몸을 돌렸다.

햇빛이 비치고 사람들이 옷을 모두 갖춰 입어 안정된 지금에 와서 대령의 모습을 보니 어딘지 놀라웠다. 패트넘 소령에 비해 키가 크고 잘생긴 이 사나이는 아직 잠옷 바람에 부스스한 검은 머리로 네 발로 기듯 정원을 돌아다니며 끈질기게 도둑의 발자취를 찾는 중이었다. 아마 가끔 발자취가 눈에 띄지 않는 것에 화를 내며 땅바닥에 머리를 쥐어박는 모양이었다. 그처럼 땅바닥에 납작 엎드린 대령을 보자 브라운 신부는 좀 슬픈 얼굴로 눈썹을 치켜뜨며 '망상에 사로잡혀 있다'고 한 패트넘 소령의 말이 어쩌면 사실을 뒷받침하는 고상한 표현일지도 모른다는 생각이 들었다.

이 요리사와 미식가 그룹 가운데 제3의 인물도 브라운 신부는 알고 있었다. 그녀는 소령의 피후견인으로 집안일을 보살펴주는 오드리 왓슨이었는데, 앞치마를 두르고 소매를 걷어붙인 그 야무진 모습으로 보아 피후견인이라기보다 가정부에 가까웠다.

오드리는 말했다.

"그것 봐요. 그런 케케묵은 양념 스탠드 같은 건 없는 편이 낫다고 지겹도록 이야기했는데……. ”

그러나 패트넘 소령은 태연히 말했다.

“나는 그런 것이 마음에 든다오. 나 자신이 구식 사람이니까. 그리고 그것은 다른 물건들과 훌륭하게 조화를 이루고 있지요. ”

오드리도 지지 않고 반박했다.

“그래서 다른 물건들과 함께 없어졌군요. 그건 그렇고, 여러분들이 도둑맞은 일로 화내고 있지 않더라도 나로서는 점심 준비를 할 수가 없어요. 오늘은 일요일이라 식초며 필요한 물건들을 시내로 사러 보낼 수가 없으니까요. 그런데 인도에서 자란 신사분들은 당신들이 말하는 요리를 먹을 때 자극이 강한 양념이 없으면 마음에 들어하지 않거든요. 이렇게 되었으니 음악미사에 데려가 달라고 사촌인 올리버에게 부탁해 둔 게 허사가 되었군요. 미사는 12시 30분 전에는 끝나지 않는데, 대령님은 그때까지 돌아와야 하니까요. 두 분이 준비할 수도 없을 테고. ”

“아니, 얼마든지 할 수 있소. ”

패트넘 소령은 상냥한 눈으로 그녀를 바라보았다.

“마르코가 소스를 다 갖추어 가지고 있고, 또 지금까지 함께 살아왔으니 오드리도 이제 알겠지만 우리들은 험한 곳에서 둘이서도 충분히 잘 차려먹었으니까. 아무튼 오드리, 당신은 이제 그만 쉬구려. 온종일 가정부 노릇을 한다면 견뎌내지 못하겠지. 당신이 그 음악 미사곡들을 듣고 싶어한다는 것을 나도 알고 있소. ”

“나는 다만 성당에 가고 싶을 뿐이에요. ”

오드리는 아주 엄숙한 눈빛으로 말했다.

오드리는 언제까지나 아름다움을 잃지 않는 타입의 미인이었다. 왜냐하면 그 아름다움이 겉꾸밈이나 색깔에 있지 않고 머리와 얼굴의 골격 자체에 있었기 때문이다. 그러나 아무리 그녀가 중년 전으로 갈색 머리가 모양이나 색깔에 있어 티치아노의 그림처럼 풍만하다 해도 입 언저리며 눈가는 모진 바람에 끝내 모서리가 닳아 버린 그리스 신전을 연상케 했다. 슬픔에 찌든 흔적이 느껴졌다. 그러므로 오드리가 지금 이렇게 결연한 목소리로 하찮은 집안일에 대해 떠드는 모습은 비극적이라기보다 희극적이었다.

이 대화에서 브라운 신부는 다음과 같은 사실을 짐작할 수 있었다. 즉, 또 한 명의 미식가인 크레이 대령은 보통 점심시간 전에 돌아오는데, 주인인 패트넘 소령은 옛 친구와 또 한 차례 마지막 잔치를 벌이지 않고는 마음이 흡족하지 않아 특별한 아침 식사를 준비시킨 다음 오드리같이 까다로운 여자가 아침 미사에 가 있는 동안 그것을 먹어치울 예정이었다는 것을.

오드리는 친척이며 예부터의 친구인 올리버 오먼 박사와 함께 성당에 가기로 되어 있었다. 오먼 박사는 좀 인정미 없는 과학자였지만 음악에는 열심이어서 음악 때문이라면 성당에 가는 것도 사양치 않는 사람이었다.

사정은 대충 이러했는데, 그 어디에도 오드리 왓슨의 얼굴에서 엿보이는 슬픔과 관계있는 점은 없었다. 그리하여 신부는 무의식적인 본능으로 풀 속을 줄곧 찾아 돌아다니는 미치광이 같은 사나이에게로 다시 눈길을 보냈다.

브라운 신부가 그쪽으로 어슬렁어슬렁 다가가자 사나이는 부스스한 검은 머리를 갑자기 쳐들었다. 그 얼굴에는 왜 신부가 아직 돌아가지 않았을까 하는 놀라움이 떠올라 있었다. 사실 브라운 신부는 그만이 알고 있는 이유 때문에 예의상 필요한 정도 이상으로, 아니 어느 의미에서 말하자면 염치없을 정도로 늑장을 부리며 서성거리고 있었던 것이다.

크레이 대령은 심상치 않은 눈초리로 외쳤다.

"나 참! 다른 사람들과 마찬가지로 당신도 나를 미치광이로 생각하고 있겠지요?"

그러나 키 작은 신부는 태연히 대답했다.

"그 가능성도 일단 생각해 보았습니다. 그러나 결국 그렇지 않다는 쪽으로 기울고 있습니다."

크레이는 난폭하게 대들었다.

"그게 무슨 뜻이지요?"

"진짜 미치광이는 흔히 자신의 병적인 점을 키워나가고 있지요. 절대로 그것을 잡아누르려고 하지는 않습니다. 그런데 당신은 도둑의 발자취를 찾아내기 위해 애쓰고 있습니다. 그런 발자취 따위는 아무데도 없는데 말입니다. 당신은 자신의 병적인 점에 거역하고 있습니다. 미치광이라면 바라지 않는 것을 바라고 있는 셈이지요."

"대체 내가 뭘 바라고 있다는 말입니까?"

"자신이 잘못 생각하고 있다는 것을 증명하고 싶은 겁니다."

브라운 신부의 마지막 말이 떨어짐과 동시에 크레이는 튀어오른다고 할까, 비틀거린다고 할까. 아무튼 일어나서 상대방의 얼굴을 흥분된 눈으로 쏘아보았다.

"그건 사실이오! 여기 있는 사람들은 떼를 지어 내 말을 곧이듣지 않고 침입자가 노린 것은 은그릇뿐이라고 주장합니다. 그런 생각으로는 내가 만족하지 않는다는 듯이 말입니다! 오드리까지 나에게 대들었습니다!"

크레이는 텁수룩한 검은 머리를 오드리 쪽으로 돌렸으나 신부는 그러지 않았다.

"그녀는 나쁜 짓을 하지 않은 가엾은 도둑에게 총을 쏘는 건 잔혹한 짓이라면서 내가 나쁜 짓을 하지 않은 원주민들에게 악마 같은 마음을 품고 있다고 대들더군요. 그러나 나도 전에는 착한 사람이었습니다. 패트넘만큼 착한 사람이었습니다. ”

대령은 한숨 돌렸다.

“나는 당신을 만난 적이 한 번도 없지만, 이야기를 처음부터 듣고 판단해 주십시오. 패트넘과 나는 한솥밥을 먹은 친구였는데, 아프가니스탄 국경 지대에서 일어난 사건 때문에 맨 먼저 내가 연대장으로 승진되었습니다. 그러나 우리는 둘 다 병으로 당분간 본국에 돌아와 있게 되었지요. 나는 전쟁터에서 오드리와 약혼하여 세 사람이 함께 돌아왔습니다. 그런데 돌아오는 도중에 갖가지 일들이 일어났습니다. 아주 이상한 일들이. 그 결과 패트넘은 내 약혼을 취소하려고 했고 오드리도 시무룩한 태도를 보였습니다. 그들이 어떤 이야기를 하고 싶어하는 것은 나도 압니다. 그들이 나를 어떻게 생각하는지 잘 알고 있습니다. 당신도 알고 있겠지요?

이런 일이 일어났습니다. 인도 어느 도시에 묵었던 마지막 날 나는 패트넘에게 트리키노폴리 시가를 살 수 있느냐고 물었습니다. 그러자 패트넘은 그가 묵고 있는 숙소 저쪽의 작은 집을 가르쳐 주었습니다. 나중에 그의 말이 맞았다는 것을 알게 되었지만, 훌륭한 저택이 있는 저쪽에 초라한 집이 대여섯 채 있을 경우 ‘저쪽’이란 위험한 말입니다. 나는 아마 엉뚱한 문으로 들어갔던 모양입니다. 그 문은 좀처럼 열리지 않았는데, 겨우 열렸는가 싶자 안이 깜깜했습니다. 그런데 다시 나오려고 하자 문짝이 많은 빗장이 한꺼번에 잠기는 듯한 소리를 내며 등 뒤에서 쾅 닫혔습니다. 이렇게 되자 앞으로 나갈 수밖에 도리가 없었습니다. 그래서 나는 깜깜한 복도를 몇 개 지나갔습니다. 그러자 층계가 있고, 이어서 정성들여 만든 동양식 철세공으로 된 걸쇠로 꼭 잠긴 덧문이 있었습니다. 이것은 손으로 더듬어 겨우 알아냈는데, 아무튼 마침내 벗겨낼 수가 있었습니다.

나는 다시 어두컴컴한 속으로 걸어 들어갔습니다. 그곳은 아래에 켜놓은 작지만 일렁거리지 않는 많은 램프 불빛이 푸르스름하게 비치고 있었습니다. 그 불빛으로는 이곳이 아무도 살지 않는 엄청나게 큰 건물 지하실이거나 바깥 둘레라는 것밖에 알 수 없었습니다. 그런데 내 바로 앞에 뭔가 산 같은 것이 보였습니다. 그것이 우상이라는 것을 안 순간 자신도 모르게 올라와 있는 큰 돌제단 위에 쓰러질 뻔했습니다. 더 기분 나쁜 것은 그 우상이 나에게 등을 돌리고 있는 점이었습니다.

그건 사람과 비슷하지도 않았습니다. 머리는 작고 짤막했으며, 한층 더 놀랍게도 꽁지며 다리 같은 것이 뒤쪽으로 쭉 내밀어져 있었지요. 기분 나쁜 커다란 손가락이 엄청나게 큰 돌 한가운데 새겨진 어떤 상징을 가리키고 있었습니다. 나는 침침한 불빛 속에서 조심스럽게 이 상형문자의 의미를 추측하기 시작했습니다. 바로 그때 무서운 일이 일어났습니다. 내 등 뒤의 벽에 난 문이 소리없이 열리며 갈색 얼굴에 검은 옷을 입은 사나이가 불쑥 나타난 겁니다. 구릿빛 피부에 상아처럼 흰 이가 드러나 보이는 얼굴에는 새겨넣은 듯한 깊은 미소가 떠올라 있었는데, 그 모습에서 가장 불쾌했던 것은 유럽 사람 같은 옷차림이었습니다. 법의를 두른 승려나 벌거벗은 고행자가 나타났다면 그리 놀라지 않았을 겁니다. 이건 마치 악마들이 온 천지에서 날뛰고 있는 것 같았습니다. 실제로 그러했다는 것을 나중에 알았지만.

그 사나이는 기분 나쁜 미소를 띠면서 아무 설명도 없이 불쑥 말했습니다. '만일 네가 이 원숭이 신(神)의 발만 보았다면 우리는 아주 점잖은 방법을 취했을 것이다. 너는 다만 고통을 받고 죽을 뿐이었다. 그리고 원숭이 신의 얼굴을 보았다 해도 역시 우리는 아주 온건하고 너그럽게 대했을 것이다. 너는 다만 고통을 받으며 살아가게 될 것이다. 그런데 네가 원숭이 신의 꼬리를 보아 버린 이상 우리는 가장 큰 형벌을 내리지 않을 수 없다. 즉, 자유롭게 돌아가는 것이 좋다.'

이 말이 떨어지자 아까 내가 애써 비틀어 연 쇠빗장이 스르르 벗겨지는 소리가 들리고, 또 내가 지나온 깜깜한 복도 저쪽 끝에서 바깥 큰길 쪽으로 난 무거운 문의 빗장이 저절로 열리는 소리가 들려 왔습니다.

'자비를 구해도 소용없다. 너는 자유롭게 돌아가지 않으면 안 된다' 하고 그 멋부린 사나이는 말했습니다. '앞으로 네 한 가닥 머리칼이 칼처럼 너를 벨 것이며, 한 가닥 숨결이 독사처럼 너를 물고 늘어질 것이다. 어디서인지 흉기가 나타나 너를 덮칠 것이며, 너는 몇 번이나 죽음을 당할 것이다.' 이 말을 남기자 그자는 다시 등 뒤의 벽으로 빨려들어가듯 모습을 감추고 나는 바깥 거리로 나왔습니다."

크레이 대령은 한숨 돌렸다. 브라운 신부는 체면도 없이 잔디 위에 주저앉아 데이지 꽃을 따기 시작했다.

대령은 다시 이야기를 계속했다.

"물론 패트넘은 쾌활한 상식인이므로 나의 불안을 무조건 받아들이지 않았습니다. 그가 내 정신 상태를 의심하기 시작한 것은 그때부터였습니다. 그 뒤 일어난 세 가지 사건을 되도록 간단히 이야기하지요. 이야기를 듣고 우리 중 어느 쪽이 옳은지 판단해 주기 바랍니다.

첫 번째 사건은 밀림 변두리의 어떤 마을에서 일어났습니다. 그곳은 내가 저주받은 사원이 있는 도시와 그런 종류의 종족이며 풍습에서 수백 킬로미터나 떨어진 지방이었습니다. 캄캄한 한밤중에 잠을 깬 나는 아무 생각 없이 누워 있었습니다. 그때 실인지 머리카락 같은 것이 내 목을 희미하게 간질이면서 지나가는 것을 느꼈습니다. 나는 무심코 몸을 움츠렸어요. 그리고, 싫어도 그 사원에서 들은 이야기가 생각났습니다. 나는 벌떡 일어나 불을 켜고 거울을 보았습니다. 목을 스쳐 지나간 줄은 바로 한 가닥 피였습니다.

두 번째 사건은 그보다 훨씬 뒤 귀국 도중에 묵고 있던 포트사이드의 여관에서 일어났습니다. 그곳은 여관인지 골동품 가게인지 잘 알 수 없는 집으로, 원숭이 신을 믿는 종교와 관계있을 듯한 물건은 전혀 없었지만 그런 곳인만큼 원숭이 신의 상이나 부적 같은 게 없었다고 단언할 수는 없습니다. 어쨌든 그때 원숭이 신의 저주가 나타났습니다.

이때도 나는 캄캄한 밤중에 잠이 깼습니다. 왜냐하면 숨결이 독사처럼 물어뜯는다고 표현할 수밖에 없는 느낌이 들었기 때문입니다. 살아 있는 것이 죽는 것처럼 괴로웠습니다. 나는 벽에 머리를 들이받고 마지막에는 창문을 들이받으며 뛰어내렸습니다. 아니 그보다 굴러 떨어지듯 아래뜰로 떨어졌습니다. 지난번 사건 때는 우연히 긁힌 상처라고 생각했던 패트넘도 새벽 무렵 의식을 잃고 풀밭에 쓰러진 나를 발견하자 사태를 진지하게 생각지 않을 수 없었습니다. 그가 진심으로 생각한 것은 나의 정신 상태이지 내 이야기는 아니었던 것 같습니다.

세 번째 사건은 몰타 섬에서 일어났습니다. 우리는 그 섬의 요새에 있었는데, 우연히도 우리 침실은 창문 바로 밑에 바싹 다가붙은 큰 바다를 내다보는 위치에 있고, 바다와 창문 사이에는 바다처럼 단조로운 높은 흰 벽이 있을 뿐이었습니다. 나는 여기서도 한밤중에 또 잠이 깨었습니다. 그러나 이번에는 캄캄하지 않았습니다. 창가로 다가가 보니 둥근 달이 떠올라 있었습니다. 단조로운 흉벽에 새가 앉아 있거나 또는 수평선에 돛배가 지나갔다면 분명 똑똑히 보였을 겁니다. 그런데 내가 본 것은 텅 빈 하늘에 매달려 빙글빙글 돌아가는 막대기나 나뭇가지 같은 물체였습니다. 그것이 내가 서 있는 창문을 향해 곧장 날아와 방금 일어난 베개 옆에 있는 램프를 부쉈습니다. 동양의 야만인들이 쓰는 이상한 모양의 전투용 막대기였습니다. 그것은 사람 손에서 날아온 게 아닙니다. ”

브라운 신부는 만들어 가던 데이지 꽃다발을 집어던지고 깊은 생각에 잠긴 표정으로 벌떡 일어났다.

“패트넘 소령은 동양에서 만든 골동품이나 우상이나 무기 같은 것을 가지고 있지 않습니까? 사건 해결의 실마리가 될 수 있는 물건을 말입니다. ”

“많이 가지고 있지만 별 도움이 되지 않을 겁니다. 그러나 아무튼 서재로 들어와 보십시오. ”

집으로 들어온 두 사람은 성당에 가기 위해 장갑 단추를 끼고 있는 오드리 왓슨 옆을 지나며, 아래층에서 아직도 요리사에게 요리법 강의를 하고 있는 패트넘 소령의 목소리를 들었다. 패트넘 소령의 서재 겸 골동품실에서 뜻밖에도 세 번째 인물을 만나게 되었는데, 그는 실크해트에 외출복을 차려입은 말끔한 모습으로 끽연 테이블 위에 펼쳐져 있는 책을 들여다보는 참이었다. 인기척이 나자 그는 뭔가 좋지 못한 짓을 하고 있던 사람처럼 책에서 눈길을 떼고 돌아다보았다.

크레이 대령은 그를 정중히 신부에게 소개했다.

“오먼 박사입니다. ”

그러나 얼굴에 싫어하는 표정이 뚜렷이 떠올랐으므로, 브라운 신부는 오드리가 알고 있는지 어떤지 모르지만 이 두 사람이 서로 원수 사이라는 것을 직감했다. 그와 동시에 신부는 대령의 이런 편견에 얼마쯤 공감이 갔다. 오먼 박사는 참으로 훌륭한 옷차림의 신사로서 동양인이라 해도 이상하지 않을 만큼 살빛이 검었으며 아주 남자다웠다. 그러나 브라운 신부는 대령을 동정하는 한편, 그 뾰족한 턱수염에 기름을 잔뜩 바르고 작은 손에 장갑을 끼었으며 고양이를 쓰다듬는 듯한 목소리로 이야기하는 사람에 대해서도 따뜻하게 대해야 한다고 자신에게 엄숙히 타일렀다.

검은 장갑을 낀 오먼의 한쪽 손에 들린 작은 기도서를 보자 크레이 대령은 화가 치민 모양이었다. 그리하여 그는 좀 교양 없이 말했다.

"당신에게 그런 취미가 있는 줄은 몰랐군요."

오먼은 쑥스러운 미소를 지었으나 악의가 담겨 있지는 않았다.

"뭐니뭐니해도 내게는 이쪽이 더 어울리지요."

그는 방금 보다 만 큰 책에 손을 얹었다.

"약품류 사전이랍니다. 그러나 성당에 가져가기에는 너무 크군요."

오먼은 커다란 책을 덮었는데, 아주 희미하지만 어딘지 당황하여 서두르는 듯했다.

이윽고 브라운 신부가 화제를 돌려 말했다.

"여기 있는 창이며 그밖의 것들은 모두 인도에서 가져온 것 같군요."

오먼 박사가 대답했다.

"세계 여기저기서 가져왔지요. 패트넘은 오랫동안 군인으로 근무했기 때문에 내가 아는 것만으로도 멕시코, 오스트레일리아, 식인종이 산다는 서인도 제도에도 간 적이 있답니다."

"패트넘 소령이 요리법을 배운 곳이 식인종이 있는 섬이 아니었으면 좋겠군요."

브라운 신부는 벽에 걸린 스튜 냄비 등 진기한 도구들로 눈길을 보냈다.

그때 화제에 올라 있던 쾌활한 주인공이 명랑하게 웃는 얼굴을 방 안으로 들이밀고 큰 소리로 말했다.

"이쪽으로 와주지 않겠나, 크레이? 자네 점심 식사가 준비되어 있네. 그리고 성당에 갈 분들은 들으십시오, 종이 울리고 있습니다."

크레이 대령은 옷을 갈아입기 위해 슬그머니 빠져나가 2층으로 올라갔고, 오먼 박사와 오드리 왓슨은 줄지어 성당으로 향하는 다른 사람들 틈에 섞여서 엄숙히 큰길을 걸어갔다. 그런데 오먼 박사는 두 번이나 고개를 돌려 집 안을 자세히 바라보았고, 마지막에는 집 안을 보기 위해 큰길 모퉁이까지 되돌아왔을 정도였다.

이것을 보고 브라운 신부는 의아한 표정을 지었다. 그는 혼자 중얼거렸다.

"저 사람이 쓰레기통에 갔을 리는 없어. 저 옷차림으로 그런 짓을 할 수는 없겠지. 그러나 오늘 아침 일찍이 저택에 온 게 아닐까?"

브라운 신부는 다른 사람을 대할 때 기압계 못잖게 민감했는데, 오늘따라 코뿔소처럼 둔해진 것 같았다. 엄격한 규칙으로 보나 말없는 약속으로 보나 아무튼 사교상의 예절로 본다면 이 인도에서 자란 친구끼리 점심을 드는 자리에 이처럼 어물어물 남아 있을 이유가 없었던 것이다. 그런데 신부는 유쾌하지만 전혀 필요도 없는 이야기를 줄곧 늘어놓아 자기 입장을 얼버무리면서 남아 있었던 것이다. 더욱 이해할 수 없는 것은 신부가 전혀 점심을 들고 싶어하지 않는 점이었다. 아주 잘 만들어진 케저리, 즉 카레 요리가 적당한 좋은 술과 함께 두 군인 앞에 놓일 때마다 브라운 신부는 오늘이 금식일이라는 말을 되풀이하며 빵 한 조각을 갉아먹고 있었다. 큰 잔에 담긴 물도 조금 마셨을 뿐 그 뒤로는 전혀 입을 대지 않았다. 그러나 그는 쉴새없이 이야기를 늘어놓았다.

신부는 큰 소리로 말했다.

"괜찮겠지요? 두 분을 위해 좋은 일을 해드리겠습니다. 샐러드를 만들어 드리지요! 나는 지금 먹을 수 없지만 만드는 솜씨만은 뛰어나답니다. 거기 상추가 있군요. "

그러자 쾌활한 패트넘 소령이 말했다.

"유감스럽게도 상추밖에 없군요. 겨자와 식초와 기름 등은 모두 그 양념 스탠드와 더불어 도둑과 함께 행방을 감추고 말았다는 것을 잊으시면 안 됩니다. "

브라운 신부가 모호하게 대답했다.

"물론 그렇지요. 나는 늘 그런 일이 일어나지 않을까 하고 염려하고 있었답니다. 그래서 나는 언제나 양념병을 가지고 다니지요. 그토록 샐러드를 좋아한답니다. "

두 사람의 놀란 얼굴을 곁눈질해 보며 신부는 조끼 주머니에서 후추병을 꺼내 테이블 위에 놓았다.

"그 도둑은 어째서 겨자까지 욕심냈을까요 ? "

신부는 다른 주머니에서 겨자병을 꺼냈다.

"겨자를 섞은 약품이라도 만들 작정이었을까요 ? 다음에는 식초입니다. "

신부는 식초병을 꺼냈다.

"식초와 갈색 종이에 대한 이야기를 어디선가 들은 기억이 있겠지요 ? 샐러드 기름은 아마 왼쪽 주머니에 있을 텐데. "

브라운 신부의 이야기가 한순간 끊겼다. 문득 눈길을 든 신부는 아무도 보지 못한 것을 보았다. 햇빛이 반짝이는 잔디밭에 서서 가만히 안을 들여다보는 오먼 박사의 검은 옷이 보였던 것이다. 브라운 신부가 침착을 되찾기도 전에 크레이 대령이 눈을 크게 뜨고 끼어들었다.

"당신은 아주 색다른 분이로군요. 당신 설교가 이만큼 재미있다면 나도 들으러 가고 싶은데요. "

여기서 대령은 조금 달라진 목소리로 말을 마치더니 의자등받이에 깊숙이 몸을 기댔다.

브라운 신부는 엄숙한 목소리로 말했다.

"물론 양념 스탠드에도 여러 가지 설교가 포함되어 있습니다. 한 알의 겨자씨 같은 신앙이나 기름을 부어 깨끗이 해주는 사랑에 대한 이야기를 들어보지 못했습니까? 또 식초에 대해서도 모든 군인에게 있어 잊을 수 없는 이야기, 즉 날이 흐려지기 시작했을 때 저 고독한 병사는……."

크레이 대령이 몸을 조금 앞으로 굽히고 테이블보를 움켜잡았다.

샐러드를 만들고 있던 브라운 신부는 물이 든 큰 잔에 겨자를 두 숟갈 넣고 벌떡 일어나더니 갑자기 다른 사람이 된 듯 무섭게 큰 목소리로 외쳤다.

"이걸 마셔요!"

그와 동시에 뜰에 서 있던 오먼 박사가 달려와 무서운 기세로 창문을 밀어열고 물었다.

"도와드릴까요? 독을 마신 게 아닙니까?"

"하마터면 큰일날 뻔했습니다."

브라운 신부의 얼굴에는 어렴풋이 미소가 떠올랐다.

구토제가 제대로 효과를 나타냈기 때문이다. 크레이 대령은 철제 의자에 누워 가쁘게 숨을 몰아쉬고 있었으나 목숨에는 지장이 없었다.

패트넘 소령이 보랏빛 얼굴을 뻘겋게 물들이며 벌떡 일어나 쉰 목소리로 외쳤다.

"범죄다! 경찰을 불러 오겠습니다!"

소령이 모자걸이에서 종려나무 잎으로 만든 모자를 낚아 채어 현관에서 급히 나가는 소리가 들리고 이어서 뜰의 대문이 닫히는 소리가 났다. 그러나 브라운 신부는 다만 크레이 대령의 상태를 지켜볼 뿐이었다.

잠시 침묵이 흐른 뒤 그는 조용히 말했다.

"여러 말 하지 않겠습니다. 그러나 당신이 알고 싶어하는 일을 이야기해 드리지요. 당신 몸에 저주 같은 건 걸려 있지 않습니다. 저 원숭이 신의 사원에서 있었던 사건은 우연의 일치이거나 아니면 이 음모의 일부이거나 둘 중 하나입니다. 음모란 저 백인의 계략입니다. 깃털처럼 살짝 닿기만 해도 피가 나는 흉기는 백인의 손에 쥐어진 면도칼입니다. 방 안에 눈에 보이지 않는 강력한 독가스를 채우는 흔해빠진 방법도 있습니다. 가스 마개를 여는 것인데, 역시 백인의 범죄지요. 그리고 창문에서 밖으로 내던져 공중에서 거꾸로 돌아 옆창문으로 날아드는 몽둥이도 한 가지밖에 없습니다. 오스트레일리아 원주민들이 쓰는 부메랑입니다. 패트넘 소령의 서재에 그런 것이 몇 개 있더군요."

브라운 신부는 밖으로 나가 잠시 오먼 박사와 이야기를 나누었다.

그 뒤 바로 오드리 왓슨이 달려와 크레이가 누워 있는 의자 옆에 주저앉듯 무릎을 꿇었다. 두 사람이 주고받는 이야기는 신부의 귀에 들리지 않았으나 그들의 얼굴 표정은 불행해 보이지 않았다. 다만 놀라움이 나타나 있을 뿐이었다. 오먼 박사와 신부는 천천히 뜰의 대문을 향해 걸어갔다.

브라운 신부는 탄식하듯 말했다.

"아마 소령도 그녀를 사랑했었던 모양입니다."

상대방이 고개를 끄덕이자 신부는 다시 말했다.

"당신은 참으로 친절한 분입니다, 오먼 박사. 훌륭한 행동을 했습니다. 그런데 수상하다고 느낀 것은 무엇 때문이었습니까?"

"아주 하찮은 일이었습니다만, 아무래도 마음에 걸려 성당에서도 안절부절못하다가 무슨 일이 있나 확인하려 돌아왔던 겁니다. 패트넘 소령의 테이블에 놓여 있던 책은 독약에 관한 것이었는데, 그

펼쳐진 페이지에 어떤 인도산 독약에 대해 씌어 있었습니다. 치명적이지만 죽은 원인이 발견되기 어렵고, 흔히 쓰는 구토제를 사용함으로써 간단히 독을 없앨 수 있다고 써 있더군요, 패트넘 소령은 마지막 순간에 이것을……. ”

“저 양념 스탠드에 구토제가 들어 있다는 것을 생각해 냈다는 말씀이군요? 맞습니다. 소령은 도둑의 짓으로 보이기 위해 은그릇과 함께 그것을 저기 쓰레기통에 버렸습니다. 나는 그것을 거기서 발견했지요, 그런데 내가 테이블에 둔 후추통을 보십시오, 거기에 작은 구멍이 뚫려 있을 겁니다. 바로 크레이 대령이 쏜 총알이 그곳에 맞아 그 때문에 속에 든 후추가 쏟아져나와서 범인은 재채기를 했던 것입니다. ”

잠시 침묵이 계속되었다. 이윽고 오먼 박사가 못마땅한 목소리로 중얼거렸다.

“소령이 경관을 찾는 데 꽤 시간이 걸리는군. ”

그러자 브라운 신부가 조용히 말했다.

“경관이 소령을 찾는 데 시간이 걸린다고 하는 편이 옳겠지요, 그럼, 안녕히……. ”

존 불노이의 진기한 범죄

칼훈 키드는 아주 젊은 신사였으나 얼굴이 나이들어 보였다. 검푸른 머리카락과 검은 나비넥타이 속의 얼굴은 무슨 일에나 쉽게 열중하는 사람의 표정이어서 오히려 메마른 느낌을 주었다.

〈웨스턴 선〉이라는 미국의 큰 일간신문은 농담으로 '떠오르는 저녁해'라는 별명을 듣는데, 그는 이 신문의 영국 특파원으로 근무하고 있었다. '떠오르는 저녁해'라는 진기한 이름이 붙게 된 까닭은 '미국 시민 여러분이 좀더 힘쓴다면 해가 서쪽에서 뜰 수도 있다'는 기사——다름 아닌 칼훈 키드가 쓴 것이다——때문이었다.

그러나 온건한 전통적 입장에 서서 미국의 저널리즘을 비웃는 사람들은, 미국적인 결점을 메우는 하나의 모순된 좋은 점을 모르고 있다. 미국의 저널리즘은 영국에서는 도저히 볼 수 없는 팬터마임식의 야비한 제스처를 인정하는 한편, 영국 신문들이 모르는, 아니, 아예 취급하기 어려워하는 아주 진지한 정신적 문제에 진심으로 흥분하는 것이다. 〈웨스턴 선〉 신문에는 아주 진지한 문제가 더없이 익살맞게 다루어진 기사들이 많이 실린다. 실용주의자인 심리학자 윌리엄 제임스가 '역겨운 윌리'와 어깨를 나란히 하고 등장하는 등, 이 신문의 인물란에는 실용주의자와 권투선수가 번갈아 얼굴을 내미는 것이다.

그 때문에 존 불노이라는 그다지 유명하지 않은 옥스퍼드 출신 사나이가 〈자연철학〉이라는 도저히 읽을 수 없는 계간 평론잡지에 다윈 진화론의 약점으로 보이는 문제에 대한 논문을 실었을 때도 영국 각 신문들은 입을 다물었다. 물론 우주는 비교적 움직이지 않다가 가끔 큰 변동을 일으킨다는 이 새로운 학설이 옥스퍼드에서 큰 유행처럼 번져 '지각변동 이론'이라는 이름까지 얻게 되었다. 〈웨스턴 선〉 신문은 물론 여러 페이지에 걸친 특집으로 불노이와 그 학설을 소개했다.

미국 저널리즘의 모순에 대해서는 이미 말했지만, 이 경우에도 예외가 아니었다. 귀중한 지성의 정열에서 생겨나온 학설에 대한 기사가 글도 모르는 미치광이가 썼다고밖에 생각되지 않는 제목으로 소개되었던 것이다. 예를 들면 '다윈의 실수, 비판자 불노이는 말한다——다윈은 충격을 도외시하고 있다'라든가 '지각변동은 지속되어야 한다고 사상가 불노이는 주장한다'라는 식이다. 〈웨스턴 선〉 신문의 영국 특파원 칼훈 키드는 다행히 이런 식으로 소개된 줄 전혀 모르고 있는 사상가 불노이가 사는 옥스퍼드 교외의 작은 집으로 그 나비넥타이와 침울한 얼굴을 보이러 가라는 명령을 받았다.

그 철학자는 방문 예고를 받자 얼마쯤 멍한 상태로 약속 시간을 저녁 9시로 정했다. 여름날 어스름한 저녁놀 빛이 가까운 컴노아 근처의 숲에 덮인 언덕에 깃들어 있었다. 로맨틱한 미국인 기자는 길도 확실히 모르는 데다 주위 풍경에 대한 호기심에 이끌려 전형적인 봉건시대의 건물인 '챔피언 암즈'라는 시골 술집 문이 열려 있는 것을 보자 여러 가지를 물어보기 위해 안으로 들어갔다.

그 안에 들어가 벨을 눌렀으나 대답이 들리기까지 꽤 시간이 걸렸다. 그 술집에는 헐렁한 옷을 입은 붉은 머리의 야윈 사나이가 있었는데, 값싼 위스키를 마시는 주제에 피우는 담배는 최고급 시가였다. 그 위스키도 물론 '챔피언 암즈'의 특제품이었다. 시가는 런던에서 가져온 것이리라. 아무리 서로 다르다 해도 이 사나이의 세상을 비웃는 듯한 너저분한 옷차림과 젊은 미국인의 발랄하고 차가운 느낌처럼 서로 동떨어진 건 없을 것이다. 그러나 사나이가 가지고 있는 펜과 펼쳐진 수첩, 그리고 기민해 보이는 파란 눈이 어딘지 모르게 신문기자 같은 느낌을 주었는데, 그 짐작은 들어맞았다.

키드는 정말 미국인답게 쉽사리 부탁했다.

"한 가지 부탁이 있습니다. 그레이 커티지로 가는 길을 가르쳐주시겠습니까? 불노이 씨가 살고 있는 곳이라고 생각됩니다만."

붉은 머리 사나이는 입에서 시가를 떼어내며 말했다.

"이 길로 2, 3미터 가면 되오. 나도 조금 뒤 그 집 앞을 지나갈 거요. 펜드라곤 파크로 가서 재미있는 것을 볼 예정이지요."

칼훈 키드가 물었다.

"펜드라곤 파크는 뭘 하는 곳이지요?"

"클로드 챔피언 경의 저택이라오. 당신도 그곳에 온 게 아니오? 당신도 신문기자 같은데."

붉은 머리 사나이는 고개를 들고 키드를 올려다보았다.

"저는 불노이 씨를 만나러 왔습니다."

"저는 불노이 부인을 만나러 왔지요. 그런데 집에서는 그 부인을 만날 수 없답니다!"

그러고 나서 사나이는 불쾌한 웃음을 지었다.

미국인 젊은이가 의아한 듯이 물었다.

"지각변동 이론에 흥미를 가지고 있습니까?"

상대방은 우울한 목소리로 대답했다.

"이론이 아니라 지각변동 그 자체에 흥미가 있답니다. 지금 그것이 하나 일어나려 하고 있지요, 정말 지저분한 장사요. 그러나 나는 깨끗한 척하지 않겠소."

사나이는 말을 마치자 바닥에 침을 뱉었다. 그러나 그 동작과 그 순간의 뭔가가 그가 훌륭한 교육을 받으며 자라온 신사라는 것을 말해 주었다.

미국 신문기자는 더욱 주의깊게 사나이를 바라보았다. 얼굴이 파리하고 야위었으나 아직 정열을 내뿜는 힘이 있는 것 같았다. 아주 영리하고 감수성이 강한 얼굴이었다. 거친 천으로 지은 옷은 손질이 되어 있지 않았으며 긴 손가락에는 고급 문장 반지가 끼워져 있었다. 이야기하는 동안 알았지만, 그의 이름은 제임스 댈로이로 파산한 어느 아일랜드 지주의 아들이었다. 그가 일하는 곳은 자신도 진심으로 싫어하는 저속한 신문 〈스마트 소사이어티〉였는데, 그는 그곳 기자 자격을 갖는 동시에 딱하게도 스파이 비슷한 임무를 띠고 있었다.

〈스마트 소사이어티〉는 유감스럽게도 〈웨스턴 선〉 간부들이 높이 평가하는 불노이의 반(反)다원설에는 전혀 흥미가 없었다. 댈로이가 이곳에 온 것은 지금 그레이 커티지와 펜드라곤 파크 사이에 걸쳐 있는 스캔들 때문이었다. 이 스캔들은 결국 이혼소송으로까지 발전할 듯한 기세였다.

클로드 챔피언 경은 〈웨스턴 선〉 독자에게 불노이 씨만큼이나 잘 알려진 인물이었다. 말하자면 로마 교황이나 더비 경마의 우승마만큼이나 잘 알려진 인물로, 만일 챔피언 경과 불노이가 친한 친구 사이라면 교황과 경마 우승마의 조합처럼 기묘한 대조를 보이리라고 키드는 생각했다. 키드는 전부터 클로드 챔피언 경에 대한 이야기를 들었다. 그러나 그에 대한 기사를 쓴 적이 있다기보다는, 그냥 아는 체해 보였다.

챔피언 경은 '영국 10대 명사' 가운데 가장 머리가 좋고 돈 많은 사람이며 전 세계로 요트를 달리는 스포츠맨이며, 히말라야에 대한 저술도 몇 권이나 되는 위대한 여행가인 동시에 보수당 당원이면서도 뜻밖에도 민주주의를 외쳐 선거구 주민들의 인기를 얻는 정치가이기도 했다. 그리고 미술과 음악, 특히 연극 애호가였기 때문에 미국인이 아닌 사람들이 볼 때 그는 정말 놀라운 인물이었다. 그의 광범위한 취미와 끊임없는 자기 선전 태도에는 어딘지 르네상스 시대의 지배자를 연상케 하는 점이 있었다. '위대한 아마추어'만으로는 만족하지 못하는 열광적인 아마추어였던 것이다. '수박 겉핥기'라는 말로 흔히 표현되는 호사가적인 경박함은 이 사나이에게서 전혀 찾아볼 수가 없었다.

짙은 보라색의 이탈리아인의 눈을 가진 완벽한 매 같은 옆얼굴 사진은 〈스마트 소사이어티〉와 〈웨스턴 선〉에도 가끔 실렸다. 그의 모습은 아무리 보아도 그것은 염증이 생겨 병으로 좀먹어 들어가는 것처럼 야심에 의해 침식당한 사람의 옆모습이었다. 키드는 그에 대해 많은 것을 알고 있었다. 솔직히, 알려져도 좋은 것뿐만 아니라 그밖의 것까지도 알고 있다고 할 수 있다. 하지만 아무리 상상력을 발휘해도 이 멋진 귀족과 지각변동 이론의 창시자를 연결시켜 두 사람이 친한 친구 사이라고 생각할 수는 없었다. 그러나 댈로이의 설명에 따르면 아무래도 그런 것 같았다. 이 두 사람은 중·고등학교와 대학에서 같이 사냥을 다녔고, 비록 챔피언 경은 대지주이며 백만장자였으나 불노이는 가난한 무명 학자로 사회적으로 서로 다른 길을 걸어왔으나 오늘날까지 친하게 교제를 계속해 왔던 것이다. 과연 불노이의 조그만 집은 펜드라곤 파크 정문 바로 앞에 있었다.

그런데 이 우정이 앞으로도 지속될지 어떨지, 지금 어두운 그림자를 드리운 추잡한 스캔들이 이들을 뒤덮고 있다.

불노이는 2년 전 꽤 이름있는 여배우와 결혼하여 내성적이고 무뚝뚝하지만 진심으로 아내를 사랑했다. 그런데 집이 우연히 챔피언의 저택과 가까워서 그만 이 변덕스러운 귀족에게 어떤 짓을 저지를 기회를 주게 되었으며, 그 결과 유감스럽게도 저속하기 이를 데 없는 소동을 불러일으켰던 것이다. 클로드 챔피언 경은 자기 선전 기술을 터득하고 있었기 때문에 명예롭지 못한 일이 세상에 알려지는 데서도 색다른 기쁨을 느끼는 것 같았다.

펜드라곤 집안 심부름꾼이 끊임없이 불노이 부인에게 꽃다발을 전하고, 불노이의 집 앞에는 부인을 찾는 마차며 자동차들이 줄을 이었다. 그리고 무도회며 가장무도회가 거의 밤마다 열려 클로드 챔피언 경은 마치 마상시합장에 나온 사랑과 미의 여왕처럼 불노이 부인을 꾸며보였다. 이리하여 키드 기자가 불노이로부터 지각변동 이론의 설명을 듣기로 되어 있는 이날 밤에도 클로드 챔피언 경은 《로미오와 줄리엣》의 야외극을 공연하였다. 자신은 로미오 역을 맡고, 상대방에게 물론 줄리엣을 시킬 계획이었다.

붉은 머리 사나이가 일어나 몸을 부르르 떨면서 말했다.

"무사히 끝나지는 않겠지. 불노이 씨는 설득당할지도 모르오. 그래도 결코 양보하지 않을걸. 그러나 양보하지 않는다면 정말 둔한 사람임에 틀림없어. 나라면 양보하지 않을 수 없다고 생각되는군."

칼훈 키드가 굵은 목소리로 말했다.

"그분은 굉장한 두뇌를 가지고 있지요."

"물론이지요. 그러나 아주 뛰어난 지능을 가진 사람이라도 그렇게까지 둔해질 수는 없을 거요. 이제 그만 가보겠소? 나도 조금 있으면 가겠지만."

이 말을 듣고, 칼훈 키드는 밀크 소다를 다 마셨으므로 익살꾼인 정보 제공자를 위스키와 담배 앞에 혼자 남겨둔 채 서둘러 그레이 커티지로 가는 길을 걸었다. 하루의 마지막 빛도 이제 엷어져 하늘은 석판처럼 거무스름했으며 군데군데 별이 빛나고 있었다. 머지않아 달이 뜨려는 듯 왼쪽 하늘이 희미하게 밝았다.

그레이 커티지는 단단한 가시나무 산울타리가 높이 둘러쳐져 있었는데, 펜드라곤 파크의 소나무와 말뚝 울타리 바로 밑에 붙어 있어서 키드가 펜드라곤 파크의 문지기집으로 착각했을 정도였다. 그러나 높은 대문 위에는 목표한 사람 존 불노이의 문패가 붙어 있었다. 손목시계를 보니 바로 이 철학자와 만나기로 약속한 시간이 되었으므로 그는 대문 안으로 들어가 현관문을 두들겼다. 정원 산울타리 안으로 들어와 보니 안쪽 집은 특별히 눈에 띄지는 않았다. 그러나 실제로는 처음 보았을 때의 인상보다 훨씬 크고 호화스러워 문지기 집과는 비교되지 않았다. 개집과 꿀벌통이 옛날 영국의 전원 생활을 상징하듯 문 밖에 놓여 있었다. 무성한 배나무 저쪽에서 달이 떠올랐다. 개집에서 나온 개는 점잖은 신부 같은 얼굴로 짖을 생각조차 하지 않았다.

이윽고 문을 열어준 사람은 꽤 나이든 시골뜨기 하인으로 무뚝뚝하면서도 어딘가 품위가 있었다.

"부디 사과 말씀 전해 드리라고 주인님이 말씀하셨습니다. 부득이한 볼일로 갑자기 외출하셨습니다. "

기자는 자기도 모르게 목소리를 높였다.

"단단히 약속해 두었는데…… 어디로 갔는지 알고 있소? "

"펜드라곤 파크에 가셨습니다. "

하인은 좀 어두운 표정으로 그냥 문을 닫으려고 했다.

키드는 깜짝 놀라서 아리송한 말투로 물었다.

"부인과 함께…… 저, 모두 함께 나가셨소? "

하인은 분명히 말했다.

"아닙니다. 주인님은 뒤에 남아 계시다가 나중에 혼자 나가셨습니다."

그러고 나서 하인은 문을 닫았다. 무척 거칠게 닫기는 했으나 의무를 다하지 못했음을 후회하는 것 같았다.

현관에서 거절당한 미국인 기자는 뻔뻔스러움과 민감함을 적당히 가진 사람이었으므로 어리둥절할 수밖에 없었다. 이 정원에 있는 늙은 개와, 선사시대 쓰던 것 같은 와이셔츠를 입은 머리가 희끗희끗하고 두툼한 얼굴의 늙은 하인과, 꾸벅꾸벅 조는 옛날 그대로의 달과, 특히 약속 하나 지키지 못할 만큼 머리가 혼란된 늙은 철학자를 모두 한 줄로 세워 벌주며 일을 제대로 하게 버릇을 고쳐 주고 싶은 생각이 났다.

이윽고 칼훈 키드는 혼자 중얼거렸다.

"당신이라는 사람은 부인의 청순한 정열을 시들어 버리게 할 만한 사람이로군. 그러나저러나 한바탕 싸우러 갔을지도 모르지. 그렇다면 이 몸도 현장으로 급히 달려가야겠군!"

열려진 대문을 나와 모퉁이를 돌자 키드는 꺼먼 소나무들이 늘어선 긴 가로수 길을 기세 좋게 걸어갔다. 이윽고 펜드라곤 파크의 안뜰이 정면으로 바라보였다. 소나무들이 영구차에 붙은 깃털처럼 꺼멓게 줄지어 있고 하늘에는 별이 몇 개 반짝거렸다. 키드는 성질상 직접적인 연상보다 문학 작품과 결부시켜 연상하기를 좋아하는 사람이었다. '레이븐스 우드(까마귀숲)'라는 사람 이름이 지금 그의 머릿속에 몇 번이나 떠올랐다. 왜냐하면 소나무가 까마귀 빛깔과 비슷했기 때문이다. 그러나 월터 스콧의 《래머무어와 신부(新婦)》라는 비극^(레이븐스 우드는 이 작품에 나옴)에 이미 표현되어 있는 형용하기 어려운 어떤 분위기 때문이기도 했다. 18세기에 이미 사라진 어떤 냄새, 축축한 정원과 깨진 병 냄새, 영원히 가시지 않는 나쁜 냄새, 이상하게 현실감을 주지 않으면서도 도저히 어떻게 해볼 수 없는 슬픔을 간직한 것들이 냄새를 풍기고 있었다.

잘 손질된 그 검은 길, 비극의 무대 장치가 모두 갖춰진 그 길을 가는 도중 몇 번이나 앞에서 사람 발소리가 난 것 같은 기분이 들어 무심코 걸음을 멈췄다. 그러나 눈 앞에는 소나무 울타리가 양쪽으로 끝없이 이어지고, 그 위에 쐐기 모양의 세모꼴 별하늘이 조용히 펼쳐져 있을 뿐 아무것도 보이지 않았다. 그리하여 처음에는 기분 탓이겠지, 어쩌면 단순히 자기 발소리가 메아리쳐 들린 것이려니 생각했다.

그러나 점점 앞으로 나아감에 따라 겨우 남은 이성이 생각해 낼 수 있는 결론은 아무래도 누군가 다른 사람의 발소리라는 것이었다. 이 때 막연히 떠오른 것은 유령이었다. 피에로처럼 하얀 얼굴에 검은 점이 있는 유령, 시골에 있음직한 유령의 모습이 너무도 빨리 머릿속에 떠올라 그 자신으로서도 놀랐다. 검푸른 빛을 띤 하늘의 세모진 꼭대기 부분이 차츰 밝아지기 시작했다. 그것이 큰 집과 그 정원의 조명임을 그는 아직 몰랐다. 다만 그 이상한 분위기가 점점 짙어지는 것을 느낄 뿐이었다. 이 음울한 분위기 속에 감춰진 어떤 광포함을 느낀 그는 대체 그것이 무엇일까 생각했다. 이윽고 그는 이게 바로 지각변동 이론의 분위기라고 중얼거리며 웃음을 터뜨렸다.

다시 몇 개의 소나무와 몇십 미터의 거리를 뒤로 했을 때 그는 마술에 걸린 사람처럼 우뚝 멈춰 섰다. 꿈나라로 들어온 듯한 기분이라는 표현도 부족했다. 이 경우에는 아무래도 한편의 동화 속에 들어온 거라고 느낄 수밖에 없었다. 사람이란 언제나 때와 장소에 맞지 않는 일에 부딪치기 때문에 결국 부조화와 불균형의 잡음에 익숙해지기 마련이다. 이를테면 불협화음의 곡을 자장가 삼아 잠드는 셈이다. 그런데 아주 정상적인 일이 일어나면 우리는 곧 완전한 협화음의 통렬한 충격으로 놀라 일어나게 된다. 그리고 지금 옛날이야기 속에서라면 바로 이런 곳을 무대로 하여 일어날 법한 일이 정말 현실로 나타난 것이다.

검은 소나무 가로수 위에서 달빛에 번쩍이는 퍼런 칼 한 자루가 날아온 것이다. 그것은 펜드라곤 파크에서 수없이 많은 옳지 못한 결투에 쓰였으리라고 생각되는 날이 좁고 번쩍번쩍 빛나는 칼이었다. 칼은 그보다 훨씬 앞쪽 좁은 길 위에 떨어져 그 자리에서 커다란 바늘처럼 반짝였다. 그는 놀란 토끼처럼 얼른 달려가 몸을 굽히고 자세히 살펴보았다. 가까이에서 보니 아주 훌륭한 물건으로, 자루와 날 밑에 박힌 커다란 붉은 보석은 모조품 같았다. 그리고 칼날에는 붉은 피가 군데군데 묻어 있었다.

그는 이 끔찍한 칼이 날아온 쪽을 핏발 선 눈으로 바라보았다. 그러자 바로 그 언저리에서 소나무와 전나무숲이 끊어지고 지금까지 걸어온 길보다 더 좁은 길이 직각으로 뻗어 있는 것이 보였다. 그 작은 길로 들어서자 불 켜진 건물과 그 앞의 연못과 샘물이 한눈에 바라보이는 곳으로 나왔다. 그러나 그는 그 경치를 바라보려고 하지 않았다. 그보다 더 재미있는 것이 눈에 띄었기 때문이다.

그가 있는 곳보다 훨씬 위쪽 테라스 모양의 뜰에서 녹색의 둑이 급경사를 이루며 내밀어져 나왔는데, 그 모퉁이에 옛날 잘 꾸며진 정원에서 흔히 보일 만한 깜짝 놀랄 만큼 아름다운 별채가 보였던 것이다.

그것은 거대한 두더지 집이라고나 할까, 풀로 만든 작고 둥근 동산 또는 돔 같았다. 위쪽에는 동심원을 이루는 세 겹의 장미꽃이 둥글게 덮이고 꼭대기에는 해시계 막대기가 튀어나와 있었다. 해시계 바늘이 상어의 등지느러미처럼 꺼멓게 허공으로 뻗고, 달빛이 한가롭게 졸고 있는 그 시계를 감싸주었다. 그러나 그 미칠 듯한 한순간에 또 다른 물체가 보였다. 그것은 사람 모습이었다.

그것은 한순간 언뜻 보인 데다 빨간 바탕에 금빛 수를 놓은 몸에 딱 맞는 옷을 목에서부터 발뒤꿈치까지 감싸고 있어서 어느 나라 사람인지 도무지 짐작가지 않는 차림이었다. 그러나 키드는 달빛이 얼굴에 비친 한순간 그 인물이 누구인지 알았다. 하늘로 향한 그 하얀 얼굴은 수염을 깨끗이 깎았으며 부자연스러울 정도로 젊어 보였다. 그는 바이런 같은 매부리코에다, 머리카락은 흰머리가 섞이기 시작한 검은 곱슬머리였다. 클로드 챔피언 경의 사진이라면 키드도 신문에서 몇 번 보아 왔었다.

세상 사람으로 보이지 않는 그 빨간 모습이 한순간 해시계에 매달리듯 비틀거리는가 싶더니 가파른 비탈을 굴러떨어져 키드의 발 앞에 멈추며 한 팔을 움직였다. 부자연스러울 정도로 화려한 금장식이 붙은 팔을 보고 키드는 《로미오와 줄리엣》을 생각해 냈다. 이 몸에 꼭 맞는 빨간 옷은 야외극 의상임에 틀림없었다. 그러나 사나이가 굴러떨어진 곳에 길게 꼬리를 끄는 붉은 피는 연극 줄거리에 없는 것이었다. 사나이는 칼에 찔린 것이었다.

칼훈 키드는 몇 번이나 되풀이해서 외쳤다. 이때 그는 또다시 유령이 다가오는 듯한 발소리를 들었다. 이윽고 또 다른 사람 그림자가 가까이 서 있는 것을 보고 그는 깜짝 놀랐다. 그가 누구인지 모습으로 보아 알았지만 무서움은 가라앉지 않았다. 댈로이라고 스스로 이름은 밝힌 이 사나이는 어딘지 기분 나쁠 정도로 조용한 태도였다. 불노이가 일단 약속한 면회를 물리칠 수 있는 사람이라면, 댈로이는 약속하지 않은 면회를 실행케 하는 정말 섬뜩한 분위기를 풍겼다. 더욱이 달빛이 모든 것의 빛깔을 바꿔놓아 붉은 털로 선을 두른 댈로이의 창백한 얼굴은 희다기보다 푸르러 보였다.

이처럼 병적인 인상을 받았으니 키드가 자신도 모르게 이성을 잃고 큰소리를 지른 것도 무리는 아니다.

"당신 짓이지? 이 악마!"

제임스 댈로이는 불쾌한 미소를 지어 보였다. 댈로이가 뭐라고 말하기 전에 쓰러진 사나이가 다시 팔을 움직여 아까 칼이 떨어진 쪽으로 손을 뻗었다. 그는 한 번 신음 소리를 내더니 겨우 입을 열었다.

"불노이, 불노이가…… 불노이가 그랬어……. 질투로…… 질투로…… 나를 그놈이……."

키드는 좀더 잘 들으려고 고개를 숙였다. 겨우 알아들은 말은 이러했다.

"불노이가…… 내 칼을…… 나에게 던졌어……."

그리고 또다시 힘없는 손이 칼 쪽을 가리켰다. 그런 다음 마침내 손이 축 늘어졌다. 그와 동시에 키드의 가슴에 일종의 씁쓸한 유머가 떠올랐다. 그것은 미국인의 고지식함에 양념을 치는 소금이었다.

그는 명령하듯 날카롭게 말했다.

"자, 의사를 불러 주시오. 이 친구는 죽었소."

그러자 댈로이는 뭐라 판단하기 어려운 태도로 말했다.

"그리고 신부도. 챔피언 집안은 모두 가톨릭이지."

미국인 기자는 쓰러진 사나이 옆에 무릎꿇고 앉아 심장을 만져보고 나서 머리를 들어올려 인공호흡을 해보았다. 그러나 다른 기자가 신부와 의사를 데리고 돌아오기 전에 이미 늦었음이 분명해졌다.

듬직한 느낌을 주는 복스러운 얼굴의 의사가 의아한 눈길로 유심히 키드를 바라보며 물었다.

"당신이 왔을 때 이미 늦었던가요?"

〈웨스턴 선〉 기자는 대답했다.

"글쎄요, 아무튼 너무 늦어서 목숨을 건질 수 없었던 것만은 분명합니다. 그러나 중대한 사실을 죽은 사람으로부터 직접 들을 수 있었습니다. 나는 범인의 이름을 들었습니다."

의사가 눈썹을 찌푸리며 물었다.

"누가 죽였지요?"

"불노이 씨입니다."

칼훈 키드는 가볍게 휘파람을 휙 불었다.

의사는 이마를 점점 붉게 물들여가며 어두운 눈초리로 키드를 바라보았으나 그 말에 반박하지는 않았다. 이때 뒤에 있던 키 작은 신부가 조용히 입을 열었다.

"불노이 씨라면 오늘 밤 펜드라곤 파크에 오지 않았을 텐데요?"

미국 청년은 힘차게 주장했다.

"그 점에 대해서라면 전통깊은 여러분의 나라에 알려드릴 사실이 두세 가지 있습니다. 알겠습니까? 존 불노이 씨는 오늘 밤 내내 집에 있을 예정이었습니다. 집에서 나를 만나기로 약속했었지요. 그런데 마음이 달라진 겁니다. 한 시간쯤 전에 그는 혼자 집을 나와 이 사건이 일어난 저택으로 왔음을 나는 집사로부터 들었습니다. 어떻습니까, 전지전능한 경찰이 단서라고 부르는 게 이제 파악되었겠지요? 벌써 경찰을 부르러 보냈습니까?"

의사가 대답했다.

"그렇소, 하지만 다른 사람들에게는 아직 알리지 않았습니다."

제임스 댈로이가 물었다.

"불노이 부인도 모르십니까?"

이때에도 키드는 웬일인지 그 사나이의 일그러진 입매를 한 방 쥐어박고 싶어 견딜 수가 없었다.

의사가 탁한 목소리로 말했다.

"부인에게도 말하지 않았습니다. 그런데, 아, 경찰이 오는군요."

키 작은 신부는 조용해진 가로수 길로 걸어가 거기에 떨어져 있는 칼을 집어가지고 돌아왔다. 어디까지나 성직자다우면서도 평범한 이

작은 사나이의 작달막한 몸에 비해 칼은 우스우리만큼 크고 연극적으로 보였다.

신부는 미안한 듯이 물었다.

"경찰이 오기 전에 잠깐, 어느 분인가 불을 가지고 있습니까?"

미국 기자가 주머니에서 몸전등을 꺼내주었다. 신부는 몸전등을 칼날 중간쯤에 바싹 대고 눈을 깜박이며 정성들여 살폈다. 그는 날 끝과 자루는 거들떠보지도 않고 곧 의사에게 건네주었다. 그리고 짧게 한숨을 내쉬었다.

"아마도 여기는 내가 나설 자리가 아닌 것 같군요. 그럼, 이만 실례하겠습니다."

신부는 인사를 마치자 어두운 가로수 길을 뚜벅뚜벅 걷기 시작했다. 뒷짐을 지고 생각에 잠긴 듯 고개를 갸우뚱하고 있었다.

남은 사람들은 문지기 집 옆의 대문으로 걸음을 서둘렀다.

그곳에는 경감과 경관 두 사람이 와서 이미 문지기와 이야기하고 있는 중이었다. 한편 키 작은 신부는 소나무로 가득 덮인 어두컴컴한 길을 차츰 걸음을 늦추며 걸어가더니 집 현관 앞 돌층계에서 우뚝 멈췄다. 자기와 마찬가지로 말없이 다가오고 있는 사람을 알아차렸던 것이다.

신부 쪽으로 가까이 다가오고 있는 사람은 아름다운 귀족의 유령을 보고 싶어하는 칼훈 키드도 아마 만족할 듯한 모습이었다. 르네상스 시대 디자인의 은빛 공단 옷을 입은 여인이었다. 금발을 번쩍이는 밧줄처럼 두 갈래로 땋아 늘어뜨렸으며, 얼굴은 놀랄 만큼 파리해서 고대 그리스의 조각이나 상아에 금을 입힌 세공처럼 보였다. 눈만은 아주 밝게 빛났으며 목소리도 낮지만 또렷했다.

여자가 말을 걸었다.

"브라운 신부님입니까?"

“불노이 부인입니까?”

신부는 엄숙한 얼굴로 흘끗 그녀의 얼굴을 바라보았다.

“당신도 클로드 경 사건을 알고 있군요.”

그녀는 냉정하게 되물었다.

“내가 알고 있다는 걸 신부님이 어떻게 아시지요?”

신부는 그 질문에는 대답하지 않고 다른 말을 꺼냈다.

“블노이 씨를 보았습니까?”

“남편은 집에 있어요. 그이는 아무 관련도 없어요.”

신부는 이 말에도 아무 대꾸가 없었다. 그녀는 이상하게 격렬한 표정으로 신부에게 다가서며 그리 기분좋다고 할 수 없는 미소를 띠었다.

“할 말이 있어요, 신부님. 나는 남편이 한 짓은 아니라고 생각해요. 그리고 신부님도 역시 그렇게 생각하실 거예요.”

브라운 신부는 그녀의 눈길을 엄숙하게 들여다보고 나서 한층 더 엄숙하게 고개를 끄덕였다.

“브라운 신부님, 내가 알고 있는 것을 모두 말씀드리겠어요. 그러나 먼저 한 가지 부탁이 있어요. 다른 사람들은 모두 존이 범인이라고 믿고 있는데, 신부님만은 어째서 그렇게 생각지 않는지 그 까닭을 알고 싶어요. 무슨 이야기를 하든 괜찮아요. 남편에 대한 좋지 못한 오해와 일이 어떻게 되어 가는지 나도 잘 알고 있어요.”

브라운 신부는 정말 당황한 것처럼 한 손으로 이마를 문지르며 말했다.

“아주 하찮은 두 가지 일 때문입니다. 그 중 하나는 정말 하찮은 것이고, 다른 하나는 아주 애매하답니다. 그러나 이 두 가지 사실이 불노이 씨가 범인이라는 주장을 뒤집어 엎고 있습니다.”

신부는 무표정한 둥근 얼굴을 별이 반짝이는 하늘로 향하고 멍하니 이야기를 계속했다.

"먼저 문득 생각난 애매한 것부터 말씀드리겠습니다. 애매한 생각이란 아주 중요하지요. 나는 그렇게 생각합니다. 증거가 될 수 없는 일이 나에게는 결정적인 단서가 되지요. 성격적으로 불가능하다는 것처럼 불가능한 일은 없다고 생각합니다. 그렇다고 해서 불노이 씨가 옳지 못한 짓을 할 리 없다는 뜻은 아닙니다. 누구나 나쁜 짓을 할 수 있지요. 자기가 좋아하는 만큼 나빠질 수 있습니다. 사람은 저마다 자신의 도덕적인 생각을 바꿀 수는 있지만, 무슨 일을 할 때 자신이 타고난 본능적인 취미나 방법을 바꿀 수는 없지요.

불노이 씨가 결코 살인을 저지를 사람이 아니라고 말할 수는 없습니다. 그러나 이 살인은 그가 한 게 아닙니다. 그러면 그 로맨틱한 칼집에서 로미오의 칼을 뽑지는 않았을 겁니다. 그는 해시계가 있는 곳이 제단인 듯 그곳에서 적을 칼로 죽이거나, 시체를 장미꽃 사이에 버려 두거나, 소나무 너머로 칼을 던질 사람이 아닙니다. 불노이 씨가 사람을 죽인다면 아마 소박하고 음울하게 해치울 겁니다. 예를 들면 열 잔째의 포도주를 마신다든가, 적당한 그리스 시인의 작품을 읽는다든가 하는 기묘한 짓을 할 때처럼 조심스럽고 음울하게 해치울 게 틀림없습니다. 그러나 로맨틱한 무대 장치는 그에게 어울리지 않습니다. 이런 것은 오히려 챔피언 경이 좋아합니다."

불노이 부인은 다이아몬드같이 반짝이는 눈으로 신부를 바라보며 감탄했다.

"어쩌면!"

브라운 신부는 설명을 계속했다.

"또 하찮은 일이란 칼에 묻은 지문입니다. 유리나 강철같이 매끈매끈한 물건의 표면에 묻은 지문은 한참 뒤에도 알아볼 수 있는데,

칼의 표면에도 역시 지문이 묻어 있었습니다. 칼날의 중간쯤이었지요. 그것이 누구의 지문인지 나는 모릅니다. 그러나 누가 됐든 어째서 칼날 중간을 잡아야 했을까요. 저것은 긴 칼입니다. 길다는 건 적을 찌를 때 편리하지요. 적어도 대개의 상대에게는 긴 쪽이 유리합니다. 모든 상대에게 그렇다 해도 좋겠지요. 그러나 단 한 가지 예외가 있습니다."

부인은 신부의 말을 되풀이했다.

"한 가지 예외라고요!"

"단 한 종류의 적에 대해서만은 긴 칼보다 짧은 칼이 편리합니다."

"그래요, 내 생각도 마찬가지예요."

오랜 침묵이 흘렀다. 이윽고 브라운 신부는 조용한 목소리로 뜻밖의 말을 했다.

"그럼, 잘못 짐작한 게 아니로군. 역시 클로드 경은 자살한 것인가……."

"네, 그래요. 나는 그가 자살하는 것을 보았어요."

부인의 얼굴은 대리석같이 파리했다.

신부가 물었다.

"그는 당신을 사랑했기 때문에 자살한 것일까요?"

부인의 얼굴에 이상한 표정이 스쳐갔다. 그것은 가엾어 한다든가 마음속 깊이 후회한다든가 하는 신부가 예상하고 있었던 감정의 표현과는 전혀 다른 표정이었다. 부인은 갑자기 힘차고 긴장된 목소리로 말했다.

"그분이 나에게 조금이라도 호의를 가지고 있었는지 어떤지 의심스러워요. 그는 존을 미워하고 있었어요."

"왜지요?"

그때까지 하늘을 쳐다보고 있던 신부의 동그란 얼굴이 부인 쪽으로 돌려졌다.

"그가 존을 미워한 이유는 너무도 이상하여 뭐라고 말씀드려야 좋을지 모르겠군요. 그 이유란……."

브라운 신부는 끈기있게 캐물었다.

"무엇입니까?"

"다름 아니라 남편이 자기를 미워하려 하지 않았기 때문입니다."

브라운 신부는 고개를 끄덕이며 그녀의 말이 계속되기를 기다리듯 귀를 기울였다. 신부는 실제의 많은 탐정이나 소설 속 탐정들과 한 가지 다른 점이 있었다. 자신이 잘 아는 사실을 모르는 척하는 일이 신부에게는 없었던 것이다.

불노이 부인은 확신있는 태도를 애써 감추면서 다시 신부에게로 다가섰다.

"남편은 훌륭한 분입니다. 클로드 챔피언 경은 큰 인물이 못 되었습니다. 성공한 유명 인사임에는 틀림없지만. 그러나 존은 명성을 얻은 적도 없고 성공하지도 못했습니다. 명사가 되려는 생각은 조금도 가지고 있지 않았습니다. 이것은 엄연한 사실이에요. 시가를 피우는 것으로 세상에 이름을 알리고 싶어하지 않는 것과 마찬가지로 사물을 생각하는 것으로 유명해지려고 마음먹은 적도 없답니다. 그런 면에서 남편은 놀랄 정도로 머리가 잘 안 돌아가지요. 아직 어린아이인지도 몰라요.

그이는 지금도 챔피언 경을 초등학교 시절과 똑같이 좋아하고 있습니다. 마치 파티 석상에서 마술을 칭찬하듯 챔피언 경에게 감탄하고 있었습니다. 존으로서는 도저히 그를 미워할 수 없었던 거예요. 챔피언 경 자신은 미움받고 싶어했는데도 말이에요. 결국 챔피언 경은 정신이 이상해진 나머지 자살하고 만 거예요."

"흐음, 이제 알 것 같군요." 신부가 말했다.

부인은 다시 목소리를 높였다.

"모든 것이 그 때문에 꾸며놓은 무대였어요. 이 저택도 그 목적을 위해 지어진 거예요. 챔피언 경은 자기 집 문 앞의 작은 집에서 존을 마치 데리고 있는 사람처럼 살게 했어요. 남편이 스스로 낙오자라는 생각을 갖도록 하기 위해서였지요. 그러나 남편은 조금도 그렇게 생각지 않았어요. 존은 그런 것에 대해 아무 생각도 하지 않는 사자처럼 무관심한 거예요.

챔피언 경은 존이 가장 비참해하는 순간이나 가장 초라한 식사자리를 골라 불쑥 나타나 눈이 휘둥그레질 만큼 굉장한 선물이나 전갈을 가지고 신비스러운 회교국 왕처럼 쳐들어오곤 했는데, 존은 모든 것을 귀찮아하는 학생이 친구들에게 찬성하기도 하고 반대하기도 하듯 곁눈으로 흘끗 바라보며 기분좋게 받아들이거나 거절하곤 했습니다. 이런 일이 5년이나 계속되었는데, 존은 머리카락 하나 까딱하지 않았습니다. 그에 반해 챔피언 경은 그야말로 편집광이었어요."

브라운 신부는 말했다.

"모르드개를 시기한 나머지 스스로 파멸한 구약성서에 나오는 ^(에스델 5장 13절) 하만은 먼저 왕이 어떤 점에서 자기를 존경했는지 늘어놓은 다음 이렇게 말했습니다. '그러나 유대인 모르드개가 왕의 문 앞에 앉아 있는 이상 왕의 존경도 아무 의미가 없다.'"

불노이 부인은 이야기를 계속했다.

"내가 존을 설득하여 그의 이론의 일부를 논문으로 만들어 어느 잡지에 실렸을 때부터 이것은 농담으로 끝나지 않게 되었어요. 이 논문은 특히 미국에서 눈길을 끌어 어느 신문사에서 인터뷰를 청해오기도 했지요. 챔피언 경은 날마다 인터뷰 신청을 받고 있으면서도 이 천진난만한 경쟁자에게 뒤늦게나마 찾아온 하찮은 명성을 알자 그때까지 마음속의 악마 같은 증오심을 억누르고 있던 마지막 쇠사슬이 한순간에 끊어지고 말았습니다. 이리하여 챔피언 경은 나에게 접근하며 사랑과 명예에 대해 미친 듯이 공격을 퍼부었지요. 그 행동이 벌써 오래 전부터 이 근방 말 많은 사람들의 입에 오르게 되었던 겁니다.

어째서 내가 그의 접근을 허락했는지 이상하게 생각되겠지요? 그 대답은 오직 하나예요. 그와 절교하려면 아무래도 존에게 사정을 설명해야 하기 때문이었어요. 그런데 세상에는 사람 몸이 공중을 날 수 없듯이 도저히 할 수 없는 일이 있어요. 누구도 존에게 그것을 설명할 수 없었을 거예요. 지금도 역시 설명할 수 없어요. 누군가가 정색하고 챔피언 경이 당신 부인을 가로채려 한다고 일러 주어도 그는 상스러운 농담 정도로밖에 생각지 않았을 거예요. 그에게는 농담일 수밖에 없는 거예요. 그것이 정말이라는 생각은 그의 완고한 머리에 들어갈 틈이 없어요.

오늘 밤 존은 우리의 연극을 구경하러 올 예정이었는데, 떠날 즈음 오지 않겠다고 말했지요. 뭔가 재미있는 책이나 신기한 시가가 손에 들어온 것 같았어요. 나는 이 사실을 챔피언 경에게 이야기했어요. 그것이 실수였어요. 편집광인 그는 갑자기 눈 앞이 캄캄해지는 듯한 절망을 느꼈지요. 그리하여 스스로 자신의 몸에 칼을 꽂고 불노이에게 당했다고 악마처럼 울부짖으며 숨을 거두었어요. 저기 쓰러져 있는 사나이는 질투를 일으키게 할 수 없자 견디지 못하고 죽은 거예요. 존은 지금쯤 식당에서 책이라도 읽고 있겠지요. ”
잠시 침묵이 흐른 뒤 몸집 작은 신부가 말했다.
"부인, 당신의 조리있는 설명에서 단 한 가지 약한 데가 있습니다. 당신 남편은 식당에서 책을 읽고 있지 않습니다. 저 미국인 기자가 댁으로 찾아갔더니 불노이 씨는 펜드라곤 파크에 간다고 집사가 말했답니다.”

부인의 맑은 눈이 커지며 번개같이 날카로운 빛이 스쳐 지나갔다. 그러나 그 빛은 혼란이나 불안이라기보다 난처한 표정 같았다. 그녀는 외쳤다.

“설마 그럴 리가……. 하인들은 한 사람도 빠짐없이 연극 구경을 왔어요. 그리고 우리 집에는 집사가 있지도 않아요.”

브라운 신부는 껑충 뛰며 팽이처럼 반 바퀴 돌았다. 그러고 나서 전기 충격으로 숨을 되돌린 듯이 소리쳤다.

“아니, 그렇다면 어떻게 된 걸까? 지금 댁으로 찾아가 밖에서 부르면 당신 남편이 알아들을 수 있을까요?”

부인은 신부의 말을 알아듣지 못한 표정이었다.

“하인들은 이미 돌아가 있을 거예요.”

“그래, 맞아!”

브라운 신부는 힘주어 다짐하더니 펜드라곤 파크 대문으로 통하는 작은 길을 서둘러 걸어간다. 그는 잠시 돌아보고 말했다.

“저 미국인을 붙들어두는 게 좋습니다. 그렇지 않으면 ‘존 불노이 씨의 범죄’라는 커다란 제목의 기사가 온 미국에 퍼질 테니까요.”

“아직도 모르시겠어요, 신부님? 그이는 조금도 마음쓰지 않아요. 미국이라는 나라가 과연 있는지 어떤지도 모르는 분이니까요.”

브라운 신부가 꿀벌통과 개가 졸고 있는 불노이의 집에 이르자 얌전한 하녀가 식당으로 안내했다. 불노이는 갓을 씌운 램프 아래에 앉아 책을 읽고 있었다. 부인이 말한 대로였다. 포도주 병과 잔이 팔꿈치 옆에 놓여 있었다. 브라운 신부가 방으로 들어서자 그의 시가에 길다랗게 매달려 있는 재가 눈에 들어왔다.

‘이 사람은 적어도 30분 전부터 줄곧 여기에 있었군’ 하고 브라운 신부는 생각했다. 아무리 보아도 그는 저녁 식사가 끝난 뒤 앉은 그 자리에서 움직이지 않은 것 같았다.

브라운 신부는 언제나처럼 쾌활한 말투로 말했다.

"부디 그대로 계십시오, 불노이 씨. 방해할 생각은 없습니다. 뭔가 전문적인 일에 열중하고 있는데 찾아온 게 아닌지요?"

불노이가 말했다.

"아닙니다. 《피투성이 엄지손가락》을 읽고 있는 중입니다."

불노이는 말하면서 얼굴을 찌푸리지도 않았으며 또 미소짓지도 않았다. 이것으로 신부는 부인이 '큰 인물'이라고 말한 이 사나이에게 역시 무관심이 깃들어 있음을 알았다. 불노이는 들고 있던 노란 표지의 미스터리 소설을 내려놓았는데, 그 책이 자신과 기묘한 배합을 이루고 있음을 느끼지 못하는지 농담 같은 변명 한마디 없었다.

존 불노이는 덩치가 크고 동작이 느린 사나이로, 그 무거워 보이는 희끗희끗한 머리는 반쯤 벗겨져 있었다. 얼굴 생김새는 무뚝뚝하고 늠름한 느낌을 주었다. 그는 셔츠 앞가슴이 좁고 긴 세모꼴로 드러나 보이는 구식 야회복을 입고 있었는데 정말 초라한 차림이었다. 오늘 밤 이 옷을 입은 것은 아내가 줄리엣으로 나오는 연극을 구경가기 위해서였으리라.

"《피투성이 엄지손가락》이든 지각변동 이론이든 당신이 하고 있는 일을 방해할 생각은 없습니다. 이렇게 찾아온 것은 다름이 아니라 오늘 밤 당신이 저지른 범죄에 대해 묻고 싶은 일이 있기 때문입니다."

불노이는 뚫어지게 신부를 보았다. 그의 넓은 이마에 붉은 힘줄이 한 가닥 불쑥 나타났다. 세상에 태어난 뒤 처음으로 난처한 일에 맞닥뜨린 사람 같았다.

브라운 신부는 낮은 목소리로 중얼거렸다.

"그것은 확실히 좀 색다른 범죄더군요. 살인이라기보다 정말 이해하기 어려운 범죄가 아니었을까요. 당신에게는 하찮은 죄가 큰 죄보다 고백하기 어려운 경우가 있을 것입니다. 그런 만큼 고백하는 것이 더 중요하지요. 당신이 저지른 범죄는 유행의 첨단을 걷는 파티의 여주인이라면 1주일에 여섯 번은 범할 수 있는 겁니다. 그런데 당신에게는 마치 아무에게도 털어놓을 수 없는 잔학 행위처럼 고백하기 어려운 일로 여겨지는 겁니다."

철학자는 천천히 말했다.

"그렇습니다. 나 자신이 터무니없는 바보처럼 생각됩니다."

그러자 신부가 맞장구쳤다.

"그뿐이겠습니까? 하지만 바보가 된 것처럼 느껴지는 것과 정말 바보가 된 것, 이중 하나를 택하지 않으면 안 될 때도 있지요."

"나로서는 잘 분석할 수 없지만, 그래도 저 의자에 앉아 이 책을 읽고 있으면 나는 토요일의 초등학교 학생처럼 행복했습니다. 안락하고 영원한, 어떻게 표현할 수는 없지만……. 손에는 시가가 있고 성냥도 손 닿는 곳에 놓여 있지요……. 이야기 속에 나오는 그 피투성이 손가락이 네 번이나 연거푸 나타났습니다. 그것은 단순한 마음의 편안함만이 아닙니다. 완전한 충족감이지요.

그때였습니다, 현관 벨이 울린 것은. 나는 죽기만큼이나 싫은 그 긴 순간 동안 도저히 이 의자에서 떠날 수 없다고, 글자 그대로 육체와 근육이 말을 듣지 않는다고 생각했습니다. 그런데도 결국 나는 지구를 들어올리는 듯한 기분으로 의자를 떠났습니다. 하인들이 모두 외출했음을 알고 있었기 때문이지요. 나는 현관문을 열었습니다. 거기에는 조그만 사나이가 수첩을 들고 서 있었습니다. 그 기자는 머리 한가운데에 가르마를 탔더군요. 그러나 살인은……."

브라운 신부가 말했다.

"잘 알고 있습니다. 나도 만났습니다."

지각변동 이론의 창시자는 조용히 말을 계속했다.

"나는 살인은 저지르지 않았습니다. 위증죄를 범했을 뿐입니다. 나는 그 기자에게 나 자신이 펜드라곤 파크에 가고 없다고 말하고서 얼른 문을 닫았던 겁니다. 브라운 신부님, 그것이 내가 저지른 범죄입니다. 거기에 대해 어떤 벌을 받게 될지 모르겠군요."

"벌은 그만두기로 하겠습니다."

신부는 뭔가 기쁨에 찬 모습으로 무거워 보이는 모자와 우산을 몸 가까이로 챙겼다.

"그 반대입니다. 나는 당신의 그 하찮은 죄에 따라붙을 뻔한 자그만 벌에서 당신을 풀어주기 위해 이리로 왔다고 해도 좋겠지요."

불노이는 웃음지어 보였다.

"그렇습니까? 내가 운 좋게 면한 그 자그만 벌이란 대체 무엇이지요?"

브라운 신부는 대답했다.

"교수대 층계를 올라가는 겁니다."

브라운 신부의 옛이야기

그림처럼 아름다운 도시 국가 하일리히발덴슈타인은 독일 어느 지방에 지금도 남아 있는 장난감 같은 왕국이었다. 이 왕국이 프러시아의 통치 아래 들어간 것은 비교적 최근의 일이다.

그로부터 50년쯤 뒤인 어느 맑게 갠 여름날 플랑보와 브라운 신부는 이 나라 곳곳의 정원을 두루 찾아다니며 그곳 특산인 맥주를 마셨다. 이 나라에서 일어난 적지 않은 전쟁 소동과 멋대로 행해진 재판 이야기는 아직도 사람들의 기억에 생생히 남아 있었다. 그것은 머지 않아 이 이야기로 끝나게 되리라 여겨진다.

이 나라는 한번 둘러보기만 해도 독일의 가장 매력적인 면인 어린아이 같은 천진난만한 인상을 받게 된다. 그것은 왕국 사람들이 요리사 뺨치는 살림꾼 티가 나는 저 팬터마임 같은 분위기의 부계가족적 왕국의 특징이었다. 여기저기 보초막에 선 독일 병사들은 독일제 장난감처럼 보였으며, 윤곽이 뚜렷한 성벽이 햇볕에 금빛으로 빛나면 성벽이라기보다도 금빛 띤 생강빵 과자 같았다. 그토록 기막힌 날씨였다. 하늘은 프러시아 황실의 발상지인 포츠담도 더 이상 바랄 수

없을 만큼 아름다운 프러시안 블루였으나 그것은 1실링짜리 화구 상
자에서 아이들이 아낌없이 꺼내 화면에 덕지덕지 칠한 청색 물감 같
았다. 회색 줄기의 나무들도 싱싱해 보였다. 왜냐하면 거기서 돋아난
끝이 뾰족한 꽃봉오리들이 연분홍빛을 띠고 파란 하늘을 배경으로 아
이들이 그린 그림처럼 늘어서 있었기 때문이다.

　브라운 신부는 너무도 산문적으로 보이는 평범한 인생길을 걸어가
는 것 같았지만, 그 바탕에 로맨틱한 면도 없지 않았다. 물론 대부분
의 어린아이들이 그렇듯 신부도 이 몽상 버릇을 가만히 숨겨두고 있
었다.

　그러나 이처럼 맑게 갠 여름날 싱싱하고 명랑한 색채 속에서 도시
라는 문장(紋章) 같은 테두리 안에 둘러싸이자 마치 동화 속 세계에
들어온 것 같은 기분이 들었다. 플랑보가 늘 휘두르고 다니는 그 보
기에도 끔찍한 칼을 속에 장치한 지팡이를, 신부는 마치 형의 힘에
감탄하는 동생처럼 어린아이 같은 흥미를 가지고 바라보았다. 지금
그 지팡이는 뮌헨의 맥주잔 옆에 똑바로 세워져 있었다. 신부는 또한
나른하게 졸리고 무책임한 기분 속에서 어느새 늘 가지고 다니는 초
라한 박쥐 우산의 혹처럼 생긴 꼴사나운 꼭지를 바라보며 동화책에
나오는 도깨비의 몽둥이를 어렴풋이 떠올리고 있는 자신을 깨달았다.
그러나 신부는 어떤 일에서도 소설로 꾸미는 흉내를 내지는 않았다.
그는 말했다.

　"흐음, 뭐랄까, 이런 곳이라면 무언가 사람에게 대항해 오는 일이
있어도 진짜 모험이 될지 어떨지 모르겠소. 확실히 여기는 모험하
기에 알맞은 배경이기는 하지만, 어쩐지 나는 이런 곳에서라면 무
서운 강철 칼보다 빳빳한 종이로 만든 장검을 들고 적이 대항해 올
것 같은 생각이 드는군요."

　"그건 잘못된 생각입니다. 이곳 사람들은 칼로만 싸우는 게 아닙니

다. 칼을 쓰지 않고도 사람을 죽인다고 합니다. 그리고 그보다 훨씬 더 심한 일도."

브라운 신부가 플랑보에게 물었다.

"무슨 뜻이오?"

"사람이 총에 맞지 않고 피살되는 곳은 넓은 유럽 전체에서 이곳밖에 없으니까요."

브라운 신부는 조금 어이없는 듯이 물었다.

"그럼, 활로 쏘아죽인다는 말이오?"

"아니지요, 머리를 꿰뚫는 총알을 쓰는 겁니다. 지금은 이미 죽은 이 나라의 왕자 이야기를 모르십니까? 그것은 20년쯤 전에 일어난 수수께끼의 대사건입니다. 이 나라가 비스마르크의 초기 통일 정책에 따라 하는 수 없이 병합된 건 알고 있겠지요? 그렇긴 해도 그리 간단하지 않았습니다. 프러시아 제국은 그로센마르크의 오토 공작을 파견하여 제국의 이익이 될 수 있는 통치를 시켰습니다. 오토 공작의 초상화를 저 미술관에서 보았겠지요, 신부님? 만일 머리카락과 속눈썹이 조금이라도 있고 얼굴 전체에 독수리 같은 주름이 없다면 아마 좀더 남자다운 노신사로 보일 그 사람 말입니다.

그런데 그에게는 여러 가지 고민이 있었답니다. 그것을 말씀드리지요. 오토 공작은 뛰어난 솜씨를 가진 군인으로 몇 번이나 큰 성공을 거두었는데, 이 작은 왕국에서는 굉장히 애를 먹었습니다. 유명한 아른홀트 형제와의 싸움에서 몇 번이나 패한 거지요. 아른홀트 형제란 바로 스윈번이 한 편의 시를 지어바친 저 유명한 세 애국적 게릴라 전사입니다.

　　흰 담비 털을 쓴 승냥이들
　　관을 쓴 왕의 까마귀들

　이런 것들에 큰 재난을 받는다 해도
　우리 삼총사는 굽히는 일 없으리라

　아마 이런 시였다고 생각됩니다. 만일 이 삼형제 중 한 사람인
파울이 비겁하게도 더 이상 버텨 봐야 소용없다고 판단하여 아군인
반란군의 비밀을 스스로 모조리 적에게 알려 주어 빨리 무너지게
한 다음, 오토 공작의 시종으로 발탁되지 않았다면 이 왕국의 점령
통치는 영원히 불가능했을지도 모릅니다.
　이런 배신이 있은 뒤 스윈번이 시를 지어 칭송한 세 영웅 가운데
진짜 영웅인 루드비히는 이 도시가 점령될 때 칼을 손에 든 채 살
해되었고, 형제 중 셋째인 하인리히는 배신자는 아니었으나 마음이
약하고 겁이 많아 은둔자처럼 세상에서 몸을 숨겼습니다. 그는 퀘
이커 다음 가는 그리스도교적인 정적주의 (Quietism, 17세기 후반의 종교적 신비주의)로 신앙을
바꾼 뒤 자기 재산을 거의 다 가난한 사람들에게 나눠주는 일 말고
는 사람들과의 교제를 모두 끊고 말았습니다. 소문에 들으니 바로
얼마 전까지만 해도 하인리히가 가끔 이 근처에 나타나곤 했다고
하더군요. 지금은 거의 장님이 되어 흰 머리를 길게 풀어 흩뜨리고
검은 옷을 입고 있지만, 얼굴만은 놀랄 만큼 평화로워 보인다고 합
니다.”
브라운 신부가 말했다.
“그건 알고 있소. 한 번 만난 적이 있으니까.”
플랑보는 조금 놀라며 신부의 얼굴을 바라보았다.
“전에 이곳에 온 적이 있었습니까, 신부님? 그럼, 내가 아는 정도
는 이미 알고 있겠군요? 아무튼 아른홀트 형제의 이야기란 바로
이렇습니다. 이 하인리히가 세 형제 중 마지막으로 살아남은 한 사
람이지요. 아니, 그 반란군에 참가했던 사람 가운데 살아남은 것은

그 한 사람뿐이랍니다."

"그럼, 오토 공작도 죽었소?."

"네, 죽었습니다. 그것만은 확실하게 말할 수 있습니다. 오토 공작은 늘그막에 독재자들이 흔히 그렇듯 신경쇠약에 걸렸습니다. 성 주위에 밤낮으로 배치시켜 두는 정규 호위병을 몇 배로 늘리고, 마지막에는 도시 전체의 주택 수보다 경비 초소 수가 더 많을 정도가 되어 수상한 사람이 보이면 인정사정없이 쏘아 죽이는 형편이었다고 합니다. 오토 공작은 수많은 방으로 둘러싸인 미궁 한가운데의 작은 밀실에 틀어박혀 살았습니다. 그 밀실 안에도 금고며 전함처럼 강철로 둘러싸인 광 또는 벽장같이 튼튼한 것을 한가운데에 만들고, 방바닥 밑에 그 자신이 겨우 들어갈 만한 은신처까지 만들었다는 이야기도 있습니다. 무덤이 무서워 무덤 비슷한 곳으로 들어가는 것도 사양치 않았던 셈이지요.

그런데 아직 그 뒷이야기가 있습니다. 주민들은 폭동이 진압된 뒤 줄곧 무장해제를 당하고 있었는데, 오토 공작은 어떤 정부도 그토록 철저하게 할 수 없을 만큼 절대적이고 완벽한 무장해제를 요구했습니다. 우수한 조직의 관리들에 의해 손바닥만한 이 좁은 지역 전체에 걸쳐 전에 없는 무장해제령이 철저하게 시행되었습니다. 이리하여 오토 공작은 하일리히발덴슈타인에는 장난감 권총 한 자루도 가지고 들어올 수 없다는 것을 인간의 힘과 과학이 확인할 수 있는 한 확신할 수 있었습니다."

"인간의 과학이란 그런 문제에 관한 한 확신을 가질 수 없지요."

브라운 신부의 눈길은 머리 위 나뭇가지에 붙어 있는 빨간 꽃봉오리를 바라보고 있었다.

"사물의 정의와 거기에 담긴 뜻의 차이를 생각해 보면 그 어려움을 알 수 있소. 이를테면 '무기'란 무엇이오? 살해된 사람들 가운데는 아주 흔해빠진 살림 도구에 얻어맞고 죽은 이도 있소. 아마 물주전자로 살해된 사람도 있을 테지요. 찻주전자는 물론이고, 보온병으로 살해된 사람도 있을 테고. 그러나 한편 고대 브리튼 사람에게 권총을 보여 봐야 그것이 무기인 줄 알 리가 없지요. 물론 한 방 쏘아 보이면 이야기가 다르지만.

그건 그렇고 오토 공작의 이야기인데, 아무리 보아도 무기처럼 보이지 않는 새로운 타입의 묘한 무기를 누군가가 가지고 들어왔을지도 모르오. 골무나 뭐 그 비슷한 무기를. 그런데 그 총알은 특수한 것이었겠지요. ”

“그런 이야기는 듣지 못했습니다. 내가 알고 있는 일은 단편적인 것으로, 옛친구인 그림에게서 들은 거지요. 그림은 독일 경찰에서 일하는 아주 유능한 형사로, 나를 체포하려고 했던 사람입니다. 그런데 반대로 내가 그를 체포하자 그는 여러 가지 재미있는 이야기를 들려주었지요. 그는 오토 공작에 관한 조사를 담당하고 있었거든요. 그러나 총알에 대해서는 못 들었습니다. 그림의 이야기에 따르면 사건은 이러했습니다. ”

플랑보는 숨을 한 번 크게 내쉰 다음 흑맥주를 단숨에 거의 다 마셨다.

“사건이 일어난 날 밤 오토 공작은 만나고 싶어하던 몇 명의 손님을 맞이하기 위해 바깥쪽에 있는 한 방으로 나올 예정이었습니다. 그 손님들이란 근처 바위산에서 나온다는 금에 대한 실제 조사를 하기 위해 파견된 지질학 전문가들이었습니다. 이 작은 도시국가는 그 금 소문 때문에 오랫동안 신용을 유지해 왔고, 큰 나라 군대로부터 끊임없이 공격을 받으면서도 이웃 여러 나라들과 교섭할 수 있었던 겁니다. 그런데 그때까지는 아주 면밀한 조사를 해도 금광이 있는 곳이 발견되지 않았습니다. ”

브라운 신부가 웃음지은 얼굴로 말했다.

"장난감 권총 냄새마저 맡을 수 있을 만큼 자신만만했던 조사관도 그 금은 찾아내지 못했다는 말이로군요. 그건 그렇고, 상황에 따라 배신한 파울은 어떻게 하고 있었습니까? 그는 오토 공작에게 아무것도 알려주지 않았습니까?"

"처음부터 끝까지 모른다고 잡아뗐답니다. 그 비밀만은 형제들로부터 듣지 못했다고 말했지요. 이 사실은 지대한 영웅 루드비히가 죽을 때 한 단편적인 말로서도 뒷받침되었습니다. 숨을 거두기 전 루드비히는 하인리히의 얼굴을 보고 파울을 가리키며 '너는 저 애에게 말하지 않았겠지?'라고 물었는데, 그것이 마지막 말이었답니다.

어쨌든 파리와 베를린에서 온 유명한 지질학자와 광물학자들은 굉장히 번쩍거리는 차림으로 이 궁전에 찾아 왔습니다. 과학자들만큼 훈장을 달고 싶어하는 사람도 없지요. 영국 왕립학회의 연회에 가본 적이 있는 사람이라면 누구나 그렇게 생각할 겁니다. 확실히 그 모임은 화려했는데, 개최 시간이 너무 늦었습니다. 신부님, 시종장의 초상화를 보셨겠지요? 검은 눈썹에 진지한 눈매, 그 뒤에 숨은 무의미한 미소를 짓고 있는 그 얼굴을 말입니다. 그 시종장은 한참 뒤에 알아차렸습니다. 모든 것이 다 갖춰져 있으나 오토 공작이 보이지 않는다는 것을 말이죠.

그는 바깥쪽 방들을 이 잡듯 뒤지며 찾았습니다. 그러다 문득 오토 공작이 공포증 발작을 일으키곤 했다는 사실이 생각나 맨 구석 방으로 달려갔습니다. 그런데 그 방도 텅 비어 있었고, 그 한가운데 세워진 커다란 강철 상자를 힘들여 열어보았으나 그곳 역시 텅 비어 있었답니다. 시종장은 다시 마룻바닥 밑의 구멍을 들여다보았는데, 여느 때보다 더 깊게 보여 무덤 비슷했다더군요. 적어도 시종장은 그렇게 보고했습니다. 그런데 밑을 들여다본 순간, 시종장은 긴 방과 복도에서 요란하게 울리는 성난 외침 소리를 들었던 겁니다.

처음에는 성 밖 멀리서 들려오는 뭐라 이름붙일 수 없는 군중들이 떠드는 소리 같았는데, 이윽고 그것이 시시각각 가까워지며 무의미한 외침으로 바뀌었답니다. 한 사람의 말이 다른 사람의 말에 지워져 사라지지 않았다면 알아들을 수 있을 만큼 큰 외침 소리로 변했습니다. 마침내 그것은 아주 똑똑한 말이 되어서 더 가까워지더니 한 남자가 방으로 뛰어들어와 간단하게 소식을 전했답니다.

하일리히발덴슈타인과 그로센마르크의 오토 공작은 성 밖 숲 속에서 저무는 저녁놀에 싸여 쓰러져 있다고, 두 팔을 크게 펴고 얼굴은 달을 바라보고 있었답니다. 부서진 관자놀이와 턱에서는 계속 피가 흘러내렸으며, 그의 몸에서 그 부분만이 살아 있는 것처럼 보였다고 합니다. 궁전에서 손님을 맞이하기 위해 희고 누런 군복을 입고 있었는데, 어깨 띠가 빠져나와 몹시 구겨진 채 겨드랑이에 늘어져 있었답니다. 그는 안아 일으키기 전에 이미 죽어 있었습니다. 죽고 사는 거야 어찌 됐든 이 사건은 굉장한 수수께끼였습니다. 언제나 가장 깊숙한 방에 몸을 숨기고 있던 그가 무장도 하지 않고 혼자 저녁 이슬에 젖은 숲에 나가 있었다니…….”

“그의 시체는 누가 발견했지요 ?”

신부가 물었다.

플랑보가 대답했다.

“헤드비히 폰이라는 처녀입니다. 그녀는 들꽃을 꺾으러 숲으로 나갔었다고 합니다.”

브라운 신부는 베일처럼 머리 위를 덮고 있는 나뭇가지를 멍하니 바라보며 물었다.

"몇 송이나 꺾었던가요 ? "

"나는 지금도 분명 기억하고 있는데, 그 시종장이었든가 아니면 내 친구 그림이었든가 아무튼 이렇게 말했었습니다. '그 아가씨의 외침 소리를 듣고 모두 달려가자 그녀는 봄꽃을 안은 채 피투성이가 된 시체를 들여다보고 있었지요. 그 모습이 얼마나 무서웠는지 모릅니다.' 그러나 결국 문제는 도움받기 전에 공작이 죽었다는 것이지요. 아무튼 이 소식은 곧 궁전에 전하지 않으면 안 되었습니다. 그때 일어난 놀라움과 혼란은 여느 궁중에서 왕이 죽었을 때보다 훨씬 컸습니다. 외국에서 온 손님들, 특히 광산 전문가들은 많은 프러시아 고관들과 마찬가지로 의아해하며 흥분했지요.

이윽고 문제의 금을 찾아내는 일이 이 사건에서 뜻밖으로 큰 비중을 차지하고 있음이 분명해졌습니다. 전문가들과 고급 관리들에게는 전부터 막대한 상금과 외국에서의 특전이 약속되어 있었고, 어떤 소문에 따르면 오토 공작의 비밀 방과 강력한 군대에 의한 방비는 민중에 대한 공포 때문이 아니라 어떤 개인적인 조사를 비밀리에 추진하기 위해 만든 것이었다고도 합니다. "

브라운 신부가 물었다.

"처녀가 꺾은 꽃은 줄기가 길었소 ? "

플랑보는 눈을 동그랗게 떴다.

"당신은 정말 이상한 분이군요, 신부님. 그림도 똑같은 말을 했답니다. 이 사건에서 흐르는 피나 총알보다 더 꼴사나운 것은 그 꽃줄기가 머리 꼭지 바로 밑에서 쥐어뜯겨져 있는 것이었다고 그는 말했었지요. "

"어른이 된 어엿한 처녀가 꽃을 꺾을 때는 줄기를 충분히 붙여서 꺾기 마련입니다. 그런데 만일 철부지 아이처럼 꽃송이만 댕강 쥐어뜯었다면 그건……"

브라운 신부는 말을 망설였다.

"어떻다는 말씀입니까?"

"처녀는 정신없이 꽃을 쥐어뜯었다고 생각할 수밖에 없겠지요, 자신이 그곳에 있는 구실을 만들기 위해서."

플랑보는 조금 침울한 태도로 말했다.

"아아, 무슨 말인지 알겠습니다. 그러나 이 의문에서도 다른 의문에서도 흉기가 없었다는 점으로 벽에 부딪칩니다. 오토 공작을 죽이는 데는 아까 말한 것 같은 하찮은 물건, 이를테면 그의 군복 어깨 띠로 죽일 수도 있었겠지요. 그런데 여기서는 그가 어떤 방법으로 살해되었느냐가 아니라 어떻게 총을 맞고 죽었느냐가 문제입니다.

그 총을 맞고 죽은 방법이 아무래도 납득되지 않습니다. 그 처녀는 철저하게 조사받았습니다. 왜냐하면 저 성질이 좋지 못한 늙은 시종장 파울 아른홀트의 조카딸로 그의 피보호자인 그녀가 어딘지 수상해 보였기 때문이지요. 그녀는 아주 로맨틱한 성격이어서, 자기 집안에 전해 내려오는 혁명가적 열정에 공감한 게 아닐까 하고 세간의 의심을 받았습니다. 하지만 아무리 로맨틱한 사람이라 해도 공상의 날갯짓으로 커다란 총알을 총이나 권총을 쓰지 않고 상대방 턱과 머리를 부셔놓을 수는 없겠지요. 이 경우에는 권총 같은 게 쓰이지 않았는데도 두 발의 탄환이 발사된 겁니다. 자, 이 수수께끼를 어떻게 푸시겠습니까, 신부님?"

브라운 신부가 되물었다.

"어떻게 탄환이 두 발이라는 걸 알았지요?"

"머리에 쏜 것은 한 발이었습니다. 그러나 어깨 띠에 또 한 개의 총알 구멍이 있었습니다."

브라운 신부의 매끈한 이마가 갑자기 찌푸려졌다.

“그 한 발도 발견되었소?”

플랑보는 조금 놀란 표정을 지었다.

“그건 전혀 기억나지 않습니다.”

“바로 그거요! 잠깐 기다려주시오, 플랑보!”

브라운 신부는 더욱 얼굴을 찌푸리며 전에 없이 호기심에 찬 표정을 떠올렸다.

“나를 무례한 사람으로 생각지 마시오, 잠깐 생각해 보고 싶으니까.”

“네, 좋습니다.”

플랑보는 웃으면서 맥주를 마저 마셨다. 약한 산들바람이 움터오르는 나무들을 흔들고, 발그레한 조각구름을 하늘 높이 불어올렸다. 하늘은 푸른 기운을 더해가는 것 같았고, 화려한 색채의 모든 광경이 더욱 눈익어 보였다. 날아오르는 꽃봉오리 구름은 하늘 위의 방으로 돌아가는 아기 천사처럼 보였다. 문제의 성에서 가장 오래된 용 모양의 탑은 맥주잔처럼 그로테스크하게, 그러나 맥주잔처럼 가깝게 친해질 수 있는 것처럼 보였다. 탑 저편에서는 오토 공작이 죽어 넘어졌던 그 숲이 어렴풋이 빛났다.

신부가 한참 만에 입을 열었다.

“그 헤드비히라는 처녀는 결국 어떻게 되었지요?”

“슈바르츠 장군과 결혼했습니다. 장군의 경력에 대해서는 들은 적이 있겠지요? 아주 로맨틱한 일을 한 모양입니다. 자도바와 그라블로트에서 공을 세우기 전에도 두각을 나타낸 사람입니다. 장군은 그야말로 일개 병사에서부터 출세하여 올라간 사람이랍니다. 아무리 독일에서 가장 작은 공국의 일이지만 정말 보기 드문 경우지요……”

브라운 신부는 느닷없이 몸을 일으켰다.

"병사에서부터 출세하여 올라가다니!"

신부는 휘파람 부는 것 같은 입 모양을 만들었다.

"그거 정말 이상한 이야기로구먼. 사람을 죽이는 방법도 또 얼마나 기묘한가! 그러나 생각해 보면 그밖에 달리 방법이 없었겠지. 하지만 증오가 그토록 끈덕질……."

"대체 무슨 말을 하는 겁니까? 어떻게 오토 공작을 죽였단 말입니까?"

브라운 신부는 신중하게 대답했다.

"어깨 띠로 죽였소."

플랑보가 설마 그럴 리가 있느냐고 항변했다. 그러자 신부는 다시 말했다.

"나도 총알에 대한 것은 잊지 않았소. 오토 공작은 어깨 띠를 가지고 있었기 때문에 죽은 거라고 하는 편이 나을지도 모르겠군요. 그래도 어떤 병에 걸려 있었기 때문에 죽었다는 것으로 받아들여지지는 않겠지만."

"신부님은 뭔가 생각이 떠오른 모양이지만, 그것으로 오토 공작의 머리에서 간단히 총알을 뽑아낼 수는 없을 겁니다. 앞에서도 말했듯이, 오토 공작을 목졸라 죽일 마음만 있었다면 그럴 수도 있었습니다. 그런데 그는 총에 맞아 죽었습니다. 누가 쏜 걸까요? 어떤 총으로 쏜 걸까요?"

"오토 공작은 자신이 내린 명령에 의해 살해된 거요."

"그럼, 자살입니까?"

"나는 '자기 의사'로 죽었다고 말하지는 않았소. '자신이 내린 명령에 의해'라고 말했지요."

"대체 당신 이야기의 결론이 뭡니까?"

브라운 신부는 소리내어 웃었다.

"지금은 휴가 여행중이오. 나는 주장이나 이론 같은 건 하나도 갖고 있지 않소. 다만 여기 있으니 갖가지 옛날 이야기가 떠오르는군요. 듣고 싶다면 이야기를 하나 해 주지요."

달콤한 과자처럼 보이던 분홍빛 구름 조각이 둥실 떠올라 노란 생강빵 과자 같은 작은 탑에 걸리고, 싹이 움터나오는 분홍빛 갓난아기의 손가락 같은 작은 나뭇가지가 자꾸자꾸 뻗어나가 거기에 가닿을 것만 같았다. 푸른 하늘은 저녁놀이 짙어감에 따라 밝은 제비꽃 빛이 되었다.

조금 뒤 브라운 신부는 이야기를 시작했다.

"그로센마르크의 오토 공작이 궁성 옆문을 살며시 빠져나가 숲 속으로 간 것은 나뭇가지에 아직 빗방울이 맺히고 어느덧 이슬이 내리는 음산한 밤이었소. 수많은 보초병 중 하나가 공작을 향해 경례했으나 그는 거들떠보지도 않았지요. 그로서는 누구에게도 들키고 싶지 않았던 거요. 비가 내려 회색으로 흐려지고 땅이 축축한 큰 숲이 바닥없는 늪처럼 자신을 삼켜 감추자 공작은 마음을 푹 놓았소.

그는 궁전에서 가장 사람 출입이 적은 길을 골라 몰래 빠져나왔는데도 역시 오가는 사람이 많았소. 그러나 이 나라 관료들이나 외국 외교관들이 쫓아올 염려는 없었지요. 그가 궁성을 빠져나온 것은 갑작스러운 충동 때문이었소. 그가 궁성에 내버려 두고 온 예복 차림의 외교관들은 모두 시시한 사람들뿐이었지요. 마침내 그는 그런 자들은 아무래도 좋다, 나 혼자서도 충분히 해낼 수 있다고 깨달았던 거요.

오토 공작의 마음을 사로잡고 있던 건 비교적 고귀한 죽음에 대한 공포가 아니라 황금에 대한 지나친 집착이었지요. 황금에 얽힌 전설을 들었기 때문에 그는 그로센마르크를 떠나 하일리히발덴슈타인으로 숨어들었던 거요. 오직 그 황금을 차지하고 싶은 욕심에서 그는 삼형제 중 한 사람을 매수하여 배신하도록 만들고 영웅들을 학살했지요. 그리하여 배신자인 자기 시종장을 다그친 결과 결국 아무것도 모른다는 그의 말이 사실임을 알게 되었소. 그래서 공작은 하는 수 없이 조사비를 치르고 현상금을 약속했지요. 앞으로 보다 많은 재물이 굴러들어오리라는 희망을 품고서. 그는 바로 이 황금 때문에 밤 궁정에서 마치 도둑처럼 빠져나갔던 거요. 오랜 바람인 황금을 손에 넣는 방법, 그것도 아주 값싸게 손에 넣는 묘안을 새로 생각해냈기 때문이지요.

오토 공작이 목표로 하고 있던 꼬불꼬불하고 좁은 산길을 다 올라간 곳에 가시나무로 둘러싸인 동굴 같은 움막 집이 있었소. 그것은 도시를 굽어보며 높이 달리고 있는 산등성이를 따라 기둥처럼 우뚝 솟은 바위 사이에 지어졌지요. 그 유명한 삼형제 중 막내동생이 여러 해 전부터 세상 눈을 피해 숨어살고 있는 곳이었소. 오토 공작은 이 사람이라면 황금을 내주는 데 거절할 이유가 없으리라고 생각했지요.

이 막내동생은 벌써 여러 해 전부터 황금의 소재를 알고 있었지만 그것을 찾으려고 하지 않았지요. 재산과 쾌락을 멀리하는 금욕주의자가 된 뒤는 물론 그전에도 보물을 찾아다닌 사람이 아니었소. 사실 이 사람은 오토 공작의 적임에 틀림없으나 지금의 자기에게는 적 같은 것이 있을 수 없다고 공언할 정도였으니까요. 그가 믿고 있는 것에서 한 걸음 양보하든가, 그의 주장을 떠받들어 주면 금에 관한 비밀쯤이야 간단히 캐낼 수 있을 거라고 오토 공작은 생각했던 거요.

공작은 열 겹 스무 겹 궁성을 지키도록 경비대를 배치해 두었지만 결코 겁쟁이는 아니었소. 그리고 욕심에 눈이 어두워 위험을 겁내지도 않았소. 아니, 대단한 위험이 기다리고 있으리라고는 상식적으로 생각할 수가 없었던 거요. 이 공국 어디에도 공용 이외에는 권총 한 자루 없다는 것을 알고 있었기 때문이지요. 더구나 산 속에 숨어 사는 금욕주의자 움막에 무기 같은 게 있을 리 없잖겠소? 삼형제 중 막내가 두 시골 늙은이를 하인으로 두고 벌써 몇 년 동안이나 사람들과 완전히 교제를 끊고 나물을 뜯어먹으며 살고 있는 움막인만큼 전혀 걱정 없다는 듯 오토 공작은 기분나쁜 미소를 지으며 눈 아래 펼쳐진 등불이 켜진 정사각형의 미로를 굽어보았지요.

눈길이 닿는 곳마다 자기 편 병사들이 소총을 들고 줄지어 서 있으나 적에게는 한줌의 화약도 없었소. 이 좁은 산길 가까이에 이르기까지 경비대가 배치되어 공작의 명령 한마디로 병사들은 비탈을 달려올라올 수 있으며, 숲속과 산등성이까지도 일정한 시간을 두고 순찰대가 돌아보았지요. 강 건너편 멀리 아물거리는 숲에까지 소총 부대가 깔려 있어서 적이 아무리 침입해 오려 해도 소용없소. 궁전 자체는 동서남북의 네 문과 각 문을 연결하는 사면 전체에 소총 부대가 배치되어 있어서 이보다 안전한 곳은 없겠지요.

공작이 산등성이로 올라와 지난날의 적이 살고 있는 움막집이 얼마나 무방비 상태인지 알았을 때, 이러한 사실들이 더욱 명백해졌소. 그곳은 갑자기 삼면이 푹 꺼진 험한 벼랑으로 된 높은 반석으로, 푸른 가시나무에 덮인 검은 동굴이 그 뒤에 있었소. 동굴은 너무 낮아서 사람이 들어갈 수 있을 것 같지 않았지요. 앞에는 비스듬한 절벽이 있고, 구름에 흐려진 거대한 골짜기가 아래에 펼쳐졌소.

그 좁은 반석 위의 공간에 청동으로 만든 해묵은 성서대가 놓이고, 그 위에 커다란 독일어 성경책이 있었지요. 청동인지 구리인지 모르지만, 그 성서대는 꽤 지대가 높은 그곳의 풍식작용을 받아 녹슬었는데, 그것을 보자 오토 공작은 저들이 만일 무기를 갖고 있다 해도 지금쯤은 녹슬었으리라고 생각했소. 벌써 달이 떠오르기 시작한 듯 고갯마루가 새벽처럼 부옇게 밝아오기 시작했소. 비는 완전히 멎어 있었지요.

성서대 뒤에 검은 옷을 입은 이상한 노인이 서서 골짜기 저쪽을 바라보고 있었는데, 그 옷은 주위 절벽처럼 아래로 축 늘어져 있었소. 노인의 흰 머리와 가냘픈 목소리가 바람에 나부끼며 떠도는 것 같았지요. 아마 은둔자로서의 일과를 혼자 익히고 있는지 '그들은 내가 탄 말에 믿음을 두고……'라고 중얼거렸소.

오토 공작은 여느때의 그답지 않게 정중한 목소리로 말을 걸었지요.

'여보십시오, 잠시 한마디 말씀드리고 싶습니다.'

'……또 내 병거를 믿으나, 우리 만군의 주 야훼의 이름을 믿는 사람은……'

백발의 노인은 힘없는 목소리로 말하고 공손하게 책을 덮고 손으로 더듬어 성서대를 붙잡았소. 거의 앞을 보지 못하는 듯했지요.

그와 동시에 두 시종이 동굴 입구에서 소리없이 나타나 양쪽에서 노인을 부축했소. 노인과 비슷한 빛바랜 검은 옷을 입고 있었으나 서리가 내린 것처럼 머리가 세지는 않았고, 군데군데 동상이 걸린 얼굴은 윤곽이 뚜렷했지만 세련되지는 못했지요. 둘 다 농민 출신으로, 크로아티아 사람이나 마자르 사람 같았으며, 투박해 보이는 큰 얼굴에 눈이 쉴새없이 껌벅이고 있었소. 두 사람을 보자 오토 공작은 왠지 마음이 불안해지기 시작했으나 그의 용기와 외교적인 양식은 흔들리지 않았소.

오토 공작은 말했소.

'당신을 마지막으로 만난 건 형님께서 돌아가신 대폭격 때였지요, 그로부터 벌써 상당한 세월이 흘렀군요.'

'형제는 다 죽고 말았소.'

노인은 골짜기 저쪽을 바라보며 말했지요. 그리고 금방이라도 부러질 것 같은 몸과 흰 머리가 고드름처럼 눈썹 위로 늘어진 머리를 오토 공작 쪽으로 돌리고 덧붙였소.

'나도 죽은 몸이오.'

오토 공작은 애써 자신을 억누르고 상대를 달래듯이 말했지요.

'나는 옛날 전투를 생각나게 하는 망령이 들려 당신을 괴롭혀 주기 위해 찾아온 게 아닙니다. 그때 어느 쪽이 옳았느냐 하는 것은 이제 문제삼지 말기로 합시다. 그러나 나도 한 가지 점에서는 틀리지 않았습니다. 당신들이 늘 옳았다는 것이 그겁니다. 당신 집안의 정책에서 어떤 문제가 논의되었어도 당신이 단순히 황금 때문에 움직이고 있다고 생각한 사람은 아무도 없습니다. 당신 자신이 행동으로 그런 의심을 말끔히 없애고⋯⋯.'

허름한 검은 옷차림의 노인은 축축한 푸른 눈과 가냘픈 지혜의 빛을 띤 얼굴로 상대를 지켜보고 있었으나 '황금'이라는 말이 나오자 뭔가 애써 참는 것 같은 몸짓으로 한 손을 내밀고 다시 한쪽으로 얼굴을 돌려 버렸소. 그리고 노인은 말했지요.

'이분은 황금 이야기를 했소. 해서는 안 될 말을 했소. 이분의 입을 틀어 막아야겠소.'

오토 공작에게는 프러시아 사람과 그 전통에 따른 나쁜 버릇이 있었소. 즉, 성공이라는 것을 단순한 요행으로 생각지 않고 본질적인 미덕으로 생각하는 거지요. 자신이나 자신과 같은 종류의 사람은 언제까지나 다른 종류의 사람들을 정복하고, 다른 종류의 사람은 영원히 정복당하는 사람들이라고 생각했던 거요. 그러므로 오토 공작은 놀라움이라는 감정에 익숙지 못했으며, 다음 순간 자신에게 일어난 일에 대해서도 전혀 무방비 상태였소. 공작은 이때 허를 찔려 몸이 굳어져 버렸지요. 은둔자의 말에 대답하려고 입을 연 순간 느닷없이 질기고 부드러운 붕대 같은 게 얼굴에 와 감기며 재갈이 되어 입을 틀어 막았소. 그 때문에 목소리는 막히고 말았소. 뭐가 뭔지 모르는 채 1분쯤 지난 뒤에야 공작은 겨우 자기 입을 막은 것은 두 헝가리인 하인이며, 재갈은 자신이 입고 있는 군복의 어깨띠라는 것을 알았소.

노인은 다시 한 번 큰 성경책 앞으로 힘없이 몸을 옮겨 책장을 넘기기 시작했소. 그 태도에는 소름끼칠 듯한 끈덕짐이 있었소. 야고보서를 펼치자 은둔자는 소리내어 읽기 시작했소.

'혀는 작은 지체로되……'

무어라 표현할 수 없는 그 오싹한 목소리를 듣자 오토 공작은 느닷없이 몸을 돌려 올라온 비탈길을 정신없이 달려 내려갔소. 궁전 뜰까지 거리의 반쯤을 줄달음질친 다음에야 그는 목과 턱을 졸라맨 어깨띠를 풀려고 했소. 몇 번이나 애썼으나 도저히 벗길 수가 없었지요. 이 재갈을 물린 사람들은 자신의 두 손으로 하는 것과 두 손을 머리 뒤에 댄 채 할 수 있는 일의 차이를 알고 있었던 거요. 오토 공작의 두 다리는 마음대로 움직이며 영양처럼 뛰어다닐 수 있고 두 팔도 마음대로 쓸 수 있으므로 마음만 먹으면 어떤 몸짓이든 어떤 신호든 할 수 있었소. 그러나 단 한 가지 말하는 것만은 할 수 없었지요. 벙어리 귀신이라도 들린 셈이오.

궁성을 둘러싼 숲 가까이에 왔을 때, 공작은 비로소 이대로 영영 말을 못하게 되면 어떻게 하나 걱정이 되었소. 그리고 그들이 왜 이런 짓을 했는지 그 까닭도 겨우 짐작되었지요. 다시 오토 공작은 눈 아래 밝은 미로를 무심코 내려다보았는데, 이번에는 미소를 띠고 있지 않았소. 아까 올라올 때 같은 광경을 내려다보며 생각했던 것을 지금 그는 통렬한 아이러니를 느끼면서 머릿속으로 되생각해 보았소. 눈길이 닿는 곳마다 군대 소총 부대가 배치되어 있어서 만일 누구냐는 물음에 대답하지 않으면 당장 총구가 불을 뿜으며 자기를 쏘아 죽일 게 뻔했지요. 소총 부대는 숲과 산꼭대기까지 정기적으로 돌아볼 수 있도록 바로 가까이에도 배치되어 있었으므로 아침까지 숲속에 숨어 있는다 하더라도 소용없는 일이었소. 또 소총 부대는 훨씬 먼 곳에까지 배치되어 있었으므로 아무리 멀리 돌아도 시내로 숨어 들어갈 수 없었지요. 공작이 소리만 치면 부하 군사들이 도우러 달려오겠지만, 그 소리가 도무지 나오지 않았던 거요.

달은 점점 더 은빛을 더해가며 벌써 하늘높이 떠올라 있었소. 궁성 주위의 꺼멓게 얼룩진 소나무 사이로 맑은 밤하늘이 검푸르게 토막토막 보였는데, 무슨 꽃인지 그때까지 공작이 한 번도 눈여겨본 적이 없는 커다란 깃털 같이 가벼운 꽃이 달빛에 밝게 빛나며 떼지어 피어 있었지요. 나무 둘레에 피어 있는 그 모습에는 말로 표현할 수 없는 환상적인 아름다움이 깃들어 있었소.

아마 오토 공작의 이성은 말하자면 스스로가 지닌 부자연스러운 감금 상태 때문에 어디론지 사라졌겠지요. 이 숲속에서 그는 독일다운 어떤 것을 절실하게 느끼기 시작했소. 그가 느끼고 있는 것은 옛날이야기 바로 그것이었소. 머리가 이상해지기 시작한 공작은 자신이 식인귀나 다름없는 폭군이라는 사실도 잊고 지금 스스로 식인귀가 있는 성을 향해 한 발 한 발 다가가고 있다고 상상했지요. 그리하여 어린 시절 커다란 집에 곰이 살고 있느냐고 엄마에게 물어보았던 일이 떠올랐소.

이윽고 공작은 몸을 숙여 꽃을 한 송이 꺾으려고 했소. 그것이 마귀를 쫓아주리라고 생각했을 테지요. 그런데 줄기가 뜻밖으로 단단해서 소리가 났소. 꺾은 꽃을 얌전히 어깨 띠에 꽂으려고 했을 때 누구냐고 외치는 소리가 들려왔소. 공작은 그때 깜작 놀라 어깨 띠가 깃에 감겨 있지 않은 것을 생각해 냈소.

그는 소리치려고 했으나 목소리가 나오지 않았소. 다시 누구냐는 소리가 나고 잠시 뒤 총알이 윙 소리를 냈소. 이어서 총알은 목표물을 맞추었고 소리는 금방 끊겼지요. 그로센마르크의 오토 공작은 요정 같은 모습으로 나무 사이에 편안히 누워 이제 황금이나 강철로 사람을 못살게 구는 소동을 일으킬 수 없게 되었소. 은연필 같은 달만이 공작의 군복에 달린 복잡한 장식과 이마에 새겨진 늙은이의 주름을 또박또박 비춰 주었지요. 신이여, 그의 영혼에 자비를 내리시옵소서!

경비대의 엄명에 따라 총을 쏜 보초는 당연히 자신이 잡은 사냥물이 어떤 것인지 확인하기 위해 곧 달려갔소. 이 사람이 슈바르츠 병사로, 그 뒤 군인으로서 꽤 이름을 날린 사나이였지요. 그가 가까이 가서 발견한 사람은 군복 차림의 머리가 벗겨진 사나이로, 자신의 군복에 달린 어깨 띠로 마스크처럼 얼굴을 싸매고 있었소. 그러므로 죽은 사람의 눈이 달빛에 돌처럼 번쩍이는 것 말고는 얼굴 모습을 전혀 알 수 없었지요. 총알은 재갈 물린 어깨 띠를 뚫고 입에 명중했소. 어깨 띠에 총알 구멍이 나 있는데 몸에 맞은 것은 한 발뿐이었다는 수수께끼는 이것으로 풀렸겠지요. 물론 정확하게는 모르지만 슈바르츠는 십중팔구 그 이상한 비단 마스크를 벗겨 풀 위로 던져버렸을 거요. 그리하여 젊은이는 자기가 죽인 자가 누구인지 알았던 거지요.

그 뒤는 우리로서도 확인할 도리가 없소. 그러나 나로서는 그 작은 숲에는 결국 한 편의 동화가 있었다고 생각할 수밖에 없군요. 분명 일어난 사건 자체는 끔찍한 것이지만, 역시 동화지요. 헤드비히라는 아가씨 말인데, 그녀가 자신이 구해줄 젊은 병사와 전부터 알고 있었는지 아니면 이 돌발적인 사건에서 우연히 마주치게 되어 그것을 계기로 교제가 시작되었는지 잘 모르겠지만 나는 그녀에게 여장부다운 데가 있어 나중에 영웅이 된 사나이와 결혼할 만한 여자였으리라고 생각되오.

그녀는 대담무쌍하고 현명하게 일을 해치웠소. 그녀는 보초병을 설득하여 자기 부서로 돌아가게 했던 거요. 그렇게 하면 아무도 이 젊은이가 사건에 관계되었다고 생각하지 않을 테니까요. 그는 같은 지역에 배치되어 있는 쉰 명쯤 되는 보초 가운데서도 특히 명령에 충실하고 규칙을 잘 지키는 사람이었을 뿐이지요. 그리하여 그녀는 시체에서 떠나지 않고 얼마쯤 기다렸다가 소리쳤소. 물론 그녀가 사건과 관련될 염려는 없었지요. 총기도 몸에 지니고 있지 않았고, 또 그런 것을 손에 넣을 수도 없었을 테니까요."

브라운 신부는 싱긋 웃으며 일어났다.

"두 사람의 행복을 빌 뿐이오."

플랑보가 물었다.

"이제 어디로 갈 겁니까?"

"그 아른홀트 형제 가운데 한 사람으로 시종장이 된 사나이의 초상화를 다시 보고 싶군요. 그 형제를 배반한 사나이 말이오. 나로서는 도무지 알 수 없소. 배신을 두 번 한 사람은 그 죄가 가벼워지는지 어떤지?"

브라운 신부는 검은 눈썹과 흰 머리를 가진 사나이의 초상화 앞에 서서 유심히 그 얼굴에 떠올라 있는 핑크 빛 미소를 바라보았다. 그 미소는 그 사람의 눈에 번쩍이는 험악한 빛과 서로 어울릴 수 없는 것처럼 생각되었다.

독자의 맹점 찌르는 브라운 신부의 역설

  미스터리소설을 읽는 즐거움 가운데 하나로 의외성이 있다. 독자는 읽어나가며 제시된 자료를 바탕으로 하여 이리저리 추리하여 사건을 조립해 본다. 그리하여 그 진상이 독자의 예상을 뒤엎고 뜻밖의 방향으로 해결되면 될수록 더욱 재미있게 여기는 것이다.

  그러나 독자들 쪽에서도 거듭 많은 작품을 자꾸만 읽어나감으로써 미스터리소설에 익숙해져 작가가 설치해 둔 올가미를 쉽사리 꿰뚫어 보는 능력이 생겨난다.

  체스터튼의 작품을 대하면 다른 미스터리에 비하여 의외성이 너무도 풍부하게 담겨 있어 본격 미스터리의 재미를 충분히 만끽하게 해 준다. 브라운 신부의 입을 빌려 작가 자신의 독특하고 뛰어난 사회비평을 가하면서도 순수한 미스터리소설의 특성을 고도로 발휘하고 있기 때문이다.

  체스터튼(Gilbert Keith Chesterton, 1874~1936)의 《브라운 신부의 지혜》는 브라운 신부를 주인공으로 한 두 권째 단편집에 해당한다. 첫 단편집 《브라운 신부의 동심(童心)》이 1911년에 간행되고 나서 3년 뒤인 1914년에 세상에 나왔다.

〈글라스 씨의 실종〉에서는 범죄학자를 방문한 신부가 자기 성당에서 결혼식을 올릴 예정인 기묘한 하숙인의 이야기를 꺼낸다. 둘이서 그 사나이의 방으로 가보니 밀실 상태 속에서 꽁꽁 묶여 있었으므로 범죄학자는 거침없이 추론을 펼쳐나간다. 그러나 신부는 단번에 진상을 꿰뚫어보고 그 핵심을 끌어낸다. 꽁꽁 묶인 그 사나이는 마술 연습을 하던 중이라고. 그 사나이의 눈표정을 올바르게 읽어낸 신부의 관찰로 그 수수께끼가 풀어진 것이다.

〈도둑 천국〉은 이탈리아에 있는 산을 넘어가며 마차가 산적에게 습격당하는 이야기다. 피해자인 은행가와 시인과 함께 마차를 타고 가게 된 브라운 신부는 위급한 찰나에도 불구하고 습격받은 장소가 도저히 납득되지 않는 곳이라는 점에서 이 일이 모두 꾸며진 연극임을 알아차린다.

〈허쉬 박사의 결투〉는 무장해제론자인 학자와 그를 스파이라고 부르는 애국자 대령 사이에 결투가 벌어지게 된 전말을 기묘하게 서술하여 대담한 1인2역을 구성하고 있다.

〈아케이드의 사람 그림자〉는 피해자가 인기 여배우이고, 피고인은 인기 남배우이며, 피고를 이른바 범행 현장에서 체포한 것은 그 즈음의 애국적 풍조를 탄 인기 군인이라는 식으로 등장인물이 고루 갖추어져 있다. 그 사건의 재판에 증인으로 선 브라운 신부는 담담한 어조로 진상을 밝혀나가는데, 들끓는 법정의 격렬한 응수를 예상하는 독자에게 있어 아주 알맞은 진정제로서 그것만으로도 백 퍼센트의 효과가 발휘되고 있다. 일종의 거울 트릭으로서 미국 및 유럽의 걸작집에도 실려 있다.

〈기계의 잘못〉은 이른바 심리실험에 대한 비판이다. 이것은 브라운 신부가 20여 년 전 시카고의 어느 형무소에서 일했던 때의 경험담이다. 기계는 결코 거짓말을 하지 않는다는 견해에 대하여, 브라운 신부는 기계란 과연 거짓말을 하지 않지만 진실을 말하는 일도 없다고 주장한다. 충분히 신뢰할 만한 기계를 움직이는 것이 신뢰할 수 없는 기계, 즉 인간이기 때문이라고 말하는 것이다.

브라운 신부는 눈에 띄지 않는 존재인 데다 소극적인 성격이므로 어디에 얼굴을 내놓든지 눈길을 끌지 않는다. 그러므로 줄곧 사건에 맞닥뜨려 관여하게 되는데, 세밀한 점까지 놓치지 않는 관찰력도 뛰어나지만, 〈시저의 머리〉에 나오는 여주인공이 말하듯이 무언가 불가사의한 매력이 있어 마음속에 감춘 사실을 털어놓고 싶은 기분을 일으키게 한다. 그리하여 그녀는 화폐 수집광인 오빠를 가진 누이동생으로서의 고충을 이야기한다. 그 이야기를 들은 브라운 신부는 협박에는 비밀을 들키게 되는 사람과, 폭로하겠다고 위협하는 사람과, 그 비밀을 듣고 깜짝 놀라는 사람 등 적어도 세 사람은 꼭 필요하다는 전제를 멋들어지게 뒤엎어 보인다.

신부는 늘 여느 사람의 상식논리를 훌륭하게 뒤엎어 보이는데, 〈보랏빛 가발〉도 그 짓궂은 예 가운데 하나이다. 선조의 저주 때문에 가발로 감추고 있어야만 하는 귀의 수수께끼를 흥미롭게 밝혀내는 것이다.

그리고 상식을 뒤엎는 가장 극단적인 작품이 〈펜드라곤의 멸망〉이다. 담의 판자를 단도로 잘라내는 노제독의 출현으로부터 이상한 분위기가 감도는 섬에 대한 모든 것을 주의깊게 관찰한 브라운 신부는 곧 사악하고 교묘한 트릭을 속속들이 꿰뚫어본다. 그러나 보통 사람들은 차례차례로 눈앞에 나타났다가는 사라지는 사상(事象)에 눈길을 빼앗겨 그 속에 흐르는 일관된 의지의 맥락을 쉽사리 파악하지 못한다. 그러나 마지막에 이르러 브라운 신부의 판단을 듣게 되면 금방 안개가 개어 단편적인 묘사로밖에 여겨지지 않았던 게 저마다 정해진

위치에 있었음을 알게 되는 것이다. 온통 기발한 착상으로 가득차 있
는 작품이다. 사람을 죽이는 데는 단둘이 있을 때보다도 많은 무리
속에서 더욱이 모두들 다른 일에 정신이 팔려 있을 때가 더 형편이
좋다는 〈징의 신〉도 작가의 재미있는 솜씨가 충분히 발휘되어 있다.

  인도 원숭이 신의 저주에 빠진 군인의 속박을 푸는 〈크레이 대령의
샐러드〉, 우월감의 실추라는 심리적 주제를 파헤친 이색적인 작품
〈존 불노이의 진기한 범죄〉, 독일에 전해내려오는 기묘한 사건을 그
자리에서 해결해 보이는 〈브라운 신부의 옛날이야기〉 등 어느 것이
나 모두 결말에 의외성을 품고 있지 않은 게 없다.

  그러나 체스터튼을 가리켜 단순히 기발한 트릭의 창안자하고 부를
수는 결코 없다. 그의 작품 배경으로는 주로 해질 무렵이나 밤이 쓰
여지고 있는데, 그 고요하고 쓸쓸한 정경은 다른 작가들에게서 볼 수
없는 시정(詩情)이 넘쳐흐르고 있다. 그리고 보니 평범하고 몸집이
작은 신부는 대낮의 햇빛이 눈부신 거리에는 어울리지 않는 듯하다.
생기 있는 풍경 묘사 대신, 역설로 독자의 맹점을 찌르는 브라운 신
부의 풍모가 그것을 방불케 한다.